MW00886624

Raquel Antúnez

TOTALMENTE IMPERFECTOS

Totalmente imperfectos
Primera edición: febrero 2020

ISBN: 9781654253004
Corrección: Raquel Antúnez
Maquetación: Raquel Antúnez
Imágenes del interior de la maqueta: diseñadas por freepik
Diseño de portada: Marien F. Sabariego
rqantunez@gmail.com

Para Germán, Erik y César, mi universo perfecto.

«No hay nada más mágico que dos personas totalmente opuestas que en un momento de su vida se encuentran. El amor es eso, hacer de lo imperfecto algo perfecto».

Yanira García

PRÓLOGO

Me llamo Martina y odio las resacas con todo mi ser… Bueno, creo que igual esa no es la mejor forma de comenzar esta historia; pero es así, real como la vida misma.

Me llamo Martina y odio salir de fiesta, los tacones de aguja que me dejan los tobillos como dos balones de baloncesto y las faldas entalladas con las que no me puedo sentar cómoda en ningún momento de la noche. Salgo mucho, sí, y lo hago, básicamente, porque mi trabajo me lo exige —ya te hablaré de él más adelante—. Siempre me digo: «Marti, cariño, esta noche deja el Puerto de Indias tranquilito y te tomas un par de cervecitas o una clarita»; pero, claro, al final siempre por una cosa o por otra termina cayendo el primer *gin-tonic* y ya estoy perdida.

En fin…, que odio la resaca; odio el puñetero dolor de cabeza martilleando como si no hubiera un mañana; odio a los hijos de mi vecina que están desde las siete de la mañana dando por saco, gritando por todo y haciendo perder los nervios de su madre —son dos niños rubios, de ojos azules y sonrisa angelical, debe de ser una evolución de su especie (los demonios), para que la gente no quiera matarlos—.

Y tú me dirás: «pues, chica, deja de trabajar de noche y búscate otro curro». ¿Y yo qué respondería? Primero, que no tienes sentimientos. Llevas dos minutos aguantando mis quejas y ya te crees con derecho a manipularme para que cambie mi vida y, segundo, precisamente me busqué este trabajo porque hasta hace dos años siempre había odiado los lunes, mucho, mucho más de lo normal, hasta el límite de querer llorar al escuchar el despertador y empecé a odiar a todo el mundo. A los simpáticos que sonreían y me daban los buenos días, y a los que estaban de mal humor, como yo, y no soltaban ni un bufido cuando pasabas por su lado. Odiaba que me hablaran mientras me tomaba el café en el *office* y terminé comprándome una cafetera de cápsulas que instalé en la estantería trasera de la mesa de mi despacho para así dejar de soportar a las personas. Luego empecé a odiar a los que se paseaban por los pasillos con esas tazas llenas de infusiones nauseabundas que me provocaban ganas de vomitar y, un día, me cansé de oír eso de: «chica, si no eres feliz, cambia de trabajo». Hasta que tuve esta oportunidad, era el trabajo ideal para mí. No tendría que madrugar y los días laborales eran de jueves a domingo… Era una buena solución para dejar de odiar los lunes. Fui un poco loca, pero me apetecía cambiar de vida y lo hice y ahora… lo odio.

Mi amiga Carolina me dice que utilizo demasiado la palabra odio, pero es que ella es pura dulzura, es la positividad hecha persona humana, da asco, a veces la odio un poco también, pero no se lo digo porque entonces me llevo una colleja. Suelo utilizar tanto esa palabra en mi día a día que Carol me ha hecho prometer que no la voy a decir más —al menos en su presencia— y que la voy a sustituir por otra palabra. Así que ahora «cucaracha» muchas cosas.

Cucaracha las resacas.

Cucaracha salir de noche.

Cucaracha los tacones de aguja y las faldas ajustadas.

Cucaracha a la gente que es feliz sin café.

Cucaracha a los hijos de Carolina —mi vecina y mejor amiga—.

¿He empezado demasiado mal esta historia?

1

CUCARACHA DEMASIADAS COSAS

Martina

—Podías haber llamado más suave a la puerta, Carol, por Dios, que se me va a estallar la cabeza.

—Perdone, su preciosa majestad, por haber tocado dos veces con los nudillos a tu puerta a las doce de la mañana.

A mi amiga no se le da bien el sarcasmo ni otras muchas cosas como utilizar la lengua española, no se puede usar el «su» y el «tu» en una misma frase, pero no tengo energía para corregirla.

Refunfuño por respuesta y la dejo pasar. Me sigue hasta la cocina y ella va, feliz y saltarina, abriendo las persianas de mis ventanas. Mientras yo le sirvo una taza de café solo, ella busca la leche en la nevera. La miro con el ceño fruncido. Está rara, sonríe de forma nerviosa y diría que hasta le sudan las palmas de las manos porque parece un poco torpe. No sé, todo esto me resulta familiar, es como un *dejà vu*, pero no logro localizarlo en mi mente. Espero pacientemente a que dé un par de sorbos a su taza antes de hablar.

—Necesito un favor —dice al fin con su cara más angelical y el aleteo de pestañas más espectacular que haya visto en la vida.

—Oh, oh… —gruño—, oh…, oh… —Se me enciende la bombilla—. No. No. No. No. No. No. Imposible. No. —Agito la cabeza de un lado a otro hasta que me da mareo.

—Vamos a ver, Martina, ni siquiera te he dicho qué quiero. —Se le empieza a enfurruñar el entrecejo.

—Ya, pero no —respondo tajante.

—¿Quién te ayudó a pagar el alquiler el día que decidiste largarte del trabajo diciéndole a tu jefe que lo cucaracha con todo tu ser y te descontaron los quince días de preaviso de la nómina del mes?

—Ya empezamos… —protesto.

Los ojos celestes de mi amiga me fulminan, mientras con sus finos dedos me señala, ¿dónde habrá conseguido que le hagan esa manicura tan bonita? Mi amiga, que es un desastre y no se ha limado una uña en la vida, lleva las manos perfectas, las uñas largas —supongo que naturales no son— y pintadas. Creo que no es el momento de preguntarle, pero ¡qué diablos! ¡A chamusquina me huele todo esto!

—¿Quién te hizo una compra cuando te dejaste la cartera en aquel bar de Barcelona y te desvalijaron hasta el último céntimo? No hubieras podido comer en muchos días —continúa con su perorata.

—Lo hiciste por no soportarme llorando porque sabes lo mucho que cucaracha tener hambre —protesto cruzándome de brazos.

—Los motivos no importan. ¿Quién levantó a sus hijos de la cama un viernes a las tres de la mañana porque estabas tan borracha que no recordabas ni tu dirección para decírsela al taxista?

—Venga, suéltalo ya, antes de que te cucaracha aún más.

—Me tengo que ir a Sevilla dos días y necesito que te quedes con Óliver y Ruimán. —Empiezo a hiperventilar pensando rápidamente en razones de peso por las que puedo negarme—. Tengo el juicio por la venta de las propiedades de Dani, por el tema de la herencia. Me tengo que enfrentar a mi suegra y a la inútil de mi cuñada y no me puedo llevar a los niños. No puedo, Martina, si no lo haría.

—Pero es que yo trabajo de noche, ¿qué hago con ellos? —La intento engañar.

—Martina, somos amigas y vecinas, sé perfectamente que no trabajas hasta el jueves. El miércoles estaré aquí. —«¡Mierda!», no cuela.

—¡Carol! Pero es que no puedo, es que odio… —La mirada reprobatoria de mi amiga me hace respirar hondo—. Sabes que cucaracha mucho a los niños en general y a los tuyos en especial.

—Me tengo que ir en media hora. —Me lanza las llaves de su casa que cojo por el aire—. Tienes que recogerlos del colegio a las tres y llevarlos a fútbol. Óliver tiene examen de Mates mañana, así que tienes que repasar con él.

—Odio las Mates. —Mi gesto de fastidio es más que evidente, estoy entre la espada y la pared, mi vida va a terminar, lo veo venir... «¡Ay! ¡Mísera de mí! ¡Ay, infelice!»[1].

—¿Hay algo en esta vida que no odies? —me reprocha como suele hacer.

—A Chris Hemsworth.

Oye, automático, es pensar en ese hombre y babear, babear, babear… Mi mente divaga… Chris sin camiseta… Chris preparándome café sin camiseta —lo siento, a esta hora y con mi estado catatónico al borde de la muerte en lo único en lo que puedo pensar con un *sex symbol* como él es en que me haga café... ¡No me juzgues!—. Sonrisa, sonrisa tonta…

Carol suelta una carcajada y viene hasta mí para besarme en la frente e, ignorando el tremendo puchero desolador que inunda mi rostro, se va. Así, sin más, ni instrucciones de cómo se manejan esas cosas, qué comen o cuántas veces al día tengo que sacarlos para hacer sus necesidades… Vale, me estoy pasando, ya lo sé.

Me siento en un taburete frente a la barra americana de mi cocina y me tomo cuatro cafés y dos ibuprofenos antes de poder levantarme.

Mi móvil suena. Maca. Mi jefa.

—¡Buenos días! —respondo con fingida alegría.

Me tiro de espaldas en mi sofá amarillo —sí, amarillo he dicho… Lo vi, me enamoré y lo compré, nada más que añadir—. Esta conversación va para largo y más me vale ponerme cómoda.

—Buenos días, Marti. ¿Qué tal se dio la noche? —pregunta con voz cantarina.

—Bien, muy bien. Con éxito, la verdad. Repartí tarjetas de la *boutique* a más de quince chicas que se interesaron mucho.

Creo que es el momento de hablaros de mi trabajo. Resulta que soy un maniquí. Un maniquí andante. Mi jefa dice que soy modelo…, ya, modelo, ni que desfilara en Cibeles… Llevo ropa puesta que tengo que intentar vender, así que soy un maniquí, pero eso tampoco se lo digo a ella porque es un poco estirada —una perra de fuego para ser más exactos— y paso de que me suelte un sermón.

—Bien. Genial. Te voy a pasar un correo con unas cuantas despedidas de soltera que mis contactos me han informado que tendrán

---

[1] Pues sí, ahora me ha dado por recitar a Pedro Calderón de la Barca (*La vida es un sueño*).

lugar el próximo fin de semana. Son varios grupos de chicas, tienes que ir a por ellas.

—Vale, sí, estupendo.

Enciendo la tele —mi tele nueva de setenta y dos pulgadas que me costó un riñón— y paso un par de canales mientras mi jefa me habla de las dos próximas líneas que tenemos que promocionar y de un acuerdo con una empresa de cosmética, una especie de patrocinio... Ella me suelta todo el rollo, y yo solo entiendo maquillaje y cremas gratis: pues mola.

—Martina, tenemos que hablar de algo. —Y me suena tan seria que hasta apago el televisor a pesar de que están poniendo un anuncio de David Gandy que grabaría para ver en bucle hasta el fin de mis días mientras muero ahogada en mis propias babas—. ¿Has bajado de peso?

—¿Eh? Pues no creo. —Carraspeo nerviosa—. Gramillo arriba y gramillo abajo, siempre me mantengo igual —titubeo.

—Has bajado de peso —afirma con rotundidad—. He visto las fotos que Luka hizo anoche, la falda se te arrugaba a la altura de las caderas.

—Para nada, sería la postura.

Intento desviar el tema, camino hasta el espejo de la entrada y me miro de frente y de perfil. No puede notarse ya, ¿no? No debería. Yo me veo igual que siempre.

—No puedes bajar de peso, es importante que te mantengas. Es la clave para este trabajo —me recrimina.

—Ya, Maca... Bueno, igual he bajado un poco porque mi médico dice...

En un ataque de sensatez pienso que entenderá que no puedo seguir así toda la vida, que comprenderá que igual estoy cuidando un poquitín la alimentación —que, sinceramente, he supuesto desde el primer momento que lo compensaría por los litros de alcohol en vena que consumo— y un pelín de ejercicio —solo el que mi entrenador personal me exige—.

—¿Tu médico paga tus facturas? —me interrumpe.

—No. Claro que no —respondo.

Si es que soy imbécil..., que Maca y yo no somos amigas, solo es mi jefa, le importa un imperdible si la grasa de mi cuerpo bloquea mis arterias y me da un conato de infarto.

—Pues no hay más que hablar. ¿Entendido?

—Entendido.

—Adiós. —Y me cuelga. La muy cerda me cuelga el teléfono.

—No sabes cómo te cucaracha en este momento.

Le suelto al aparato con mi mirada de la muerte. Sí, tengo una mirada de la muerte y es muy útil cuando los borrachos y babosos intentan darme el coñazo para que les dé mi número de teléfono. También tengo una patada voladora ensayada que me enseñaron en una clase de defensa personal a la que asistí —bueno, igual no era una clase y menos de defensa personal, éramos un grupo de cuatro amigas borrachas y muertas de risa haciendo el gilipollas en la azotea de mi edificio, pero ¿y qué? Seguro que funciona igual—.

Y, ahora que ya te he contado la conversación tan surrealista que acabo de tener con mi jefa, te explico un poco más, porque seguro que estás más perdida que un pulpo en un garaje. Mido uno setenta y dos y peso noventa y cuatro kilos con trescientos gramos. Mi médico me ha echado un rezado al ver la última analítica —con mi horario de trabajo mi alimentación no es muy variada y equilibrada y el consumo de alcohol supongo que no ayuda—, mi peso, mi estatura y mis treinta y cuatro años han sido la clave por la que el doctor ha decidido hablarme de todos los tipos de muerte y enfermedades que provocan el sobrepeso, el exceso de azúcar, grasas, alcohol y demás. Y, sí, tal cual estás pensando, soy un maniquí de ropa talla XXL. Vamos a ver, soy gorda, sí, pero tengo cuerpazo: pecho grande, abdomen bonito y caderas y culo prominente; mi jefa, cuando me vio, se enamoró de mis curvas.

La clave de mi trabajo es que las chicas que son entradas en carne, como yo, piensen: «Mira, esa chica está gorda y está guapísima. ¿Dónde habrá comprado ese modelito que le sienta tan bien?». Y ahí entra en juego mi labia, mi saber estar, mi simpatía, mi sonrisa y mis bromas —o mi arte de fingir todo eso más bien—, me voy acercando a ellas poco a poco en los bares y discotecas y hablo hasta que me preguntan en dónde he comprado mi ropa y, entonces… ¡Zas!, casualmente tengo una tarjeta en mi cartera de mano en la que apenas me cabe el móvil y poco más: «Belle extreme es mi tienda de ropa favorita del mundo mundial, ropa para chicas jóvenes como nosotras, ropa sexi, ropa divertida, ropa para las mujeres de hoy…», suelto mi perorata, y normalmente la mayoría no tarda en pasarse por la tienda.

Ventajas de mi trabajo:

Alcohol gratis.

Ropa nueva prácticamente cada fin de semana.

Taxis pagados, con lo cual no tengo que conducir.

He conocido a gente muy simpática.

Inconvenientes de mi trabajo:

No puedo bajar un gramo, subirlo tampoco está aconsejado. Según mi jefa tengo el cuerpo perfecto —hay que tener narices para cucaracha a alguien que te dice algo así—.

Mi médico no está de acuerdo.

Las escaleras de mi piso cada vez se me hacen más cuesta arriba.

Hace unas semanas fue mi cumpleaños, mi treinta y cuatro cumpleaños para ser más exactos, y resulta que Carol, Emma y Evelyn —mis mejores amigas, casi mis hermanas de alcohol, por eso de todas las juergas que nos hemos corrido juntas en nuestra época universitaria y no universitaria también—, después de reproducirles la charla que me había dado mi médico, decidieron que el mejor regalo que me podían hacer era un año de entrenamiento. Pero no se conformaron con ir a un gimnasio y pagar la anualidad, para que yo pudiera ir tres días o acudiera regularmente para deleitarme en la piscina con *jacuzzi* o en la sauna, no… Decidieron que la única forma de atajar mi problema sería con alguien que me ayudara a tomármelo en serio y, claro, aquí entra Ángel en juego… Ángel es…, pues su nombre no le pega nada, es un puñetero demonio con cuerpo fibroso y bastante atractivo, lo cual supongo que es parte del regalo.

Así que llevo cuatro semanas realizando un entrenamiento que me hace sudar la gota gorda y no solo por la caña que me doy, sino por él, por mi demonio particular. En fin… Fue bonito mientras duró, pero nuestra relación debe acabar. Tengo que llamarlo y romper con él…

Necesito retrasar ese momento porque no solo tengo que decirle a Ángel que todo terminó, sino también a mis amigas, las cuales han tirado un año de entrenamiento a la basura que supongo que barato no ha sido… Miro la hora, son las dos y cuarto de la tarde y me quedo traspuesta unos segundos pensando que yo algo tenía que hacer hasta que doy un respingo acordándome de mis vecinos. Tengo que recogerlos en el colegio. «¡Ostras! —Pego otro respingo—. ¿Y en qué colegio estudian esas bestias?».

Cojo el móvil y tecleo rápidamente, gracias al cielo y al universo, aunque sé que mi amiga estará conduciendo, también sé que un señor muy majo inventó los dispositivos *bluethooh* y podrá contestarme.

—¿Ya has dejado de lloriquear? —responde de forma guasona.

Se escucha el botón del elevalunas y la escandalera por el viento deja de sonar. Casi puedo imaginármela con los labios pintados de rosa —como siempre— y su sonrisa de dientes perfectos, sus pecas por encima de la nariz y esos ojos celestes rasgados por el gesto, con el cabello rubio ondeando, a lo loco. Le iba a borrar yo esa sonrisa de un plumazo.

—Muy graciosa. A ver, simpática, ¿en qué colegio estudian tus hijos?

—¡Dios bendito! Bendita mi paciencia, de verdad… ¡Qué cruz más grande! —refunfuña al otro lado del aparato.

—Si quieres podemos estar toda la tarde al teléfono, ¿eh, bonita? No es a mí a la que van a llevar presa por abandonar a sus hijos, menores de edad, a su suerte. Prometo pagarte un *gigoló* dos veces al año para el bis a bis.

—Serás rata…

—Pobre…, lo que soy es pobre —resuelvo encogiéndome de hombros como si mi amiga pudiera verme.

Suelto el móvil un segundo para cambiarme la camiseta del pijama por un top de manga larga y cuello en pico. Vuelvo a coger el aparato escuchando la risa de Carol y me lo coloco entre la oreja y el cuello para terminar de cambiarme, porque al final se me hará tarde y verás que la vamos a tener.

—Y dale con esa palabra… Te he dicho muchas veces que no está bien que digas eso. Hay familias que son pobres de verdad y que no tienen dinero para comida, para pagar un techo… —Me duele la cabeza de nuevo, no aguanto más a esta plasta.

—Carol, mi amor —interrumpo de mal humor—. O me dices ya el colegio de esos dos bichos o me pongo el pijama y me meto en la cama de nuevo, porque apenas he dormido y te aseguro que me apetece más lo segundo que lo primero.

La escucho gruñir al otro lado y me da el nombre del colegio antes de colgar, busco en Google Maps y veo que no está lejos. Me calzo las Converse antes de salir.

Desde hace unos días no para de llover, pero hoy, milagrosamente, el cielo está completamente despejado. Se nota que estamos entrando en junio y el verano está a la vuelta de la esquina. Me gusta el sol, me encanta el sol —¿ves? Mi amiga Carol no tiene razón cuando dice que odio todo de este mundo. No, no es cierto—. Me coloco mis gafas de sol de Gucci, grandes, redondas y de un color rosa azucarado —que, por cierto, también adoro—. Obviamente, fue un regalo de la empresa. Una cosa muy buena que tiene mi trabajo es que no solo me regalan ropa bonita, sino también complementos y, en ocasiones, cae algo como esto; de marca, hipermoderno, que yo no podría permitirme con mi sueldo y que me encanta. A cambio, solo tengo que subir algunas fotos a mi perfil de Instagram, Facebook y al blog de la empresa. Emma dice que a eso se le llama ser *influencer*, y yo me parto de risa, *influencer*, dice… En fin, qué tontería más grande le ha dado ahora al mundo con las redes sociales.

Decido ir caminando hasta el colegio, quiero disfrutar de tan precioso día y estoy segura de que a los niños les sentará bien un paseo para cansarse.

—¡Tía Martiiiiiiiii! ¡Marti! ¡Marti! ¡Marti! ¡Tía Martiiiii!

Ese es Ruimán que se ha puesto a chillar como un loco en cuanto me ha visto aparecer por la puerta. Me muero de la vergüenza, pero nadie parece prestarle la menor atención. Está todo el mundo preocupado de sus propios piojos chillones, llenos de mocos, suciedad y bacterias que corretean camino a la puerta de salida.

—Hola, cielo. —Fuerzo una sonrisa—. ¿Cómo está el niño más lindo de toda la ciudad? —Sé que sueno falsa, pero eso no es mentira, es lindo, guapo, guapo a rabiar. Lo que pasa que es un poco cabroncete y muy hiperactivo y eso lo descompensa todo.

La criaturilla se abalanza sobre mí que, teniendo en cuenta que tiene siete años y es uno de los niños más altos de la clase, casi tiene fuerza para tirarme. Sus manos mugrientas tiran de mí para que me agache y me suelta un abrazo, un beso, me pasa las manos por el pelo, y yo tengo ganas de llorar.

—¿Qué has comido, bonito, estofado de nubes de azúcar?

El peque suelta una carcajada y se agarra a mi mano… Está pegajoso, a saber dónde ha metido esas manos antes y lo peor es que sale del comedor y veo mugre por todas partes. ¿Estos niños no se lavan las manos antes de comer? Deben de tener bacterias en las bacterias.

Sale Óliver algo más tranquilo, arrastrando los pies y con un puchero.

—Hola —gruñe. Este salió a mí, sin duda, y eso que Carol y yo no compartimos sangre.

—¿Esa es forma de saludar a tu tía? —El pequeño depresivo preadolescente se acerca, me da un rápido beso en la mejilla, y lo atravieso con la mirada—. ¿Te duele algo? —Entro en pánico, lo que me faltaba es que se me pusiera malo alguno de los dos niños ahora que Carol no está. No, no, no… No tenía que haberme quedado con ellos—

. ¿Estás bien? ¿Te duele la cabeza? No habrás bebido alcohol, ¿no? Óliver Serrano, te lo digo muy en serio, como yo me entere… —Óliver sigue caminando, pasa por mi lado y me ignora—. ¡Óliver! Óliver, ¡para ahora mismo! —Me ignora—. ¡Óliver Serrano!

—Soriano —me corrige Ruimán.

—A callar, criatura infernal… ¡Óliver Soriano! Como no te pares ahora mismo te castigo. Voy a contar hasta tres… A la de una, a la de dos… —¡Mierda! ¿Qué se hace en estos casos en los que llegas a dos y pasan de tu culo?—. A la de dos y cuartoooooo, dos y mediaaaaaa…

Ruimán se carcajea, y un padre que está cerca me mira raro con el ceño fruncido. Me cago en la puñetera maternidad obligada de las narices. En momentos como este pienso en que la amistad está sobrevalorada.

Corro, arrastrando a Ruimán conmigo, y me pongo a la altura de Óliver, que camina rápido y veloz con la cabeza gacha. Lo agarro del brazo, y se para, pero no levanta la cabeza.

—Óliveeer, cariño mío. ¿Se puede saber qué te pasa? ¿Estás enfermo? ¿Quieres ir al médico?

—Déjame en paz.

—¿Te ha pegado alguien? Ay, Óliver, dime si alguien te ha pegado.

Que a mí los niños no me gustan y los de Carol, menos; pero a mis sobrinos postizos no me los toca nadie o le arranco la cabeza a quien se atreva.

Ruimán lleva rato tirando de mi camiseta, y yo rato ignorándolo, el preadolescente de metro y medio que tengo delante de mí ocupa toda mi atención en este momento.

—Tía Martina —llama mi atención Ruimán por enésima vez.

—Dime, piojo.

—Jolín, no me llames piojo, los piojos dan asco, yo no… ¿A que yo no te doy asco, tía Marti?

—No, mi amor, claro que no. Si eres todo dulzura, te comería enterito…, cuando te duches, hijo, porque en este momento sí que das un pelín de asquete. —Ruimán pone un puchero—. Que es bromaaaa. Dime, ¿qué quieres?

Tira de mí para que me agache y me susurra al oído.

—Su novia le ha dado calabazas.

—¡Noelia no es mi novia, imbécil! —grita Óliver.

¡Aaaah! Con que esto es un asunto de faldaaaas. Pues a buena se han vuelto a arrimar estos dos…

—Óliver —digo muy seria—, no está bien que insultes a tu hermano. Si vuelves a decir palabras feas, como esa, te va a nacer una cucaracha gigante del tamaño de un balón de futbol en la barriga y la vas a vomitar. Te va a dar tanto asco que te vas a desmayar.

Exagero, porque sí, si hay que educar, educo… que para eso Carol y yo nos hicimos amiga-hermanas de sangre y alcohol durante el octavo cubata en la tercera fiesta universitaria en la que coincidimos.

—Martina, ¿crees que soy un crío? ¿Por qué me dices esas gilipolleces? Es lo más absurdo que he oído en toda mi vida.

El niño me deja sin respuestas… Es lo que tiene tener doce años y creer que lo sabes todo y, por ende, lo que tiene tener treinta y cuatro años y tener idea de crianza cero; ni pajolera idea, vamos. Decido dejar el tema, porque ya no se me ocurre qué otra cosa contestarle.

Por la broma de no traer el coche tenemos que caminar más de media hora hasta el entrenamiento de fútbol del que me había olvidado por completo. Termino arrastrando la mochila de Ruimán, que me ha hecho escuchar por trigésima vez la canción que le ha enseñado un profesor de música muy simpático al que mi amiga Carolina debería aplastar la cabeza cual bicho asqueroso y repugnante. Odio esa jodida canción… Bueno, mejor dicho, cucaracha esa dichosa canción.

Mientras aquellas dos fieras juegan al fútbol, reviso el libro de Óliver para ver qué están dando en Matemáticas, porque yo soy de letras. A mí eso de los números nunca se me ha dado bien; pero es primaria, no puede ser tan difícil, ¿no?

—¡La madre del cordero! —grito cuando abro el libro y lo primero que veo es una raíz cuadrada. Levanto la cabeza cuando noto que las personas a mi alrededor me miran desconcertadas por mi alarido—. Perdón —me disculpo.

¿Raíces cuadradas? Esto me parece una puñetera pesadilla, tiemblo, sudo… No recuerdo cómo se hacía esto, ni siquiera recuerdo si alguna vez aprendí a hacerlas. Paso páginas y veo potencias, fracciones y no sé qué más cosas infernales… Óliver, cariño mío, lo siento; pero, si depende de la tía Martina, mañana vas a suspender Matemáticas de todas, todas.

Suena mi móvil y miro la pantalla de forma distraída. Ángel. ¡Ostras, Ángel! Compruebo la hora… Me va a matar.

—¿Dónde estás, chica maniquí? —Hemos tenido muchas horas de entrenamiento en las que le he contado cuáles son los principales aspectos que caracterizan mi día a día, entre ellos, mi trabajo—. Espero que no me contestes que soltando bilis por la boca como ayer porque voy a tu casa y te arrastro de la cama.

—¡Ángel! Ángel, cielo, tengo un problema muy gordo.

—¿Estás en la cárcel? —La urgencia en mi voz debe de ser grave.

—No… Ostras, no… Estoy condenada, eso sí —lloriqueo.

—Venga, Martina, cielo, que te estoy esperando hace rato y no tengo toda la tarde.

—¿Tú sabes Matemáticas? Matemáticas en plan difícil, me refiero.

—¿A qué te refieres exactamente? ¿Derivadas? ¿Integrales? ¿Cálculo diferencial? —Me hace más preguntas, pero mi cerebro desconecta automáticamente—. Soy de letras, cariño, hay cosas que se me escapan.

—Raíces cuadradas.

—Eeee… Algo sé, sí… —Noto una risa de burla contenida, pero ahora no tengo tiempo de mandarlo al infierno.

—¿Podríamos utilizar mi hora y media de entrenamiento de hoy para que me ayudes a repasar Matemáticas de sexto de primaria para un examen?

—Eeee… —Supongo que está fuera de juego.

—Tengo dos críos en casa hoy… ¡Dos! Odio a los críos. —Los padres que están alrededor me miran escandalizados—. Bueno, no a todos, ¿eh? Estos son más buenos… Súper lindos los dos, te los comerías.

—Tú y la comida. De verdad, Martina, tienes un problema.

—Digo metafóricamente, so bestia. ¿Me ayudas o qué?

—Si me dejas revisar tu despensa y vamos juntos luego a la compra.

Gruño. Gruño mucho. Porque me lo ha pedido muchas veces, y siempre le doy largas en plan: mi casa no está visible hoy; está todo muy desordenado; bufff, qué va, qué va, otro día… Al final acepto el trato.

Cucaracha a Carolina.

Cucaracha a los hijos de Carolina.

Cucaracha las Matemáticas.

Y cucaracha a mi demonio particular.

2

MATEMÁTICAS

ÁNGEL

Mi vida ha dado un vuelco en el último año, ha sido jodido, ha sido lo más jodido que he tenido que hacer nunca. Pero no pasa nada, no pasa absolutamente nada. Es lo que hay y hace mucho que me puse por lema esa estrofa de *Así es la vida* del grupo Efecto Pasillo:

Así es la vida, así son las cosas.
Un día te ríes y otro día lloras.

Y, así es, no queda otra. La vida está llena de etapas y hay que aprender a pasarlas y superarlas.

Si hay vida, hay que vivirla hoy
con lo que traiga la marea
con lo que pida el corazón.

¿Demasiado dramático?

Empiezo de nuevo:

Soy Ángel, nací en Tortosa, en Tarragona, hace treinta y siete años. Siempre he llevado una vida bastante tranquila rodeado de mi familia y digamos que, después de la hecatombe, decidí alejarme de todo; decidí que aquellas calles en las que había correteado de pequeño ya no me hacían feliz, que aquella gente que me vio crecer ya no era mi gente, que me ahogaba y necesitaba escapar. Nunca pensé que podría vivir sin ver, a cada paso, el gran Ebro extendiéndose frente a mí. Pues no, no lo pensé. Pero, ya ves, así fue.

Hace casi un año decidí coger todos mis bártulos, los ahorros que tenía en mi cuenta y moverme. No tenía claro a dónde ir, no tenía claro qué sería de mí, con quién viviría, no tenía claro absolutamente nada, solo que tenía que alejarme de todo y de todos.

Con una lista hecha en la parte trasera de un tique de restaurante, una moneda de un euro que lanzaba al aire y una tarde de aburrimiento; fui desechando destinos en el sofá de mi amigo Juanjo, donde llevaba durmiendo diecisiete noches sin una sola mala cara, sin un solo «no puedes seguir así», sin un solo «tienes que irte». Él y María José, su mujer, se volcaron completamente en hacerme sentir bien, hacerme sentir en casa. Me dieron el margen que necesitaba para recuperarme del golpe y tomar, sin presiones, la decisión que necesitara. Total, que finalmente Valencia fue el lugar elegido.

No me costó demasiado tiempo encontrar piso y trabajo; lo primero, porque el dinero que tenía ahorrado ejercía de aval y, lo segundo, pues… pura suerte, me imagino. En el gimnasio estuve unos cuatro meses, pero con los contactos que hice pronto pude dedicarme de lleno al entrenamiento personal que era lo que siempre me había gustado.

¿Por qué? ¿Te preguntarás? ¿Por qué mejor ser autónomo —en un país como el nuestro en el que se paga hasta por respirar— en lugar de trabajar para una empresa privada con sus vacaciones, sus pagas dobles y ese largo etcétera de ventajas? Pues porque a mí no me llenaba estar encerrado entre esas cuatro paredes y me dije que, ya que había decidido dejarlo todo atrás, al menos que el cambio me hiciera sentir cómodo y a gusto. A mí me gustaba motivar y hacer que las personas dirigiesen su vida a un lugar donde se sintieran felices de verdad.

Mi madre siempre me llamaba loco, loco como una puñetera cabra, cuando después de Psicología decidí seguir estudiando Educación Física. Ella no lo entendió, tampoco me extrañaba, nunca entendía nada de lo que yo hacía ni tampoco se molestaba en preguntar lo que me motivaba a hacerlo. Simplemente pensó que quería quedarme más tiempo estudiando en Barcelona, por tener libertad y vivir unos años más a costa de mis padres, como si para ellos supusiera algún sacrificio y, como realmente no lo suponía, al final aceptó.

Barcelona molaba y la independencia siendo tan joven aún más; pero, no, ese no era el motivo. Desde siempre pensé que mi meta en la vida era ayudar a otras personas, por eso las deciciones que tomé con respecto a mis estudios; pero, quién me lo iba a decir, al final me olvidé de mí mismo y eso es lo más triste que me ha pasado nunca.

Al comenzar mi andadura en solitario me fui haciendo con mi cartera de clientes, los cuales me permitieron una estabilidad económica y afrontar los pagos estipulados. Me dediqué cada día de mi vida a hacer mi trabajo más allá de mandar una hora de tablas de ejercicios y el boca a boca hizo lo demás. Si hace dos años me llegan a decir que me iba a dedicar a esto, me hubiera partido de la risa.

En definitiva, no me enrollo más. Resulta que hace poco más de un mes me contactaron un grupo de chicas, y flipé en colores.

Te pongo en situación. Un martes cualquiera, después de entrenar a los clientes de la mañana, volví a casa a almorzar y, cuando me estaba preparando la comida, mi móvil emitió un pitido. No le hice mucho caso porque sabía que era un wasap, nada importante ni urgente llega nunca por wasap. Sería algún cliente posponiendo una cita, anulando otra… Lo típico, ya lo miraría más tarde.

La cuestión fue que aquella cosa de pronto empezó a volverse loca y emitió un pitido tras otro, uno tras otro. Conté muchos antes de poder lavarme las manos y secármelas con una servilleta para alcanzar el móvil y ver qué estaba ocurriendo.

De pronto me vi en un grupo de wasap que se llamaba: «Regalo Martina» y lo primero que pensé fue que se habían equivocado al incluirme porque, que yo supiera, no había conocido a ninguna Martina en toda mi vida. Mi primera intención era salirme sin más, sin dar mayor explicación, pero algo me hizo detenerme, ir hasta el principio de la conversación y leer.

NÚMERO DESCONOCIDO 1:
Hola, Ángel, disculpa que te abordemos de esta forma. Me ha dado tu teléfono Nataniel, mi pareja, y me ha dicho que seguro que no te importaba que te escribiera. Tenemos una misión para ti. ¿Podríamos reunirnos esta tarde?

NÚMERO DESCONOCIDO 2:
Pero ¿qué has hecho, Eve? ¿Lo has metido en el grupo? ¿Sabes que esto podría acarrear problemas legales? Por la ley de protección de datos y demás. Chica, hay que pensar antes de hacer las cosas que esto es grave. Las multas son desorbitadas. Ruego disculpe a mi amiga, señor.

NÚMERO DESCONOCIDO 3:
Madre de Dios, estás loca. Se va a pirar en cuanto se dé cuenta de esto.

NÚMERO DESCONOCIDO 1:
¿Qué señor ni qué señor? Es trabajo, ¿cómo se va a pirar? Que no, hacedme caso, que Nataniel me dijo que es un chico muy simpático. Además, si hay algún problema legal tenemos abogada, ¿no, Carol?

NÚMERO DESCONOCIDO 2:
A mí no me metas en tus cosas. Disculpe esta intromisión, Ángel. Solo queremos saber si podemos reunirnos personalmente para hacerle una proposición.

NÚMERO DESCONOCIDO 3:
Una proposición de trabajo, no vaya a pensar mal usted.

NÚMERO DESCONOCIDO 2:
¡Claro que de trabajo, Emma, por Dios! Pero ¡qué dices!

NÚMERO DESCONOCIDO 1:
Ja, ja, ja, igual te apetece también otro tipo de proposición, Ángel, pero esa mejor en persona. Carol es muy guapa y está soltera.

NÚMERO DESCONOCIDO 3:
Ya, soltera... Te olvidas de que van incluidos dos niños en el *pack*.

NÚMERO DESCONOCIDO 2:
Ya te vale, Emma, lo dices como si fuera algo malo.

NÚMERO DESCONOCIDO 1:
«Como si fuera», dice... Ángel, ¿podemos vernos esta tarde en el Sturbucks de Carrer Sant Vicente Màrtir sobre las ocho?

NÚMERO DESCONOCIDO 2:
A mí me viene bien a esa hora, seguro que mis padres se quedan con los niños.

NÚMERO DESCONOCIDO 3:
Ok. A las ocho.

NÚMERO DESCONOCIDO 1:
Esperad a que conteste él, manada de *marujonas*.

«¡Menuda panda de locas!», pensé y me reí, me reí un montón. Fui hasta el número de Nataniel y escribí.

ÁNGEL:
Oye, tío, ¿sabes algo de tres locas de atar que quieren verme luego en el Sturbucks? No será una broma de las tuyas, ¿verdad?, que nos conocemos. Una ha dicho que es tu chica, pero no me fío.

NATANIEL:
Soy inocente, me convencieron con artimañas... caseras. Ya has visto a Eve alguna vez, parece seria y modosita, pero está loca, es verdad. Sin embargo, te va a interesar, es para curro.

Lo pensé un rato.

Lo cierto era que me hacía falta reírme un rato y otra cosa no, pero suponía que las risas iban a estar aseguradas con esas tres.

Finalmente contesté.

ÁNGEL:
Hola, chicas. Ok, a las ocho en el Sturbucks, me va bien. Hasta luego.

NÚMERO DESCONOCIDO 1:
¿Veis, so tontas? Ángel es muy simpático y tiene otras cualidades de las que ya os daréis cuenta después, es perfecto para lo que necesitamos.

Lo primero que pensé entonces fue: «Pero ¿estas tías para qué me quieren? ¿Para una despedida de soltera o qué? ¡Ay, madre!», y seguí riendo un buen rato más porque ellas continuaron hablando como si no hubiera un mañana.

Finalmente silencié el grupo y me desconecté, ya no solo porque me estuvieran volviendo loco, sino porque tenía que comer con cierta urgencia para poder llegar a tiempo al siguiente entrenamiento.

Estuve toda la tarde riendo con las cosas de esas tres, de vez en cuando entraba a leer porque tenía muchísimos wasaps. No callaban, parecía que habían olvidado que yo seguía allí, porque menudas perlitas estaban soltando.

Tras una ducha, me vestí cómodo y sencillo; camiseta, vaqueros y deportivas. Había tenido un día bastante ajetreado y lo último que me apetecía era arreglarme demasiado.

Con cierto miedo, acudí a la reunión. Allí, frente a aquellas tres chicas de más o menos mi edad, Evelyn tomó el mando, al menos hasta que las otras dos perdieron un poco la timidez, se notaba que estaban cohibidas con mi presencia. Total, que me hablaron de una amiga suya, la cuarta en discordia; Martina. Obviamente, Martina, la del «regalo».

Creo que me contaron un poco más de la cuenta, pero las escuché —soy psicólogo tanto como entrenador personal, ya te lo he dicho—, y despertaron en mí una absoluta curiosidad. Me mostraron fotografías que Martina había mandado a sus amigas de las analíticas y también me pusieron al día de su estado físico y cómo estaba desfasando cada vez que salía a trabajar. Bebía, bebía muchísimo y estaban preocupadas. Temían que aquella vida que llevaba le pasara factura pronto.

También me enseñaron una foto de Martina, la verdad es que me esperaba otra cosa, ¡era guapísima! Que sí, que le sobraban kilos, pero tantos como desparpajo. Tenía una sonrisa increíble, unos labios carnosos de infarto, dientes de esos de anuncio y ninguna vergüenza o al menos eso es lo que aparentaba en las poses de aquellas fotografías. Un cabello largo y bien cuidado, de ese que incita a tirar en ciertos momentos… Bueno, que me desvío del tema. Martina tenía un cuerpo muy bonito, aunque me abstuve de hacer comentario alguno sobre eso, porque en realidad para mí era más importante mejorar esas analíticas que conseguir una figura delgada.

—Nuestra propuesta es un año, un año completo, Ángel; pero no va a ser fácil. Va a ser duro. Para empezar, Martina nunca ha dado señales de tener el menor interés en hacer ejercicio y suponemos que se mostrará reticente —me explicó Evelyn.

—Puede que al principio se entusiasme con la idea. —Esa fue Carol, la cual tomó la palabra en ese momento—. Y que aguante bien los primeros días, dos semanas o incluso un mes, pero luego intentará librarse de ti de todas las formas habidas y por haber. No habrá excusas en la tierra que no te suelte para perderte de vista.

—Nataniel le contó a Evelyn que tú no solo eres entrenador personal, sino que también eres algo así como un *coach* de esos que se usan tanto ahora, ¿es así? —me preguntó Emma. No quise hablar aún, simplemente asentí.

—Pues este es el panorama. —Retomó de nuevo la palabra Eve—. Te pagaremos los entrenamientos de todo un año con el plus que exijas para el caso concreto que te exponemos. Pero tienes que firmarnos un acuerdo por el cual te comprometes a no rendirte con Marti, a motivarla, a animarla a continuar con los ejercicios; a educarla en temas de alimentación porque come muy mal y no solo por lo que ingiere, sino por los horarios que tiene. Igual te puede desayunar a las tres de la tarde que cenar a las siete. Dependiendo de su jornada y lo mucho que haya desfasado la noche antes.

»A ver, a nosotras nos saldría mucho más económico ir al gimnasio que quede más cerca de su casa, pagar el abono anual y dedicarnos a darle el peñazo para que vaya, pero necesitamos a alguien que la anime…, que sepa cómo motivarla. Nataniel nos dijo que conocía a la persona perfecta, que tú lo eras, y que confiaba plenamente en que podrías conseguirlo. Si no te vas a comprometer, preferimos que nos lo digas abiertamente.

—Es un reto —dije al fin.

Sí, era un reto y lo cierto es que no lo pensé mucho, acepté y aquí estoy ahora, de camino a casa de Martina con la excusa más surrealista que me ha dado nunca nadie para no hacer ejercicio. Matemáticas, dice… Matemáticas las de Carolina al calcular cuánto tardaría en tratar de darme esquinazo. No sabe esta mujer con quién se enfrenta. No tiene ni la más remota idea.

Sonrío de forma malévola.

No podrás conmigo, Martina, cariño… Lo siento.

3

ESPERO QUE SEPAS JUGAR AL PARCHÍS, RUBITO

Martina

Mi casa, como es habitual, luce reluciente. Soy bastante maniática con el orden y la limpieza, otra de las razones por las que no me gusta tener niños aquí: porque limpios, limpios, no son y ordenados, menos.

Abro la despensa a ver qué tengo para darles de merienda y saco un bote de zumo y un paquete de galletas de chocolate que les acerco, y Ángel, que ha llegado hace un rato, me mira como si hubiera cometido un delito.

—Ya sabes lo que tú y yo vamos a hacer después, ¿verdad? —insinúa reprobatorio.

—¿Estáis hablando de sexo? —Óliver nos mira curioso levantando una ceja, y yo me aguanto la risa mientras Ángel se queda colorado.

—Calla, niño, y cómete eso para que te pongas ya a estudiar para el examen —lo reprendo.

Me siento con ellos, pero a los dos minutos me aburro como una ostra, y Ruimán me está volviendo loca, en serio, no ha parado de hablar desde que salió del colegio.

—Oye, cielo, ¿dónde está tu maquinita? Esa con la que te encanta jugar.

—¿La Nintendo? —Asiento—. En casa, mamá no me deja usarla entre semana.

—Bueno, mamá no está y a mí no me dijo nada de eso. —Al niño se le ilumina la cara, y Ángel vuelve a soltarme una mirada reprobatoria—. ¿Qué? ¡Cuando tengamos hijos ya los educaremos poniéndonos de acuerdo! —bromeo.

—¿Otra vez estáis hablando de sexo? —En serio, ¿con doce años cómo se puede tener una mente tan pervertida? No lo entiendo.

Ángel y yo lo ignoramos, y los dejo solos un momento en la mesa comedor de mi salón; corrijo…, en la inmaculada mesa comedor de mi salón que me ha costado una pasta y que espero, por el bien de estos dos, que no me ensucien con lápiz, bolis, colores o nada parecido, porque se la comen.

Voy con Ruimán a su casa a buscar la consola. Aprovecho para visitar la despensa de mi amiga y me llevo algunas cosas que yo en casa no tengo, como cacao, cereales, leche entera. Veo una tableta gigante de chocolate con almendras y recuerdo el sermón de Maca, así que robo algunos cuadritos y le doy a Ruimán también, que me mira como si no hubiese roto un plato en la vida.

Me preparo un café en la Nesspreso y le echo leche condensada como si no la hubiera probado en la vida, lo degusto tranquilamente mordisqueando unas galletas, en lo que Ruimán rescata unos pijamas para él y su hermano. En realidad, no he almorzado, pero no pienso decírselo a Ángel, paso de que me dé la charla. «Cinco comidas, bla, bla, bla… Alimentación sana, variada, equilibrada, bla, bla, bla…». Lo de siempre.

Volvemos a casa, y Óliver y Ángel terminan rápido el repaso.

—Este niño es un hacha, lo tiene controlado al dedillo —me dice mi entrenador/salvador, y yo sonrío orgullosa, en realidad no sé por qué, porque a mí estos niños me la traen al pairo, que paso de críos y de exámenes—. Bueno, ahora quiero mi parte del trato —dispone Ángel. Óliver se tapa las orejas. Tengo que hablar con Carol de esta obsesión de su hijo. Me he dado cuenta de que esta vez nos hemos enrojecido los dos.

—Oye, Ángel… —Decido que es buen momento para cortar nuestra relación—. Tenemos que hablar.

—Oh, oh… —suelta Óliver.

—Oh, oh… —repite Ruimán cual lorito mientras da volteretas sobre mi sofá desarmándome los cojines que, en los cinco minutos que lleva sentado, ya he colocado dos veces.

Ángel levanta una ceja divertido, y no puedo dejar de fijarme en esa sonrisa que intenta esconder, pero que es fácil averiguar. Debo decir que nunca me han gustado demasiado los rubios —excepto Chris Hemsworth—, yo soy más de machotes morenos —Momoa, grrrr, te hacía un lavado de arriba abajo con la lengua—, también soy más del chico de andar por casa y menos del que se pone en el escaparte para lucir tienda… No sé si me entiendes. Pero Ángel no solo es alto, rubio, de ojos claros y aspecto fibroso, sino que tiene una cara de pillo que no puede con ella, es simpático y bastante cabezota.

Se levanta de su asiento y me sigue hasta mi dormitorio, cuando me giro tiene las cejas alzadas en señal de sorpresa. No es que yo piense hacer nada con él en mi cama de dos metros. Bueno, como pensar, pensar… sí; pero nada más, que una es realista.

—Tenemos que dejar lo nuestro —suelto a bocajarro sin querer retrasar más el momento, ni siquiera le ofrezco asiento, es mejor atajar por lo sano.

—¿Eh?

—Perdona, quiero decir que tenemos que dejar los entrenamientos.

Puedo ver cómo la desconfianza se apodera de su mirada y luego algo entre enfado y no sé qué otra cosa.

—De eso nada, me han pagado por pasar contigo hora y media todas las tardes durante un año y no te vas a librar de mí, lo siento, pero no.

—Emm… Cielo, pues quiero cancelar el servicio. Le devuelves a mis amigas el dinero y sanseacabó.

—No se admiten reembolsos, lo siento. —Respiro hondo y me siento en la cama frustrada. Esto no va a ser fácil—. Mira, sé que es difícil, que es duro. Cambiar de vida nunca fue sencillo para nadie, para mí tampoco cuando lo decidí. Yo pesaba noventa kilos hace unos años, antes de decidir que lo iba a cambiar todo. —¡Dios! Otra vez la charla de «yo he estado en tu lugar», no se la cree ni él, pufffff—. Tú necesitabas un empujón y lo estás haciendo bien, te esfuerzas y no parece que te cueste pasar conmigo esa hora y media.

«No, si es que a mí se me hacen cortas para babear», pienso, pero no lo digo, claro, porque se está poniendo en modo superintenso y no es plan.

—No es eso, Ángel. No me cuesta tanto seguir el ritmo de los entrenamientos. Bueno, la primera semana me quería morir, pero ya voy mucho mejor. Sin embargo…

—Ya sé lo que me vas a decir. Me pasa continuamente —dice frustrado sentándose a mi lado, y yo levanto las cejas sin entender.

—¿Te pasa mucho? ¿En serio? Yo pensaba que no había muchas situaciones así, como la mía. Bueno, está bien saberlo.

—Pero tienes que enfrentarte a ello, cielo.

—Es que tú no lo entiendes, Ángel, me puedo ir a la mierda por esto —intento explicarle mis miedos.

Me coge una mano, tiene la piel suave, más suave que yo; pero, lo alucinante no es eso, lo que me ha hecho flipar en colores es la descarga que he sentido por toda la columna vertebral con ese simple roce.

—Somos amigos, Martina, voy a estar a tu lado. No estás enamorada, solo ves un cuerpo sexi cerca de ti. Es normal que te sientas atraída; pero no debes abandonar por ello.

Lo juro, lo intento, lo intento de verdad, no obstante, el factor sorpresa me coge desprevenida y no puedo controlar soltar una tremenda carcajada. Estallar en risas, tirarme hacia atrás en la cama hasta casi llorar. Vamos a ver, que a mí Ángel me pone cachonda como para fundirme las bragas cada vez que está cerca; pero que lo flipa este tío si cree que voy a reconocerlo y, por supuesto, enamorada de él, pues va a ser que no… Creo que no podría estarlo de una persona que utiliza más cremas, cera y gomina que yo.

—Ay, ay… ¡Que me parto! —Como noto que Ángel me mira raro intento serenarme e incorporarme—. Ay, cielo mío, que estás muy bien y todo eso, eres mono.

—¿Mono? —me interrumpe.

—Mono —repito—, pero que no eres mi tipo para nada. Vamos, ni de lejos. Quisieras tú que me enganchara a ti, chaval, porque para todo soy igual de perseverante e intensa… —Ángel se pone rojo, no sabe ni a dónde mirar, y yo no puedo parar de reír. Él está serio, y no quiero que se moleste conmigo, pero es que me ha hecho mucha gracia—. Mira, cielo, te falta un poco de color en la piel, un corte de pelo, un afeitado apurado y, en general, un aspecto de persona normal para que yo me enamore de ti…

»En fin, que mi problema es que mi jefa me ha amenazado con perder mi puesto de trabajo si adelgazo y solo llevo cuatro semanas entrenando, y ya se ha dado cuenta de que he perdido peso.

—¡Eso está muy bien! —exclama feliz.

—¿Has escuchado algo de lo que te he dicho? —le reprocho enfadada.

—¿Vais a tardar mucho más en eso que estáis haciendo? Necesito ir un momento a casa para coger mi teléfono móvil.

Como si tuviera un resorte me levanto cuando escucho a Óliver gritar al otro lado de la puerta de mi dormitorio. Sí, la he cerrado, ya sé lo que estás pensando…, tenía que intentarlo.

—¿Son tus sobrinos? —me pregunta Ángel.

—Algo así —asiento.

—Es clavadito a ti —se mofa conteniendo una risilla.

Le suelto una patada en toda la canilla y me doy cuenta de que me he pasado cuando veo que se ha quedado blanco y se lleva la mano a la zona, parece que no respira y me lanzo a disculparme. Le paso la mano por donde le he dado y no se me ocurre qué hacer para compensarle, así que decido estarme quieta. Lo de cantar el *Sana-Sana* a un hombre de más de treinta y cinco años, que son los que debe de rondar, va a ser que no, ¿verdad?

—¿Entiendes por qué tengo que dejar de entrenar? —pregunto con voz suplicante. Necesito zanjar esto de una vez y pasar a otra cosa, mariposa. Me está pasando factura el cansancio por las pocas horas que he dormido.

—Lo que tienes que hacer es cambiar de trabajo —refunfuña—. Lo siento, pero no hay trato. Hora y media al día todos los días durante un año… Lo que hay —sentencia, porque sí, porque a mí me gusta entrenar con él, sin embargo, eso me suena más a condena que a un servicio pagado y disfrutado.

—Pues espero que sepas jugar al parchís, rubito, porque se acabaron los entrenamientos.

—Eso ya lo veremos.

4

PARA ESTO NACÍ

ÁNGEL

¿Mono? ¡Mono, dice! Joder, pues no sé si me ha dolido más eso o la patada en la canilla que me ha soltado así, porque sí, la muy so bruta.

Carolina tenía razón, intentaría darme esquinazo de muchas formas. No me ha servido ni mi mentira piadosa de yo pesaba noventa kilos hace años, nada. La tía no es tonta.

Saco el móvil y tecleo rápidamente en el grupo. Sí, aún sigo ahí, entre otras cosas para ir informándolas de lo que pasa o no con Marti y que me echen una mano si así lo necesitara, también porque lo paso bien con ellas, para qué negarlo.

ÁNGEL:
Primer y segundo intento en el mismo día.

CAROL:
¿Excusas?

ÁNGEL:
Primero, las Matemáticas. Quiero decir, el examen de Mates de tu hijo Óliver.

CAROL:
Ya, eso es culpa mía, lo siento.

EVE:
Bueno, que tenga a los niños en su casa no es una excusa para no hacer ejercicio. Para eso tiene un entrenador personal, ¿no? Si no puedes ir al gimnasio, el gimnasio viene a ti, entre otras cosas.

EMMA:
Cierto.

CAROL:
Cierto.

ÁNGEL:
Sí, no me rendí con esas.
Segundo, luego me dijo que debíamos acabar con los entrenamientos, que no podíamos seguir más, que os devolviera el dinero y me olvidara del tema.

EVE:
Ostras, ¿ya?

EMMA:
Está estresada, por los niños y eso, no le hagas caso.

ÁNGEL:
Me ha soltado una patada, una patada voladora en la canilla, la muy bestia. Me las va a pagar.

EMMA:
¿Que qué? Ay, madre. Ja, ja, ja.

CAROL:
Ostras, Ángel. Eso tienes que contarlo con más detalle.

ÁNGEL:
En otro momento, ahora tengo que dejaros.

Me desconecto del grupo, sigo herido, malherido, de orgullo y de pierna; pero lo disimulo bien.

Entiendo que Óliver y Ruimán pueden estresarla, que está acostumbrada a una vida en la que los niños no tienen cabida. Sin embargo, no le vendrá mal un poco de rutina y responsabilizarse de algo que no sea ella misma. No me parece mala idea. Cuando Carol me contó que le dejaba a los niños dos días ya preparé algunas tablas de ejercicios, pero, claro, no le había dicho nada, porque Carol me dijo que tenía que contárselo como quien tira de la cera al depilarse: rápido, contundente, sin vacilar, sin tiempo a reaccionar ni a pensar. No sé qué quiere decir todo eso o por qué, pero ellas sabrán.

Al menos he podido entrar en su casa, creo que es un paso muy importante para mi trabajo el poder acercarme más a ella, que se abra a mí... y no pienses cosas extrañas, aunque he de reconocer que la tía tiene un polvo, pero ni se me ocurriría. Me queda muchísimo año por delante para vernos cada día, no quiero meter la pata. Hay un contrato firmado que debo respetar.

La cuestión es que parece que no está conforme con la discusión que hemos tenido. Al parchís, dice... No le queda nada, esta no conoce las artimañas que soy capaz de hacer para conseguir mi objetivo.

¿Por qué hago todo esto? Te preguntarás, seguro que hay otra mucha gente que sí quiere un entrenador personal, que están dispuestos a pagar, así que puerta y listo. No es por el simple hecho del dinero que estoy cobrando por esto, que es bastante, tampoco por haber firmado un contrato en el que me comprometía a no tirar la toalla, sino que yo lo he convertido en un reto personal. Martina es mi reto personal. Así haya tenido que mover todos los entrenamientos de esta tarde para otros días.

Desde que vine a vivir a Valencia no he tenido muchos amigos, que sí, que he hecho buenas migas con mis clientes y algún café me he tomado con más de uno; pero, al margen de eso, charlar tranquilamente con alguien no lo había hecho desde hace mucho, muchísimo tiempo. Supongo que desde que entré al grupo de esas locas me siento mejor, menos solo, y Martina, Martina es puro enigma para mí.

Ella no me cuenta mucho de su vida, aunque sus amigas no paran de soltar y soltar, sé muchas cosas que ya las hablaré con ella llegado el momento, ahora no lo es, todavía me estoy ganando su confianza. Solo sé que ella es especial; que está loca, como una jodida regadera, eso también; pero que es divertida y muy guapa; que se merece esas amigas que tiene y que se preocupan tanto por ella y también que alguien luche a su lado, que la ayude a hacer las cosas bien, mejor.

Sé que no debí decirle que tenía que cambiar de trabajo, ese no es mi asunto, y en realidad no es por el hecho de que trabaje como modelo talla XXL, ni tampoco porque lo haga de noche. Es, simplemente, porque se refugia en todo eso para seguir desfasando, bebiendo hasta caer tiesa, comiendo fatal, durmiendo poco y mal… Me gustaría hacerle ver que todo eso no son más que excusas que se pone a sí misma y a los demás.

Sé que es un reto, un reto difícil, pero ¡qué demonios! ¡Para esto nací!

5

MI PEOR PESADILLA

Martina

Estoy en medio de una pesadilla. Mira que yo no soy mucho de vivir los sueños así, en primera persona, y luego acordarme de ellos, no… Pero no sé qué me pasa hoy y, encima, no logro despertarme.

Resulta que soy madre… ¡Madre! ¡Yo! De dos hijos… Son guapos, sí, lo cierto es que no se parecen mucho a mí. Miro hacia mi marido, pues más guapo no puede ser, así que salen a él. Bueno, vale, ¿y por qué tengo la sensación de que estoy en una pesadilla? Igual porque estoy en medio de un supermercado. Voy poniendo cosas en el carro que desaparecen misteriosamente. Pongo una ensalada preparada y, ¡puf!, desaparece. Pongo una sopa de *noodles* chinos y, ¡puf!, ya no está. Cojo una lasaña precocinada de verduras… Y, ¡mierda!, no desaparece, es el arpía de mi marido que lo devuelve a su sitio mientras no para de cotorrear. ¡Dios! ¿Por qué no se calla?

—¡Marti! ¿Me estás escuchando? —Ángel parece molesto.

—¡Tía Marti! ¡Tía Marti! ¿Podemos cenar porras con chocolate? —me pregunta Ruimán haciendo piruetas sin parar.

¡Madre del amor hermoso! ¿Dónde está el botón de *off* de estas cosas? ¿Por qué no para de brincar? ¿Por qué no paran de hablar? Me tienen loca entre uno y otro. ¡Jolín! Porras con chocolate y lo que sea con tal de que se calle de una vez. Como vuelva a llamarme «tía Marti», le pongo cinta de embalar en la boca.

—¡Qué rico! Claro que sí, cielo, ahora las buscamos en el congelador —respondo a ver si así logro que deje de insistir.

—Pero ¿qué dices, so loca? ¿Cómo le vas a dar de cenar al niño porras con chocolate?

A mi demonio particular están empezando a salirle cuernos. Lo ignoro, porque, oye, que me está poniendo *perraca* esa mirada que me está echando, a ver si lo puedo enfadar un poquito más.

—¡Puag! ¡Qué asco! A mí eso no me gusta, Martina. ¿Me haces un perrito caliente? ¿Y una Fanta naranja puedo? Mamá me la deja tomar de vez en cuando.

Óliver hace aletear sus pestañas y me sonríe. ¡Oh! ¡Muero de amor! Por fin parece que se le ha pasado el mal humor y ha olvidado su odiosa fase obsesivo-sexual de preadolescente hormonado.

—Claro, cariño mío. ¡No me mires así, demonio! —le digo a mi entrenador/profe de Mates/marido postizo/padre de familia numerosa (¿familia de dos hijos se considera numerosa?).

—¿Cómo me has llamado? Hombre, ¡ya lo que me faltaba!

—No te pongas así delante de los niños, cariñito mío —agrego por incordiar un poco más cuando veo que dos señoras mayores se han parado en mitad del pasillo al ver que Ángel me estaba chillando.

Tengo que aguantarme la risa porque se ha quedado más colorado que un pimiento morrón, y las señoras, enfadadas, se dirigen hacia nosotros.

—¡Vergüenza debería darle! ¡Hablarle así a su mujer en público! —espeta vieja A, que debe de medir metro treinta como mucho, pero da miedo, la jodida. Si te arrea una leche con ese bastón te quedas bobo, seguro.

—¡Ni en público ni en privado, Flor! —le da un golpe en el brazo vieja B a vieja A alentándola a continuar con la bronca.

—¡Eso! ¡Ni en público ni en privado! ¡Respete, señor! Esta mujer que está aquí le ha dado dos hijos preciosos, se desvive por usted... ¿No le da vergüenza?

—Pero..., pero... —Mi demonio particular ha pasado del rojo al blanco y se ha quedado sin palabras.

—Eso, papi. Deja de incordiar a mamá, lo hace lo mejor que puede. —Ese ha sido Óliver que ha visto que Ángel le quiere endosar lechuga para cenar y tonto, lo que se dice tonto, no es.

—¡Qué papi ni qué ocho cuartos! —Eleva la voz.

—¡Que no grite, señor! —Vieja B al rescate.

—A que le arreo con el bastón. —Vieja A levanta el palo de forma amenazante.

El pobre Ruimán, flipando, se agarra a mi mano, asustado, pero no puedo decirle nada. Bastante hago con aguantarme la risa y no estallar en carcajadas. Óliver lo está haciendo muy bien, el tío, se merece un gallifante[2] —¿¡qué!? Soy de los ochenta—, se nota que se está haciendo mayor, ya empieza a caerme mejor.

—Pero, señora…, que estos no son mis hijos —protesta Ángel, el pobre no lo está arreglando.

—¿Qué insinúa? —Vieja B con los ojos inyectados en sangre digievolucionando en arma de destrucción masiva.

—No pasa nada, señora —digo al fin, porque veo que le van a arrear al pobre y ya me da pena—. Tiene temperamento, pero es un buen hombre y buen marido, no se preocupe.

—Te estaremos observando, guaperillas de tres al cuarto. —Vieja A amenaza a Ángel posando las yemas de sus dedos índice y corazón bajo sus ojos y luego señalándole con ellos, un gesto que indica que lo está vigilando de todas, todas, al más puro estilo de la mafia rusa.

Las señoras se giran y se van por donde han venido y, por fin, estallo en carcajadas. Le está bien empleado, por entrometido.

Ángel, al que no parece que le haga ni pizca de gracia, termina de sacar del carro todo lo que he metido dentro.

—Como me sigas tocando la moral me instalo en tu casa día y noche y voy a ser tu peor pesadilla —me amenaza.

—Creo que le gustas. —Síndrome preadolescente obsesivo-sexual despertando en tres, dos... uno.

—No, cielo. Ángel es mi entrenador personal y se toma muy en serio su trabajo —le explico a Óliver, porque Ángel parece enfadado, la broma se me ha ido de las manos y está mosqueado de verdad.

—¿Qué es un entrenador personal? —pregunta Ruimán.

—Alguien que te ayuda a hacer deporte para ponerte en forma —explico de forma sencilla.

—Pero tú estás gorda, tía Marti —lo suelta así, sin anestesia ni nada—. Bueno, gordita, como dice mami.

---

[2] Premio que se daba por acertar la palabra a adivinar en un programa de televisión de los ochenta muy famoso llamado *Juego de niños*.

Ángel se parte la caja a mi espalda mientras me giro para mirar al pequeño mocoso, a «mami» le voy a decir yo cuatro cosas cuando la pille.

—Ya, cosas que pasan —respondo.

—Bueno, hazme caso de una vez que a este paso no salimos del supermercado. Comidas precocinadas, cero —interviene Ángel.

—Pero ¡esto es una ensalada! —protesto cuando me quita de la mano la que he cogido por tercera vez de la nevera.

—¡Con bacon y cebolla frita, alma de cántaro!

—*Quin biquin i cibilli friti, ilmi di quintiri* —refunfuño, Ruimán se ríe, y Ángel, pasando absolutamente de mi actitud infantil, coge una lechuga, tomate, cebolla…, y me cruzo de brazos—. No tengo tiempo para cocinar, por eso compro estas cosas que ya vienen listas.

—Trabajas de jueves a domingo y de noche —sentencia sin parar de meter cosas en el carro, ni me mira, el muy capullo.

—Pero soy madre de familia numerosa —rechisto, eso tiene que contar, aunque sea de forma momentánea—. ¿Eso qué carajo es?

—Son caquis, están riquísimos. —Los niños y yo lo miramos con un puchero.

—¿Saben a chocolate? —pregunto.

—Obviamente, no. —Me ignora y sigue cogiendo verdura y fruta de lo más variada.

—Entonces no está riquísimo —refunfuño por lo bajini.

Decido no volver a abrir la boca, total, no me va a hacer ni puñetero caso y se está haciendo tardísimo.

Después de coger pollo y pescado —ahora resulta que, además de maniquí, soy cocinera—, lácteos desnatados, tostadas integrales, mermelada sin azúcar, legumbres y arroz, y pagarlo, por supuesto —con lo barato que me sale a mí una sopa al microondas y una ensalada preparada—, nos dirigimos a mi casa.

Ángel sube con nosotros a mi piso, asegurándose de que guardo las cosas y no las tiro en el primer contenedor que encuentre por el camino y habla, habla, habla… No sé exactamente qué dice, llevo media hora cantando interiormente a Juan Magán, acordándome de un morenito de ojos oscuros con el que bailé anoche mientras trabajaba, estaba bueno el jodido:

… Leo tus señales, yo respiro, y tú me invades.
Toco tus extremidades…

¡Y meneo de caderas! Toma por aquí, toma por allá... Que una estará gordita, pero estas caderas se mueven que es una delicia.

—¡Marti! Chica, ¿qué haces? —me pregunta Ángel alucinando con mi arte, si es que te lo he dicho, no me haces caso. Soy una diosa del baile.

—Ehm..., nada, nada... Que hoy me ha faltado el ejercicio y estaba haciendo un poco de estiramiento.

—Ostras, tienes razón. Ni había caído que con el repaso de Matemáticas hoy no te has movido. Deberías usar la elíptica media hora.

—¿Eliquéééé? —pregunto flipando.

—Eso que tienes ahí.

Miro un aparato que recuerdo vagamente haber comprado en algún momento de hace unos cinco años y que utilizo para colgar los bolsos… Tengo tantos y son tan bonitos… y gratis. De repente me han entrado ganas de conservar mi trabajo y comerme una tableta de chocolate con almendras.

No sé qué problema tiene Ángel con mi perchero, pero intuyo que no me voy a ir de rositas.

Decidido, se acerca al aparato infernal, ahora que ya ha logrado descolgar todos los bolsos y lo está arrastrando al centro de mi salón. De pronto, recuerdo por qué solo lo utilicé una vez, estuve a punto de morir. Lo visualizo como si fuera ayer; cinco minutos aguanté y tenía la sensación de que los pulmones se me iban a salir por la boca. ¡Yo ahí no me subo! Ea, ¡he dicho! Me quedo clavada en el sitio, miro alrededor, buscando alguna cosa a la que poder aferrarme y que no me arrastre hasta allí.

Se sube, comprueba que funciona perfectamente y le da a un pie, a otro, coge ritmo con los brazos en los manillares esos que giran, se le marcan los músculos en los bíceps. Rostro serio, coge velocidad. Se le marcan también los músculos de las piernas; porque no te lo he dicho, pero lleva unos pantalones deportivos que le llegan por las rodillas y se le adhieren a la piel con cada movimiento, y yo babeo, babeo, babeo… Muerte por combustión espontánea en tres, dos…

—¿Puedo usarla yo un rato antes de ducharme? —pregunta Óliver.

Mi *demonic personal training* se baja del aparato rompiendo toda la magia del momento. Lo cierto es que prefiero morir por combustión interna que por echar los pulmones por la boca. «¡No me pienso subir ahí! ¡He dicho!».

—No, hoy no. Es tarde —Ángel mira la hora—. Ve a ducharte ya. Deberías acostarte temprano que mañana tienes el examen de Mates.

—Ángel, bonito, ¿no deberías marcharte a tu casa? Porque tienes una casa, me imagino, ¿no? Igual tu mujer y tus hijos te esperan —suelto exasperada.

—No tengo mujer ni hijos —responde sin siquiera mirarme ayudando a Óliver a guardar los libros en la mochila.

«Claro, bonito, no tienes hijos ni mujer y has decidido montar campamento en mi casa. Si lo sé no te dejo entrar», eso lo pienso, pero no lo digo, obvio.

Me alucina que Óliver le haya hecho caso a la primera, la última vez que lo mandé a duchar el drama duró media hora; pero, vamos, por mis ovarios que un niño maloliente no tocaba las sábanas de mi cuarto de invitados y, al final, logré que se metiera en la bañera. Sin embargo, ahí está, diligente. Sonríe a Ángel. Ruimán está recogiendo también sus cosas. ¿Cómo es posible? ¿Cómo lo hace?

—¿Tu perro? No es sano que no lo saques a hacer sus necesidades —intento rebatir, a ver si logro echar a este hombre de mi casa de una vez por todas.

—Vivo solo —¡Vaya, por Dios!

Me mira, sonríe y me guiña un ojo. ¡Ostras! Me ha saltado la pepitilla. ¿Demasiado sincera? Pues me ha pasado..., lo que hay. No se va a ir, lo sé, va a ser una pesadilla. Voy a tener que llamar a la Policía Local, a la Nacional y a la Guardia Civil —hasta a un exorcista, ya verás— para que este señor abandone mi casa. Creo que ha cambiado de táctica, ahora quiere ser simpático, «ya te diré yo cómo ser simpático conmigo, rubito». Le sale un hoyuelo al sonreír. ¿Un hoyuelo? ¿De dónde ha salido eso? Es la primera vez que lo veo. ¡Puñetero demonio! ¿Por qué está tan bueno?

Me señala el dormitorio y quisiera yo que fuera para otra cosa, pero sé exactamente lo que quiere, aunque Óliver, que rebusca entre la ropa que Ruimán y yo trajimos de su casa, como si tuviera un puñetero imán; levanta la cabeza y abre los ojos como platos. ¡Menuda obsesión!

—Te prometo que si haces treinta minutos de elíptica os preparo la cena y me marcho. Tú no cocinas, y yo consigo que hagas deporte que es para lo que me han pagado. ¿Trato hecho?

Sonrío, agarro mi móvil y tecleo rápidamente.

MARTINA:

Carolina, amor, te cucaracha con todo mi corazón por los siglos de los siglos.

CAROLINA:

Amén.

¡Arpía!

¡Ah! No era una pesadilla… Real, como la vida misma, por si no te habías dado cuenta aún.

6

¿QUÉ EXCUSA ME PONDRÁ MAÑANA?

ÁNGEL

Ha sido un día agotador, ha sido el día más extenuante desde que llevo trabajando de entrenador personal. ¡Madre mía! Y, hablando de madre, igual es hora de que llame a la mía. Hace por lo menos un mes que no sé nada de mi familia. Ganas no tengo, ninguna, porque sé cómo será la conversación y no me apetece nada enfrentarme a ella, pero tengo que hacerlo.

Lo mejor es que me prepare una infusión primero, soy adicto a las infusiones, me encantan. Enciendo el hervidor de agua, abro el armario superior de la cocina y reviso un rato hasta que me decido por una melisa que me sirvo con un chorro de miel y me llevo la taza al salón, donde me siento en mi sofá antes de buscar el número de mi madre en la agenda.

—Hola, hijo —contesta como si hubiéramos hablado ayer.

—Hola, mamá, ¿cómo estás? ¿Qué tal todo por ahí? —Intento sonar entusiasmado, a ver si así evito lo habitual.

—Bueno, como siempre. ¿Ya se te ha quitado la tontería? ¿Cuándo piensas volver?

«Nunca», pienso, pero no lo digo. No así, porque a pesar de que no me apoye en la decisión que he tomado —como siempre, nada nuevo—, es mi madre y la quiero. ¿Por qué? Puf, ni idea, la sangre tira, supongo.

Lo cierto es que no quiero disgustarla más. Suspiro antes de volver a hablar.

—Mamá, he montado un negocio aquí, ya lo sabes, tengo mi cartera de clientes y me va bien. Me va muy bien, de hecho —explico por millonésima vez. Ya puso el grito en el cielo cuando se enteró de que iba a empezar a trabajar como entrenador personal, como si eso fuera degradante, como si fuera de una clase inferior por hacerlo. Claro, para ella siempre fue mejor lo de: «te presento a Ángel Aranda, mi hijo, es psicólogo» y no esto que soy ahora, aunque a mí me haga más feliz—. ¿Cómo está papá? —Cambio de tema.

—Enfermo, pero, claro, eso a ti no te importa porque tú no lo ves cada día sufrir. Algún día morirá, y tú te lo habrás perdido. —Suspiro y pongo los ojos en blanco.

—Déjate de dramas, mamá, que solo tiene diabetes.

—Diabetes tipo uno —dice quebrándosele la voz por el llanto. Y luego me pregunta por qué la llamo tan poco, ¡me exaspera!—. Morirá.

—Todos moriremos, mamá —contesto con paciencia.

—No sé cómo puedes ser así de frívolo con esto.

—Porque la diabetes es una enfermedad, por desgracia, muy común y si se cuida bien, tiene una buena alimentación y hace ejercicio puede llevar una vida completamente normal —intento animarla.

—¡Está tu padre para hacer ejercicio con sesenta y cinco años y con la depresión que tiene! ¡Que lo vais a matar! ¡Un día lo vais a matar!

—Yo tengo un cliente que ronda los ochenta. Solo hay que tener ganas, no te digo que salga a correr la maratón de su vida. Pero que camine todos los días media hora.

—Habló el médico de la familia.

—No, ese no soy yo, yo soy el sensato, por lo que parece.

Odio discutir con mi madre, lo odio, pero siempre, sin excepción, terminamos como el rosario de la aurora.

—El sensato, dice…, el egoísta.

—Perdona que intente mirar por mi felicidad por una vez en la vida —murmuro—. Tengo que dejarte. Adiós, mamá. Buenas noches. Dale un beso a papá de mi parte.

—¿Y a tu her…

Corto antes de que pueda seguir hablando.

Esta mujer me agota. Me crispa. Tengo sentimientos encontrados con ella. La quiero, joder, claro que la quiero, es mi madre. Pero no puedo con todo ese drama que se ha montado porque no quiere que esté lejos. Nada de lo que me recrimina tiene sentido.

Sí, cuando estaba en Tortosa intenté siempre ser el hijo ejemplar, escuché a mis padres, hice lo que ellos me pidieron, trabajé como psicólogo, aunque no me apetecía hacerlo. ¿Cómo iba a rechazar la oportunidad de trabajar en el gabinete de Servando, el amigo de mi padre? Servando fue siempre como un tío para mí, que le tengo cariño, ojo..., aunque después de lo ocurrido y su reacción, tampoco sé qué decirte al respecto. Lo que está claro es que no era la vida que yo quería, era la que ellos querían para mí. Mi padre, mi madre, Servando, todos...

Desde que me vine a vivir a Valencia mi padre no me habla, supongo que por eso mi madre arma tanto drama alrededor de él, porque quiere que vaya, que cumpla mi cometido como hijo, que acate sus deseos, que me disculpe por algo que no debo disculparme. Pero eso no va a suceder. He intentado explicárselo, pero no logro que lo entienda y, sí, soy psicólogo y la paciencia es una «asignatura» indispensable para dedicarte a ello, pero con mi madre no la tengo, no puedo tenerla. Resoplo. La llamaré en un par de días, ahora me siento mal por haberle cortado el teléfono.

Menudo día llevo, menos mal que mañana tengo programada una jornada tranquila, solo un entrenamiento antes de almorzar y nada más que hacer.

Pienso en Marti, en toda la tarde que hemos pasado juntos, en lo agotador que ha sido convencerla para hacer media hora de ejercicio, pero lo conseguí. Y lo seguiré consiguiendo, ¿qué excusa me pondrá mañana? Pienso con una sonrisa tonta.

Cuando me levanto veo que Lucía, la única chica que tenía hoy para entrenar, me ha cancelado la cita porque está enferma. Es muy temprano, no tengo mucho que hacer y tengo la comida preparada en la nevera, así que decido dar un paseo y tomarme un café.

Voy hasta la cafetería de siempre, soy un hombre de costumbres, me gusta ir a los mismos lugares, sentarme en los mismos sitios, tomarme el café ojeando el periódico. Lo normal. La camarera es un poco rarita, pero está buena y, en fin, a nadie le amarga un dulce, ¿no?

Entro y veo a Montse detrás de la barra que se acerca rápidamente en cuanto me acomodo en una mesa, la misma de siempre.

—¡Buenos días, Ángel! ¿Solo, como siempre?

—Espero que te refieras al café, porque si no esa afirmación es deprimente —bromeo con una sonrisa tímida.

Montse es bonita, pero eso de ligar a mí se me ha olvidado cómo se hacía.

La chica suelta una carcajada y se coloca un mechón de pelo tras la oreja, se muerde el labio.

—Ya sabes que tenemos el mejor servicio de la ciudad, así que, si quieres un café solo, en compañía, no hay problema. —Montse se gira antes de que pueda responder y llama a Julio, que está colocando tazas, para que se haga cargo—. ¡Julio! —El joven levanta la cabeza de lo que está haciendo—. Dos cafés, uno solo y otro con azúcar, por favor —le pide.

Julio es un chico joven de unos diecinueve años, muy trabajador y diligente, que Monste ha puesto a trabajar para ella hace unas semanas.

La cafetería es suya y me gusta el ambiente que hay dentro, por eso siempre vuelvo. Es bonita, tiene mucha luz, se escucha una música de fondo suave y muy de mi estilo y el personal es simpático.

Me mira de nuevo con esos ojos oscuros y vuelve a morderse los labios rojos, sé lo que hace, está coqueteando, es evidente, y yo no puedo negar que me atrae, otras partes de mi cuerpo tampoco, pues brincan de felicidad.

Le echo un vistazo rápido. Es preciosa, guapísima, tiene un cuerpazo de infarto, a pesar de haberme confesado en varias ocasiones que no practica ningún tipo de ejercicio. De hecho, ha hecho mucho hincapié en eso de «ningún» para que me quede claro que se refiere a en cualquier área de su vida. Tiene un pecho enorme que casi no le cabe en el uniforme de trabajo que, como la cafetería es suya, supongo que ha elegido así a propósito. Es una blusa negra muy ajustada y con el logotipo por un lado, varios botones abiertos que muestran un amplio escote y lleva una minifalda del mismo color que enseña unas piernas interminables. Es guapa. Es sexi. Y sonríe maliciosamente porque sabe que la estoy examinando.

—¿Puedo sentarme? —pregunta al fin, y afirmo.

No tengo nada mejor que hacer, y Montse es agradable, me gusta hablar con ella, aunque no es para nada el tipo de chica con el que estoy acostumbrado a tratar, eso también debo reconocerlo, no sabría decirte exactamente el porqué. Hay algo en ella que me produce cierto rechazo o igual estoy equivocado y solo es timidez, sea lo que sea, está ahí.

Se sienta frente a mí.

—¿Qué tal tu mañana? —le pregunto.

Intento ser agradable, aunque me siento algo cohibido por la forma en que me mira. Creo que es la primera vez desde que la conozco, hace un par de meses, que está tan lanzada conmigo.

Pone su mano en mi brazo y sonríe mucho, lo cierto es que no me termina de agradar ese contacto tan forzado. Sin embargo, no digo nada ni la aparto.

—Ha hecho un calor terrible. Aquí adentro no se puede ni respirar. Se nos ha roto el aire acondicionado, ya he llamado a los técnicos, y me han dicho que hasta la próxima semana no se pueden pasar. Nos vamos a morir de calor aquí, así que hoy he venido fresquita a trabajar. —Ya. Fresquita…, medio en bolas, diría yo; pero, oye, que estoy a favor del movimiento naturista, así que yo, chitón—. ¿Y tú, cielo? ¿Qué tal tu mañana?

—Esta mañana no trabajo, me han cancelado el entrenamiento, así que me lo tomo con calma. Me apetecía dar un paseo y tomar algo.

—¿Te apetecería…?

Julio nos trae los cafés, y Montse se queda en silencio.

—Gracias, Julio —le digo.

Es un chico timidillo, pero muy agradable, no me importaría que se sentara a hablar con nosotros, porque hoy ella está más lanzada que de costumbre y me resulta una chica simpática, sí, pero no sé si ese cambio de actitud termina de agradarme.

El muchacho carraspea antes de irse cuando pone el café frente a ella.

—¿Qué pasa? —le pregunta Montse con amabilidad.

—Ha llegado Andreu, está en la trastienda.

Aparta la mano de mi brazo y sonríe.

—Gracias, Julio, en seguida voy. —Se me levantan las cejas sin querer porque le ha cambiado el semblante. Igual es su jefe, aunque ella me ha dicho en alguna ocasión que es la dueña del local. Tampoco le doy mayor importancia. Cuando Julio ya se ha marchado sigue hablando—. Oye, Ángel, he estado pensando en que igual necesito hacer algún tipo de entrenamiento, algo suave, ¿me entiendes?

—Sí, algo suave —repito.

—Sí, ¿me das tu teléfono y hablamos cuando salga del trabajo?

Asiento, ella me tiende una libretilla que se saca del bolsillo del delantal y un boli. Anoto mi número. Supongo que sé por dónde van los tiros y estoy seguro de que no se refiere a nada deportivo, pero… hace tanto tiempo que no estoy con nadie que casi que me apetece, aunque su forma de ser me intimide bastante, parece dispuesta a pasar un buen rato, y yo…, yo debería estar dispuesto también.

Montse se levanta cuando le tiendo la libretilla. Se escuchan pasos que se acercan desde la trastienda.

—Llámame cuando quieras. —Le guiño un ojo.

Venga, Ángel, ¡muy bien!, no te cuesta nada ponérselo un poco fácil.

—¿Podríamos… —dice y mira hacia atrás para comprobar que nadie nos escucha—, ¿podríamos entrenar en tu casa? Ya sabes, soy un poco tímida para matarme a abdominales en la calle.

—Podríamos —respondo.

Montse sonríe y vuelve a la barra.

La observo con curiosidad porque ignoro por qué se porta así, supongo que para ligar conmigo me ha dicho lo de que la cafetería es suya, y su jefe está a punto de entrar, si no, no lo entiendo. Sonrío. ¡Menuda mujer rara!

Montse va con diligencia a atender otra mesa y me doy cuenta de que se ha abrochado un par de botones de la camisa y ha bajado un poco la minifalda, y que el tal Andreu por fin ha salido de la trastienda. Miro divertido la situación, el hombre anda arrastrando una carretilla con unas cajas que coloca por un lado. Cuando Montse llega a la altura de la barra la saluda. No puedo escuchar lo que le dice desde donde estoy, pero me quedo completamente alucinado cuando le da un beso en los labios y le sonríe, le toca con cariño el cabello que ella lleva suelto, supongo que le dice que está guapa o algo así porque ella sonríe de nuevo y le da otro beso. En cuanto él se da la vuelta, se le esfuma la sonrisa y mira en mi dirección, y de pronto me he cabreado.

¿En serio?

¿Esto era necesario?

Odio estas puñeteras cosas. Las odio. Mucho.

Suelto un par de monedas encima de la mesa y, sin mediar palabra, abandono la cafetería, molesto.

Que es cierto que Montse no me hace tilín, que es atractiva, sexi y tal y supongo que lograría ponérmela dura, no te digo que no, que no pensaba que entre nosotros pudiera haber más que un rollete, un polvo o yo qué sé, esas cosas que se hacen y de las que yo perdí la pista hace muchos años; pero obviamente nunca pensé en ella como algo serio.

Sin embargo, me ha tocado mucho los huevos. ¿Es su pareja? Estaba coqueteando conmigo con todo el puñetero morro cuando su marido, novio o lo que fuera estaba en la trastienda y supongo que es algo habitual o tan descarado que hasta Julio se dio cuenta por dónde iba.

Me frustro, porque nunca voy a entender al ser humano y me frustro más aún cuando pienso que me encantaba esa cafetería y que ya no pienso volver por allí. Que cada uno sea feliz como quiera, como pueda, como le dejen; pero, para estas cosas, conmigo que no cuenten.

7

ASÍ SOY YO... TODO GLAMUR

Martina

Me despierto con el sonido de mis tripas o eso pienso en un principio, porque lo cierto es que escucho unas risas, unas risas infantiles. Tardo unos minutos en recordar que tengo en casa a los niños de mi amiga —o examiga, aún me lo estoy pensando: contrata a un demonio okupa más pesado que una vaca en brazos para que me torture durante un año, me suelta a sus hijos y se pira a otra ciudad... Mal, Carol, mal—. No paran de cotorrear. Supongo que tengo que llevarlos al colegio, sí, sería lo normal y de pronto me pego con la mano en la frente y me doy cuenta de que no me puse el despertador. ¡Ostras, menudo desastre!

Miro la hora, son las nueve menos diez.

Me levanto de un brinco, me he desperezado del golpe.

—Por fin te levantas, se nos va a hacer tarde.

Protesta Óliver ya vestido, tirado en el sofá con la cabeza metida en el móvil tecleando sin parar, ¿con quién diantres habla un niño de doce años a estas horas intempestivas? Ya me plantearé más tarde este tipo de cuestiones, ahora tengo que correr.

—Ya os vale, me podríais haber despertado. ¡Menudo desastre! No llegamos, no llegamos. ¡Vamoooos! —grito mientras me coloco las primeras deportivas que pillo en el zapatero.

—Tia Marti, estoy en pijama. —Ruimán me mira con los ojos como platos.

—Pero ¿qué haces así todavía? ¡Madre de Dios!

Lo ayudo a vestirse rápidamente, hoy no hay tiempo de peinarse ni de lavarse los dientes, lo arrastro de la mano.

—¡Vamos! ¡Vamos! Óliver coge tu mochila, venga, vamos que llegamos tarde.

—¡Tía Marti! Si no he desayunado.

¡Niño del demonio! Madre del amor hermoso, corro hasta la cocina, abro y cierro muebles, y Ángel, mi demonio particular, ha vaciado toda la despensa de posible comida rápida. Alcanzo unos plátanos y le doy uno a Ruimán, otro a Óliver y meto uno más en cada mochila.

—Venga, hoy desayunáis fruta, que es muy sano.

Las dos pequeñas bestias protestan mientras los arrastro por la puerta. Me pongo una sudadera encima del pijama pues no me da tiempo a cambiarme.

Como es lógico, se nos hace tarde, a las nueve y veinte he llegado. He cogido todos los puñeteros semáforos en rojo hasta el colegio, mejor hubiéramos ido caminando, la verdad. Pero es lo que hay. Cuando llegamos la puerta está cerrada, así que no me queda otra opción que dar vueltas para buscar aparcamiento, cosa imposible a esa hora de un día laboral, así que rezo lo que no está escrito para que no se lleve la grúa mi coche mientras lo dejo en una zona amarilla.

Óliver está histérico porque tiene el examen y no recuerda si era a primera hora, Ruimán no para de decirme que, total, para entrar media hora tarde al cole y que le castiguen mejor se queda en casa jugando a la Nintendo y los dos me tienen de los nervios.

Entro con ellos al colegio y paso a la Secretaría con mi pantalón corto de pijama de nubecitas verdes y mi sudadera violeta…, lo sé, esto es una pérdida de glamur total, mi jefa podría echarme a la calle si me viera de esta guisa, ni siquiera me he mirado al espejo, no sé qué aspecto tendrá mi pelo o mi cara; pero supongo que muy bueno no debe de ser porque cuando entro en la Secretaría del centro la señora que está tras el mostrador me mira como si se le hubiera aparecido un zombi de *The Walking Dead* que ha raptado a dos niños.

—Óliver, Ruimán, ¿qué os ha pasado hoy? —pregunta.

Me mira de arriba abajo, y suelto a los niños, no vaya a pensar que me los voy a comer y me dispare con un dardo tranquilizante o algo. Estoy segura de que en los colegios tienen de eso.

—Mi madre está de viaje —explica Óliver—, y mi tía Martina ha olvidado que tenía que traernos al colegio.

—¡Qué dices, niño! —le reprendo—. No lo olvidé, pero… Vamos, imagínese qué jaleo, yo, que no estoy acostumbrada a tener niños en casa, y…

—Se quedó dormida —sentencia con cara de circunstancias la mujer.

—Sí.

¿Para qué darle más vueltas? Al final lo único que voy a conseguir es que lleguen más tarde a clase los niños.

—Vale, no se preocupe, rellene este documento y firme aquí. —Me tiende un papel.

—¿Tendré que hablar con la tutora de Óliver? Creo que tenía un examen a primera hora.

La mujer alza una ceja con expresión divertida, eso va a ser que sí, ya verás.

En fin, te lo he dicho, un sí en toda regla. La veo contener la sonrisa y con todo su morro me acompaña al aula de Óliver. Le pide a la profesora que salga, la cual me mira de la misma forma que lo había hecho antes la de la Secretaría, y soy sincera, esperaba contarle toda mi vida, en plan, es que trabajo de noche y no estoy acostumbrada a madrugar y tal, pero, vamos, que me ha interrumpido para decirme que no me preocupe, que Óliver nunca llega tarde y que es un niño muy bueno y aplicado, el examen había dado comienzo a las nueve, pero que no hay problema. ¡Ay, mi niño! ¡Qué orgullosa estoy de él! Es un hacha, seguro que aprueba.

Y así, feliz como una perdiz, me dirijo de nuevo a mi coche. Voy pensando en mis cosas por el camino y me detengo a observar a un portento que se ha parado al lado de mi vehículo. Dios, ¡está buenísimo! Ese hombre debe de medir al menos dos metros y su espalda es el doble que la mía. Un morenazo de campeonato con ojos oscuros… ¡Ostras! Va uniformado. ¡Ostras! Me está poniendo una multa. ¡Mierda! ¡Mierda! ¡Mierda!

—¡Agente! Disculpe, señor agente, no me multe, por favor. He venido a traer a mis sobrinos al cole, me he quedado dormida y he llegado tarde y, mire usted, es que el mayor tenía un examen y tuve que entrar con él porque ya sabe cómo son los profesores y, el pobre, ha estudiado un montón.

El hombre me mira de arriba abajo, y yo suelto mi perorata sin respirar, cierro los ojos fuerte, como esperando el golpe. Me va a caer una multa sí o sí.

—¿Martina? —Escucho, abro los ojos, ¿por qué sabe mi nombre?

—Eeeee. —Intento arrancar, te lo prometo, pero me he quedado fuera de juego.

El policía me sonríe. ¡Qué sonrisa! ¡Bragas volatilizadas! Y… ¡por fin veo la luz! Sonrío de forma falsa, porque si no lo recuerdas estoy en pijama, con una combinación de lo más ridícula, sin peinar ni me he lavado la cara.

Viene a mi cabeza vagamente una conversación.

—Soy policía local, morena. —Sonrisa, sonrisa, sonrisa…, sorbo a su copa.

—Está bien saberlo, «moreno» —recalco—, si necesito que me quiten una multa, te llamaré.

—¡Hecho! Apunta mi número.

Agito la cabeza volviendo a la realidad.

—¿Diego? —Asiente—. ¡Ostras, Diego! No te reconocí.

—Lo cierto es que no sé cómo te he reconocido yo a ti.

—Ya. —Miro hacia abajo mientras los colores suben a mi cara—. Es una larga historia.

—Te quedaste dormida —sentencia.

—Básicamente.

No sé ni dónde meterme de la vergüenza que siento en este momento. ¿Dónde queda mi glamur? Y encima estoy aquí, parada, en mitad de una calle muy transitada, la gente se me queda mirando raro. ¿Me podría tragar la tierra ya, por favor?

—Pues no era tan larga —se burla, se está cachondeando de mí el tío, se ríe.

—¿Me vas a multar? —Pongo un puchero considerable que me da pena hasta a mí.

—Pues, ya la he puesto y tengo que tramitarla. —¿Y si lloro? Vamos, Marti, unas lagrimitas para el amigo Diego que el fin de semana bien que vaciló contigo con el hecho de ser policía. Fuerzo los párpados para no cerrarlos y cuando me empiezan a escocer los ojos continúa hablando—. Si me dejas que te invite a un café te quito la multa.

Mis ojos se abren como platos, está bromeando, ¿no? No puedo hablar, me he quedado sin palabras, Diego sigue riendo, espero a que rectifique o me diga que en otro momento. Claro, en otro momento le diría que sí. Moreno, café, risas, lengua y… ¿esposas? ¡Calor, calor, calor! Céntrate, Marti, deja de pensar guarradas que está esperando a que contestes.

—¿En pijama? —pregunto horrorizada.

—A mí no me importa. —Se encoge de hombros.

¡Claro! No me jodas, la que hace el ridículo del siglo soy yo, no él. Asiento, ¿qué otra cosa puedo hacer? Me dice que deje el coche ahí y coloca la multa en el limpiaparabrisas, para que no venga otro compañero suyo y repita la operación. Me da que es más para recordarme que, si no le sigo el rollo, me la como sí o sí. Como venga una grúa y se lleve el coche, muero, muero de verdad. Insiste en que no me preocupe, su moto está aparcada justo detrás, no pasará nada. Así que al final lo sigo y entramos en una cafetería que hay justo al lado.

La mañana se me ha hecho larga, que Diego está bueno un rato y tiene un polvo, pero el tema conversación no es lo suyo. ¡Menudo aburrimiento de hombre! Yo aguanto el tipo pensando en la multa enganchada al limpiaparabrisas de mi coche. Menos mal que está buenísimo y cuando me cuenta los ocho mil chistes malos que se le ocurren, así de primeras, yo me recreo en sus bíceps, tríceps, cuádriceps y todo lo que acabe en «ceps» con una sonrisa perenne.

Al final se apiada de mí y me deja marchar un par de horas más tarde y al fin puedo ir a casa a darme una ducha y a cambiarme de ropa. Cuando estoy terminando de vestirme suena el teléfono.

—¡Carol! Carol, por Dios, ¿cuánto queda para que regreses? Muero, amiga, muero.

—Exagerada. —Ríe.

—Carolina del Toboso, te odio —suelto con rencor.

—¿Cómo están las fieras? ¿Iba muy nervioso Óliver esta mañana para el examen? Se pone hecho un manojo de nervios, seguro que fue repasando todo el camino en el coche y te volvió loca —dice sin respirar.

—¿Eh? No, no..., súper bien. Lo tenía todo controlado.

—Bien, me alegro. Hoy no tienen actividades extraescolares, el profesor de inglés está de viaje estos días.

—Vale. —Sigue hablando cosas de madre de las que desconecto sobre cepillarse bien los dientes y lavarse tras las orejas. ¡Qué pesada! ¡Qué controladora! Qué pena más grande que en nuestra época universitaria no hubiera tenido móvil con cámara para grabarla potando hasta la primera papilla con el cabello amarrado con las bragas para no ensuciárselo de vómito (sin comentarios). Hubiera sido un buen método para hacerle chantaje y evitar estas torturas—. ¿Qué tal por ahí?

—Buf. —Suelta un quejido—. Nunca me he llevado demasiado bien con la familia de Dani. Me ha tocado pelear. Menos mal que me he traído a un buen abogado del bufete que me está ayudando. Solo quiero lo que es de mis hijos y ya está. Me cuesta mucho volver aquí sin él, es duro.

—Lo sé, cielo, pero eres fuerte y te toca seguir adelante, él lo querría así.

Dani murió, como es evidente, hace ya dos años. Iba en su moto de camino al trabajo un día lluvioso y se lo llevó por delante un coche que venía como loco y no lo vio. Murió en el acto y fue un golpe muy, muy jodido. No quiero ni acordarme.

Después de eso, Carolina decidió volver a Valencia, mediante unos contactos de su madre comenzó a trabajar en un bufete de abogados. En Sevilla vivían muy bien, trabajaba con Dani, tenía su propio despacho, una pedazo de casa preciosa y todas las comodidades habidas y por haber; pero allí no le quedaba nada que no fuese material, pues no tenía buena relación con su familia política.

En un principio se vino a casa de sus padres, sin embargo, desde que supo que había quedado un piso libre en mi edificio no dudó en mudarse, desde entonces, vive a mi lado. Parecemos hermanas, nos queremos a rabiar y peleamos a todas horas, pero no podemos vivir la una sin la otra. Es lo mejor que me ha pasado jamás en la vida, y la querría aún más, si no fuera por esa manía suya de traer niños al mundo y endosármelos cada vez que tiene que irse.

—Bueno, lo único que quiero es terminar aquí cuanto antes y volver a casa. Este viernes te acompaño al trabajo, y tú y yo nos tomamos un Puerto de Indias juntas. —Lo bueno de que una parte de mi trabajo consista en estar guapa y salir de fiesta es que te puedes llevar a tus amigas y a quien te dé la gana.

—Uf, no me hables de alcohol.

—Ya, ya comprobé el deplorable estado en el que te encontrabas ayer por la mañana —se mofa.

—Porque no me viste hoy —refunfuño por lo bajini.

—¡¿Cómo?! —Ostras, se me ha escapado en alto—. ¡Martina Lorente Nadal!

—No estoy borracha ni de resaca, no empieces ahora a echarme el sermón que tengo mil cosas que hacer, bonita. Es muy largo de contar, ya te explicaré con calma.

—Te quedaste dormida —afirma con un gruñido y parece que puedo verla con sus ojos azul cielo rasgados a más no poder, las cejas enfurruñadas, las mejillas rojas y los brazos cruzados.

¡Madre del amor hermoso! ¿Qué le pasa a todo el mundo? ¿Me leen la mente o qué?

—Básicamente —murmuro arrepentida—, pero, no te agobies, que la profesora de Óliver me ha dicho que le iba a dejar hacer el examen, que no pasaba nada.

—Ya hablaremos tú y yo.

Escucho una voz de hombre susurrando de fondo y doy un respingo:

—Carol, me voy a la ducha, ¿te espero?

Mi amiga tapa el auricular. ¡Ha tapado el auricular! ¡A mí! ¡A su mejor amiga del alma le está tapando el auricular para que no me entere de la conversación! ¡Ah, no, no, no! ¡De eso nada!

—¡Carolina del Toboso! ¿Quién, cómo, dónde y cuándo? No te habrás ido de borrachera y te has llevado al hotel a cualquiera, que yo entiendo que la situación es tensa y te quieres relajar…, pero ¡joder! ¿Cómo se te ocurre?

—Per…

—No, no, no puede ser, Carol, ¡no! —la interrumpo—. Habrás usado precaución, ¿verdad? Ay, Dios, como vengas embarazada de Sevilla me mudo, te juro que me mudo. Me mudo de piso, de ciudad y de país.

—¡Calla, histérica! Es mi compañero del bufete, no pasa nada, ya te contaré. Tengo que dejarte, adiós.

Y me cuelga… ¡La muy zorrasca del infierno me cuelga! No me lo puedo creer. Ya hablaremos, ya.

MARTINA:
¡Zorrasca! Con pelos y señales, este viernes no te libras.

CAROLINA:
Calla, perra del infierno.

Si se cree que se va a ir de rositas lo tiene claro. Suelto el móvil y me tiro para atrás en la cama, tengo que ponerme a preparar la entrada del blog, pero necesito relajarme dos minutos.

Cuando Maca se enteró de que estudié Periodismo y que lo de escribir se me da más o menos bien, se le ocurrió la idea de que un par de veces a la semana actualizara el blog de Belle Extreme con recomendaciones de nuestros patrocinadores, informando de las últimas novedades que han entrado en la tienda, con fotos y demás que Luka me hace. Luka es un italiano escultural que se ha ligado mi jefa, debe de tener como quince años menos que ella y está para hacerle un barrido de arriba abajo lengua incluida. Es muy buen chico, me parece súper sensual todo en él; la forma de hablar, de sonreír, de caminar, de pestañear, de respirar, de vivir…, que está para mojar pan, vamos. Es simpático, aunque un poco tímido, pero cuando está tras el objetivo siempre me dice cosas bonitas, me lanza unos piropos de la leche, supongo que con la intención de que sonría de forma natural. Tendría que quedar con él esta semana para las fotos nuevas, luego tengo que llamarlo.

Mi móvil vuelve a sonar sacándome de mi letargo. A ver qué otro insulto se le ha ocurrido a Carol ahora.

DIEGO:
Multa quitada, bella. Me debes una copa.

MARTINA: 
Gracias, moreno. Eso está hecho, la próxima te invito a un *gin-tonic.*

Respiro aliviada. Al final no me he comido la multa. ¡Bien!

Un estruendo horrible suena haciéndome dar un brinco de la cama. ¡Qué ha sido eso! ¡Muero! ¿Se me cae la casa encima…? Si es que estas humedades no son sanas para las vigas. Lo escucho de nuevo. ¿Habrá obras cerca? Noto un temblor… ¡Un terremoto! ¡Sálvese quien pueda! Ah, no, que son mis tripas… Perdón, perdón, menudo susto. Es que no estoy acostumbrada a oírlas, normalmente no las hago pasar hambre.

Ni se me ocurre entrar en mi cocina, si me pilla Maca tomando yogur desnatado y avena para desayunar me manda la carta de despido *ipso facto.* Menos mal que tengo una panadería al final de la calle. Me maquillo un poco antes de salir, por eso de compensar las pintas de esta mañana.

Según salgo del edificio me coloco mis gafas de sol Ray-Ban amarillas (sí, lo admito, adoro el amarillo) que hacen juego con mis pendientes y mi top de topos.

Fiuuu, fiuuuuu.

Escucho silbar a mi espalda, yo a lo mío.

Fiuuu, fiuuuuuuu.

Me giro de mal humor, ¡y no me puedo creer lo que veo!

—¿Adónde vas, preciosa mía?

—¡Emma! ¡Emma! —Corro, la abrazo, la besuqueo—. ¡Emmita linda! ¡Cómo te he echado de menos!

Emma es otra de mis mejores amigas, cuando estábamos en preescolar un zoquete que nos pasaba un palmo de ancho y de largo siempre la hacía llorar, nunca habíamos hablado porque ella estaba en otro grupo y solo coincidíamos en el patio, pero ese día vi cómo el niño de mocos colganderos la mortificaba tirándole de las coletas y riéndose de ella. Corrí hasta él y le di una mordida en el culo que alucinas. Estuvo llorando diez minutos. ¡Abusones a mí! Cuando se tiró en el suelo a berrear le di en la espinilla y me costó un castigo en la silla roja de pensar durante un buen rato; pero, a partir de ahí, mi Emmita linda y yo somos amigas inseparables *forever and ever,* y el zoquete grandullón no se volvió a acercar a ella, porque cada vez que andaba cerca de nosotras en el recreo lo miraba con el ceño fruncido y señalándole con un dedo, se mantenía alejado, sabía a qué atenerse.

Y es que Emma es muy poquita cosa, siempre ha sido muy delgadita y bajita, pero yo, que soy un mastodonte a su lado, me encargué personalmente de que nadie más se volviera a meter con ella en toda la época escolar.

En tercero comenzamos a compartir aula, mezclaron los grupos y me llevé una alegría bestial cuando la vi en el listado. A mitad de curso, a Rocío —cómo odié a esa cría pija y estúpida que se creía el centro del universo— se le ocurrió llamarla tapón-cuatro-ojos el primer día que apareció con gafas en el colegio —unas gafas preciosas, por cierto, que se las ayudé a elegir yo un día que salimos con nuestras madres, si es que la moda siempre se me ha dado bien—. Total, que la niña esta repipi pensó que era buena idea reírse un rato de alguien y, como no tenía a nadie más a mano, eligió a mi amiga. Mala elección, *chavalina.* Cuando volvíamos del recreo me adelanté, entré la primera en clase, rauda y veloz le quité la redacción de Lengua que teníamos que entregar y, cuando Rocío regresó al aula, la hice añicos en su cara con Emma a mi lado con los ojos a punto de salírsele de las órbitas. Cuando llegó la profesora, Rocío lloró a moco tendido y le explicó lo que había pasado. Me gané un parte y una bronca de mi madre que me dejó sin pisar el parque quince días, por no hablar de probar el chocolate —ese castigo fue peor que el del parque, te lo aseguro—. Así mi madre siempre me decía que yo era muy traviesa en el cole, no era traviesa, pero me repateaban las injusticias y me cegaba, se me iba la pinza.

—Pero ¡chica! ¡Cuánto glamur! —Me agarra de una mano y me hace girar sobre mí misma—. Pero qué pendientes más lindos y esos tacones… ¡Jolín! Son preciosos. ¿Adónde vas tan guapa?

—A zamparme dos kilos de bollos y un café con triple de leche condensada a la panadería.

Rompemos a reír. Así soy yo… Todo «glamur», muajajajaja.

8

LA LOCA DEL TINDER

ÁNGEL

Como me esperaba, Montse no tarda en dar señales de vida ni una hora. A pesar de que sabe que la he visto besarse con su novio, marido o lo que sea el señor ese. Me llama y es verdad que por un momento me planteo que igual debo cogerle el teléfono, porque probablemente me quiere preguntar por los entrenamientos, pero luego recapacito. Ella misma me había dicho que no hacía ningún tipo de ejercicio, así que dudo que me contrate y, en caso de que lo haga, creo que me pagaría por hacer otra cosa que no es ejercicio, al menos no el habitual que hago con mis clientes y a eso, lo mires por donde lo mires, no se le llama «entrenador personal», está fuera de mi área laboral.

Vamos, que paso.

Pero, no contenta con eso, la mujer me manda un wasap y otro y otro… y, ya cuando se da cuenta de que no le voy a contestar, me empieza a explicar quién era ese hombre y todo ese rollo que no me interesa un carajo; bloqueo al canto.

Lo mejor que hago, lo sé. ¿Qué necesidad tengo yo de meterme en camisa de once varas? Ninguna. De follar sí que tengo necesidad, mucha, muchísima.

Me observo a mí mismo, sentado en este sofá, bloqueando a la única chica con la que tengo una mínima posibilidad de echar un polvo desde hace… un año, sí, un año… o más. Y recapacito.

¿Qué narices hago? ¿Desbloqueo a esta, aunque sea una perra?

No, no es opción.

Pienso en mi vida social —nula— y a las únicas personas que conozco son a mis clientas —descartadas, donde tengas la olla no metas…— y a las amigas de Martina; las cuales, en teoría, también son clientas, porque ellas son las que me pagan; descartadas también. Fin de la lista.

¿Alguna excompañera del gimnasio? pienso, pero hace meses que dejé el gimnasio y no he vuelto a saber nada de ellas, nunca las he llamado ni ellas a mí. Probablemente se notaría a leguas. Lo descarto también. Decido olvidarme del tema por el momento, porque poca solución le veo.

Agarro el móvil y escribo a Juanjo, hace unos días que no sé nada de él.

ÁNGEL:
¿Qué tal, tío?

No tarda mucho en responder.

JUANJO:
¡Hola! Bien, no he parado desde las siete de la mañana. María José me tiene de reformas, aprovechando que hoy libro en el curro, y todavía no son las diez y media y ya me estoy arrastrando.

ÁNGEL:
¿De reformas? ¿Por qué no esperas a las vacaciones? ¡Qué prisas! Esta mujer.

JUANJO:
Ya sabes cómo es.

ÁNGEL:
¿Y qué estás reformando?

JUANJO:
La habitación del bebé.

ÁNGEL:
¿¡Cómo!? ¿Qué bebé?

JUANJO:
Vamos a ser padres.

Veo varios emoticonos de risas, otros más obscenos y otros de bebés, un montón de bebés, espero que eso sea un eufemismo y no que vaya a tener trillizos.

¡Ostras! Suelto varios improperios por la boca y me río a carcajadas. ¡Juanjo! ¡Mi Juanjo! Al que en la universidad se le morían hasta los cactus y me repetía una y otra vez que eso era un augurio de que no podría ser nunca padre, excusa que no dudaba en soltar a la primera fémina que se le acercara y entablara relación con él —seria o no—. Me río.

ÁNGEL:
¡Hostia, Juanjo! ¡Felicidades! Eso tenemos que celebrarlo.

JUANJO:
Gracias, amigo… Me hubiera gustado contártelo en persona, pero no puedo viajar a Valencia si la loca hormonada de mi señora, respetada y adorada esposa (se acaba de asomar a mi móvil, dice que hola y que esta noche duermo en el sofá, eso también) me obliga a pintar la habitación de un bebé al que le quedan como mínimo entre siete u ocho meses por nacer.

Me río de nuevo con las cosas de mi amigo. Estoy feliz por ellos, de verdad. Realmente no estamos tan lejos, a dos horas de coche, pero no me planteo ir a Tortosa, no en este momento. Más adelante ya veremos.

Escucho el móvil de nuevo y me saca de mi letargo, me he quedado traspuesto pensando en mis cosas un rato.

JUANJO:
¿Y tú qué tal? ¿Ligue al canto?

ÁNGEL:
Nada. Cero.

JUANJO:
¿En serio? Ángel, ¿cuánto llevas sin quedar con una chica?

ÁNGEL: 
No he quedado con ninguna chica desde que vivo aquí.

JUANJO:
¡La leche! ¡Un Tinder! ¡Ya!

Juanjo me ha dicho en muchas ocasiones que tengo que apuntarme en una de esas páginas raras; Meetic, Tinder, adoptauntío… —¡Adopta un tío! Yo no quiero adoptar a ningún tío—. Dice que esta es la forma en la que se liga hoy en día; ya, el sabelotodo este, si él lleva casado como siete años, más no sé cuántos de noviazgo, ¿cómo va a saber la forma de ligar hoy en día?

Hasta ahora no le había hecho mucho caso, pero voy a tener que planteármelo.

ÁNGEL:
Pues no sé, tío, no me convence. Pero no salgo por ahí y no tengo muchas opciones más.

JUANJO:
Necesitas descargar.

ÁNGEL:
Necesito, necesito…

JUANJO:
Bueno, te dejo, que ya me llama la respetable, adorable, preciosa de ojos increíbles (dice que adiós y que suelte ya el puto móvil que se seca la pintura) mujer que tengo. Tan linda ella.

Me río.

Están locos.

Hacen una pareja increíble y ahora van a ser padres.

ÁNGEL:
Felicidades de nuevo, queda pendiente una celebración. Un beso para María José y otro para ti.

Me despido y guardo el aparato. ¿Un Tinder? No me convence.

Pero, convencido o no, busco la aplicación en el móvil, la descargo y en unos minutos —mentira, en media hora por lo menos—, aprendo cómo se usa eso y ya me he hecho un perfil con foto incluida.

A ver, cómo funciona esto, parece sencillo. Derecha, te gusta. Izquierda, no te gusta. Vale…

Me pego media hora viendo perfiles en Tinder y lo único que me viene a la cabeza es que me muero de vergüenza si ve mi cuenta alguna de mis clientas, pero luego me digo que si me ven allí es porque ellas también están y se me pasa un poco. ¿Te imaginas que me encuentro a Martina aquí? Lo que le faltaba ya, seguro que piensa que la estoy espiando. Suelto una carcajada. Pero no me desagradaría… encontrármela en Tinder, digo… Lo de espiarla, mejor no lo digo.

En fin… que ahí voy.

—Derecha, derecha, izquierda, izquierda… —Esto parece una canción mala de las verbenas de mi pueblo, me río yo solo.

Me parece todo un poco frívolo. Es decir, solo por el físico; mejor dicho, solo por cómo quedó una persona en una fotografía una vez, he de decidir si me gusta o no. Bueno…, pienso en lo que Juanjo me dice, esto es solo para desahogo, así que es normal que el físico influya en la decisión de con quién quieres quedar —claramente con la intención de mojar—.

Yo, que soy como soy; como no me parece correcto, al final termino dándole a la derecha a un montón de tías, porque no quiero que se sientan rechazadas. Sí, soy gilipollas, ellas no saben que el que las rechaza soy yo…

Me sorprendo cuando pocos minutos más tarde estoy chateando con una chica. Es guapa. Rubia, flaquita, poca cosa… Tetas no tiene muchas; pero, bueno, tampoco va a ser eso un problema.

Me dice que está cerca y que no tiene nada que hacer, que si quiero nos vemos en un rato, que podemos comer juntos, pero que tiene que ser sobre la una, porque luego tiene una clase de pádel. Es deportista, eso me gusta. Guapa y deportista, ¿qué más quiero?

A la una en punto estoy en el restaurante que me ha citado, es un poco *hippie*, hay que comer sentados en el suelo en almohadones, pero no porque sea un japonés, no, es porque es así. Bueno, vale, aceptamos local lleno de cojines como restaurante. Le digo al chico que tenemos una reserva, aunque aquello es un desierto, hasta vergüenza me da.

Paso y me siento en mi almohadón esperando a la chica, Susi se llama.

La veo entrar cinco minutos más tarde, no se para en la entrada para preguntar por su reserva, es obvio, soy el único que está en todo el restaurante.

Se acerca con una sonrisa y no me da tiempo a levantarme, se lanza y me da un abrazo.

—Uy, perdona la efusividad. Es que a mí esto de quedar entre almohadones... —Ríe, ríe mucho, pero yo no sé de qué aún. Sonrío.

—No pasa nada, soy Ángel. —Carraspeo, porque la tengo subida en mi regazo mirándome los labios como si su almuerzo fuera yo, que es guapa y está buena; pero..., no sé, un poco de romper el hielo primero, ¿no?

—Ay, perdona, qué despistada soy. —Se sienta a mi lado en lugar de sentarse enfrente, tampoco me voy a quejar, me conformo con que se haya quitado de encima de mí—. Espero que te guste el sitio, es tan, taaaan, taaaan súper mono. Es que me encanta. Y Mario, el cocinero, es mi ex, ¿sabes? Pero lo quiero mucho, mucho. Lo nuestro no funcionó, porque éramos primos y no veas cómo se puso la familia cuando se enteró de que nos encerrábamos en el baño... Ya sabes. —Suelta una carcajada y echa la cabeza hacia atrás—. Para hacer nuestras cositas. Total, fue un drama y tuvimos que romper... Una pena, una pedazo de pena que tenía entre las piernas, o tiene, tiene... porque él sigue vivito y coleando; gracias a que rompimos, si no papi le hubiera roto las piernas. —Levanto las cejas, estoy flipando. ¿De qué habla esta mujer? Ríe otra vez hasta casi ahogarse, se limpia las lágrimas. Tose, tose mucho, se está quedando morada. El camarero le ha traído agua—. Ay, chico, qué cara me pones. Nosotros somos jóvenes del siglo veinte.

—Veintiuno, más bien.

—Lo que sea, no tenemos que tener la mente cerrada. Para mí eso de los primos y de los hermanos... tonterías. Si te pone cachonda tu hermano hasta que los pezones puedan cortar el espejo del baño..., ¿por qué no puedes follártelo? —¡Hostia! ¡Hostia! ¡Hostia! Que he cogido las papeletas y me ha tocado el premio gordo a la puta loca más pirada de todo Tinder—. ¿A que sí, Ángel? ¿A que sí? —Me da golpes en el brazo, y yo reacciono moviendo la cabeza de arriba abajo.

—Esto..., ¿a qué te dedicas, eeeh...?

Necesito cambiar de tema, pero ya. «Dale una oportunidad, Ángel, hombre, no seas así, que tienes unas necesidades que cubrir —me digo—. ¡Ha dicho hermanos! ¡Hermanos! Hermanos deben de ser sus padres porque esto no es normal».

—Susi.

—Eso, Susi.

—Pues a todo y nada. Hecho una mano a papi en el despacho, a mami en casa, a mi abuela en la farmacia… Le hago recados y eso.

—¿Qué edad tienes? —pregunto sorprendido.

—Treinta y seis para treinta y siete.

Madre de Dios, ¿alguien de más de cinco años utiliza esa expresión? Es obvio que, si tienes treinta y seis, vas para treinta y siete; a no ser que te quedes por el camino. Me callo, porque es lo mejor ahora mismo.

Se acerca un camarero con pinta de vendedor ambulante en el top manta.

—¿Saben ya lo que quieren? —Al menos es respetuoso.

—¡Mario! Ayyyy, ¡ven, que te presento! Este es Ángel, mi novio.

«¿Su quéééé? No te cagues, tío, que eso es que le está dando celos a este, a ti plin, piensa en el físico y en la forma de hacerla callar pronto hasta que pase por tu cama —y de mantenerla callada dentro también, importante. De hecho, se me ocurre alguna forma de que tenga la boca ocupada en otras cosas—».

—¿Cómo? —respondo al fin.

Mario se lanza y me da un abrazo, ¿y este se supone que es el que cocina y toma nota también? Bueno, vale… Poco personal, la crisis y eso. Espero que no se le caiga ningún pelo de esos que lleva al viento con más grasa que una freidora. Le doy palmaditas en la espalda. Estoy empezando a pensar en rezar un padrenuestro o algo.

Total, que la loca de remate esta pide por los dos. Toda la comida del restaurante es vegana, que no me parece mal; hay recetas veganas que están de infarto y he ido a muchos restaurantes que valen la pena… Este no está entre ellos, por si lo dudas.

Trae un par de platos que apenas toco. Esta tía solo habla y habla, y a mí se me han quitado las ganas de follar —se me han quitado hasta las ganas de vivir—.

Un par de horas más tarde, cuando ya me ha sacado media vida a preguntas, logro librarme de ella con el típico: «creo que esto no funciona, no me apetece dar un paso más. Mejor me voy, que tengo que ir a trabajar». Ella no está muy convencida, me pide el número de teléfono, pero le digo que ya contactamos por Tinder, si eso, porque tengo mucha prisa, y acepta.

Ni en Tinder ni en sueños, a mí esta tía no me vuelve a ver el pelo en su vida.

Respiro aliviado cuando estoy lejos de sus fauces, aún me queda un rato para el entrenamiento con Martina. Voy a ir a casa a comer algo decente, porque esa bazofia no había quien la probara.

Saco el móvil y tecleo.

ÁNGEL:
Sé dónde vives.

9

LA PEOR MADRE POSTIZA DEL UNIVERSO

Martina

Hacía un mes que no veía a Emma, está pasando un período de arresto domiciliario voluntario. Es decir, se está preparando unas oposiciones al tiempo que echa horas sin ton ni son en el restaurante de sus suegros. Así que te puedes imaginar, nos sentamos en la cafetería; bollo va, bollo viene, un café, luego dos…, tres no nos harán daño y paliqueamos hasta que nos duele la mandíbula de tanto moverla.

—¿Qué tal los entrenamientos? Qué suerte tienes, yo no tengo tiempo de moverme y me estoy oxidando, parezco una señora de la tercera edad cada vez que me siento y me levanto.

—Suerte, dices. No me hables, no me hables. ¡Qué tío más pesado!

—¡Y qué bueno está!

Emma babea, la dejo, porque su marido es una bellísima persona y la cuida como a una reina, pero es feo, feo… que duele al mirarlo y calvo, muy trabajador, oye…, pero no hay por dónde cogerlo. Si mi amiga pudiera escuchar mis pensamientos me rajaría, seguro.

—Buenísimo, eso sí.

Le relato con pelos y señales el desastre de mi día anterior, también le cuento que Carol nos está ocultando algo que pienso sonsacarle el viernes por la noche y después de rogar, suplicar, mirar la hora que se me hace tarde para recoger a los niños en el cole y seguir rogando; por fin logro convencerla de que una salida de un par de horas, una copa y menear un poco las caderas no le va a sentar mal, despejarse es indispensable para rendir en los estudios.

Tengo un poder de convicción que no me lo creo ni yo, con razón he terminado como comercial, porque al final mi trabajo no es otro que ese, vender, y tengo labia, se me da bien hablar. Mi madre siempre me dice: «Si te pagaran por hablar, serías rica» y, sí, ahora me pagan por hablar, aunque no soy rica, aún no, todo se andará.

Una vez acepta, llamamos a Eve con el manos libres y, después de decirnos muchas burradas y reírnos como locas las tres, le pedimos que se apunte; pero, la muy perra, nos da largas. Tiene algún compromiso con Nataniel. Es una pena, porque Eve es el tabasco de nuestra piña de amigas. La más picantona, nos reímos con ella lo que no está escrito porque no tiene pelos en la lengua para hablar claramente de sexo —de sexo ni de cualquier otra cosa—.

A las tres menos cuarto salgo corriendo camino al colegio, paso del coche, ya tuve bastante con la multa de esta mañana y el mal rato, así que camino deprisa y me sorprendo pensando que estoy quemando demasiadas calorías. No, si al final seré una obsesiva de esas del peso que controlan hasta la última caloría que ingieren. ¡Hay que joderse! Con mis noventa y cuatro kilos y mis treinta y cuatro años que esté yo así. Temo que Maca, en cualquier momento, me ponga un reloj de esos que controla dónde estás y cuánto caminas, porque más de una colleja me llevaría, seguro.

Llegando al colegio suena un mensaje en mi móvil.

ÁNGEL:
Sé dónde vives.

MARTINA:
Ese mensaje suena a amenaza y puedo presentarlo a la Guardia Civil como prueba para que te pongan una orden de alejamiento.

ÁNGEL:
Le diré a mi abogado que presente la factura de los entrenamientos por un año y la analítica de tu médico, será suficiente. Paso luego, sobre las cuatro, y te marco unos ejercicios para que hagas en casa porque supongo que sigues con los niños.

MARTINA:
Vale, sí, ok.

¡Lo que tú digas, pesado! Eso me lo guardo para mí, bloqueo la pantalla del teléfono y lo tiro dentro de mi bolso antes de recoger a las criaturas que tardan un siglo en salir.

Primero sale Ruimán y se pone a revolotear a mi alrededor contándome no sé qué que le ha pasado a un niño de su clase en la hora del recreo. Desconecto, porque me queda mucha tarde con él y me va a volver loca, terminaré con dolor de cabeza asegurado.

Óliver tarda casi quince minutos en salir y no puede disimular la sonrisa. Estaba enfadada de tanto esperarlo, pero después de ver su cara me olvido de todo. ¡Seguro que ha aprobado el examen!

—¡Óliver! ¡Cuchiflusquiiiii! ¡Vamos, amor! —grito mientras doy saltitos y palmas deseando que llegue y me diga que ha sacado un diez para restregárselo a mi amiga por la cara. ¡Ja!

—Martina, por Dios, me das vergüenza ajena, deja de dar saltos que eres peor que Ruimán —suelta el preadolescente. ¡Zasca!

Me detengo, me pongo seria y carraspeo, escucho las risitas de unos niños que caminan junto a Óliver, y a este se le borra la sonrisa y pone los ojos en blanco. Ups, acabo de avergonzar a un crío preadolescente en la puerta del colegio delante de sus amigos… ¡Que se aguante!

—¿Te han dado la nota del examen? —pregunto esta vez con semblante serio, como un adulto normal.

—No.

—¿Y por qué estás tan contento?

—¡Se ha besado con su novia! Por eso ha tardado tanto.

Ruimán se lleva una pedazo de colleja que se desplaza medio metro, llora, moquea, el otro se enfada y sigue refunfuñando que lo estamos avergonzando. ¡Jodida maternidad obligada! ¿Os he dicho ya que odio a los niños?

—Venga, vamos. Solo me queda un día de tortura. ¡Dios! ¡Qué pesadilla! ¿Os apetece merendar pizza?

—¡Sí! —gritan los dos al unísono, y parece que oigo a mi demonio particular gritarme que los niños acaban de comer no hace ni una hora y que soy la peor madre postiza del universo. ¡Se siente!

Justo en la Avinguda de Peris i Valero, a un par de calles, hay un local de pizzas americanas, de esas a las que le ponen mucha masa, mucha salsa barbacoa, mucho queso… Vamos, lo que necesito ahora mismo. Hace mucho tiempo que no voy, así que me apetece un montón y, de paso, le daré esquinazo un buen rato a Ángel.

Ángel, mi entrenador personal.

Ángel, mi demonio particular.

Ángel, *my demonic personal training.*

¡Buf! Como Bitelchus, igualito. Ha sido nombrarlo tres veces y aparecer. Estoy comiendo con los niños tranquilamente mientras Ruimán no calla, y Óliver no suelta prenda de nada, degustando mi segundo refresco con la tercera porción de pizza que, ¡madre mía!, está buenísima y he notado que un ser se ha parado frente a la puerta, proyectando una sombra en el suelo a la que no presto atención. De pronto, los pelos de la nuca se me han puesto como escarpias y, cuando veo a los niños abrir los ojos como platos mientras miran en dirección al «ser terrorífico», me giro y, ¡puf!, allí está, con los brazos en jarras y el ceño fruncido; Ángel.

—Ey, demonio, ¿qué tal? —No puedo hacer otra cosa que disimular.

—Son casi las cuatro, iba camino a tu casa.

—¿Cómo me has encontrado? ¿Me pusiste un chip como a los perros, y no me he enterado?

—Vivo en este edificio, acabo de salir del portal, tengo mi bicicleta aquí mismo aparcada. —Me señala el artefacto de dos ruedas apostado junto a una farola—. Y, al ir a quitar la cadena, he creído oír tu voz. He mirado hacia dentro y me ha parecido verte. ¡Y debo de estar soñando! Dime que esto es un jodido espejismo y que no has echado por tierra el esfuerzo que hice ayer al limpiar tu despensa de basura.

—¿Quieres una Coca-Cola? —pregunto tranquilamente, Ángel me fulmina con la mirada con esos ojos azules que al rasgarse parece que quieran traspasarme—. ¿Zero? ¿Light? ¿Agua? Bah, paso de ti.

Se sienta con nosotros, obvio, si iba hacia mi casa, y yo no estoy allí, se va a quedar haciendo guardia. Se me han quitado las ganas de comer más, y los niños hace rato que no prueban bocado, así que enfilamos el camino de vuelta.

Óliver y Ángel no paran de hablar, está visto que entre los demonios se entienden, porque llevo casi una hora con los niños y no he podido arrancarle más que noes y síes.

—¿Puedo ir a casa? Tengo que estudiar y no me puedo concentrar si este enano no se calla la boca.

—¿Necesitas que Ángel te ayude? —Intento endosárselo, pero Óliver niega con la cabeza.

Ruimán está enfurruñado y empieza a protestar porque no entiende por qué su hermano se mete con él, hijo, es que no calla, no calla nunca.

Al final acepto y le abro la puerta del piso a Óliver, lo entiendo, está más cómodo en su entorno y en silencio, y yo estoy en la puerta de al lado, no le va a pasar nada.

Después de convencer a Ruimán de que tiene que estar un rato callado, sin Nintendo y sin ver la tele porque tiene que hacer los deberes, me enfrento a Ángel. No entiendo cómo alguien vestido con unas deportivas, un pantalón corto y una camiseta de lo más simple está tan tremendamente sexi. Si yo me pusiera esa ropa parecería… parecería de todo menos deportista y, menos aún, sexi.

Babeo, babeo, babeo…, y creo que Ángel algo nota, porque levanta una ceja, socarrón, y sonríe de medio lado.

—Pensaba que no te gustaba.

—No me gustas, engreído.

—¿Cómo dijiste? ¿Mono?

—Jum…, sí…, mono —contesto con desgana quitándole importancia al hecho de que mis bragas están a punto de desaparecer por combustión espontánea.

Ángel se acerca sosteniéndome la mirada, trago fuerte, piel de gallina, calor. Esos labios, qué ganas de probarlos, ¡madre mía! ¡Maldito demonio!

—Odio a los mentirosos —murmura Ángel.

—No se dice odio, se dice cucaracha —suelta Ruimán, que está haciendo los deberes a dos metros. Ese crío tiene un radar o algo, no sé cómo ha sido capaz de escuchar lo que me ha dicho, si casi no lo he oído ni yo.

—¿Cucaracha? —me pregunta con una mirada entre extraña y divertida.

—Cucaracha… —afirmo sin decir nada más.

No puedo hablar, cada vez está más cerca. Apenas nos separan unos cinco centímetros, puedo notar el calor que desprende su piel, puedo oler su perfume, cierro los ojos y me deleito, sintiendo un poco de mareo, porque me estoy conteniendo, más que nada porque sé que lo hace para molestarme.

—Y, dime, Martina —murmulla acercando sus labios a los míos—. ¿Sigues pensando que no soy tu tipo?

Trago con fuerza, me da vergüenza abrir la boca por si puede oír mi corazón pegando golpetazos contra mi pecho, porque yo no escucho otra cosa que eso. Pum-pum-pum.

—Te… te… te… —tartamudeo, ¡Dios, Marti!, recomponte—. Te cucaracha con todo mi ser.

Sonrío.

Se acerca. Cuatro centímetros. Tres centímetros.

—¿Seguro? —susurra.

Dos centímetros. Muevo la cabeza afirmativamente, no con demasiado brío porque no quiero darle. Me muerdo el labio, me clavo las uñas en las piernas para obligarme a no llevar mis manos a su cuerpo. «Te está vacilando, Martina, no caigas».

Sonríe con malicia. Se muerde el labio inferior. ¡Fuego! ¡Calor! Pupilas dilatadas. ¿En serio? Se le han dilatado las pupilas.

Un centímetro. Entreabro la boca esperándolo, aceptándolo al fin.

Medio centímetro. Paso la lengua por mis labios, me arde, me arde la saliva, la boca, la piel, las manos, el pecho y mis partes más íntimas, tiemblo.

—Bueno, pues qué pena. —Y se separa, se va, se aleja de mí.

¡Capullo! ¡Cerdo! ¡Asqueroso! ¡Eso es jugar sucio! ¡Recomponte! No le muestres que te has quedado a cuadros.

Sonrío —falsamente, y lo sabe, porque él lo hace más ampliamente— y me encojo de hombros.

—Tú te lo pierdes, rubito.

Ángel se parte de risa; Ruimán, no sé por qué diantres, también se ríe, y yo intento seguirles el juego, sonreír, reír, articular palabra, moverme, no parecer lela en mitad del salón con la piel ardiendo, los pezones erizados —gracias, señor diseñador de los sujetadores con relleno por hacer que no sea tan descarado mi hundimiento como el Titanic—. No quiero ni contarte cómo está mi sexo en este momento, parece un tablao flamenco, me late todo.

Carraspeo.

Muevo el dedo meñique de la mano derecha, vale, soy capaz. Respiro con normalidad. Vale. Y me muevo al fin, sonrío. ¡Bien, Marti! Casi has sabido disimular y, cuando estoy a punto de abrir la boca para soltar improperios y echar al petardo ese de mi casa, mi edificio y, a poder ser, de mi barrio —cosa que dudo que consiga porque es el mismo que el suyo—; suena el timbre de casa.

10

EL *ITALIANINI* DE LAS NARICES

ÁNGEL

¡Hostias! ¡Hostias! ¡Hostias! Si lo que no consiga Martina no lo consigue nadie, he estado a punto de perder el control. ¡Madre de Dios! ¿Y por qué con ella si es que la tengo al filo del odio? Creo que no conozco a otra persona que me saque tanto de mis casillas como ella, que me enfade como ella, que me exaspere como ella… y que me la ponga dura como ella, eso también lo tengo que reconocer; pero entre tú y yo, a ella no le pienso decir ni «mu».

No era… ¿mono? Pues toma monería, nena.

Tengo el corazón a mil por hora, pero disimulo con una sonrisa chulesca, porque, Martina, bonita; para chula tú, chulo yo. Y punto.

¿Cómo es posible que huela tan condenadamente bien? ¿Por qué me he tenido que contener tanto para no acariciarle el cabello y devorarla? ¡Bah! Paso de pensar más en todo esto, solo hay una explicación posible: necesidad. Es lo que hay, demasiado tiempo sin tocar piel ajena, es así y, vale, ella no es una opción, pero soy humano, necesito un poco de diversión. ¡No se va a divertir solo ella!

¿De qué se reirá el chiquillo lorito este? Parecen familia de sangre de verdad, porque el pobre está medio pirado. Lo miro, y ha dejado de escribir, me mira fijamente con el lápiz entre las manos, algo está maquinando, pero vete a saber. Lo de los críos no lo controlo, la verdad.

Acaba de sonar el timbre, reconozco que me ha venido bien para disimular, porque no entiendo cómo Martina no se ha dado cuenta de mi más que evidente erección, eso es porque tiene menos vergüenza que yo y me miraba a los ojos que, oye, ella tiene unos ojos oscuros que quitan el sentido, pero prefiero mirar esos dos pezones que no paran de señalarme, como si me llamaran. Igual ella cree que no se nota. Pues sí, se nota y me encanta. ¡Joder! ¡Me muero de ganas de arrastrarla hasta la cama en este momento! «Ángel, colega, qué mal llevas el celibato».

Quizás es hora de que admita que, por mucho que me niegue a reconocerlo, Martina me hace tilín, que, ¡la leche!, jamás en la vida me había atraído nadie como ella. Si es que... solo tengo que mirar para atrás, ver mi pasado, ver quién era hace un año y pensar, ¿en serio, Ángel?

También reconozco que, de todas mis clientas, Martina es la más diferente; no tiene un cuerpo perfecto y su personalidad es bastante surrealista, pero hay algo en ella que me llama y me produce rechazo a partes iguales. Quien lo entienda que me lo explique.

¿Y este ahora quién cojones es? Veo entrar a un chico de unos veintitantos que, ¡joder!, se ha dado cuenta, tanto como yo, de los pezones en punta de Marti y la mira desconcertado, se le ha secado la boca, se le nota.

El chico mira en mi dirección, luego mira a Ruimán y vuelve a observarla a ella. Está flipando. ¿Esta mujer no habrá organizado una cita para librarse del entrenamiento y endosarme a los niños? No me extrañaría un pelo.

Pues hasta ahora no había pensado en la posibilidad de que Martina tuviera novio o estuviera liada con alguien. Pero el puto guaperas este quién se cree que es, espero que se vaya por donde ha venido porque tengo mucha tarde y mucho juego por delante y que trabajar..., eso también tengo.

—Di... di... disculpa, me ha mandado Maca porque hoy hay que subir fotos nuevas a las redes sociales, sí o sí.

¿Eh? No entiendo nada, no entiendo absolutamente nada.

Me vibra el móvil en el bolsillo trasero del pantalón.

VÍCTOR:
Tenemos que hablar.

Esa maldita frase otra vez. ¿Otra vez? ¡Joder! ¡Otra vez! Esto es una puta pesadilla que no acaba nunca. Salgo del mensaje sin contestar y abro el grupo de las chicas.

ÁNGEL:

Niñato de pelo largo y moreno con pinta de guaperas entrometido acaba de entrar en casa de Marti. Habla raro y me mira flipando. ¿Es una nueva estratagema para librarse del entrenamiento?

Salgo del grupo y me quedo con el móvil en las manos.

Martina lo ha dejado entrar, y carraspeo. Eoooo. ¡Estoy aquí! ¡Estamos en la jodida hora del entrenamiento! ¿Alguien me explica qué cojones pasa?

Vuelvo a desbloquear el móvil sin dejar de carraspear y leo lo que han puesto.

CAROLINA:
Es Luka.

EMMA:
Luka.

EVE:
El italiano que está para mojar pan, para ser más exactas.

Vale, pues esto no me aclara nada.

11

¿NUNCA HAS VISTO A UNA CHICA SEMIDESNUDA?

Martina

Cuando veo que Ruimán se levanta, ni me muevo, supongo que es Óliver para coger algo que se le haya quedado, pero no, en la puerta de mi casa está Luka, el italiano, el ligue del momento de mi jefa, Maca. Me mira de forma desorbitada, luego a Ángel y por último a Ruimán.

—Di… di… disculpa, me ha mandado Maca porque hoy hay que subir fotos nuevas a las redes sociales, sí o sí. —Supongo que repite su frase tal cual porque eso me suena mucho a ella.

—No te preocupes, pasa. —Se mete en casa y mira otra vez a Ángel, no hay que ser muy avispado para saber que está avergonzado, no esperaba encontrar tanta gente en mi casa. Arrastra una pequeña maleta de mano, donde supongo que lleva las prendas que me debo poner para la sesión—. ¿Te importa que hagamos las fotos en mi casa? Hoy tengo un poco de jaleo, esta mañana he pensado en llamarte, pero luego se me ha pasado totalmente —le pido. Escucho un molesto ruido que ignoro—. Mi salón es bastante luminoso, mi dormitorio igual y, si traes alguna prenda íntima —continúo a pesar del incesante carraspeo que Ángel hace a mi espalda que me está sacando de quicio—, si lo crees necesario mi baño es bonito, grande y luminoso, alguna foto chula se podrá hacer. Ángel, este es Luka, un compañero de trabajo —digo antes de que se deje la garganta—. Y, Luka, este es… este es un puñetero demonio okupa que no se quiere ir de mi casa.

Ambos abren los ojos como platos.

A Ángel se le suben los colores.

Luka está la mar de incómodo, a lo mejor se piensa que es mi exmarido, controlador y celoso, que me ha dejado por estar tan condenadamente sexi desde que trabajo en Belle Extreme. ¡Vale! ¡Deja de reírte! Ya sé que no me lo creo ni yo, pero no le puedo decir que es mi entrenador personal, sería mi muerte laboral.

—Encantado. —Luka extiende la mano, y Ángel responde al saludo.

—Luka, ¿me disculpas un segundo? —El italiano veinteañero asiente y sonríe. Le señalo el sofá y se dirige hacia él. Como no traiga algo que conjunte con el amarillo me voy a llevar una señora bronca de Maca, lo sé—. Ven un momentito, Ángel, mi amor.

A Ángel se le enfurruñan las cejas y me sigue hasta mi dormitorio.

—¿Quién es ese y por qué te tiene miedo? —pregunta. Casi que me gusta esta escena de celos tan peliculera.

—No me tiene miedo a mí, te tiene miedo a ti, en todo caso. —Río y, como sé que está enfadado por lo que le he soltado a Luka, continúo—. Disculpa por no decirle quién eres, no quiero que le vaya con el cuento a Maca. Por favor, Ángel, necesito que te vayas una hora con Ruimán para poder hacer la sesión de fotos lo más rápido posible.

—¿¡Una hora de fotos!?

—No, hombre, es que hay que planchar las prendas, buscar la luz adecuada, cambiarme, maquillarme de acuerdo a cada conjunto…, ya sabes.

—No, no sé, y estás como una puta cabra. ¿Por qué te dedicas a esto si eres periodista?

—Dios, ¿tenemos que tener esta conversación ahora? Mira, vete a casa de Carol, allí tienes televisor, videojuegos y yo qué sé qué más, os podréis entretener un rato y así me dejas trabajar.

—No, mejor me lo llevo al parque un rato, así se despeja.

—Venga, perfecto. Toma las llaves. —Y en cuanto se las doy me arrepiento, ¿hará una copia? ¡Dios mío! Hará una copia, llamará a una empresa de mudanzas y se instalará en mi casa para martirizarme la vida de los próximos meses que me quedan de entrenamientos pagados. Él descubre el terror en mi cara y sonríe—. Venga, bonito, bueno, adiós.

Lo giro, ya nada puedo hacer, igual mañana tengo que llamar a un profesional para que me cambie la cerradura, pero hoy necesito que se pire porque, como no hagamos las fotos antes de que se vaya la luz natural, Maca me va a matar o, peor, me va a despedir. Y, te preguntarás, ¿cómo puede ser peor un despido antes que la muerte? ¡Yo qué sé! ¿Te crees que tengo tiempo ahora de ponerme a analizar mi lista de prioridades? Lo empujo, lo empujo, se resiste, casi estamos en la puerta de mi dormitorio.

—Perooo —dice. Si ya sabía yo…

—A ver. Suelta por esa boquita.

—Me desaparezco con Ruimán un rato si luego, cuando ellos se acuesten, hacemos un entrenamiento intensivo por todo lo que no has hecho estos días.

Mi clítoris palpita y, lo sé, yo sé que no habla de sexo, pero mi cuerpo es así, va por libre y casi que me enfado. Refunfuño, protesto. Estoy agotada, esto de ser madre no me gusta nada. No pienso traer hijos al mundo jamás en la vida.

—Jolín, de acuerdo, pero lárgate de una vez. Ángel, mi jefa me va a despedir si no subo en un rato unas fotos decentes —lloriqueo.

—Y, además —continúa. No, si esto me va a salir caro, caro…—, mañana vengo a buscarte a las diez de la mañana y nos vamos a correr un rato. —De nuevo mi clítoris baila la macarena, se me suben los colores y, ¡hostias!, me he mordido el labio inferior sin querer. ¡Me cago en todo! Ángel suelta una carcajada. ¡Maldito demonio embaucador!— . Supongo que eso es un sí. —Asiento rezando para que no me pida nada más.

Sale, se va. Habla con Ruimán y le dice que va a llevarlo a un parque que hay a un par de manzanas de casa. El niño sale feliz y contento de poder dejar los deberes para más tarde.

Al fin Luka y yo nos quedamos solos, lo veo tan tímido, tan guapo, allí, en mi sofá. Mira que es sexi el jodido. Ahora sonríe de verdad, como siempre que estamos solos.

—No sabía que estabas casada —dice al fin mientras yo voy recogiendo los cuadernos tirados en mi mesa comedor y colocándolos en la mochila de Ruimán para ocultarla por ahí y que no salga en las fotos.

—No estoy casada —respondo sin más explicaciones, aún intento que mi entrepierna deje de contraerse de forma involuntaria.

Necesito un polvo. Uno de forma muy urgente. ¿Hace cuánto que no follo?, pienso… Debe de hacer algunos meses, lo cierto es que no soy de irme con cualquiera a la cama. Follo de vez en cuando con mi mejor amigo, Julián, nos conocemos de toda la vida, su madre era vecina de la mía, y él es guapo, bastante guapo, tanto como tímido, además. Tiene una empresa de piezas hidráulicas que sirven para algo importante, te juro que alguna vez me lo ha contado y también te juro que alguna vez le he prestado atención; pero, vamos, que ahora mismo no sé qué decirte. Si no me equivoco, la última vez que follamos, mientras nos tomábamos un café postcoital, me comentó algo de unas piernas para corredores de paraolímpica; pero, bueno, que no viene al caso. Julián está bueno, sano, me llevo bien con él y no tiene tiempo para ligar, así que cuando uno u otro quiere desahogarse nos llamamos y listo. Ahora que lo pienso, ¿cómo es posible que hayan pasado al menos dos meses y no me haya llamado? Normalmente suele caer antes que yo. Tendré que averiguarlo en otro momento porque Luka me está hablando y no me estoy enterando un carajo de lo que me está contando. Me quedo mirando como una lela para él, en plan, no te he escuchado nada de nada, y me repite.

—¿Divorciada? Debe de ser duro, con el niño y eso, pero tú vales mucho, Martina. No dejes que te amargue la vida.

—¿Eh? No, no... Oye, mejor empezamos a trabajar y dejamos la cháchara para otro momento, cielo, porque en un rato empezará a anochecer.

El primer conjunto que saca Luka de la maleta es un vestido color rosa chicle que queda precioso puesto, como vamos a hacer las fotos en mi sofá amarillo decido ponerme unos tacones que tengo del mismo tono rosado que la prenda y me siento. Como siempre, al principio es evidente que estoy un poco incómoda, pero Luka, pronto, con la cámara frente a la cara, como si escondiéndose detrás de ella se liberara de su timidez, me empieza a piropear de esa forma tan sensual que él tiene, haciéndome sonrojar y sonreír. Me tiene ganada. Es tan fácil trabajar con él.

Me ha pedido probar algo nuevo y he tenido que repetirme diez veces que es el ligue de mi jefa —y también que debo llamar a Julián hoy mismo—. Me mira, mira el sofá, mira alrededor y se queda pensativo. Abre la mochila y veo que tira sobre la mesa algunos paquetes que parecen chicles y me lanza dos con el envoltorio amarillo. Levanto las cejas y él sonríe. Bragas volatilizadas. No gano para bragas. Me tiende unas gafas de sol en forma de corazones y me pide que me las ponga y que mastique los chicles e intente hacer alguna pompa grande.

La verdad es que nunca he sido muy buena con las pompas, principalmente, porque no soy muy amiga de los chicles. Cuando estaba en el cole mi profesora me dijo que si supiera la cantidad de bacterias que acumulaban esas cosas en la boca jamás me comería uno, así que, como yo soy muy escrupulosa, no me hizo falta verlo para dejar de masticarlos.

Nos partimos de risa, Luka está que lo borda, me ha dicho algún chiste incluso. No sé si piensa que estoy triste por mi reciente divorcio imaginario; pero, total, no tengo que darle explicaciones, así que no lo hago.

En la cama probamos con un atuendo deportivo, con el que me lanza algunas fotos saltando por los aires sobre el colchón, han quedado divertidísimas y lo siguiente que saca de la maleta es un conjunto de lencería que, ¡madre del amor hermoso!, es precioso, quita el hipo. Es tan descarado que hasta me pongo roja como un tomate, que, vamos a ver, Luka ya, pobrecito mío, me ha visto todo, porque me ha hecho fotos con todo tipo de bikinis y ropa interior que mucho no dejan a la imaginación, pero esto ya… se lleva la palma.

Un picardías en forma de vestido negro totalmente transparente, con un lazo negro que queda justo bajo el pecho y la parte de abajo son unas braguitas con unos lazos negros a los lados. Es precioso, creo que no me he puesto nada tan bonito en mi vida. Mi triste vida de maniquí. Hay que joderse, para una vez que me voy a poner algo tan sexi es para que este hombre me haga fotos. Me coloco unos taconazos negros de vértigo de mi zapatera.

Obviamente, sobra decir que le pido que las fotos deben ser lo más discretas posible, porque, vamos, las tetas no es que se intuyan, es que se ven por completo y tengo los pezones como dos diamantes de duros, dicho sea de paso, la madre que me parió. Luka me pide agua y disimula una erección. ¡Hostia! Lo que me faltaba era poner cachondo al novio de mi jefa. ¡Ay, señor! ¡Qué cruz!

12

POR LO MENOS NO HA DICHO «MONO»

ÁNGEL

Tengo una sensación de vértigo que no la entiendo ni yo, lo reconozco. Como si en dos simples días me hubiera pasado de todo, que hasta hace unas semanas me aburría como una ostra; pero, desde que ha aparecido Martina en la ecuación, eso se ha esfumado.

Ruimán camina a mi lado feliz, bueno, eso de caminar es un decir porque no para de saltar y de hablar, en serio, no para de cotorrear. Su tema de conversación de esta tarde es sobre las aventuras y desventuras de un niño de siete años con Minecraft, que alguna vez he jugado, le sigo un poco, le contesto a alguna pregunta, le recomiendo alguna estrategia, pero a los cinco minutos me aburro y mi cabeza se evade, dejo de escucharlo mientras asiento de cuando en cuando.

Pienso en Martina, ¿por qué no deja de intentar huir? ¿Y por qué no me la puedo quitar de la cabeza? Soy cabezota, es así, me gusta cumplir mi palabra, me gusta ir a por las cosas difíciles y los retos, y Martina, sin duda, es el mayor reto que he asumido en mi vida, ni los casos que trataba en el gabinete psicológico, donde conocía temas duros, gente que estaba mal; pero, al final, eran ellos los que acudían a por mi ayuda, es decir, el primer paso ya lo habían dado que era reconocer que tenían un problema. Lo de Marti…, pues ella es consciente de que la salud es importante y la tiene tocada, pero le da más importancia a otras cosas antes que a sentirse bien consigo misma.

Cuando llegamos al parque, doy gracias al cielo porque Ruimán encuentra a un amigo del cole y juegan. Miro el móvil, sin dejar de vigilarlo, leo los mensajes de las chicas.

CAROL:
¿Cómo vas, Ángel? ¿Qué ha pasado con Luka?

EVE:
¿Qué va a pasar con Luka si es el novio de la petarda esa de Maca?

CAROL:
Mujer, me refiero a que si le sirvió de excusa a Martina para no entrenar.

EMMA:
Evidentemente, sí. Marti nunca le dice que no a Maca y, por ende, no le dice que no a Luka.

EVE:
No me extraña, yo no le diría que no nunca a ese italiano. ¡Madre de Dios! ¡Qué bueno está! Me lo merendaba.

CAROL:
Anda que eres bruta.

Me río, las chicas y sus desvaríos, como siempre.

ÁNGEL:
Italiano sexi: uno.
Entrenador personal: cero.
Me han echado de casa.

CAROL:
¿Y los niños?

EVE:
No te pongas nerviosa, Carol, que te conocemos. No vayas corriendo a llamar a la Guardia Civil que seguro que están perfectamente bien.

ÁNGEL:

Óliver tenía que estudiar para un examen y le ha pedido permiso a Martina para quedarse en tu casa un rato solo, Carol, y a Ruimán me lo han endosado para llevármelo al parque.
Por cierto, ¿qué come este crío? No para de hablar, nunca, no calla jamás.

CAROL:

Ya, es un amor. Ja, ja.

EVE:

Amor, dice..., pues a mí no me quieras así, dándome dolores de cabeza.
A mí quiéreme como mi Nataniel que esta mañana me llevó al archivo y ordenamos todo el dos mil catorce, carpetas por aquí, carpetas por allá.

ÁNGEL:

Mira que sois raros los contables.

EMMA:

Está hablando de sexo, Ángel, cariño. Y da gracias a que utiliza eufemismos.

ÁNGEL:

Am. Vale. Bueno, pues que sepáis que el italiano ese habrá logrado que Marti me eche de casa; pero, que no se libra del ejercicio, no se libra. Me he llevado el niño al parque con la condición de que hagamos luego un entrenamiento intensivo y que mañana salgamos a correr por la mañana.

EVE:

Ángel, ¿seguro que se lo explicaste con esas palabras?
Porque conociéndola como la conozco...

EMMA:

Por favor, Eve, calla.

ÁNGEL:

Sí, aceptó. Así que...

CAROL:
Entrenador guaperas: uno.
MARTINA: cero.

EVE:
¿Guaperas?

EMMA:
¿Guaperas?

Río, me parto de la risa con ellas. Están a la que saltan. Bueno, por lo menos no ha dicho «mono», vale, sí, ya dejo el tema… Dolió, ¿te lo he dicho ya?

Busco con la mirada a Ruimán que sigue a lo suyo. Se lo está pasando bien, si es que los niños tienen que salir más al parque —y así volver locos a sus propios amigos no a mí—.

Vuelvo la vista al móvil.

CAROL:
Que es guapo, ya lo sabe; tonto no es.

EVE:
Uuuuuuuhhhh.

EMMA:
Se os va, chicas, se os va mucho la pinza.

Cada vez que hablan estas mujeres es que no puedo parar de reír, he de reconocer que todas me caen bien. He hablado varias veces por privado con Carol, no por nada en especial, me escribió un día ella para decirme lo de que le iba a endosar los niños a Martina, y hemos ido cogiendo confianza. Me parece buena tía. Me habla un montón de Marti, en realidad, si supiera la cantidad de cosas que su amiga me ha contado de ella la mataba, seguro.

—¡Tío Ángel! ¡Tío Ángel! —Levanto la cabeza flipando en colores y no soy capaz de contestar, me he quedado fuera de juego, ¿tío Ángel? ¿De dónde ha sacado este renacuajo que yo soy su tío?—. ¿Podemos ir a buscar las bicis?

De pronto salgo de mi letargo y me parece una idea cojonuda, una superidea. Porque no sé cuánto tiempo ha pasado exactamente, pero creo que ya es hora de volver y continuar con mi plan para Marti. Me refiero a los entrenamientos, por supuesto, no vayas a pensar mal.

Me suena el móvil. Ruimán camina al lado de su amigo y el padre, que por lo visto son unos fanáticos del videojuego ese que tiene al niño loco, y no paran de hablar con un entusiasmo increíble.

Miro la pantalla y no puedo creerlo, es incansable, inagotable.

—¿Qué quieres? —contesto secamente.

—Tienes que volver a casa —contesta Víctor al otro lado.

—Tío, ¿por qué no haces tu vida y me dejas en paz? Me agobias, me saturas. Déjame vivir, por favor.

—Sabes que no puedo. Necesito que vengas, resolver las cosas de frente, que hablemos.

—¿Por qué? ¡Déjame vivir tranquilo y feliz! —Intento no elevar el tono de voz para que no me escuche Ruimán—. Solo pido que respetes mi decisión, no soporto hablar contigo, no te soporto, Víctor, asúmelo. Eso no va a cambiar.

—Ángel… Escúchame.

No puedo, no puedo… Por una vez en la vida solo quiero pensar en mí y que me dejen vivir en paz. Cuelgo la llamada, sin dar opción a réplica. Apago el teléfono, no quiero que me vuelva a llamar, no en este momento.

Hemos llegado al portal, los tres hablan entusiasmados, y yo sigo sumido en mis pensamientos, de pronto me noto agotado. Espero que cuando suba ya no esté el italiano ese, porque necesito que Martina haga los entrenamientos sin protestar demasiado y marcharme a mi casa.

13

POSIBLE MUERTE POR COMBUSTIÓN ESPONTÁNEA

Martina

—¡Marti! —Ángel de repente irrumpe en casa abriendo la puerta de par en par, ni he escuchado las llaves. Vamos, que Luka pensará que ha sido una estratagema de mi exmarido, celoso a más no poder, para ver si nos estábamos revolcando en el sofá—. Necesito las lla… —Y mucho habla, alma de cántaro, no puede seguir en cuanto me ve tumbada allí de esa guisa—. Marti…, yo…, llaves…, bici…

—¿Qué te pasa, Tarzán? ¿Nunca has visto a una chica semidesnuda?

—Semidesnuda, dice —murmura.

—Donde hubo cenizas, fuego queda. —Ese que acaba de hablar es el tontaina de Luka, porque no puede tener otro nombre. Mira que abre poco la boca el tío y menos delante de desconocidos; pues, para una vez que lo hace, se luce.

—¿Qué cenizas? ¿De qué habla? —Ángel ha recuperado el habla y no deja de mirarme. No, si tonto no es.

—¿Dónde está el niño? —Me levantó del sofá preocupada, primero, porque si entra en casa y me ve con esta indumentaria voy a tener que darle muchas explicaciones que no me corresponden a mí y, segundo, básicamente porque no lo veo entrar en casa.

—Abajo, he subido a coger su bici. Me está esperando en el portal.

—¿¡Has dejado al niño solo?! —vocifero.

—Bueno, chicos, yo me voy ya. —Sin darnos cuenta, Luka ha recogido todo a la velocidad de la luz y ha salido sin esperar a que le contestase.

—Está abajo, en el portal, con un amigo del cole y su padre, pensaban hacer una carrera con las bicicletas, pero si quieres le digo que suba.

—Mierda, Ángel, deja de mirarme así.

Sonríe de medio lado y se acerca. No, no, no... Mala idea.

—¿Por qué? Si te estás haciendo fotos para subir a las redes sociales con esas pintas por qué te avergüenza que te vea yo. —Y lo de «esas pintas» me suena a que estoy haciendo el ridículo del siglo y no me sienta muy bien, a decir verdad, me sienta como el culo y yo, que soy transparente, no puedo disimularlo. Mi cara es un poema—. Perdona, no quería decir que... que no te quede bien —me dice leyendo en mi cara claramente que ha metido la pata y acercándose aún más. ¿Por qué te acercas? ¿Por qué demonios te estás acercando tanto? Y, lo que es más importante, ¿por qué no soy capaz de pronunciar palabra?—. Estás preciosa —continúa colocando una mano en mi brazo. ¡Saltan todas las alarmas! Las bragas están a punto de arder, mis pezones no pueden estar más erizados, mi boca entreabierta es una puta chivata. Ángel se acerca más y más. ¿Otra vez me está tomando el pelo? Pues ni puta gracia la broma ya—. Pensé que no te gustaba, Martina —murmura.

Esta vez no veo rastro de esa jocosidad que unas horas atrás se advertía en su mirada, cosa que no sé si me gusta, me asusta o ambas cosas. En ese instante, escucho el timbre, lo empujo con fuerza hacia atrás y corro a esconderme a mi cuarto.

—¡Abre, por favor! —le pido.

Lo escucho soltar un improperio no sé si por el susto del estridente sonido, porque lo he empujado o porque se ha quedado con las ganas de más —déjame soñar, que es gratis—.

Es Ruimán que dice que su amigo tenía que irse ya y que mejor dejan las carreras para otro día porque tenía que ir a casa a terminar los deberes. Pregunta por mí, y Ángel le pide que vaya a buscar a su hermano para preparar la cena, que ya es hora.

Como no he olvidado mi promesa, me enfundo ropa interior cómoda, unos *leggins* y un top, las deportivas y me estoy haciendo una cola alta cuando Ángel, el demonio, llama con los nudillos a mi puerta. Noto su cara de decepción cuando me ve y carraspeo. No soy imbécil, supongo que esperaba encontrarme con «las pintas» de antes.

—¿Por qué me miras así? Un trato es un trato. Si quieres matarme a ejercicios, pues allá que voy, me has salvado la vida.

—Matarte —repite.

—Matarme —repito sin saber bien por qué.

Noqueada total. Mi demonio particular me gana por goleada. Evitando que vuelva a tomarme el pelo y se rompa esa tensión incómoda que se ha instalado de pronto entre ambos, con paso decidido, salgo del dormitorio y abro la puerta para que entren los niños que ya los escucho reír en el rellano.

—¡Juliááán! ¡Julianín! —digo con voz cantarina, lo he llamado aprovechando que Ángel se ha metido en la cocina. En serio, necesito solucionar esto hoy mismo porque voy a estallar. ¿Ha muerto alguien alguna vez de un calentón?

—No puedo —responde al otro lado.

—Vale, so borde. —Me cago en toda la puñetera estirpe masculina sobre la faz de la tierra.

—En serio, Marti, estoy en Madrid. Llevo dos semanas aquí haciendo unas pruebas de unos productos y me quedan como mínimo dos semanas más.

—Más de dos meses, Julián —refunfuño haciendo referencia al tiempo que llevo de escasez sexual, lloriqueo, expongo mi mal.

—Lo sé, Marti, pero es que he estado… No he podido.

—¡Tú tienes novia! —suelto con alegría y horror al mismo tiempo (oh, oh, se fulmina mi posibilidad de cómodo desahogo).

—Ummm… Bueno, novia no, pero algo hay, ya te contaré porque estoy hasta arriba de curro.

—Muy bien, petardo.

—Lo demás, ¿todo bien? —Obviamente se refiere a todo lo que no es sexual.

—Sí, bien… Lo de siempre.

Como lo conozco y sé que es muy educado, también sé que me está preguntando por compromiso porque tiene prisa, así que no me alargo en mi explicación, porque podría hablarle del infierno que estoy viviendo estos dos últimos días de mi vida. No es el momento. Ya habrá ocasión.

—Bueno, morenaza, te dejo que tengo lío. —¿Ves? Tiene prisa, si es que podría decir que somos como hermanos, pero en este caso… casi mejor que no hago esa comparación—. Por cierto —murmura como si pudiera escucharle alguien que no debiera—, me flipan las últimas fotos que habéis subido a las redes sociales de Belle Extreme. Chica, estás guapísima y súper sexi —«Pues deja que veas las de hoy, chato», pienso, pero no lo digo—. Alguna… —continúa bajando aún más el tono—, alguna paja me he tocado con ellas.

—¡Me cago en tu madre, Julián! Que estoy en sequía. —Rompe a reír a carcajadas—. Adiós, y me debes un café y muchas horas de conversación para contarme cosas sobre tu nueva conquista.

—Hecho. Un beso, Marti.

¿Qué pasa, Dios mío? ¿La primavera que la sangre altera? «Primero Carol y ahora Julián. Siempre caen los buenos…», me digo a mí misma. Resoplo. Necesito desahogo. Lloriqueo; total, nadie me ve. Ángel y los niños están en la cocina, y yo me he escapado al salón.

Mi entrepierna sigue contrayéndose cada pocos segundos, el calor que siento no es natural, me quema. Algo tira de mí, se me nubla la razón, tengo ganas de llorar.

Sopeso mis opciones. El calentón que llevo no se calma con mi vibrador, con ninguno de mis vibradores, de hecho.

Compruebo la lista de los últimos wasaps recibidos y veo el de Diego, un puchero inunda mi cara. No es la mejor opción, pero está bueno, es sexi, la conversación es una mierda; pero parecía dispuesto y eso ya es un paso ganado que, Marti, a ti eso de ligar no se te da nada bien. Además, es policía, así que supongo que está limpio, no tendrá enfermedades venéreas ni infecciones que me pueda contagiar, ¿verdad? Intento no pensar que ser poli no te impide ser un guarro, despreocupado y metepicha por doquier.

—¿Qué te pasa? ¿Estás bien? ¿Ha ocurrido algo? —me pregunta alertado Ángel cuando ve mi cara de apio pocho.

—No. Nada.

—Vale, qué susto. Estabas con esa cara ahí con el teléfono en la mano y pensé que habías recibido alguna mala noticia —insiste.

Niego con la cabeza.

—Muero —digo como única protesta.

—Venga, exagerada, prometo no ser muy duro contigo.

Levanto una ceja y lo miro. ¡Mierda! No me acordaba del entrenamiento. ¿Algo más?

Se me enciende una bombilla.

Igual aún logro espantarlo.

—Oye, Ángel. ¿Te acuerdas cuando ayer hablamos en mi cuarto y te expliqué los motivos por lo que debía dejar el entrenamiento? —

Ángel, al ver que me he puesto seria, se sienta a mi lado y me presta atención—. ¿Y recuerdas que te dije que solo me pareces mono? —asiente—. Es mentira. Porque, resulta que…

Me quedo callada. De pronto esta artimaña me parece la peor idea del mundo porque, aunque le diga que me gusta y que me quiero casar con él y traer al mundo quince hijos —cosa que no es cierta, por si no lo has notado—, no se va a ir de mi casa. No me voy a librar de él de ninguna forma, haga lo que haga y me desespera, necesito que se vaya de mi casa de una vez.

—Ya. Ya lo había notado.

¡Maldito chulo prepotente!

—¡Engreído!

—Pero ¿a ti qué te pasa, so loca?

—¡Aunque fueras el último hombre sobre la faz de la tierra! ¿Me oyes? ¡Ni así, me liaría contigo!

Maldito demonio chulo, engreído, déspota y prepotente. ¡Aaagg! ¡Cómo lo odio!

Ángel sonríe de medio lado, me da un par de golpecitos en el muslo y se levanta.

—Venga, vamos a acostar a los niños que tú y yo tenemos que entrenar.

Pues no, no me ha servido de nada y, no, tampoco me he librado del entrenamiento.

Cuando logro apoyar la cabeza en la almohada, después de comer una triste —y mísera— ensalada, darme una ducha y lograr echar al dichoso entrenador de las narices de mi casa, ya ni siquiera tengo ganas de correrme.

Hoy he aprendido algo: el deporte mata la libido.

O no, porque dos horas más tarde me despierto y no soy capaz de pegar ojo hasta que saco el vibrador de mi cajón —a Momoa; el más potente, grande, duro y multivibración que había en la tienda— y me corro, me vuelvo a correr y vuelvo. Venga, vale, ahora ya puedo dormir. Otra hora más tarde me despierto y recuerdo que no me he puesto el despertador, doy un respingo y pongo la alarma en mi móvil. Son las cuatro. Maldita sea mi estampa, mis cambios horarios y toda mi estirpe, porque de pronto me espabilo y hasta las siete no caigo tiesa. El despertador suena una hora después.

¡Qué noche más mala! ¡Qué dolor de agujetas! Me cuesta la vida levantarme de la cama y un mundo despertar a los niños. Pero, al fin, a las nueve en punto logro dejarlos en la puerta del colegio. Esta vez voy maquillada, vestida para la ocasión —la ocasión de encontrarme con un poli *buenorro* que cubra mis necesidades vitales— y peinada. Los niños llevan hasta colonia, han desayunado y les he preparado un bocadillo para el recreo. ¡Ay, qué orgullosa estoy de mí! Ya estoy preparada para ser madre —si quisiera—.

Me espero en la puerta a que ellos entren y miro disimuladamente en todas direcciones, no hay rastro del poli *buenorro* de dos metros. Los padres se van marchando de forma paulatina, y yo, que no me quiero rendir aún, me meto en la cafetería donde ayer nos tomamos un café juntos. En las películas americanas los polis siempre toman café en el mismo sitio y a la misma hora, ¿no?

Pues no, no aparece. Me pido un café y un sándwich que mastico despacio, alargando el momento de marcharme. A las diez menos cuarto enfilo el camino hasta mi casa, le prometí a Ángel que a las diez estaría allí y no quiero faltar a mi palabra. Me quedan muchísimos días por delante para aguantarlo, seguramente no será la última ocasión en la que necesite un favor, así que es bueno que confíe en mí, al menos por el momento.

Voy concentrada en mi teléfono móvil, en realidad compruebo que todo funciona bien. No tengo wasaps de nadie, ni siquiera de Carol, para ver cómo están los críos. Esa folladora se está dejando la piel en la habitación de hotel en la que se queda con su compañero de bufete y tiene la sangre tan concentrada en la entrepierna que no le llega el riego para recordar que tiene dos vástagos en el mundo. No hay noticias de Diego tampoco. Fin de la lista de personas que se pueden interesar por mí. ¡Ah! Mi madre tampoco me ha escrito y eso que llevo sin hablar con ella tres días. Puf, estoy de bajón.

—Joder —Escucho a mi lado. Acabo de llegar al portal de mi edificio. Levanto la cabeza del móvil, y Ángel me mira con una expresión que no logro descifrar. ¿Lo habré dejado extasiado con mi *look* mañanero?—. En mi vida he conocido a una tía tan pirada como tú.

—Hombre, gracias, yo también te deseo buenos días, demonio de pacotilla —refunfuño.

Introduzco la llave en el portal y entro, sin darle opción a réplica.

Logra acceder detrás de mí antes de que se cierre la puerta y me sigue escaleras arriba. Por una vez no voy a coger el ascensor con tal de no aguantar al plasta este. Mierda, necesito chocolate o me voy a cargar a la humanidad en breve.

—Martina —me llama antes de que le cierre la puerta de mi casa en las narices.

Respiro hondo. Recuerdo mi promesa y la dejo abierta. Pasa detrás de mí.

—Te voy a decir una cosa, Ángel, y quiero que te lo tomes en serio. Necesito chocolate, ya, no estoy bromeando. Chocolate o mato a alguien, y tú eres el que queda más cerca.

Me giro cuando cierra la puerta para enfrentarme a él, que me mire a los ojos y entienda la urgencia y veracidad de mis palabras.

Ángel me mira alucinado —o asustado, todavía no sé definirlo con exactitud— y durante unos instantes no pronunciamos palabra. Finalmente, agarra mi mano, tira de ella con fuerza y me gira, hasta dejarme con la espalda pegada a la puerta y su cara a un palmo de la mía. ¿Qué pasa aquí? Se acerca. Me coloca un cabello rebelde tras la oreja. Mira a mis ojos y luego a mis labios, agarra mi mentón con suavidad, cierra los ojos, aspira mi olor… —huelo bien, ya lo sé, este perfume me ha costado un ojo de la cara, no es ningún regalo de la empresa, con él pretendía embaucar al policía que pensaba que iba a cubrir mis necesidades y que no apareció por ninguna parte—, se acerca, se acerca más. No entiendo nada de nada, pero mi corazón bombea a todo trapo, a ver si ahora por la tontería de este hombre me da un infarto o algo. Abre los ojos y mira los míos. En serio, se me va a salir el corazón por la boca. Ostras, me estoy poniendo cardíaca y me está cabreando a partes iguales.

Me ha dejado de hacer gracia toda esta mierda de «pensé que no te gustaba».

No estoy para jueguecitos.

Juro que no.

Se acerca y, joder, por su madre, no me puedo contener. Cuando se dispone a besarme (o, al menos, se acerca tanto como para poder hacerlo), aquí mi amigo, el ángel más demoniaco que he conocido nunca; se lleva una leve, minúscula, efímera patada en los huevos con mi rodilla. Bueno, igual no ha sido tan suave, porque se inclina sobre sí mismo y lo escucho maldecir.

—¡Joder! ¡Joder! ¡Mierda! —blasfemo mientras me tapo los ojos. ¿Está llorando? Me los destapo—. ¡Hostias!

—Grññññ umm grññ. —Más claro, el agua.

Dejo a un lado mi mal humor porque no quiero ir a la cárcel. Mi vida entera pasa delante de mis ojos y, de pronto, me veo sentada en el banquillo de un juzgado mientras Ángel me señala con el dedo y le dice al juez que le agredí y no solo eso, sino que soy la peor tía del universo; que no sé ni hacer una raíz cuadrada y que estaba dispuesta a alimentar a mis sobrinos postizos a base de porras con chocolate y pizzas americanas, ¿eso es un delito? Pues, a saber, pero no es el momento para averiguarlo.

—¡Ay, Ángel! Perdóname. —Se ha quedado en silencio y no sé si intenta recuperar la respiración. Me agacho hasta quedar a la altura de sus ojos—. ¿Te duele mucho? ¿Quieres hielo? Lo siento, Ángel, me ha salido innato, es que me lo enseñaron en las clases de defensa personal. —No es momento tampoco para explicarle lo de las clases en mi azotea, en un estado de embriaguez bastante deplorable, borracha hasta el culo, vamos—. Y, no sé, te vi acercarte tanto que…, y yo… lo siento —digo al fin, porque intuyo que no me está escuchando.

Prefiero no decir nada más porque no ha levantado la cabeza del suelo, está respirando hondo e ignoro si es para controlar el dolor, la ira o ambos, pero en lo que lo descubro más me vale ser amable. Voy hasta la cocina y le sirvo un vaso de agua, cuando vuelvo al salón lo veo sentado en mi sofá, ha ido recuperando el color en las mejillas y le tiendo el vaso con la mejor cara de arrepentimiento que se me ocurre poner.

—No pensarás ir a correr de esa guisa, ¿verdad? —logra decir al fin, creo que no quiere hablar sobre lo que ha sucedido, y yo secundo la moción, me parece fantástico.

Niego con la cabeza y me retiro a mi dormitorio a cambiarme de ropa. Me recojo el cabello en dos moños altos, uno a cada lado (por eso de avivar mi aspecto angelical) y me enfundo la ropa deportiva que me trajo ayer Luka, esta no es de regalo, mi jefa solo me deja quedarme con algunos conjuntos con los que salgo de fiesta, pero la pagaré, no importa, más que nada porque no tengo demasiada ropa deportiva y esta semana no he tenido tiempo de poner lavadoras porque tengo una amiga que me odia con todo su ser y ha decidido exterminarme de la faz de la tierra regalándome un entrenador/acosador personal y dos hijos.

Ángel está cabreado. Muy cabreado. Lo sé. Lo noto… ¿Sabes la canción esa? «Se te nota en la mirada, que vives enamorada…», pues igual, pero encabronado en vez de enamorado. Dios mío, si las miradas matasen, yacería ya bajo sepultura.

—¿Qué vas? ¿A correr o a la pasarela Cibeles?

Sigo maquillada, lo sé, y mis deportivas nuevas a juego con mi top verde y amarillo fosforito muy de andar por casa no son. Igual lo dice por el peinado o porque he cogido unas gafas de sol a juego (las amarillas, no te creas que tengo muchas). Odio que me dé el sol en los ojos, así que prefiero llevarlas que lamentarlo luego.

—Lo siento —es lo único que logro articular por respuesta.

Pero, Ángel, que tiene el modo demonio activado, pasa de mí, de mis disculpas y de mi ropa conjuntada con mis deportivas y mis gafas de sol, y simplemente grita.

—¡Vamos! Que no tengo todo el día.

«Pues cualquiera lo diría, chato, que pasas más tiempo en mi casa que en la tuya». Eso no se lo digo, claro. Bastante mosqueado está ya.

Si pensáis que Ángel tiene intención de vengarse haciéndome correr la maratón a la velocidad hipersónica de la luz hasta que me desmaye a punto de la lipotimia…, pues tenéis razón.

Mi orgullo y yo, malheridos, nos lamentamos: al final, ni sexo con el policía sexi ni chocolate ni beso.

Mal, Marti, Mal.

Cuando logro subir el último escalón que me lleva hasta casa y saco fuerzas para abrir la cerradura, me hinco de rodillas en el suelo y me arrastro al interior. Miro la hora en mi móvil. Son las doce y media. Tengo dos horas para recuperarme antes de ir a recoger a los niños.

Cierro con un pie y me tumbo allí mismo, en el suelo, está frío y duro, lo sé; pero no estoy para remilgos —para una cosa dura que me toca tampoco me voy a poner quisquillosa—.

Miro el móvil. Abro el grupo de wasap de las chicas.

MARTINA:
Os odio a todas.

Y, sí, estoy enfadada y uso la palabra prohibida, ya me tragaré el sermón de media hora de mi amiga Carol.

Busco el contacto de Julián y le escribo:

MARTINA:
Y a ti.

Ya le explicaré lo que quiero decir cuando reviva de entre los zombis.

CAROL:
Eres una exagerada, siempre lo mismo. Bla, bla, bla. Bla, bla, bla —no termino de leer su perorata, por si no lo pilláis—.

EMMA:
Ay, mi pobre chiqui. Iría contigo a tomar café y bollos, pero hoy no puedo.

Emma sí que me entiende y me quiere, a ella no la odio tanto.

EVE:
Te he dicho cientos de veces que te tires a Luka y verás cómo dejas de odiarlo todo.

Ya, que sea el novio de mi jefa no será una buena causa para no hacerlo, ¿verdad? Madre de Dios.

Saco energías suficientes para mover los dedos hasta el despertador y ponerlo a las dos en punto.

14

¡LA MADRE QUE LA PARIÓ!

ÁNGEL

¡La madre que la parió! No va y me arrea una patada en toda la huevera. ¡Dios! Aún me duele. ¿Tendré que ir al médico? ¡Joder, joder, joder! Pero ¿qué puñetera manía violenta tiene esta mujer con las jodidas patadas? Pero ¿a Martina le gusto o no le gusto?

Ha dolido.

Ha dolido mucho.

Ha dolido casi tanto como ayer cuando la vi con aquella minúscula y transparente prenda de ropa y tuve que contener las ganas de girarla, empotrarla contra el sofá y, por decirlo sin mucha floritura y ser claro y directo, follármela.

Vale, me estoy pasando. Lo sé, joder, lo sé…

A ver…, que me explico. Ayer, después del terrible dolor de cabeza por el pequeño niñoloro, lo que menos esperaba encontrar era aquella estampa. Martina estaba sexi, Martina estaba arrebatadoramente sexi. Martina me dejó con la boca seca y me costó muchísimo disimularlo. Tartamudeé, todavía siento vergüenza. No entendí un carajo de lo que dijo el italiano ese, ni papa; pero tampoco estaba concentrado en él, porque, ¿qué quieres que te diga? Con la imagen que tenía frente a mí como para mirar al muchacho ese que estaba con ella y que decía cosas de lo más extrañas.

Intuyo que hice bastante el ridículo, porque Marti me pegó un buen empujón para apartarme, no me extraña, porque hacía unas horas la había vacilado. Tampoco es que quisiera reírme de ella, solo estaba jugando un poquito.

Vale, tengo que admitirlo.

Martina me pone. Martina me gusta. Martina me saca de quicio. A veces la odio un poco, también. Y ahora mismo tengo un batiburrillo de ideas en la cabeza que lo único que me dan ganas es de mandar a tomar por saco el entrenamiento con ella, mi paciencia, el pastizal que me están pagando sus amigas y mi reto.

En serio, solo me apetece perderla de vista y no volver a verla más.

No como anoche, que lo primero que hice nada más llegar a casa fue meterme en la ducha y agarrar mi polla con fuerza visualizando a Martina con aquella extravagante indumentaria. Hacía tiempo que no me masturbaba, mi libido quedó medio muerta después de lo ocurrido meses atrás, pero esta mujer despierta en mí de todo, hasta las ganas de correrme.

Ya ayer llegué muerto de cansancio a casa después del entrenamiento, pero es que hoy sigo igual de agotado. Es como si Martina chupara toda mi energía, para mí es imprevisible saber lo que ocurrirá, porque cada nuevo día a su lado es una «aventura».

Llego a casa y me caliento el almuerzo, como poco, más juego con el tenedor que otra cosa. Estoy refunfuñando, no logro que se me pase el enfado y eso que se me ha aliviado bastante el dolor —el del ego, obvio, el físico poco duró—.

Trasteo con el móvil por entretenerme un rato.

Abro el grupo de las chicas.

> EVE:
> Ángel, cielo, ¿qué le has hecho a Martina?

> EMMA:
> Su trabajo, ya sabemos cómo es, dramática como ella sola. Tendrá agujetas o a saber.

Sin embargo, no contesto, no me apetece mucho hablar con ellas ahora mismo. En realidad, me apetece hablar con Carol y abro un mensaje privado para ella.

ÁNGEL:

De verdad, me estoy planteando seriamente dejar los entrenamientos con Martina.

CAROL:

¡Qué dices! No puedes hacer eso, apenas llevas un mes, dale tiempo. Nos prometiste que lo ibas a intentar.

ÁNGEL:

Me ha arreado una patada en los huevos.

CAROL:

¡Cómooo! Ay, madre. Se me ha vuelto loca.

ÁNGEL:

Me ha dicho no sé qué de unas clases de defensa personal.

CAROL:

¿Defensa personal? Pero tú qué le has hecho.

ÁNGEL:

Emm… nada, nada. Ya sabes cómo es, rara como ella sola.

CAROL:

Bueno, esta tarde llego a casa, y ya no podrá usar a los niños de excusa para no hacer deporte.

ÁNGEL:

Es que esa es otra, estoy muy cansado. Estos días he perdido toda la tarde. Me agota. Me exaspera.

CAROL:

Nadie dijo que fuera fácil.

ÁNGEL:

Ya. Cierto. Espero que esta tarde no me monte un numerito cuando me presente en su casa para entrenar.

CAROL:

No lo descartes tampoco, por lo que pueda pasar.

ÁNGEL:

Bueno, buen viaje.

CAROL:

Gracias. Un beso.

Resoplo, tiro el móvil a mi lado. Me apetece tomarme una cerveza, miro el reloj, no son horas, lo sé.

No suelo echar siesta, es más, suelo tener las tardes bastante liadas y no me da tiempo, pero estos días que Martina tiene a los niños he despejado agenda, porque sabía que no me iba a dejar mucho tiempo, aun así, me tumbo en el sofá. No me apetece mucho ver la tele, pero la enciendo, paso canales. Activo Netflix, voy pasando pantallas. ¿Soy al único que le pasa que cuando tiene un rato para ver la tele se puede pegar horas viendo la cartelera que ofrece Netflix sin ser capaz de decidir?

Sonrío al recordar la cara de Martina cuando por fin la he dejado volver a casa. Me odia. Me odia tanto como yo a ella. Río. Que se aguante. Bastante me ha hecho sufrir. ¡Será bestia! Cómo puede una chica con esos preciosos ojos oscuros y esa sonrisa de angelito tener tanta mala hostia guardada dentro.

En definitiva..., ¿qué te puedo contar? Que mi huevera se ha recuperado rápido, porque minutos más tarde no puedo evitar llevar la mano hasta mi sexo, que está duro, no quiero pensar por qué, así que no lo hago. Solo me bajo un poco el pantalón y la ropa interior, me toco... y disfruto.

Pues parece que después de tanto tiempo... estoy vivo.

15

LA GRAN MARTI: UNO. ÁNGEL, EL DEMONIO TERRENAL: CERO

Martina

Pues sí, me quedé dormida en el suelo de mi casa casi dos horas. No me juzgues. No es el momento. Sigo sin sexo, sin chocolate y he sudado más que en toda mi vida junta.

Me duele todo.

Me duelen las piernas, me duele el pie, me duele la tibia y el peroné, me duele la cabeza y hasta el esternón, me duele la cadera, me duele to' (y sin bailar[3], ¿eh?).

Me duele el cabello, las cejas y las pestañas.

Me duelen hasta las uñas.

Pero el despertador ha sonado. Tardo media hora en espabilarme e incorporarme del todo. Me miro en el espejo de la entrada. Doy pena. Menudas pintas llevo. No hay un cabello en su sitio, se ha corrido el maquillaje, obviamente no era *waterproof* por mucho que lo pusiera en el envase.

Huelo a demonio. Y cuando digo que huelo a demonio no me refiero a oler como huele Ángel, porque, por muy demonio que sea, el

---

[3] Hago referencia a la canción de Alaska: *Bailando*, ya te he dicho que soy de los ochenta y ahora se me ha pegado: «Bailaaando, me paso el día bailaando. Y los vecinos, mientras tanto, no paran de molestaaar».

muy capullo huele a delicia pura, siempre, aunque acabe de terminar de correr la maratón de su vida, sigue oliendo bien (lo he comprobado personalmente hace un rato).

Valoro mis opciones. Queda media hora para que los chicos salgan del colegio y, dado mi estado catatónico, supongo que prácticamente tendré que ir a rastras hasta allí, así que mejor postergar la ducha para más tarde. Lo de ir a coger una toallita para arreglar el estropicio de mi cara tampoco me parece importante en este momento. Paso.

Soy una campeona, ¿lo dudas? Llego al cole y en hora. Aquellos dos salen y me informan de que debo llevarlos a fútbol, cosa que, obviamente, había olvidado. ¿Por qué obligan a los niños a hacer deporte más de una vez a la semana? Con lo malo que es.

Total, que pienso que hoy es mi último día de tortura y que me voy a comportar como una persona adulta y no voy a llorar. Tengo un hambre que muerdo y me duele tanto el cuerpo que lo único que me apetece es tirarme a dormir, pero se me ha encomendado la terrible misión de ser tía postiza, así que sonrío, a pesar de que los niños me miran raro y todas las personas que están a mi alrededor también, ¿incluido…? Sí, ¡exacto!, lo has adivinado. Incluido el adonis en forma de policía morenazo con poca capacidad de expresión oral, pero con altas expectativas de actividad sexual. Diego me mira con los ojos a punto de salírsele de las cuencas.

Se acerca, despacio, y yo no puedo moverme porque me he quedado clavada en el sitio. Adiós a mi única y última oportunidad de saciar mi calentamiento global.

—No me preguntes, por favor —murmuro. Me doy la vuelta y le agarro la mano a Ruimán que no ha parado de hablar en los tres minutos que hace que salió del colegio y lo arrastro, solo quedan unas horas. «¡Vamos! ¡Tú puedes, Marti!».

Si crees que Diego flipó, no te puedes imaginar la cara de mi amiga Carol dos horas más tarde.

—¡Dios mío! —vocifera cuando me ve salir del ascensor. Desde que ha oído el pitido ha abierto la puerta de su casa, loca por ver a sus fierecillas, imagino—. ¿Estás bien? ¿Qué te ha pasado? ¡Dios! ¡Marti! —Me abraza—. Lo siento, cariño, lo siento mucho. ¿Te han hecho esto mis niños? Si es que tú no estás hecha para la maternidad, cariño, si yo lo sé, pero es que… —Me acaricia el pelo, se está ganando una patada como la que le di a Ángel.

Le endoso la mochila de Ruimán apartándola de mí.

Dejo que las dos fieras se abalancen sobre ella, agradeciendo al cielo que su madre haya llegado de una vez, comiéndosela a besos en el rellano de mi piso. Abro mi casa, entro y cierro sin decir ni «mu».

—¡Gracias! —grita.

Ya me las cobraré, ya.

Después de pasar por la ducha, colocarme mi mejor pijama —el más desgastado y estirado, obvio— y comerme dos plátanos, una manzana, tres tortitas de arroz —Dios, ¿por qué la gente come estas cosas que saben a corcho?—, un café, dos, tres…, otra torta de arroz con tres cucharadas de mermelada light y otro plátano más; ya me siento mejor. Respiro hondo. Estoy de mejor humor al menos. Huelo a limpio. No hay expectativas de niños dando por saco ni tengo absolutamente nada que hacer hasta exactamente dentro de veintinueve horas, que son las que me pienso tirar en posición horizontal.

Un ruido ensordecedor me despierta, ¿qué hora es? Levanto la mano lo suficiente como para mirar el reloj, las seis de la tarde. Me he quedado dormida en el sofá a los cinco minutos de poner en Netflix *¡A ordenar con Marie Kondo*! ¡Mecachis! Me he vuelto a dormir, si es que nunca me entero de nada con esta mujer. Me revuelvo en el sofá y noto mi entrepierna húmeda.

—Ya, cielo, lo siento, sé que sigues necesitada, pero no tengo comida para darte. —Sí, le hablo a mi toto, no lo hago mucho, tampoco vayas a llamar al manicomio ahora.

De repente, recuerdo lo que he soñado y me entra un ataque de tos.

El ruido vuelve a sonar, es el portero automático. Me levanto del sofá, como buenamente puedo, todavía me duele todo el cuerpo del entrenamiento de esta mañana. Intento quitarme de la cabeza la imagen de mis sueños; Ángel se colaba en mitad de la noche en mi casa —te recuerdo que puede tener copia de las llaves de mi piso—, encendía la luz de mi dormitorio y, cuando se aseguraba de que me había despertado y lo observaba con atención, ha comenzado a sonar una música de lo más extraña y sensual mientras se desnudaba lentamente. De pronto, tenía las manos esposadas a mi cabecero de hierro forjado —claramente es un sueño, jamás tendría una cosa así en mi dormitorio, yo soy más de madera blanca— y, cuando estaba a punto de ver cómo se quitaba los *boxers,* me ha despertado el timbre.

¡Madre de Dios! Menudo sueño, ¿quién osa interrumpir algo así a estas horas? Me llevo la mano a la boca que siento súper pastosa y me limpio los restos de babas que tengo colgando de la comisura de los labios. Descuelgo y pregunto quién es, estúpido, porque el portero lleva estropeado dos siglos y medio y no se escucha nada. Así que cuando logro acordarme, simplemente, abro. Arrastro los pies hasta la puerta de casa y entro en pánico cuando Ángel aparece en el rellano de mi piso.

—¡Vamos! ¿Qué haces así todavía? —dice dando palmas parándose frente a mí. Pues parece que sigue enfadado. Pero, joder, qué bueno está. Cómo me pone esa forma de ordenarme, vamos, que, si estuviera de rodillas delante de él y su orden fuera otra, no dudaría en obedecer—. Cámbiate de una vez, nos vamos a entrenar. —Pero siento decirte que esta otra orden no estoy dispuesta a cumplirla. Hoy no. Por muy bueno que esté este hombre y por mucho que tenga a mis hormonas más revolucionadas que una adolescente en plena crisis de los quince.

Cierro de golpe.

¡Ja!

La gran Marti: uno.

Ángel, el demonio terrenal: cero.

Lo he dejado noqueado, lo sé, debería tener una cámara en el rellano para ver la cara de tonto que se le ha quedado —y para poder observarlo un rato más que trae las piernas al aire y no veas qué piernas—.

Y lo cierto es que en otro momento quizás me hubiera rendido a él y todo lo que quisiera, pero es que no puedo ni abrir y cerrar los ojos sin que me duela algún músculo del cuerpo, este tío lo flipa si piensa que voy a salir a entrenar otra vez.

Obviamente no se da por vencido, toca el timbre y aporrea la puerta.

—Vamos, Marti, no seas cría. Es hora de entrenar.

Ha bajado el tono de voz casi hasta el ruego, sabe que se acabó el juego y que no voy a permitir por un instante más que me hable de esa forma —al menos en este contexto—. Pero ni le contesto. De verdad, no pienso molestarme, ya puede tocar todo lo que quiera. Me tumbo en mi sofá y me pongo en la tele *Juego de Tronos* a todo volumen, llega un momento en el que dejo de escuchar el ruido que arma el maldito demonio. El móvil suena, pero ni miro la pantalla, lo he puesto en modo vibración y lo he tirado en la mesita del salón. Paso.

Media hora más tarde me doy cuenta de que he ganado, se ha aburrido de perder el tiempo y se ha pirado... ¡Oh, *yeah*!

—*«¡Weeee are de championnns, my frieeend! ¡We are de champions! ¡We are de champions!»* —vocifero por todo el salón. Aparece Momoa en pantalla y paro en seco. Babeo, babeo... Cómo adoro a este hombre.

—¿Ya has terminado de hacer el ridículo?

Me giro con la mano en el pecho. ¡La madre que lo parió! ¡Qué susto! Puto demonio psicópata. Puto demonio de brazos cruzados y pose chula apoyado en la pared de mi salón con esa sonrisa de medio lado y un cuerpo de escándalo que hace que quiera echarlo a patadas de mi casa al tiempo que se me fulminan las bragas.

—¡A la policía que vas! Se te van a quitar las ganas de invadir casas ajenas. —Logro reaccionar al fin. Sea como sea, y esté lo bueno que esté, esto no puedo permitirlo.

—Em… esto…, le he abierto yo.

Escucho una voz muy bajita, y mi vecina —y exmejor amiga— asoma la cabeza por la puerta.

Por una milésima de segundo he pensado en lanzar el mando del televisor, que es lo que tengo en la mano y que servía de micrófono improvisado hace tan solo unos segundos, en esa dirección; pero luego pienso en lo que me ha costado la tele, que es nueva y que, seguramente, un mando original me saldrá por un pico y me estoy quieta. Me he quedado sin palabras. Cuento hasta diez. «Cuenta, Marti, cuenta. No pierdas los nervios».

—¡Fuera! ¡Arpía de tres al cuarto! No quiero ni verte en un mes, te odio.

—Marti, tía, es que eres una exagerada. ¿Cuántas veces tengo que repetirte…

—¡Te odio! ¡Te odio! ¡Te odio! ¡Te odio! ¡Te odio con todo mi ser! —grito como (si estuviera) loca.

—Esto…, Ángel, cariño. Lo siento, pero es que tengo que estudiar Sociales con Ruimán que tiene un examen mañana y no me puedo quedar aquí. Os dejo solos —canturrea poniendo pies en polvorosa.

Respiro hondo.

Ángel parece enfadado de nuevo —igual por mi ataque de odio—, y yo, pues yo también, eah, ¿qué se piensa este hombre? ¡Testarudo de tres al cuarto! A mí a cabezota no me gana nadie.

—¿Qué haces aquí? —Me cruzo de brazos e intento no fijarme en los músculos que se le marcan. Está tenso, esas venas en sus brazos están a punto de estallar.

—Martina, siento recordarte que tienes que aguantarme hora y media al día durante un año —repite con paciencia y de buenos modos su perorata—. Te guste o no.

—Hemos entrenado esta mañana. —Resoplo y me tiro en el sofá con las piernas cruzadas. Apago el televisor con el mando que aún tengo en la mano.

Ángel cierra la puerta de la entrada y viene hasta el sofá. Mi mente está llena de contradicciones; por una parte, quiero que se pire y me deje en paz y, por otra, me apetece que acabe la trayectoria del camino que empezó esta mañana —juro que me contendré y no le daré más patadas en los huevos—.

—Siento recordarte que lo de esta mañana no era un entrenamiento del programa, era un trato al que llegamos, un extra que me debías —me dice amablemente, me da dos suaves palmaditas en el muslo, y yo, para dejarle claro que no me pienso mover de allí, subo las piernas al sofá, acomodándome aún más. ¡De mi sofá amarillo, no me moverán![4]

—¿Te estás vengando por la patada en los huevos? —pregunto borde, aunque ya no estoy enfadada.

No me molesta su presencia, huele condenadamente bien, lo colgaría como ambientador de mi salón. Su cercanía y su calor me reconfortan. Lo único que me molesta de él son sus ganas de ponerme a dar brincos y a sudar —y no de la forma que más me apetece—.

—Me lo debes por tu promesa —me explica con paciencia.

—Ya, pues mira, igual tienes razón, pero siento comunicarte que no puedo. Imposible. KO. KO total. Necesito descansar, anoche apenas dormí, esta mañana me has matado y llevo un día horrible. Ni he almorzado. —No pienso decirle que devoré media despensa por no prepararme un plato de comida—. Estoy muerta de hambre.

—¡Dios! Calla. No te callas nunca. —Sonríe.

Boca seca —otras partes no tanto—, me sudan las manos y no puedo evitar juguetear con mis dedos. De pronto me vuelvo a sentir fatal por la patada en los huevos, a pesar de que la he nombrado hace tan solo diez segundos sin ningún tipo de remordimiento.

—Lo siento, Ángel.

—No pasa nada, esta semana el entrenamiento ha sido bastante desastroso. Hay que ser más constante con el tema del horario y demás; pero, bueno, ha sido por una buena causa y yo lo entiendo. La semana que viene irá mejor.

---

[4] Si has canturreado esto último al ritmo de «Del barco de Chanquete, no nos moverán» eres tan viejo como yo, muajaja.

—Me refiero a… tus testículos —le digo señalando la zona, a la cual no he podido evitar quedarme mirando. Trago con fuerza porque Ángel se ha quedado en silencio—. ¿Cómo tienes… eso… por ahí abajo?

—Sobreviviré. —Lo observo con mirada de cordero degollado—. Estoy bien, en serio.

—Tienes muy mal genio —murmuro.

—¡Mira quién habla! —grita dándome un susto del carajo.

Pego un brinco sin querer y me abrazo a mi mando de la tele.

—Mira, voy a ser sincera contigo, porque esto ya me parece hasta estúpido. ¿Vale? No somos críos y te has comportado como uno. Vale, yo también, pero no es el caso que estamos tratando ahora. Estaba cansada de tus bromas. No soy de piedra, ¿sabes? Y me parece una putada lo que me estabas haciendo, porque… porque… ¡Joder! Porque sí.

—Vale. No volverá a pasar. ¿Amigos? —me tiende la mano.

—Amigos —le respondo mientras la agarro y noto el suave tacto de su piel que estrecha la mía entre las suyas.

Lo miro a los ojos, me pone tan tremendamente tontita —porque decir cachonda, así, sin anestesia ni nada, me suena súper feo— que no puedo evitar mirar sus labios.

—Venga. —Aparta la mano de la mía, y yo casi que lo agradezco—. Para enterrar el hacha de guerra vamos a hacer una guarrada.

—¿Eh? —Se me seca la boca de nuevo.

Sonríe, me guiña un ojo y lo veo marcar un número en su móvil y, seguro que no te lo imaginas, pero la guarrada a la que se refiere es a pedir comida china, porque si pensabas que este hombre y yo… ñiqui, ñiqui…, pues siento decirte que va a ser que no, que este tendrá tías rubias, morenas, pelirrojas de cuerpos perfectos y esculpidos haciendo cola en la puerta de su casa para sorteárselo, y yo no soy una opción. Noventa y cuatro kilos, te recuerdo, bueno, noventa y dos con doscientos gramos si es que el entrenamiento del último mes y la alimentación sana de hace un rato ha servido de algo. Debo de pesar más que él, eso seguro.

En fin…, ya me he acostumbrado a que Ángel acampe en mi casa, así que ni me sienta mal cuando se quita las deportivas y los calcetines y se pasea descalzo —mientras yo babeo—, le abre la puerta al repartidor y le paga. Servimos la comida en la mesa y comemos entre risas hablando de *Juego de Tronos* que es lo que estaba viendo cuando él llegó.

Llaman a la puerta y cuando abro lo primero que veo es una mano agarrada a un pañuelo blanco ondeando frente a mis narices y, unos segundos después, tras él aparece Carol.

—Vengo en son de paz —murmura.

—Pasa, anda.

Sin decir nada más voy hasta la cocina a coger otro plato, cubiertos y una copa, y lo pongo todo en la mesa, frente al sitio en el que ella ha tomado asiento.

Se sirve un poco de lo que tengo delante.

—Gracias. Los niños acaban de cenar y se han tirado a ver una peli de superhéroes y me moría de aburrimiento en casa.

—Tú lo que te morías era de curiosidad, listilla, que nos conocemos —la reprendo, y Ángel ignora lo que acabo de decir, como si no fuera con él.

—¿Sigue en pie lo del viernes? —me pregunta.

Vamos a ver, claramente, lo que me está preguntando es si puede venir conmigo, porque yo tengo que salir sí o sí, que en eso consiste mi trabajo.

—Sí, claro. Emma también se viene. La he convencido. —Ángel levanta una ceja en señal interrogativa, pero yo paso de explicarle nada, es cosa de chicas, es mi entrenador personal no mi madre, no tiene por qué saberlo todo.

—Ángel, las chicas y yo vamos a salir el viernes a cenar y a tomarnos unas copitas por ahí, así le hacemos compañía en la jornada laboral a Marti. ¿Te apetece venir?

—¡Au! —suelta Ángel. Me he equivocado y le he arreado una patada a él en lugar de a mi amiga, error de cálculo.

—Uy, perdón, me estaba estirando —me disculpo roja como un tomate.

—No osaría interrumpir una noche de chicas —da como respuesta, y yo respiro aliviada.

No sé por qué exactamente, porque a mí Ángel me gusta y el tenerlo en un ambiente distendido, como el de un bar, no estaría mal, supongo que es porque él odia mi trabajo y temo que me extorsione la noche.

Yo no digo nada, solo sonrío en señal de agradecimiento.

—No, qué va. Si precisamente venía a comentarle a Marti que… —Carraspea—. Que… he invitado a Adrián el viernes, para… Esto… Bueno, para que lo conozca.

Yo flipo.

Flipo mucho.

—¿Quién es Adrián? —Casi se me han quitado las ganas de patear a mi amiga—. ¿Y por qué tengo que conocerlo en nuestra noche de chicas?

—No es nuestra noche de chicas, Marti, tú tienes que trabajar, y nosotras salimos contigo y nos tomamos una copa, pero tú nos abandonarás a la primera de cambio porque tienes que hacer… eso que haces tú.

—Vender ropa —suelto poniendo los ojos en blanco.

—Eso —corrobora mi amiga con una sonrisa, feliz de que la haya entendido y no le haya puesto el grito en el cielo.

—Pues, si es así, me animo. Hace tiempo que no salgo. —Pero, a este hombre, ¿quién le ha dado vela en este entierro…? Ah, sí, mi amiga, que por momentos me parece rubia natural. Bueno, es rubia natural, pero nunca la había considerado tonta, hasta hoy.

Se me abren los ojos de forma desmesurada, pero no digo nada, miro en dirección a Carolina.

—¿Quién es Adrián? —Intento que mi tono de voz no suene forzado y contenido.

—Adrián es mi compañero de bufete. En realidad, se unirá más tarde a nosotras, porque tiene un compromiso familiar primero, pero vendrá. ¿Tú te vienes a cenar, Ángel?

Evito soltar otra patada por debajo de la mesa por si acaso le vuelve a caer a él. Entierro la mirada en el plato, hay que ver, con el hambre que tenía y lo bien que huele todo esto y se me han quitado las ganas de comer.

—Sí, claro —contesta y levanto la cabeza—. Así compruebo que Martina no se pasa con las grasas. —Lo miro horrorizada, y me guiña un ojo.

Suena el móvil de Ángel que se disculpa y se levanta de la mesa para contestar. Mi respiración está agitada, tengo los puños apretados, pero no digo nada.

Carol me da dos golpecitos encima de la mano que queda a su lado.

—Lo sé, lo sé. —La miro sin abrir la boca—. Me cucaracha con todo tu ser.

Ángel me guiña un ojo mientras habla, y sonrío, sonrío, sonrío mucho hasta que se da la vuelta y mi gesto se volatiliza, mientras paso el mango del tenedor por mi cuello a modo de amenaza para mi amiga.

—Tú y tu pijifollamiguito lo vais a lamentar.

Carol suelta una carcajada y sigue comiendo.

—Tengo que marcharme, cariño, tengo a los niños solos —me dice y me suelta un besazo en el cachete—. Te quiero.

—Te quiero ni te quiero. Ya hablaremos, ya. Anda, vete a casa a ver si puedo echar a este hombre que me quiero acostar a dormir.

—¡Joder! ¡Víctor! —Escuchamos los gritos de Ángel que se ido hasta la cocina para hablar—. ¡Te he dicho que se acabó! Déjame en paz.

—¡Hostias! —murmuro.

—¡Ostras! —Mi amiga es mucho más fina que yo, dónde va a parar.

—No quiero que vuelvas a llamarme, no hagas que cambie de teléfono, no aguanto más esta situación, déjame vivir tranquilo —continúa, aunque ha bajado bastante la voz, nosotras agudizamos el oído y lo entendemos a la perfección.

—Es… —comienza Carol.

—Gay —sentencio.

Ángel ha cortado la llamada y viene en nuestra dirección. ¡Es gay! ¡Es gay y está en medio de una ruptura! Debí imaginarlo, con ese cuerpazo, debí imaginarlo, lloriqueo interiormente.

Carol se despide con la mano y le murmura un «hasta el viernes» a Ángel antes de salir de mi casa.

16

AGUAFIESTAS

ÁNGEL

¡Otra vez! Es que no puedo creerlo, ¿no va a dejarme en paz nunca? No me puedo creer que siga presionándome con lo mismo, que no me dejen tomar mi propia decisión por una vez en la vida. Solo quiero estar tranquilo, empezar de cero y dejar todo aquello atrás, hacer lo que me hace feliz y, debo admitirlo, en este momento lo que me hace feliz es estar aquí, en Valencia, con mi negocio en plena efervescencia, con Martina tocándome los huevos, a lo que le estoy cogiendo cierto aprecio... No sé, lo que sea, menos enfrentarme a Víctor una y otra vez, y a mi madre, a mi padre, a toda la mierda que pasó. ¡Joder! No puedo creer que esté llorando, ¿qué tengo? ¿Cinco putos años?

Respiro hondo, intento recobrar la calma, no estoy en mi casa, tendría que tranquilizarme. Espero que Martina y Carolina no me pregunten qué ha pasado, porque lo último que quiero es hablar sobre ello. Lo mejor es que me despida y me vaya a casa de una vez.

Cuando entro en el salón, Carol murmulla un «hasta el viernes», solo queda Martina que me mira con los ojos desorbitados y la boca abierta.

—¿Estás bien? —me pregunta.

Es evidente que no lo estoy; pero no quiero ser borde con ella, por mucha moral que me toque continuamente. Me lo estaba pasando bien. ¡Joder! Me lo estaba pasando muy bien, y Víctor me ha amargado la noche.

—¿Eh? —pregunto como si no la hubiese escuchado—. Sí, sí… —Sonrío.

—Si necesitas… desahogarte —masculla.

Sé que está sorprendida, supongo que he gritado más de lo que debía y mi cara ahora mismo debe de ser un poema, pero lo último que necesito es hablar sobre mierdas.

—No, no… Para nada.

Y supongo que sueno lo suficientemente convincente. Marti me mira durante unos segundos antes de hablar. Ha soltado el tenedor, ya no come, y a mí se me ha quitado el apetito por completo.

—¿Quieres ver una peli?

Supongo que está siendo amable porque es evidente que no me encuentro bien, que estar solo en casa tampoco es que sea la mejor opción ahora mismo porque no deja de revolotear por mi cabeza todo el follón que tengo en Tortosa, pero que esta mujer tendrá ganas de acostarse y dormir, supongo.

Resoplo y miro el reloj.

—Debería irme a casa, es tarde…

Tampoco quiero molestar, aunque eso no se lo digo. Lo cierto es que sí que me apetece estar con ella, hablar, como hace un rato, reírnos, chincharla haciendo que piense que ha disimulado bien sus pocas ganas de verme de fiesta, y yo haciéndome el inocente aceptando.

Carol es la bomba, me cae bien esa mujer. ¿Te lo he dicho ya? Si Martina se piensa que voy a rechazar la oportunidad de verla en su salsa, lo tiene claro. ¡Ja! Allí que voy a estar en primera fila.

—Si te apetece… —titubea—. Si te apetece puedes quedarte.

Sonrío.

Decido que hoy voy a seguir el ritmo de mis últimos meses de vida, voy a hacer lo que me dé la gana, voy a hacer lo que me haga feliz y hoy, aquí, ahora… me hace feliz estar con esta mujer caradura, chiflada, sexi y completamente enigmática que tengo frente a mí.

—Lo cierto es que sí me apetece. —Martina sonríe, y yo lo hago de nuevo.

Tampoco me voy a pasar en eso de hacer lo que el cuerpo me pida, porque ahora mismo lo que quiero es acercarme, abrazarme a ella, acariciarle el cabello y besarla de una puta vez; como llevo deseando desde hace días. Tocarla como no se me quita de la jodida cabeza, que cada vez que cierro los ojos la veo con ese modelito de infarto. Ahora mismo daría lo que fuera por arrancarle la ropa, besar su piel, hundirme entre sus piernas.

¡Uf! ¡Madre mía!

¿Tendrá el conjunto en su habitación?

¿Me dará otra patada en los huevos si le pido que se lo ponga?

Lo que sí tengo claro es que Marti pasa de mi rollo, que no le van en absoluto los tíos como yo, que me engañó vamos, igual solo estaba buscando otra excusa para librarse de los entrenamientos y que, una cosa es jugar y que físicamente le pueda llamar más o menos, pero no quiere que la toque. Más claro no ha podido dejármelo. Así que, Ángel, chato; baja la guardia porque aquí no hay nada que rascar.

Resoplo.

Resoplo.

Martina me mira y sonríe.

Ese pijama que lleva puesto debe de tener al menos diez años, no sé ni de qué color es, pero también está preciosa con él y tiene pinta de cómodo.

Me siento a su lado mientras observo cómo trastea con el mando, saca la lengua fuera mientras toquetea los botones, y yo me río sin que lo note —dado que tiene cierta tendencia a agredirme físicamente cuando se siente burlada, mejor me estoy calladito—, carraspeo.

—¿Te apetece algo en particular? —pregunta sin mirarme.

—Elige tú.

Y no elige mal, Bruce Willis nos hace compañía un rato antes de quedarme dormido como un tronco.

Si hubiera vuelto a casa hubiera tenido que seguir todo mi ritual, ducha caliente, infusión tibia, leer un rato antes de dormir e, incluso así, es probable que me hubiera costado caer.

Sin embargo, no sé si por la buena compañía, los nervios que se han ido disipando, el banquete que nos hemos dado, el calorcito… o por todo, que pronto el sopor me vence y me quedo sobado.

Tampoco es que duerma muchísimo. Sobre las siete de la mañana me desvelo. Compruebo la hora en mi móvil y veo que tengo un mensaje de Carol.

CAROL:
Cielo, ¿estás bien?

ÁNGEL:
Sí, me acabo de despertar. Estoy en la puerta de al lado.

CAROL:
Uy, uy, uyyy. ¡Como se enteren las chicas!

ÁNGEL:
Malpensada. Me voy ya a casa, Martina duerme, y yo necesito darme una ducha y tomar algo.

CAROL:
Vente a casa, te invito a desayunar. Hago el café más delicioso de todo el edificio.

ÁNGEL:
Bueno, vale. Ahora voy.

Paso por el cuarto de baño y, cuando vuelvo, asomo la cabeza en el dormitorio de Martina. No soy estúpido, no pienso en verla en una pose sensual y erótica mientras duerme, pero algo me llama hasta allí.

Evidentemente tiene todo el pelo desparramado, en una postura de lo más imposible, completamente enredada en el edredón y los pies por fuera del colchón.

Me río. Menuda imagen. Debería hacerle una foto con la que poder chantajearla con subirla a las redes sociales y enviarla a Belle Extreme. ¡Ja! Eso ha sido cruel, me parto, me parto de risa, y esta mujer no se entera.

Salgo del dormitorio sin hacer ruido y le preparo el desayuno —a ver si así logro que coma sano—, antes de coger mis cosas y salir de su casa.

Toco en la puerta de Carol, y me abre Ruimán. Ups, no me acordaba del niñoloro.

—¡Tío Ángel! —El chiquillo me planta un abrazo descomunal que me hace soltar una carcajada.

—¿Qué tío ni qué ocho cuartos? —Me río—. ¡Menuda perra te ha entrado con eso!

Paso y cierro detrás de mí.

—Óliver dice que eres el novio de Martina. Martina es mi tía, así que… tú eres mi tío —explica y se queda tan pancho.

Abro la boca para protestar y veo salir a Carol de la cocina, secándose las manos con un trapo.

—Ni lo intentes… —me dice—. Se le ha metido en la cabeza y cualquier cosa que digas podrá ser utilizada en tu contra.

Me río y me encojo de hombros. Chiquillo del demonio.

Óliver se acerca y me choca la mano, está escuchando música y sigue a su rollo.

Ambos niños se sientan en la mesa del comedor a desayunar, y Carol y yo entramos en la cocina.

—¿Y bieeeen? —pregunta.

—¿Y bien qué? —No es que me haga el tonto, es que no sé de qué me habla.

—Veo que al final lo has conseguido sin patadas en los testículos de por medio.

—Muy graciosa. —Frunzo el ceño—. Lo del humor no se os da muy bien por estos lares, ¿eh?

—Es que somos demasiado versadas en otras áreas y no se puede ser buena en todo, ¿verdad, cielo?

Me guiña un ojo y se me cae la cucharilla que acabo de coger para revolver el café. ¡Jodida!

—Dices que lo he conseguido como si yo tuviera algún propósito con Martina más allá del profesional —respondo apuntándome un tanto.

—¿Duermes en casa de todos tus clientes? —Vale, tanto fuera. Refunfuño.

—No. Solo hemos visto una peli, me quedé dormido en el sofá, y simplemente Martina no me despertó para echarme de su casa porque… en realidad no sé ni por qué.

—Porque le gustas.

Pongo los ojos en blanco.

Cambio de tema, hablamos un poco más, de todo lo que vivió Carol cuando perdió a su marido y cuando se mudó a Valencia. También le cuento muy por encima toda mi pesadilla y lo que fue para mí mudarme aquí e, irremediablemente, terminamos hablando de nuevo de nuestro nexo de unión; Martina.

Me habla del trabajo que tenía antes, de que parecía otra persona y que ahora, por mucho que se queje, se la ve feliz. Que ellas no quieren que cambie su vida, que solo quieren que se cuide y estamos de acuerdo, ambos, en que es preciosa.

Me habla de Belle Extreme y me enseña unas fotografías de Instagram de la cuenta de la *boutique* esa donde trabaja. ¡Madre mía! Esas fotos tengo que verlas cuando esté a solas en mi casa. Babeo, babeo un poco, pero intento disimular.

No sé si lo consigo porque Carol me mira con las cejas levantadas y con una sonrisa burletera en los labios.

Intento cambiar la expresión y le digo a Carol que tengo que marcharme a casa ya, he memorizado la cuenta de Instagram que voy a visualizar durante las próximas horas.

17

NO ESTOY PREPARADA

Martina

¿Alguien me explica qué ha pasado aquí? Madre mía, entre este hombre con los ojos cuajados a punto del llanto y la nueva información que poseo. ¡Uf! Demasiado para mí. ¡Me pinchan y no sangro! Esto no me puede estar pasando a mí. Esa sonrisa que me ha echado cuando ha vuelto al salón después de discutir por teléfono es la sonrisa más triste de la historia, lo sé yo, y él también lo sabe. Se le nota incómodo y hace amago de marcharse.

Yo respiro hondo y pienso que no está todo perdido, al menos no se ha puesto a llorar. ¡Gracias al cielo! Porque no estoy preparada para que mi demonio particular me llore al hombro porque está enamorado de otro hombre —que seguro que está igual de bueno que él— que le amarga la existencia.

En fin…, paramos de comer, porque el hambre se ha esfumado. Voy recogiendo los táperes de la mesa mientras anoto mentalmente en mi agenda que mañana debo desayunar churros con chocolate si no quiero otro repaso de Maca.

Lo miro.

No quiere hablar del tema, vale, lo entiendo.

Pero mi lado caritativo no me permite dejarlo marchar así, sin más. Así que al final le pido que se quede a ver una película conmigo.

Lloro, lloro interiormente porque sé que hoy voy a tener que usar mucho, mucho el vibrador para sofocar todo ese calor que se está acumulando en mi entrepierna.

Bruce Willis aparece en escena y a la media hora me estoy cayendo de sueño, la verdad es que me muero por meterme en la cama, mañana tengo que trabajar y será un día duro si no descanso porque ayer no pegué ojo. Miro para Ángel, que está tumbado a mi lado y se ha quedado trancado, no ronca… Fuerte tío raro, más que un demonio parece un alien. ¿Qué hombre no ronca? En fin, le pongo una manta por encima y me voy a la cama.

Duermo mucho. Muchísimo y súper bien. He descansado como hacía un montón de días que no lo hacía, desde que los pequeños piojos se instalaron en mi piso. Me levanto de un salto al pensar en Ángel y corro al salón, pero allí no hay nadie. En mi mesa comedor hay un desayuno preparado y una nota.

Me quedo observando las cosas y veo zumo de naranja, un plátano, yogur natural y un bol con avena.

> Un desayuno sano y variado es la clave para empezar bien la mañana.
> Que tengas buen día.
>
> Ángel

Me río.

Paso por el cuarto de baño y ahí está; mi báscula. Tengo que hacerlo, tengo que pesarme, hace muchísimos días que no lo hago. Noventa y un kilos con novecientos gramos. ¡Mierda! ¡He bajado de peso! ¡Maca me mata!

Voy hasta la cocina y me sirvo un café en mi monodosis, en realidad me sirvo uno extralargo, necesito cafeína. Me tomo el zumo de naranja de un trago, me meto en la ducha y me enfundo una sudadera, vaqueros y unas Converse antes de enfilarme a la primera churrería que encuentre por el camino.

El resto de la mañana transcurre tranquila, por fin puedo sentarme delante del ordenador y escribir un artículo de los que tenía pendientes para el blog de Belle Extreme. Le echo un vistazo al correo electrónico y repaso las redes sociales, por norma general tengo cientos de *likes* en las fotos que subo, pero las de esta semana se llevan la palma, han salido fantásticas, son divertidas y, aunque las del conjunto de lencería me daban una vergüenza atroz, he de confesar que han quedado bastante bonitas y sensuales. Para mi desgracia, se ve todo y flipo, flipo mucho cuando veo que tengo más de dos mil *likes* y cientos de comentarios. Contesto a las preguntas de algunas chicas sobre el material, tallas, colores, precio y demás de la prenda. Obvio los hirientes y despectivos en referencia a la grasa que me sobra, que siempre los hay, y también ignoro los típicos de: «Me mola tu rollo, quiero mojar el churro». Dos horas me ha llevado ponerme al día con las redes sociales y, cuando estoy a punto de salir de Instagram, me llega una notificación de alguien nuevo que me sigue y al instante un comentario de esa cuenta. Quizá en otro momento hubiera salido de la aplicación y ya contestaría la próxima vez, pero me quedo clavada en el sitio mirando el nombre de usuario de la persona que acaba de comentar: «angeldemonio_ep».

Entorno los ojos, estoy obsesionada, no puede ser él. Es imposible que sea él, más que nada, porque no le he dado mis datos para localizarme ni me los ha preguntado si quiera.

Leo con atención el mensaje que me ha dejado:

> Este conjunto es de los que te dejan sin respiración y la boca seca, casi tanto como esos arrebatos que aprendiste en defensa personal. Estás preciosa (con esto y con cualquier pijama viejo).

Se me abre la boca.

Se me abre la boca mucho.

¿Cómo cojones…?

Estoy intentando recuperar el aliento, que sí, que sé que estoy a años luz de Ángel, que no tengo nada que hacer y, con toda probabilidad, ya no solo por el hecho de pesar veinte kilos más que él, sino porque después de la conversación que escuché ayer sé que es gay, pero ¿a qué ha venido esto? ¿Es para subirme la autoestima? ¿Cómo me ha encontrado?

Se me enciende una lucecilla.

Cojo el teléfono y marco un número.

—¡Hola!

—Carol… Carol, por Dios, necesito preguntarte algo y necesito que seas sincera —suelto a bocajarro, no tengo tiempo para andarme por las ramas.

—Espera un segundo, cielo, que estoy recogiendo a los niños del cole. —Noto cómo aparta el aparato y saluda a Ruimán y a Óliver, pregunta qué tal el examen. Le pide a Ruimán que guarde silencio, para variar ha salido hablando por los codos, como es habitual—. Ya estoy contigo.

—Espera... —Se me enciende otra lucecita—. Hazme un favor, mira a tu alrededor y dime si ves a algún policía cerca.

—No... ningún agente de la ley a la vista —responde extrañada—, ¿por qué? ¿Necesitas ayuda? ¿Te están robando?

—No, no... Cosas mías. —Me quedo en silencio. Al final me quedaré sin polvo, voy a tener que dejar de andarme por las ramas y mandarle un wasap directamente a Diego proponiéndole que alivie mis necesidades.

—Te tengo que dejar, en un rato tengo que estar en inglés con estos dos.

—¡No, no! Espera... —De pronto recuerdo para qué la he llamado.

—Dime —carraspea.

—Se lo diste, ¿verdad? —Se queda en silencio, aunque la conozco tan bien que sé que sabe perfectamente de lo que estoy hablando. Carraspea de nuevo. Maldita arpía de tres al cuarto—. Carolina del Toboso, ¿le diste a Ángel mis datos para encontrarme en Instagram?

—Resulta que esta mañana, antes de que se marchara a su casa, le envié un mensaje para comprobar si estaba bien, por la llamada esa que escuchamos, ya sabes... Me dijo que estaba a punto de marcharse a su casa, y lo invité a desayunar. Total, que vino, nos tomamos un café juntos y me contó lo del chico ese que vino a hacerte unas fotos, Luka, supongo, y le expliqué que parte de tu trabajo consiste en ser *influencer.*

—¡Qué *influencer* ni qué ocho cuartos! La madre que te parió. Ángel odia mi trabajo, como me extorsione y suelte algo de los entrenamientos me quedo en el paro, Carol, ¿en qué estabas pensando?

—Mujer, no seas así, me pidió ver tu cuenta y supongo que se quedó con tus datos.

—Te...

—Me cucarachas, ya, ya me lo has dicho. —Me interrumpe—. Tengo prisa. Hablamos luego.

Y me cuelga.

Me salen notificaciones nuevas en Instagram y veo que Ángel le ha dado a *like* a tropecientas fotografías. Me ha dejado más comentarios, pero paso de leerlos. Me niego. Pillo el bolso y voy hasta el restaurante de los suegros de Emma para almorzar, necesito algo grasiento, tengo que recuperar los kilos que he perdido antes de que Maca se dé cuenta y me despida.

18

ES BUENA TÍA

ÁNGEL

Tengo un par de horas libres antes de mi primer entrenamiento de hoy y tengo mil cosas que hacer, pasando por las típicas tareas del hogar; limpiar, hacer la colada, la compra, preparar comidas que pueda congelar para la próxima semana. Hasta poner al día la contabilidad del negocio… Mil cosas, ¿y por cuál me he decidido? Te preguntarás. ¿Lo dudas?

Las siguientes dos horas las paso tirado en mi sofá observando decenas de fotografías de Martina, en todas las posturas habidas y por haber. Le pongo comentarios, me he abierto una cuenta con la que no pueda dudar ni un instante que el que está al otro lado soy yo. Me río, porque me gustaría ver su cara. Seguro que le molesta. Seguro que incluso piensa que la voy a extorsionar de alguna forma.

Lo que Marti no logra entender es que yo no estoy en contra de su trabajo, me parece bien, lo entiendo y más después de hablar con Carol sobre todo lo que ha supuesto para ella. De lo que estoy en contra es de los excesos que comete, de que sus analíticas sean alarmantes, de que coma mal, a deshoras, que se harte a azúcares y calorías vacías que no la ayudan. Pero eso lo iremos trabajando de forma progresiva.

Llevamos relativamente poco tiempo con los entrenamientos y esto es un proceso, es duro cambiar de hábitos, pero yo la ayudaré, para eso me pagan sus amigas.

Me paro cuando veo las fotografías de su casa, no hay muchas. Reconozco su sofá, su baño, su dormitorio… Son preciosas, sobre todo, esas en las que sale con ese camisón o como se le llame a eso. Me encanta esa fotografía. La guardo en mi teléfono. Si Martina se entera me denuncia por acoso o, peor, me suelta otra patada en forma voladora. ¡Qué mujer!

Vuelvo a observar la fotografía y sonrío, mi corazón palpita más fuerte y mi polla está dando brincos, tal cual. ¡Joder! ¿Por qué? ¿Por qué narices me he tenido que colgar de ella? Necesito quitármela de la cabeza, porque esto no es sano. No lo es.

Pienso en mis posibilidades. ¿Tinder? ¡¡No, gracias!! Todavía no le he contado a Juanjo mi sufrimiento con esa aplicación del demonio, estoy por hacer un testimonio anónimo y ponerlo por las redes sociales. No hay nada peor para la salud que meterte en ese lugar. La carne se me pone de gallina al acordarme de la psicópata.

Como sigo con el móvil en la mano, aprovecho para investigar un poco a través de la red sobre opiniones de Meetic, de la otra que me habló mi amigo ni me acuerdo. Me desanimo, parece un rollo más para buscar una esposa y madre de mis hijos que un lío.

Suena la alarma de mi móvil, eso quiere decir que es hora de dirigirme a la zona donde he quedado con Nataniel. Llevamos un par de semanas sin vernos porque él tenía vacaciones, pero hoy hay que retomar. Empezaremos suave.

Me apetece hacer algo de ejercicio a mí también, así que, después de saludarlo y charlar un rato con él, le propongo empezar dando unas cuantas vueltas al parque corriendo y lo hacemos juntos.

—Y… —Carraspea—. ¿Cómo llevas lo de Marti?

—¡Es cabezota la tía! Pero la voy conociendo y por ahora va cumpliendo objetivo. No le he hecho aún el control de peso porque, sinceramente, no quiero que se obsesione con eso. Lo que me interesa es que adquiera hábitos saludables y conseguir que entrene todos los días.

—Ya —contesta con una sonrisa.

—¿Y esa sonrisa?

—Es una tía rara de cojones, yo lo sé, pero es Marti, es así y, cuando la conoces, es estupenda. Es buena tía.

—Está buena, sí, está buena —mascullo, y Nataniel suelta una carcajada.

—¡Lo sabía! Mira que tenía la mosca detrás de la oreja con algunos comentarios que me había hecho Eve, pero solo me ha hecho falta verte, que no es que nos conozcamos de toda la vida, pero llevamos muchos meses pasando algunas horas juntos a diario y tienes otra cara.

—¿Y qué cara tengo? —refunfuño.

—De estar conteniendo muchas ganas en los huevos.

—¡Qué simpático te has vuelto! ¿Subimos el ritmo? —Empiezo a correr más rápido obligándolo a acelerar, pero el muy capullo sigue a mi lado soltando carcajadas.

—Es buena tía —repite cuando deja de reír.

—Sí, es buena tía.

—Está un poco loca —reconoce.

—Está como una puñetera cabra, lo de «un poco» se queda corto, amigo.

—Pero no tiene maldad ninguna.

—Dos patadas me he llevado ya de ella... Tres, mejor dicho. Es violenta. Se le va la pinza. Pasa de mis consejos. Puedo pillarla zampándose una pizza familiar en el restaurante de debajo de mi casa y ni tiembla, le importa todo un bledo... —Me enervo pensando en todo eso, en realidad no entiendo cómo me hace tilín.

—Pero te gusta.

—Me gusta —afirmo.

—Te pone palote.

—Me gusta —repito.

Reímos.

—¿Y qué vas a hacer al respecto? —me pregunta, y recapacito un poco.

—Ya he intentado acercarme a ella y no he tenido buen resultado. No soy su tipo. Igual le pongo físicamente, pero está claro que no le intereso. Supongo que no tiene necesidad de liarse conmigo, al que ve cada día y que luego pueda suponer sentirse incómoda, cuando sale de fiesta prácticamente cada noche y se liará con quien le dé la gana. Yo creo que Martina es de las que si le apetece se lo pasa bien y no da explicaciones ni se ata a nadie. Es feliz así.

—Creo que no conoces una mierda a Martina. —Nataniel vuelve a reír, y a mí no me hace gracia.

—Pues no, no la conozco mucho, pero qué quieres que te diga, creo que intentar algo con ella me va a traer más quebraderos de cabeza que otra cosa. Paso, en serio, yo paso. De hecho, hace unos días empecé a entrenar a una chica nueva. Se llama Pili, es timidilla y… en realidad parece todo lo contrario a Martina, pero cada vez que me mira se sonroja. Siempre pensé que liarme con una clienta no era buena opción, pero dado que no tengo muchas más opciones… no lo descarto.

—Oye, tío, ¿cambiamos de actividad? Me estás dando una caña del demonio, que llevo dos semanas sin entrenar —me pide.

—Perdona, no me di cuenta. Sí.

Le marco unas tablas de sentadillas y me siento en el césped a observarlo mientras medito.

—Deberías salir por ahí, conocer chicas nuevas, ver variedad, divertirte un poco.

—De hecho, he quedado con ellas para cenar este viernes. Me ha invitado Carol, no pienses que ha sido Marti. No le ha gustado un pelo, me ha arreado una patada, otra, tres. Pero me apetece salir.

—Ya. No era exactamente a lo que me refería —agrega—. Ya me contó algo Eve de esa salida, pero nosotros no podemos ir, tenemos un cumpleaños familiar. —Sigue con sus ejercicios durante un rato en silencio, y yo continúo sumido en mis pensamientos—. Si te sirve de algo —añade cuando acaba, ni me he enterado de que ha terminado, se sienta a mi lado en el césped—. Creo que a Marti le gustas.

—Paso de Martina. Es lo mejor.

—Vale.

—¿Sabes que he intentado ligar por una de esas aplicaciones extrañas?

—¿Qué aplicaciones extrañas?

—Tinder.

—Ay, mi madre —dice echándose las manos a la cabeza.

—Sí, si piensas que Martina está loca es porque no conociste a la psicópata del Tinder. ¡Qué miedo pasé, amigo! Horrible, horripilante, no lo he pasado peor en mi vida.

—¿Tan fea era? —Nataniel ríe.

—Ponte a hacer abdominales, anda, que aún te quedan quince minutos de entrenamiento y te estás escaqueando. —Se tumba frente a mí y empieza a hacer los ejercicios.

—¿Fea? —repite.

—No, no era fea. Pero estaba loca.

—Tendrás un imán o algo. —Ríe.

—Todavía se lo digo a Martina, así las próximas patadas te las da a ti en vez de a mí.

—¡Capullo!

—Tú lo has tenido fácil, te pasas el día ordenando archivos antiguos de contabilidad —suelto.

Y Nataniel deja de hacer abdominales y se descojona.

—Esta Eve, no se puede estar callada.

—Soy una más en su grupo de amigas, me cuentan muchas cosas —bromeo.

Acabo el entrenamiento con Nataniel y de camino a casa voy recapacitando en todo lo que hemos hablado. Paso. Tengo que pasar de Martina. Es lo mejor para mi salud mental y física.

19

VUELTA A LA NORMALIDAD

Martina

Acudo a mi entrenamiento diario como hubiera hecho hace unos días, antes de mi momento madre postiza, y me hago la tonta, no le comento nada a Ángel de su mensajito en Instagram, aún estoy decidiendo si sentirme halagada o humillada. Así que prefiero ignorarlo.

No sé si es el medio kilo de patatas que he comido en el almuerzo, pero hoy me cuesta la vida el entrenamiento, aún me duelen las agujetas. Sin embargo, no me quejo, casi no hablo, no pronuncio palabra. Ángel ha venido en son de paz y tampoco se mete conmigo, me manda la tabla habitual y, una vez concluido el entrenamiento, me despido rápidamente con la excusa de que tengo prisa, que no es mentira. Hoy trabajo, así que más me vale ponerme las pilas.

Me ducho y voy directa a Belle Extreme. Maca está de buen humor, según entro por la puerta me sirve un café, y nos sentamos en su despacho. Me muestra fotos de algunas propuestas para conjuntar esta semana laboral, hablamos de peinados, maquillaje, accesorios… En mi trabajo todo tiene que ser perfecto, calculado al milímetro, todo tiene que conjuntar. Me tiende un bombón, luego otro. Me está cebando, lo sé, pero están ricos, así que acepto. Me siento como un cerdo de estos que engordan para la cena de Navidad.

Hoy ha amanecido el día bastante bueno, hace calor. Voy a ir a una zona de terrazas cerca de la playa donde hay una despedida de soltera y una reserva para un cumpleaños de casi treinta mujeres. Así que nos hemos decidido por un vestido amarillo estilo boho con estampado de hojas cruzado por delante, manga media, con un escote bastante prominente y la parte inferior llega hasta las rodillas. Unas sandalias con tiras blancas y tacón vertiginoso —precioso a la par que doloroso, estoy segura— y un bolso de mano del mismo color.

Me peino en casa con la plancha, dejando ondas en las puntas de mi cabello, que lo llevo bastante largo, me maquillo de forma sutil como me ha recomendado mi jefa y me coloco la bisutería que me ha dado para la ocasión, unos aros bonitos, no son de mi estilo y por norma general no es lo que yo elegiría, pero Maca paga, Maca manda.

Por fin comienza mi jornada laboral.

Espero en el portal a que llegue mi taxi, hace buen tiempo, da gusto. Algo raro capta mi atención, pero no logro descifrar qué es, estoy entretenida con el móvil recolocando las últimas fotos que me ha hecho Luka, por si tengo opción de enseñárselas a las chicas que me pregunten.

Levanto la cabeza y no veo mi taxi.

Algo vuelve a llamar mi atención unos minutos después. Al levantar la vista del aparato, me encuentro con Diego frente a mí, que ha aparcado la moto en la puerta de mi edificio —en medio de un paso de cebra, para ser más exactos— y se ha quitado el casco. Me observa de arriba abajo y de abajo arriba. Guardo el móvil en el bolso porque sé que se ha acabado el rato de estudio. Diego ha caído del cielo. Veamos cómo están mis dotes *ligatorias*.

—Vaya, vaya... Me ha costado reconocerte. —Suelta guasón.

«Ya», reprimo mis ganas de soltarle una patada en los huevos, no quiero terminar en el calabozo, hoy no me viene bien.

—¡Qué gracioso! —ironizo.

—Estás preciosa —suelta devorándome con la mirada.

—Gracias, tú estás espectacular con ese uniforme. —Diego sonríe de medio lado, y yo no puedo evitar que mi imaginación vuele... ¿Por qué me pondrá tan *perraca* el hecho de que tenga unas esposas a la vista? A saber—. ¿Has acabado tu turno?

Pienso en la posibilidad de pedirle a mi taxi que me espere una hora o que vuelva más tarde, lo preciso. Sé que no debo, pero es que lo necesito. Maca me mata, sí, si lo sé. Cómo se nota que ella no pasa necesidad, que Luka tiene cara de bueno, pero mi jefa sonríe mucho, mucho, desde que ha empezado a salir con él.

—No, qué va, me quedan algunas horas. Voy a la comisaría a rellenar papeleo. ¿Te acerco a alguna parte?

—No, gracias. Mi taxi tiene que estar al caer.

—Bueno, preciosa, me alegra haberte visto. —Da un paso hacia atrás, como si lo hubiera rechazado y va a colocarse el casco de nuevo. «¡A dónde demonios crees que vas! No he acabado contigo, chaval».

—¡Diego! —Se gira para mirarme con una sonrisa en los labios, como si le sorprendiera que me haya aprendido su nombre—. ¿Nos podemos ver más tarde? Por ahí o aquí, vivo aquí mismo…

Señalo mi piso y una vez más pienso que soy una inconsciente por decir más de la cuenta, pero recuerdo que es poli, no me pasará nada malo.

—No puedo, lo siento. ¿Mañana?

—¡Claro! Genial.

Sonrió, y él lo hace también con una hilera de dientes perfectos que me constriñen el estómago. Vale, vale… Me constriñen más abajo, pero suena demasiado vulgar hasta para mí.

—Mañana solo trabajo de mañana, ya sabes, multando a chicas en pijama que dejan el coche aparcado en zona amarilla cerca de los colegios. —Me ruborizo, qué poca gracia tiene el jodido y qué bueno está. «Cállate, Marti, por Dios, que si no te quedas a dos velas». Solo sonrío—. Pensaba salir con un amigo a tomar unas copas, va en busca y captura, ya me entiendes.

—Entiendo, no como tú que sales para…

—Para divertirme, bailar, verte… y tomarnos la última en tu piso. —Señala a la puerta de mi portal—. O en el mío, si te apetece.

Sonrío, vale, ahora sí me ha hecho gracia, me lo está poniendo fácil. Me gusta.

Mi taxi para frente a nosotros.

—Pues he quedado con unas amigas, todas comprometidas, y un amigo gay que acaba de salir de una relación jodida, así que con nosotros tiene pocas opciones tu amigo. —A Diego se le ilumina la mirada, supongo que porque ni he hecho el amago de ponerme como una opción, que si está más bueno que Diego y es más simpático no lo descarto, pero no me parece decoroso decirlo abiertamente—. Tengo que irme, me espera mi taxi.

Diego se acerca y me da dos besos, huele a ángeles divinos del cielo. Babeo…

—Dile a tu amigo que se ponga sexi, Saulo es lo mejor de lo mejor; guapo, sexi, divertido, simpático… y gay.

Anda, mira por dónde, si al final le voy a hacer un favor a mi entrenador personal. Pongo un puchero que obviamente Diego no entiende, pero tampoco me paro a explicárselo. Cómo pica que mis posibilidades con Ángel sean nulas después de esto. «Ya eran nulas antes», dice mi lado realista y me subo al taxi refunfuñando.

La noche no se da mal, he dado con chicas muy simpáticas, la verdad es que el vestido es precioso y me queda estupendo. Eso sí, tengo que anestesiar mis pies a base de *gin-tonic*, pero no en plan: una copita, Marti, que si no se te traba la lengua, sino en plan a beber, a beber como si fuera el último día de la existencia de la humanidad. Total, que cuando llego a casa me pego dos horas con la cabeza metida dentro del váter vomitando hasta la primera papilla y solo puedo pensar que devolver tanto no puede ser bueno, que voy a seguir bajando de peso. Estoy obsesionada, lo sé. Pienso que debería comer algo hipercalórico y poto de nuevo hasta que las lágrimas me salen por los ojos, primero por el esfuerzo de la bilis saliendo por mi boca y, segundo, porque veo que he manchado mi vestido nuevo, es precioso, me encanta y es uno de los más caros de nuestro catálogo. «¡Joder, Marti! ¡Te has lucido, chata!».

Me arrastro hasta la cama y logro deshacerme de mi ropa antes de tirarme en el colchón en pelota picada; tocada y hundida.

20

¿QUÉ HABRÉ HECHO TAN MAL EN ESTE MUNDO PARA MERECERME ESTO?

ÁNGEL

Parece mentira que las cosas hayan vuelto por fin a su cauce. Suelto un suspiro de alivio y me alegro…, me alegro mucho al ver cómo Martina se presenta al entrenamiento pactado, a la hora acordada, con aspecto fresco y vestida con su habitual —y poco sexi— indumentaria deportiva. Me parece genial, me parece fabuloso, me parece cojonudo, porque eso significa que vuelve a tomarse esto en serio y que va a dejar de ponerme excusas, al menos por unos días. Sin embargo, nada hará que se me quite de la cabeza las fotografías que vi en su perfil de Instagram. ¿Qué puedo decir? Sexi, desinhibida, sensual, arrebatadora… y, sí, sé que a Martina le sobran unos kilos —por salud—, pero físicamente cada curva de su cuerpo es perfecta.

Hoy parece que le ha costado seguir el ritmo, pero es lógico. Lo normal es establecer un hábito y unas rutinas, con los días que ha tenido eso ha sido imposible, lo que se traduce en esto; todo se le hace cuesta arriba. Sin embargo, no pierde la sonrisa. ¡Qué orgulloso estoy de ella!

La hora y media se me pasa volando, además llevo rato dándole vueltas a la idea de invitarla a un café y charlar un poco, pero no tengo ocasión. En cuanto Martina ve que es la hora, sale por piernas despidiéndose rápidamente de mí.

Me suena el móvil, no conozco el número, pero puede ser para curro, así que contesto de forma automática. Sí, ya sé que tendría que haber separado mi línea personal de la del trabajo, pero no lo hice y a veces es así, un poco caos. Tampoco me importa demasiado.

—Buenos días —contesto feliz. Me siento raro, como eufórico y no sé por qué.

—Cielo…, ¿qué tal la mañana? Se acaba de ir tu clienta, ¿no?

El caso es que me suena esa voz, pero ahora mismo no tengo claro quién es, ¿será alguna de las amigas locas de Martina?

—Emm, sí —opto por responder sin más.

—Bien, en dos minutos estoy ahí, no te muevas. —¿Ahí dónde? Si yo no le he dicho dónde estoy.

El caso es que espero y, ¡joder!, demasiado tarde para correr. Veo doblar la esquina a la psicópata esa del Tinder. ¿Cómo se llamaba? ¡Leches, ni me acuerdo! ¿Cómo tiene mi número?, ¿cómo sabe dónde estoy? Alucino mientras ella corre en mi dirección, y yo me siento atrapado por tener que aguantarla un rato, porque no sirvo para decirle simplemente «déjame en paz».

—Ay, ¡¡cielito!! ¡Qué bien te sienta la ropa deportiva! Que me he puesto cachonda solo de verte desde lejos.

—¿Cómo? —Atontado, de esta me quedo atontado—. ¿Cómo es…? ¿Quién…?

Se lanza a mis brazos y me abraza. Me planta un pedazo de beso en la boca que flipo aún más, enroscando sus piernas alrededor de mi cintura y obligándome a agarrarla por el culo para no caernos los dos.

—Ay, amor… ¡Qué ganas tenía de volver a verte! Pero mejor que aquí no, ¿vale? Porque soy muy tímida y me da miedo que pase papi y me vea contigo, ¿te imaginas? ¡Qué bochorno! Te corta el pirulí.

—¿Papi?

«¿Papi? —me repito mentalmente—, ¿pirulí? Pero ¿esta mujer de dónde ha salido? ¿Del país de las hadas?».

—¡Ay, Ángel! Cielo, ¡cómo eres! Es que me parto contigo, mira qué cara me pones. Ja, ja, ja… Tranquilo, te voy a presentar a papi, pero si puede ser sin que te esté montando.

—¿Qué? —Esto es una broma, ¿no? ¿Una cámara oculta?

—He quedado con él en dos horas para comer, ¡y con mami, claro! Ay, te van a encantar. No tenías más entrenamientos ahora, ¿no?

—Eeee… no, digo, sí… Estooo, perdona, no me acuerdo de tu nombre, «cielito» —digo haciendo retintín en el mote cariñoso.

—Susi, tonto. —Se parte, se parte el culo. Al fin se baja de mis caderas y se sacude la ropa, porque ve que al final nos caemos y nos partimos la cabeza allí—. No sabía que eras tan bromista, me gusta.

Sonríe de forma angelical, pero a mí me está tocando las pelotas.

—Susi, ¿cómo has conseguido mi número? —pregunto serio, no me está haciendo ni puñetera gracia todo este rollo.

—¡En San Google! No hay muchos entrenadores con tu nombre y apellidos en esta zona de Valencia. Sabía que te iba a sorprender. —Pestañea exageradamente.

—Pero… ¿cómo… cómo sabías que iba a estar aquí y… todo lo demás? —titubeo.

Está loca, está jodidamente loca, y me veo siendo secuestrado y amordazado por esta psicópata.

—Pero… ¡Ángel! Me lo contaste, me dijiste que hoy tenías entrenamiento por aquí con… ¿Martina? —Asiento—. Por cierto, la vi antes, no quise interrumpirte porque estabas trabajando. ¡Qué mal futuro le auguro a esa chica! No tengo nada en contra de las personas…, ya sabes, obesas… Es una enfermedad como otra cualquiera; pero, entre tú y yo, es que me da mucho asco verlos saltar y moverse; sudar así, como gorrinos… No sé, deberían plantearse hacer ejercicio en un lugar cerrado, porque, cielo, la gente normal, como yo, no tenemos por qué ver esas cosas…

—¿Se puede saber qué demonios quieres? —La interrumpo cabreado, me está tocando los cojones la loca esta y estoy a punto de llamar a la policía. Normal, dice… Sí, claro.

—¡Te lo acabo de decir, cielito! He venido a avisarte de que hemos quedado con papi y mami, aquí mismo, dos calles más atrás. Creo que me dijiste que vivías cerca, ¿verdad? Eso no he podido encontrarlo en Google. Ay, por cierto, no me gusta nada de nada la fotografía que tienes en tu web. —Levanto las cejas sorprendido, no calla, habla cada vez más deprisa con esa voz chillona de pito, pero estoy tan flipado que soy incapaz de reaccionar—. ¿Qué vendes? ¿Servicios deportivos o sexuales? No hace falta que te pongas esa ropa tan marcada en las abdominales, chico. A saber cuántas se han masturbado con eso… Por cierto, que yo lo hice… ¡Ay, Dios! ¡Qué orgasmo más rico, cielito! Orgasmos, en realidad. —Me pinchan y no sangro—. Solo podía imaginarme cómo sería nuestra primera vez, con vino y velitas, y… ese momento en el que colaras dentro de mí tu… —Si dice «pirulí», me lanzo por un puente—. Ya sabes. ¡Que me muero de ganas! Por eso he venido dos horas antes. Yo… Ángel, cielito, quiero que vengas a mi casa. Lo tengo todo listo, amor… Esto es muy importante para mí, yo… quiero que me hagas tuya.

—Sara…, estás como una cabra.

—¡Susi, tonto! —Echa la cabeza para atrás de forma exagerada y ríe a carcajadas.

Veo que se acerca a lo lejos mi cita del próximo entrenamiento, miro la hora, apenas me quedan cinco minutos.

—Susi, tengo que trabajar. Lo siento, pero creo que confundiste los términos y que, cuando te dije el otro día que no me apetecía dar un paso más, no lo entendiste del todo. Eso quiere decir…

—¡Ya! Jolín, ya sé que quieres ir despacio. Lo entiendo. Viste a una mujer como yo y encima simpática y te colgaste, y yo lo entiendo; pero es que tengo necesidades que cubrir y desde que te conozco se me han acumulado…

—Susi, no —la interrumpo y pienso en si va a estar tan loca como para sacar un cuchillo y rajarme de arriba abajo si la hago sentir mal.

—¡Vaaale! —Susi ve que se acerca Samuel, mi siguiente entrenamiento, y que se nos queda mirando—. Entendido, tienes que trabajar. Te recojo en una hora para presentarte a mis papis. Te quierooo.

¿Eh? ¿Cómo? ¿Qué? ¡Ay, Dios! ¿Dónde está la cámara? Dime que hay una cámara… No me da tiempo a rechistar; se va pegando brinquitos cual Caperucita Roja en busca de la abuelita. ¿Qué habré hecho yo? ¿Qué habré hecho tan mal en este mundo para merecerme esto? ¿Cómo me la quito de encima si no me deja hablar?

¡Qué horror, madre mía! Y lo peor es que la cosa no mejora.

Le pido a Samuel trasladarnos a otra zona para entrenar. Como tengo cierta confianza con él, y es un chico joven, le cuento mi aventura con Tinder, y el tío se mea de la risa, ya me las cobraré luego subiéndole el número de abdominales, ya.

Finalmente, entiende que estoy en un lío, me da su más sentido pésame y proseguimos con lo nuestro.

Las once de la noche y este, sin lugar a dudas, es el peor día de mi vida. Ni cuando sucedió todo lo de hace un año me sentí tan desamparado, indefenso, no sé cómo expresarlo. Susi, alias la puta loca psicópata del Tinder, me ha mandado un total de treinta wasaps antes de proceder a bloquearla. Tras lo cual, me llamó unas diez veces. Tengo mensajes de lo más variopintos en mi buzón de voz que, por el momento, opto por no borrar, quién sabe si tendré que denunciarla. Mejor guardar todo.

En definitiva, parece que le ha sentado bastante mal que no acudiera al almuerzo con «los papis» y ha montado un drama digno de película. He ido bloqueando número a número de todos con los que me ha llamado —yo conté ocho, espero que no haya ningún cliente potencial entre ellos—.

Mi tarde ha sido una pesadilla y, hasta hace diez minutos, lo ha intentado de nuevo. Mi buzón de voz está lleno hasta los topes, por lo que no puede dejar más mensajes. Me tomo un vaso de leche y me meto en la cama. No me gusta poner el móvil en silencio porque, vamos a ver, vivo solo en el culo del mundo, mi familia está lejos y a saber lo que puede pasar. No me gusta estar incomunicado, llámame maniático, pero no me ha quedado más remedio que silenciar el aparato para poder dormir.

Me levanto de mal humor y ni miro la pantalla del teléfono. Tras una ducha, me tomo un café con leche y un sándwich y enfilo el camino, sonrío un poco al pensar que en un rato veré a Martina. Me apetece un montón, parece que ha pasado un siglo desde el último entrenamiento y no veinticuatro horas. Espero cinco minutos desde la hora estipulada, y Martina no aparece. Es raro, porque ella suele ser puntual. Puede ser que se haya quedado dormida, no sería la primera vez. Niego con la cabeza y me dirijo a su piso.

Me empiezo a preocupar cuando toco y toco y no obtengo respuesta. ¿Dónde se ha metido? ¿Le habrá pasado algo? ¿Se habrá ido a casa de alguno anoche? No sé por qué, esta última posibilidad pica…, pica bastante. Saco el móvil, compruebo que entre las veinte notificaciones que tengo ninguna es suya y la llamo.

Insisto y por fin lo coge.

21

ASCO

MARTINA

Mi teléfono suena, lo sé, lo estoy escuchando, pero soy incapaz de saber por qué carajo no le quité el sonido anoche. Ah, ya, porque estaba tan borracha que no fui capaz ni de ponerme unas bragas. Estornudo. ¡Nooo! Estornudo de nuevo. Tengo un frío del carajo, escalofríos, dolor de cabeza. Toso. Mocos… Si es que todavía no está el tiempo para dormir en bolas y sin taparse con la manta.

El teléfono suena de nuevo. No puedo. No puedoooo. Al final lo alcanzo, porque no sé qué hora es y pienso que puede ser Maca. Ni me esfuerzo en intentar leer la pantalla, en mi estado no es aconsejable ni abrir los ojos.

—¿Sí? —murmuro.

—¡Marti! ¡Por fin! Te espero abajo, ¿me abres? —contesta con tono cantarín.

—No puedo, Ángel, no puedo.

Gimoteo y no figuradamente. Lloro. Lloro a moco tendido porque me encuentro fatal y no tengo fuerzas para luchar contra ese demonio y el sermón que sé que me va a caer.

—Martina, ábreme la puerta. ¡Ahora! —exige. Gruño. Gruño mucho. Pero ¿quién se ha creído este hombre que es para darme órdenes?—. Como tenga que pedirle a Carol que me vuelva a abrir lo vas a lamentar. No quiero que luego digas que no te lo advertí.

Ángel mosqueado se traduce en agujetas aseguradas durante una semana. Obviamente, no puedo entrenar en mi estado, es imposible, pero más me vale mover el culo hasta el portero automático y dejar que vea con sus propios ojos lo mal que estoy.

Le cuelgo el teléfono. Cojo la sábana de mi cama y me envuelvo en ella, no tengo tiempo de buscar ropa que ponerme. Me arrastro hasta el portero y abro. Estoy mareada, me encuentro fatal. Se me nubla la vista. Me froto los ojos con las manos y casi me estoy quedando dormida de nuevo apoyada en la pared con la mano bien aferrada a la sábana —menos mal que mi subconsciente es listo un rato— cuando Ángel aparece en la puerta de mi casa.

—No puedo. —Estornudo y me llevo la mano libre a la sien, me va a estallar la cabeza.

—Venga, vístete, tienes que desayunar algo.

Y es oír la palabra desayuno y no puedo evitar salir por piernas hasta el cuarto de baño para volver a vomitar. Me abrazo a mi váter; él me entiende, no me juzga, está ahí siempre abierto para mí. Vuelvo a estornudar. Mocos. Me provoco y de nuevo poto.

—No sé si das asco o pena.

Escucho detrás de mí y tengo la cordura y el ímpetu suficiente de volver a coger la sábana del suelo, que se me ha ido resbalando, para cubrirme. Bien, Marti, le acabas de enseñar el culo gordo a tu entrenador. Lloro. Estoy sensible y me ha dolido lo que me ha dicho.

Yo sé que está enfadado, porque siempre se la estoy jugando, apenas nos conocemos y ya le he armado unas cuantas escenas de lo más ridículas, pero yo no tengo la culpa de que mis amigas lo contrataran sin contar con mi opinión. Al principio acepté, está claro, porque estaba asustada por las exageraciones —claramente lo eran— de mi médico, y porque Ángel está de buen ver y me hacía gracia hacer algo distinto, ponerme un poco en forma. Nunca pensé que corriera peligro mi trabajo. Tampoco pensé que de pronto iba a empezar a perder el control con el alcohol. «Asco… Asco… —retumba en mi cabeza—. Pues sí, Marti, le das asco».

Cuando logro dejar de vomitar me giro para mirarlo, pero ya no está. Unos minutos más tarde aparece Carol en mi baño, y no hay rastro de mi demonio particular.

—Marti. ¡Joder, Marti! Qué susto, qué mal aspecto tienes. Vamos, a la ducha.

—Solo necesito dormir —murmuro. Me siento bastante mareada de nuevo.

—Eso es porque no puedes oler lo que yo huelo, seguro.

Carol me despoja de la sábana, me mete en la ducha y me ayuda a bañarme con agua tibia. Me enjabona el pelo, y se lo agradezco, no sé si más tarde tendré la fuerza suficiente para hacerlo y no puedo salir esta noche con el pelo lleno de pota.

Habla, habla todo el tiempo en un tono suave, pero no soy capaz de escucharla. Me ayuda a ponerme un pijama y me lleva hasta el sofá, doy cabezadas hasta que aparece con una infusión y un vaso con un calmante efervescente. Sigue hablando un rato más y, en cuanto se marcha, me quedo dormida.

Cuando me despierto son más de las cinco de la tarde, me encuentro mejor y veo una nota pegada al mando de mi televisor:

Cuando te despiertes, llámame. Carol.

Cojo mi móvil y busco.

«Asco», pienso y agito la cabeza.

—Estoy viva —digo cuando descuelga al otro lado.

—Espero que hoy me odies un poco menos, porque he tenido que bañarte, he pasado mi mano por sitios pecaminosos que no podré olvidar fácilmente. —Reímos las dos.

—Has dicho la palabra prohibida.

—Tú la tienes prohibida, no yo. Y he de decirte que odio verte como te he visto hoy.

—Ya. Se me fue un poco de las manos anoche.

Oigo unas llaves que abren la puerta de mi casa y sé que es ella. Cuelgo el teléfono y cinco segundos más tarde aparece con un táper en la mano.

—Es sopa. De pollo. Sé que no te gusta, pero tienes que tomártela. Te sentará bien.

—Gracias, Carol.

—Dáselas a Ángel, si no fuera por él, seguirías medio en coma. —Asiento, «o en coma entero», pienso. «Asco…»—. Hemos quedado a las ocho y media, así que podrás darle las gracias.

—Espero que no me venga a aguar la fiesta de esta noche.

—No deberías beber hoy. —Se me revuelven las tripas solo de pensarlo y afirmo. No más copas por hoy.

Me tomo la sopa y otro calmante y ya me encuentro muchísimo mejor. Carol ha insistido para que deje que me peine, y yo me dejo hacer, porque ya me encuentro mejor, pero estoy agotada, eso sí.

22

¿QUÉ COJONES HACES?

ÁNGEL

Estoy cabreado, muy cabreado. Cuando subo las escaleras de su piso y veo la cara que tiene hasta me asusto. Entrenar no va a poder, tiene razón, no es el día o al menos no es la hora. Pero no pienso marcharme. Martina y yo hoy vamos a tener una charla sobre esto. No tiene veinte años. Es adulta. Trabaja de noche, eso lo puedo entender, pero ella tiene que ser consciente de que tiene que cuidarse o va a terminar muy mal. Ya no solo por la obesidad, sino por el alcohol y todo lo que le puede acarrear. Desde alcoholismo, enfermedades del hígado, enfermedades cardiovasculares, anemia, pérdida de memoria. ¡Es una irresponsable! Y de hoy no pasa. Le voy a echar una reprimenda que ni su padre.

Le pido que vaya a vestirse para que desayune algo y sale corriendo.

La sigo, ha entrado al baño.

Me asomo y la veo abrazada al váter soltando hasta la última papilla. Se le ha resbalado la sábana y está en pelota picada, y me cabreo aún más, joder, ¡¡mierda!! Lo primero que me viene a la cabeza es que está preciosa y que es una jodida inconsciente, también pienso en que le sienta de vicio esa libélula tatuada en una nalga, pero que me cabrea un huevo que beba hasta ese extremo y que me guste, que me guste también me pone de una mala hostia que no me aguanto ni yo.

Vive sola y me la imagino llegando a rastras, pegándose media hora para abrir la puerta a saber con quién, porque, ¡joder! Está en bolas.

Como me aparezca alguno ahora por aquí le doy una hostia que le desencajo la mandíbula.

Mi mente va sola. Se ha follado al primero que ha pillado anoche, el cual la ha dejado con un coma etílico tirada en su cama y se ha pirado después de metérsela hasta cansarse. Me cabreo, me cabreo más. Es obvio que ha sido así, ¡está en bolas!

Vomita.

Vomita.

Y vuelve a vomitar.

Como la canción de los peces en el río, pero sin peces, ni río, ni fiesta de Navidad…

—No sé si das asco o pena. —No puedo evitar soltarlo.

Martina tiene el tino suficiente para agarrar la sábana y aferrarse de nuevo a ella, pero yo no puedo ver más. Necesito pirarme de aquí y necesito hacerlo ya. Temo encontrarme con un hombre que me haga perder los papeles. No me gusta lo que veo. No me gusta nada.

Cabreado, salgo del baño y de casa de Martina y llamo a la puerta de Carol.

Me mira extrañada al otro lado, y no la dejo hablar.

—Tu amiga está a punto de la muerte abrazada a su váter, necesita tu ayuda. Yo tengo que irme.

Y, antes de que me responda, voy hasta las escaleras y las bajo de dos en dos.

Tengo dos horas hasta mi siguiente entrenamiento, así que voy hasta una cafetería que hay al final de la calle. Me pido un café solo y me siento en una de las mesitas individuales.

Mientras remuevo la taza, me fijo en que hay una chica sentada un par de mesas más allá de la mía que está leyendo un libro tranquilamente y no me quita ojo de encima.

Cuando nuestras miradas se cruzan por tercera vez se sonroja y clava la vista en el libro. No está leyendo, está claro, porque hace diez minutos que no pasa la página. Espera un rato antes de volver a levantar la cabeza y nuestros ojos vuelven a encontrarse. Ella me sonríe, y yo hago lo mismo. Cierra el libro.

—Hola.

No hay mucha gente en el local ni demasiado ruido, no necesito que eleve el tono de voz para escucharla.

—Hola —le respondo.

—¿Te apetece tomar ese café en compañía? —me pregunta.

—Me apetece. —No se mueve—. ¿Te apetece sentarte en mi mesa o prefieres ir a mi casa? Hago un café riquísimo.

¡La leche! No sé cómo narices he sido capaz de soltar eso, pero lo he hecho. ¡Bien por ti, chaval!

La chica sonríe aún más y le pide la cuenta al camarero, yo hago lo mismo. Recoge sus cosas y se acerca.

—Me llamo Eli.

No está mal, la verdad es que ni me he fijado en su físico. Tiene curvas, como Marti… ¡Joder con Marti y mi puta obsesión por ella! Tiene el cabello negro sujeto en una cola de caballo y lleva un vestido. Tiene unos labios increíblemente preciosos y llamativos y sus ojos son oscuros, negros, como su pelo. Me gusta.

Entra una jauría como de diez chicos de unos quince años que empiezan a arrastrar mesas y a unirlas, el camarero va hacia ellos, y nosotros estamos parados, de pie, a un lado del local.

La miro de nuevo, con ese vestido y esa coleta de cabello largo y pienso que no hace falta que me la lleve a casa, me la puedo follar en el baño mientras tiro de su pelo —así si es una psicópata como la del Tinder, no tendré que mudarme—.

—Ángel, encantado. —Le doy dos besos. Carraspeo—. Eli, necesito ir un momento al cuarto de baño.

—Bien, te espero por aquí.

—Igual… tardo un poco, no sé si… —titubeo.

No sé por qué, pero ya no estoy tan lanzado como hace dos minutos.

—Ah… Mmm… Sí. —Mira a su alrededor, el local se ha llenado hasta los topes—. Me parece bien. Todo correcto, Ángel.

Asiento y me dirijo al pasillo que va al cuarto de baño, me espero hasta que la veo llegar, unos segundos más tarde, y sonrío. Abro la puerta y la sostengo hasta que ella pasa delante de mí.

Cierro y la apoyo contra la madera, le como la boca con desesperación. Cierro los ojos, visualizo a Martina desnuda, y mi polla da un respingo. Ella gime, y yo no quiero pensar. Levanto su vestido y arranco sus minúsculas braguitas de un tirón. Por un momento pienso que igual me he pasado, pero ella gime aún más. Eso es que le gusta, ¿no? Cuelo mis manos en su entrepierna y, ¡joder!, está completamente empapada. Pues sí, va a ser que le pone.

Me desabrocha los pantalones y tira hacia abajo, me los termino de bajar sin dejar de besarla. No veo un carajo, la luz se ha apagado sola, pero tampoco me molesto en buscar el interruptor. Sin embargo, ella deja de besarme, lo encuentra y le da. La luz se vuelve a encender.

Me empuja hacia el váter. La tapa está bajada, parece que está todo limpio, no cavilo mucho sobre ello. Me siento, y ella se pone encima de mí.

—Oye…, esto…

—Ángel.

—Eso, oye, Ángel. ¿Tienes condón?

¡Qué voy a tener condón! Si yo esta mañana salía a trabajar. Niego. Se separa y se lleva las manos a la cabeza.

—Lo siento —mascullo.

—No, así no… Yo tampoco tengo.

Se aleja y me pongo de pie, se me baja la erección un poco. Porque necesito follar, sí, pero… no es con ella con quien quiero y el hecho de pararnos a hablar me devuelve a la realidad.

Se acerca y me besa. Me dejo hacer intentando relajarme. La apoyo contra la pared y busco con mis dedos su clítoris, acaricio con suavidad alrededor, está abultado. Mi polla comienza a palpitar de nuevo.

Mi móvil empieza a sonar en el pantalón.

—Mierda —mascullo.

—Ignóralo, ¡joder! —me exige desesperada, está a punto, lo sé, lo noto, pero pienso que puede ser Martina o Carol. ¿Estará bien? ¡Mierda, mierda, mierda!

—No puedo, lo siento.

Me agacho y lo busco en el bolsillo, además hace un escándalo que resuena en todo el baño, capaz que alguien tira la puerta abajo pensando que me he quedado encerrado o que me he desmayado aquí adentro o a saber.

Es Carol.

Descuelgo sin pensar.

—¡Carol! ¿Qué pasa?

—Oye, Martina está fatal —me dice preocupada.

La erección se me ha bajado por completo, pero Eli, que no está dispuesta a irse de allí así, se pone de rodillas, me agarra la polla mientras se muerde el labio inferior y reacciona por sí misma ante la imagen, sin que yo pueda hacer nada para evitarlo.

—¿Te la llevas al médico? —pregunto nervioso.

Eli se mete mi polla en la boca. Succiona. Cierro los ojos.

Me gusta, pero no me siento bien.

Quiero salir de aquí.

—No. No. Tranquilo… Oye, ¿estás bien? Te noto agitado.

—Es que… estaba… calentando un poco.

Eli se saca la polla de la boca y suelta una risilla, pongo un dedo sobre los labios, y ella asiente. Espero que Carol no la haya escuchado.

—Ah, vale. Acabo de bañarla, la he dejado en el sofá y le he puesto una nota para que me llame cuando se despierte. Voy a prepararle una sopa o algo. Esta tarde estará bien, no te preocupes.

—Gracias, Carol.

—No te enfades con Martina, Ángel. Se le ha ido la mano…, ya lo sé, pero no es mala, es buena tía, créeme y… le gustas.

Se me vuelve a bajar la erección, no quiero que Eli me la chupe, no quiero follarme a esta chica que no sé ni quién es.

—Vale, luego nos vemos —contesto.

Cuelgo la llamada y veo a Eli, de rodillas en el suelo, con un puchero porque mi polla ya no tiene ganas de jugar. La ayudo a ponerse en pie.

—Lo siento, cielo. Creo que no va a poder ser —me disculpo.

—¿Era tu… mujer? —Pienso antes de responder, pero creo que es la mejor solución. Asiento—. ¿Tu hija está enferma?

La de conclusiones que saca la gente así porque sí.

—Sí… —respondo—, pero no es grave. Tengo que irme.

La muchacha se recoloca la ropa lo mejor que puede.

—Vale. Bueno, mejor nos vamos. Ángel, lo siento, pero prefiero no darte mi número. No me gusta ese rollo de la infidelidad y eso… No quiero estar en medio.

—Lo entiendo. Perdóname. Yo… nunca he hecho esto. —Y en realidad no es mentira.

—Ya.

Pero Eli no me cree, se da la vuelta y se marcha del baño.

«¿Qué cojones haces aquí, Ángel? ¿Qué cojones haces?», me reprocho.

23

LA GENTE GUAPA TAMBIÉN PUEDE DAR ASCO

Martina

La ropa que me toca esta noche no es de mi agrado del todo, es más, por un momento pienso en cambiarla por la que hemos establecido para otro día del fin de semana, porque intuyo que voy a sentirme insegura delante de Diego, al que me he acordado hace un par de horas de que he invitado a la cena. Le he contado a Carol lo de su amigo el guapo-sexi-inteligente-divertido gay, y me ha mirado de forma extraña, levantando una ceja, pero ha mantenido la boca cerrada. Carol siempre dice que en boca cerrada no entran moscas, ya ves tú, moscas no sé si querrá Ángel, pero igual una polla sí le apetece meterse en la boca por mucho que me joda. Y, entiéndeme, estoy a favor de la sexualidad abierta, de que cada uno retoce con quien quiera y se deje, da igual si es almeja o chorizo parrillero o ambos, pero es que ese capullo que tengo por entrenador me gusta más de lo que estoy dispuesta a admitir.

Me coloco el vestido estilo blusa de manga corta, asimétrico con cinturón, de color blanco con unas rallas negras verticales y botones grandes en la parte delantera. Arrugo la nariz al vérmelo, no me queda mal del todo, pero no me siento muy cómoda. Desabrocho unos cuantos botones hasta que se advierte mucho mi escote. Los botones comienzan en el medio, pero finalizan a un lado del vestido, a medio muslo, dejando una abertura por el lado izquierdo bastante prominente, vale, la parte de abajo es sexi. Carol se vuelve loca cuando me ve. Es más de su estilo que del mío, se nota. Me coloco unas sandalias negras de tiras con tacón alto y cojo un bolso de mano del mismo tono. Cuando termino de maquillarme, parezco otra persona, y hasta Ángel, que acaba de llegar, me mira con los ojos abiertos de par en par.

Emma y Carol revolotean a mi alrededor, están desvalijando la bisutería de mi armario. A mí no me importa, tengo muchísimas cosas, de todos los colores. Él no dice nada, aunque está apoyado en el marco de la puerta de mi dormitorio, como si le diera miedo entrar —no me extraña, después de las últimas experiencias que ha tenido cuando se ha acercado demasiado a mí, lo entiendo perfectamente, hablo de la patada en los huevos, obvio—. Lo miro con culpabilidad. Sé que me he saltado el entrenamiento, y no me ha echado un discurso, no parece enfadado —aunque esta mañana juraría que sí lo estaba— ni me ha amenazado con trabajar el doble mañana. Así que le sonrío, y él hace lo mismo.

Las chicas se meten en mi baño a revolverme el maquillaje, y las dejo, son como niñas, están felices con un poco de polvos... Yo también lo estaría por unos polvos, pero otros, no esos.

Ángel se decide a acercarse, por fin, y sonríe de nuevo, me recoloca un cabello del fleco que se ha escapado.

—Pareces otra. Estás preciosa.

—Lo siento —me ruborizo—. Espero no seguir dándote asco, como esta mañana. —No puedo evitar decirlo porque no ha dejado de repetirse en mi cabeza. Dolió. Sí. Mucho.

—Me asusté mucho cuando te vi de esa guisa. Perdona, no quería soltarte eso así. —Lo cual no quiere decir que no lo pensara, eso no lo dice, claro; pero no lo necesito, es lo que creo exactamente.

—Ya, entiendo, se me había caído la sábana y ver...

—Me encanta el tatuaje de tu nalga, es muy bonito —me interrumpe con una sonrisa maliciosa de medio lado dejando entrever ese hoyuelo que me seca la garganta.

—Hostias —murmuro sonrojándome. Mi libélula, tiendo a olvidarme de ella, está ahí, tan escondida, la pobre, que a veces la olvido. Le dio tiempo a ver mi nalga y a observar mi tatuaje, así que la cosa es mucho peor de lo que pensé en un principio. Decido cambiar de tema, porque este no me está haciendo ningún bien—. Bueno, esta noche vamos a pasarlo bien y ya está, tengo una sorpresa con la que espero compensarte el mal rato.

—¿Has aprendido a hacer pan de avena? —Pongo los ojos en blanco, este hombre siempre pensando en la dieta.

Las chicas vuelven justo cuando le voy a hablar de Saulo, el amigo de Diego. Da igual, mejor cogerlo por sorpresa, igual no le van las citas a ciegas.

Vamos caminando hasta un restaurante que han elegido las chicas, a mí no me importa el sitio, todavía noto el estómago revuelto, no debería cometer demasiados excesos esta noche, ni con la comida ni con la bebida.

En la puerta nos encontramos con Diego y Saulo, Dios mío, tengo que disimular lo mucho que me ha sorprendido, porque de pronto me he quedado alelada mirando al amigo del policía, que está de toma, pan y moja. Moreno, moreno, nivel chocolate con leche, perfecto. Altísimo. Guapísimo. Simpatiquísimo… Ya me entiendes, ¿no?

Estoy feliz por Ángel, porque según se lo presentamos, Saulo le hace un recorrido de arriba abajo y pasea la lengua por sus labios. Le gusta lo que ve. Ángel no parece darse por aludido, pero lo entiendo, cuando acabas de salir de una ruptura no estás muy abierto de mente para conocer nuevas personas, es normal. Espero que al menos se divierta y compensarlo por el mal rato que le hice pasar por la mañana.

En cuanto tomamos asiento en el restaurante el aire se vuelve más distendido. Los demás deciden pedir vino, pero Ángel y yo optamos por beber agua.

—¿No bebes? —le pregunto en un murmullo ahora que están todos hablando como locos. Se ha sentado justo a mi lado.

—No, por si luego tengo que acompañarte a casa.

—No pienso beber, te lo aseguro, hoy no. De todas formas, tengo cubierto el transporte en taxi, no tengo problema.

—Igual tengo que ir contigo, para que me hables de esa sorpresa que prometiste.

Demasiado descarado decirle que su sorpresa se sienta justo enfrente y lo mira como si fuera el mejor pastel de chocolate con galletas del mundo entero.

Ángel y Saulo conectan rápido, Saulo trabaja en un gimnasio, imparte clases de Zumba y, por lo que parece, Ángel ha trabajado en el mismo durante un tiempo, conoce a sus compañeros y a sus jefes. Están un buen rato hablando, y yo estoy más pendiente a su conversación que a las absurdas bromas y chistes de Diego. No me hace gracia. Ni puta gracia, pero disimulo súper bien.

Saulo le propone a Ángel acudir a una macroclase solidaria de Zumba que se va a impartir en un parque público cerca de mi casa el próximo miércoles.

—¿Qué te parece, Marti? —Ángel posa una mano sobre mi brazo y se me pone la piel de gallina. Tanto hombre guapo suelto no es bueno. Sigo a dos velas, cosa que espero solucionar esta noche con Diego—. ¿Te parece si el próximo miércoles cambiamos el entrenamiento por una clase de Zumba?

Supongo que Ángel busca una excusa para ir sin que se note demasiado que le apetece un montón, así que afirmo, ¿a mí qué más me da? Seguro que es más divertido que el entrenamiento habitual, aunque el rollo de ver cómo estos dos ligan no sé cómo lo voy a llevar. Sonrío y asiento, Ángel lo hace también, e ignoro el puñetero motivo por el que la palabra «asco» vuelve a retumbar en mi cerebro.

Mi demonio particular nota mi cambio de expresión, pero no me dice nada en ese momento.

Una vez hemos pagado y salimos del restaurante, me sujeta del brazo para dejar que el grupo avance delante y no nos oigan, supongo que quiere hablarme de Saulo.

—¿Estás bien? —asiento—. Marti, ¿quieres que vayamos a tu casa? Todavía no te has recuperado de la resaca.

—No, la verdad es que hoy no me apetece nada este rollo, no estoy cómoda, pero tengo que trabajar —contesto, quiero zanjar el asunto rápido porque lo cierto es que me apetece acelerar el proceso, acabar pronto y retirarme cuanto antes.

—Nadie se va a enterar si decides quedarte en casa por un día…

—Tengo que trabajar —lo interrumpo con voz firme para que entienda que me molesta que insista.

Por norma general la gente da por hecho que mi trabajo no es importante, y en realidad igual tienen razón, no es demasiado importante, pero a veces, solo a veces, pienso que mi función principal consiste en darle esperanza a esas personas que se sienten mal con lo que ven delante del espejo, que cambiar es difícil, pero a veces no es necesario hacerlo, sino sentirnos bien con nosotras mismas. Sé que estoy gorda, lo sé, lo veo cada día en mi espejo y por norma general no me molesta, porque dentro de mis kilos de más tengo buenas curvas y tengo la suerte de sentirme guapa cada día, pero hay otras mujeres que no, que les cuesta la vida encontrar un pantalón de su talla que le siente bien, por no hablar de un vestido, tacones y demás. Yo estoy ahí para demostrarles que pueden ser, como dice la canción: «lo que les dé la gana de ser»[5] y, sobre todo, que no es necesario ceñirse a las medidas noventa, sesenta, noventa para estar guapas, sexis y preciosas. Aunque yo esta noche no me sienta precisamente así.

Llegamos al primer local de la lista sin que Ángel vuelva a abrir la boca. Adrián ya nos espera en la puerta, al menos supongo que es él por el besazo en la boca que le da a Carol. Es la primera vez que la veo con alguien después de la muerte de su marido y, por fin, esta noche me ha hecho sonreír, al ver sus mejillas coloradas, el brillo en la mirada, sus dedos entrelazados. Es bonito ver que hay esperanza. Que sí, que Carol perdió a Dani, que lo quería con toda su alma, pero que no se ha cerrado a la vida, que vuelve a ser un poquito ella y eso me hace feliz. Quiero que ella lo sea. Que viva. Sienta. Sonría. Baile. Cante. Bese y haga el amor de nuevo, porque tiene todo el derecho del mundo a hacerlo.

Me cuesta horrores centrarme en mi trabajo porque Diego no se separa de mí, pero Ángel y, por tanto, Saulo tampoco. Carol, Adrián y Emma charlan sin parar sentados en la barra mientras toman una copa, yo estoy tensa porque no me hacen ni puñetera gracia las bromas de Diego, porque se me han quitado las ganas de llevármelo a casa hoy, porque son las dos de la madrugada y no he entregado ni una sola tarjeta. Así que al fin logro escabullirme, diciéndoles claramente que tengo que trabajar y que volveré más tarde con ellos y es cuando me doy cuenta de que hoy es más fácil que nunca hacerlo, porque no solo llevo una ropa bonita —aunque no sea especialmente de mi estilo—, sino que encima estoy rodeada de tres tipos que quitan el sentido.

Simulo que huyo y voy hasta un grupo de chicas, les cuento una trola, en plan, mis amigas se han ido al baño hace quince minutos y no han vuelto, y esos tres moscardones no dejan de tirarme los trastos y atosigarme. Les pido que se hagan pasar por mis amigas un rato y aceptan, sobre todo porque ven que los chicos no me quitan ojo de encima, ninguno de los tres, ni Saulo, que supongo que mira hacia mí un poco porque lo hacen los otros dos.

Termino riendo a carcajadas e invito a las chicas a una ronda de cervezas por ayudarme que aceptan gustosas, yo me pido una, y Ángel me mira con ojos desorbitados. Hace el amago de acercarse, y niego con la cabeza. Mi gesto serio le hace ver que estoy trabajando y que no es momento para que saque su lado de entrenador dominante.

---

[5] *Ella*, de Bebe.

Obviamente no me tomo la cerveza, me mojo los labios de vez en cuando y un rato después la suelto en la barra. Al final, el buen rollo se hace latente y no tardo en repartir algunas tarjetas. Como todas están muy interesadas en mi vestido, decido decirles una medio verdad, les cuento que lo he comprado en una *boutique* en la que trabajo de dependienta y así tengo excusa para llevar más de veinte tarjetas en mi bolso de mano.

Ha sido fácil, me he ganado el sueldo. Me quiero ir. No me encuentro muy bien. Me acerco a mis amigas y charlo un ratito con ellas y con Adrián. Parece serio y simpático, veo un brillo en sus ojos que me gusta. Me da buenas vibraciones. «Más te vale, guapito de cara, que no le rompas el corazón a mi amiga o te partiré las piernas», se lo diré en algún momento, pero hoy no es el día.

Al final me disculpo con ellas y les digo que me voy a casa y camino, con paso firme y decidido, hasta los chicos.

—Chicos, ya he acabado mi jornada laboral. Me voy a marchar a casa porque no me encuentro nada bien.

—Sí, yo tampoco me encuentro nada bien, tengo un calor. No sé si tendré fiebre, espero que tengas termómetro en tu casa, bonita, si no yo tengo uno….

Esa falta de gracia y salero solo puede ser de Diego. Se me revuelve el estómago, que sí, que estoy necesitada y lo sé, pero hoy no es el día, no estoy receptiva, no he comido, aún tengo el estómago extraño y no estoy de humor.

—En serio —lo interrumpo y lo aparto porque se ha acercado demasiado y lo tengo casi enroscado a mí, Ángel me mira raro, supongo que no se quiere marchar, pero no tiene por qué hacerlo. Lo está pasando bien con Saulo—. Diego, estoy enferma, me voy a ir a casa… sola. Otro día.

—Oh, ah…, vale —suelta y parece mosqueado, pero me la trae al pairo, si no me apetece, no me apetece. Lo que hay.

—¿Te acompaño? —me pregunta Ángel.

—No, ya he llamado a un taxi, estará a punto de llegar. Quédate y pásalo bien. Hasta mañana.

—Si te encuentras mal no deberías entrenar mañana. Cuídate, te llamaré para ver cómo sigues.

Asiento sin decir nada más y le doy dos besos a cada uno antes de dirigirme a la salida.

Llego a casa y me quito el vestido con cuidado, no voy a quedarme con él, no es para nada de mi estilo. Lo cuelgo en una percha para llevarlo el lunes a la tintorería con la intención de devolvérselo a Maca.

Me doy una ducha rápida y me coloco un pijama corto, hace calor. Me ha entrado hambre, apenas he probado bocado en todo el día, así que voy hasta la cocina y me preparo un bol con leche, mejor obvio el café, le pico dentro algo de fruta, miel y cereales y me llevo un susto de la leche cuando escucho el timbre de casa.

Lo sabía. Le he fastidiado la noche a Carol, aunque espero que no, a lo mejor ha venido con Adrián y solo se pasa a ver cómo sigo.

Abro y me quedo a cuadros cuando veo a Ángel al otro lado, solo. Miro detrás de él y no hay nadie más. Ni Saulo ni Diego —gracias al cielo— ni ninguna de mis amigas.

—Un poco temprano para el entrenamiento —bromeo.

—Me quedé preocupado.

—No es la primera resaca que tengo, Ángel. En serio, tendrías que haberte quedado, lo estabas pasando bien. Saulo parece un chico divertido.

—Sí, me ha caído muy bien, aunque su amigo es un poco rarito, ¿no? —Sonrío y me hago a un lado para que pase—. Al poco de marcharte, Carol se acercó a nosotros y nos dijo que se iba ya, para ver cómo estabas, y he venido con ellos. Le he dicho que se podía marchar tranquila con Adrián, ya sabes, quiere aprovechar que los niños están con los abuelos.

—Me imagino. Pues gracias, pero, vamos, que estoy bien. Solo tengo hambre y sueño. Siéntate —le ofrezco señalando mi sofá—, ahora vuelvo.

Unos minutos más tarde regreso con mi bol de cereales, que devoro como si fuera un manjar, el azúcar de la fruta y la miel me sientan bien, estoy un poco menos de mal humor.

Mi móvil vibra sobre la mesa del salón y cuando lo desbloqueo veo un mensaje de Diego.

> DIEGO:
> Me has dejado con las ganas. Estoy en tu portal. ¿Me abres? Prometo cuidarte y encargarme personalmente de insertarte el termómetro justo donde necesitas.

En serio, lo bueno que está y la poca gracia que tiene el jodido. Me da repelús, mezcla de rechazo y asco. «Asco», pues sí, la gente guapa también puede dar asco. Suelto el móvil sobre la mesa sin contestar, poco tengo que decir a esto.

24

IMPERFECTA

ÁNGEL

Martina ha estado muy rara toda la noche y no puedo evitar preocuparme. En cuanto llegué a su casa esa tarde y la vi, tan guapa y resplandeciente, me quedé mucho más tranquilo. Se me pasó la congoja y un poco —solo un poco— el tremendo mosqueo que me cogí con ella.

Nunca he tratado con personas que tengan adicción al alcohol y no sé si ella tiene un problema… Prefiero no pensar en ello ahora.

No he cruzado palabra con Marti, más que un «hola» cuando me abrió la puerta de su casa, pero finalmente se acerca y charlamos.

Obviamente, no me pienso callar lo de la libélula —la jodida libélula más sexi que he visto en mi vida—, me encanta sacarla un poco de quicio y avergonzarla, que se le suban los colores, hacerla titubear.

Estoy raro, lo noto. Me dice algo de una sorpresa, y lo único que me puedo imaginar es que esa noche por fin me va a dejar que la bese, porque me muero por probar sus labios. La escucho reír y hablar tan cómoda con sus amigas que me produce ternura; pero, no, no es eso lo que me pasa. Lo único que me ocurre es que me siento culpable, por esa chica que ni recuerdo cómo se llamaba, arrodillada delante de mí, intentando chupármela sin éxito. No culpable por Martina, porque evidentemente no tenemos nada, sino culpable por mí, por ir en contra de lo que yo soy. Nunca he sido de sexo esporádico, estoy a favor de él y me parece estupendo, sano, fantástico..., pero no cuando otra persona ocupa tus pensamientos la mayor parte del tiempo.

Cuando llegamos al restaurante, las chicas me presentan a dos chicos que no esperaba, por lo visto son amigos de Martina. No sé si los ha invitado por mí, para que no me sienta solo irrumpiendo en su noche de chicas, aunque la verdad es que a mí no me importa. Me llevo bien con ellas, me caen estupendamente. Es una pena que Evelyn y Nataniel no pudiesen venir también, pero tampoco me preocupa. Estoy seguro de que si está Martina lo voy a pasar bien y, en realidad, me apetece un montón verla en su salsa.

Sin embargo, ella está más callada y extraña de lo habitual. El Diego ese no le quita ojo de encima y le ha soltado alguna punta que ella ha esquivado. No debería estar celoso. No estoy celoso... Bueno, un poco sí; pero, como ella lo ignora la mayor parte del tiempo, intento que no me afecte. Por un momento me pregunto si es con este tío con el que Martina folló anoche. Y me gustaría saberlo, acercarme y ser directo, cuestionarle si es así; pero la realidad es que no tengo ningún derecho —ni huevos para hacerlo, para ser franco—.

La observamos los tres embobados mientras trabaja y poco después decide retirarse a casa y no me da opción a acompañarla. ¿Y mi sorpresa? Suspiro, pues otro día será, porque hoy no está muy receptiva.

Me preocupa que se encuentre mal y, cuando Carol me dice que se va a casa porque se ha quedado inquieta y quiere ver si está bien, veo los cielos abiertos. Le pido que me deje acompañarlos, y sonríe de forma extraña.

—Estoy preocupado, solo es eso.

—Ya —responde escuetamente.

—Soy su entrenador personal, su *coach*, me preocupo por su salud. Se ha portado bien y no ha bebido, pero prácticamente no ha probado bocado en todo el día y...

—¡Que sí, pesado! ¡Que sí! —Me corta soltando una carcajada—. Lo que tú digas, ¿vamos o qué?

La sigo refunfuñando y me alegro de dejar allí a aquellos dos, porque Saulo me ha caído simpático, pero al Diego ese prefiero ni mirarlo, está de un mal genio desde que Martina se fue que no me hace maldita gracia.

Llamo a la puerta y casi me arrepiento..., casi.

¿Y si le digo que me gusta?

«Pues, Ángel, si abre la puerta a las cuatro de la mañana y le sueltas eso, seguro que te arrea otra patada».

Está sorprendida, lo sé, y dice la primera absurdez que se cruza en su cabeza.

—Un poco temprano para el entrenamiento.

Si me dejaras, ya verías tú qué entrenamiento te daba. Me hace pasar a su casa y nos sentamos juntos en el sofá.

—Oye, Martina… ¿Quién es el Diego ese? —me atrevo a preguntar al fin.

—Pufff, uno que está muy bueno y que tiene menos gracia que… el chocolate blanco. Odio el chocolate blanco. Con lo rico que está el chocolate con su forma de tableta, durito, que te lo metes en la boca, un trozo grande, grande, que no te quepa casi y se derrite… Pues en blanco casi que me da asco.

Me he quedado pasmado y con la boca abierta, la dieta le está afectando más de lo que me pensaba. Me mira y suelta una carcajada. ¿Está hablando de chocolate de verdad o de otra cosa? Me he perdido. Prefiero no preguntar.

—Estooo —comento intentando romper el incómodo silencio que se acaba de formar—. Me voy a casa. Es tarde y seguro que quieres descansar.

Sí, soy subnormal, no me atrevo a decirle que… quiero que me coma como al chocolate —el que le gusta, claro, no el blanco—.

—Quédate —me pide mirándome a los ojos, mi corazón late deprisa y sonrío—. Es tarde para coger un taxi, te va a costar un ojo de la cara. Duerme aquí, tengo una habitación de invitados. Ven, está cerca de la mía. Te dejo ropa de cama limpia.

Vale, pues no, soy un flipado… A la habitación de invitados que me voy.

Por un momento me pregunto si a Martina le parezco atractivo, si le gusto, si siente algo cuando está conmigo que no sean ganas de huir de mí y del entrenamiento. Pero no estoy preparado para saber la respuesta, porque… aún estoy muy jodido por todo lo que ha pasado en mi vida en el último año.

Me deja en la habitación y se va a la cama con un «buenas noches» desde el marco de la puerta. Ni se ha acercado a mí. Mis posibilidades de lanzarme se esfuman y, minutos más tarde, escucho cómo ronca como un cerdo. Me río. Esa es Martina. Especial. Única. Imperfecta. La chica ideal para mí.

25

SU TALÓN DE AQUILES

Martina

Le pido a Ángel que se quede a dormir en casa porque es tarde y me da pena que a esta hora baje en busca de taxi; pero, verás, en cualquier momento lo tengo de okupa de verdad y la gracia que me va a hacer la broma.

En cuanto acabo de comer, me despido, me lavo los dientes y caigo rendida en la cama. Me despierto cerca de las doce, tengo hambre de nuevo, me suenan las tripas. Se me ha pasado bastante el mal humor y el dolor de cabeza.

Cuando llego al cuarto de baño, miro a la báscula de reojo. Miedo me da…, pero tengo que hacerlo, tengo que controlar mi peso.

Me subo, miro la pantalla y me froto los ojos. Esto está mal, no puede ser. Me bajo, dejo que se apague y le doy un toquecito para que vuelva a encenderse. Me vuelvo a subir. Imposible. Seguro que le faltan pilas. Rebusco por los cajones hasta dar con unas nuevas y, cuando las cambio, vuelvo a repetir el proceso.

—¡Joder! ¡Mierda! ¡Me cago en la leche! ¡No, no, no, no!

Ochenta y nueve kilos con novecientos gramos. He perdido cinco kilos en un mes. Cinco. Respiro hondo, estoy en *shock*, por eso creo que tardo en escuchar ese golpeteo incesante que de pronto advierto.

—Vamos, Marti, contesta. ¿Estás bien?

No me acordaba de Ángel, lo cierto es que no esperaba que todavía estuviera en casa cuando me despertarse. Carraspeo.

—Sí, salgo en cinco minutos.

Me doy una ducha rápida, porque huelo mal, huelo terriblemente mal y me envuelvo en una toalla. En cuanto Ángel escucha la cerradura, vuelve hacia el baño y me lo encuentro de frente.

—¿Todo bien ahí adentro?

—Todo perfecto —respondo tajante.

Solo quiero vestirme y zamparme un cerdo entero porque con unos pocos kilos más que pierda habré bajado una talla. ¡Una talla! ¡Maca me despide! Se me agita la respiración y salgo de mis pensamientos cuando escucho a mi entrenador.

—¿Algún problema? Estabas berreando de lo lindo ahí dentro.

—Cada uno se corre como quiere —suelto, así, sin filtro, porque es lo primero que me viene a la mente y no quiero contarle a Ángel la verdad.

Abre los ojos mucho; como platos, básicamente, y pestañea un par de veces lentamente.

—Estooo. ¿Salimos a desayunar? Creo que después del día de ayer no te vendría mal algo de hidratos.

Asiento y voy hasta mi cuarto. Me pongo ropa deportiva, a pesar de que no sé si vamos a ir a entrenar, lo cierto es que tampoco me apetece arreglarme demasiado. No caigo en la cuenta de que él sigue con la ropa con la que salió anoche de fiesta hasta que bajamos en el ascensor.

Miro el móvil, más por evitar esta situación incómoda de pasar medio minuto en un ascensor de espacio mínimo a solas con mi demonio particular que otra cosa; pero no puedo evitar sentir la forma en que me mira, me mira raro. Levanto la vista del aparato y me sonrojo. Creo que le sigue dando vueltas a mi supuesta alocada forma de correrme.

Caminamos hasta una cafetería y pedimos unos cafés con leche y un par de pulguitas vegetales. Anoto mentalmente que tengo que hacerme cuanto antes con algo de bollería industrial y que tendría que ir al supermercado para hacer una compra, lo que supondrá, también, que debo improvisar un armario como despensa alternativa oculta a la vista de Ángel, que últimamente pasa más tiempo en mi casa que en la suya.

—¿Le has escrito a Saulo? —pregunto para romper el hielo porque llevamos sin hablar desde mis últimas y preciosas palabras mágicas: «cada uno se corre como quiere», y me siento bastante incómoda. Sin embargo, Ángel no me contesta, parece con la cabeza en otro sitio. Muevo la mano delante de su cara—. Eh, demonio…, ¿que si le has escrito a Saulo? —repito mi pregunta cuando estoy segura de que me está prestando atención.

—¿Eh? Perdona —murmura—, estaba pensando en mis cosas. —Ya, en sus cosas. En un rabo moreno de medio metro estaba pensando, estoy segura—. No, ya le confirmé que contara con nosotros el miércoles.

—Claro, lo verás entonces —asiente. Quince minutos de silencio—. Oye, ¿y te apetece…? Ya sabes. ¿Te apetece tema?

Abre los ojos como platos.

—Pensé que te habías quedado satisfecha tú solita —suelta muy serio, y yo me descojono. Qué guasa, el tío.

—Ja y ja, qué simpático y arcaico. Parece que te sorprende mucho que me masturbe, pues lo hago, mucho, de muchas formas. Vibradores y tal, ¿sabes lo que es? A lo mejor te hace falta uno. —Ángel flipa, flipa mucho—. ¿O tú no te masturbas? Bueno, no sé cómo lo hacéis vosotros. ¡Qué digo! Menuda estupidez, no sé cómo lo haces tú, porque eso es solo cuestión de gustos personales no colectivos, supongo.

—Claro… —titubea, por su cara intuyo que piensa que no es un buen tema de conversación para la hora del desayuno—. Claro que me masturbo y no tengo una mente cerrada. No me parece mal que lo hagas, solo que me ha sorprendido la forma, el lugar y que lo dijeras tan abiertamente. —Me encojo de hombros.

—Pues siento ser directa.

—Me encanta que seas directa.

—¿Y me vas a contar cómo lo haces tú? —pregunto bajando el tono, porque me acabo de dar cuenta de que hay una pareja sentada a nuestro lado que no nos quita el ojo de encima y la conversación se está poniendo interesante.

—Ostras…, esto…, pues no sé, como todo el mundo.

—Me refiero a… ¿solo te haces pajas normales? En plan; sube, baja, meneíto y ¡zas! O… ¿montas expediciones subterráneas?

Ángel se atraganta con el bocadillo y empieza a toser como un loco. La camarera, que se ha dado cuenta, nos acerca rápidamente una botella de agua, con la que, tras unos segundos, logra calmar la tos.

—¿Por qué estamos hablando de esto? —pregunta al fin.

Parece completamente abochornado, y a mí me hace gracia que le corte tanto el tema, creo que por eso me apetece más insistir sobre ello.

—¿Prefieres hablar de la tabla de ejercicios de la próxima semana? —pregunto con desgana—, menudo soso.

No es que me vaya a convertir en su mejor amiga y confidente; pero, yo qué sé, me pica la curiosidad y, si me pica, pues yo rasco, a ver si gano algo.

—La mayoría de las veces... normal. —Baja la vista a su café, a pesar de que solo queda el fondo ha comenzado a removerlo de forma nerviosa. Ya sabía yo que picándolo un poco se soltaba—. Eso no quiere decir que no me guste experimentar, ya me entiendes...

—Lo entiendo perfectamente. —Intento hablar en el mismo tono que él, es un tema natural, tampoco me parece que es para que se avergüence—. El hombre tiene el punto G en el ano, o eso dicen, lo que sí es cierto es que la zona está llena de terminaciones nerviosas y estimularlas es erótico y placentero.

—Sí, supongo —asiente—. No es un tema del que suela charlar mucho y menos con chicas. Con nadie, en realidad.

—Ya, entiendo, pero somos amigos, ¿no?

Ángel asiente y sonríe. Está rojo, me hace gracia verlo tan tímido. Creo que he encontrado su talón de Aquiles.

—¿Y tú? —murmura—. ¿Me vas a contar cómo te masturbas tú para soltar esos tremendos alaridos que escuché esta mañana? —Pues parece que se le está pasando el corte.

Una persona normal pensaría que es el momento de decirle que le he tomado el pelo y que en realidad esos gritos se debían a que mi báscula marcaba algo que no esperaba encontrarme. Pero... ¡qué leches!, paso, paso del sermón, que hoy es sábado y estoy muy relajadita.

—Momoa —resumo.

Me estoy poniendo cardíaca. Este hombre me mira con una curiosidad pasmosa, con los ojos brillantes y se acaba de morder el labio. Será gay, pero no es de piedra. A todo el mundo le pone hablar del temita.

—¿Cómo que Momoa? ¿Piensas en Aquaman para frotarte?

—¿Frotarme? ¿Qué te crees? ¿Que soy la lámpara mágica de *Aladín*? Me pinchas y no sangro, nunca pensé que fueras tan anticuado. —Ángel vuelve a flipar, pero no dice nada porque sin querer he elevado el tono de voz, y los de la mesa de al lado se están descojonando. «Muy bien, Marti, ¿por qué no pones una nota de prensa?»—. Momoa es mi vibrador favorito: es grande; gordo, bastante gordo, de hecho; tiene una potencia de vibración que alucinas. En serio, no he visto otra cosa igual. Silencioso, funciona con batería recargable. Lo adoro.

Ángel asiente más rojo aún que antes.

—¿Tu favorito? —repite a modo de pregunta.

—Gordo, grande, silencioso, potente… Es perfecto y, sí, es mi favorito. Luego tengo alguno más, para cuando me aburro de ese —digo quitándole hierro al asunto, quiero cambiar de tema, porque estaré ovulando o algo y estoy sensible (y más salida que una perra en celo)—. En fin…, lo normal.

—Ya. Lo normal. —Traga con fuerza.

—Bueno, pues…, el miércoles veremos qué pasa.

—¿Qué ocurre el miércoles? —pregunta.

Lo observo extrañada y me tomo la libertad de incorporarme un poco para mirar de forma descarada entre sus piernas, no sé qué me pasa esta mañana que la vergüenza la he dejado en casa.

Está empalmado, me lo olía.

—Deberías dejar que vuelva el riego arriba, al cerebro y eso. —No puede estar más colorado, parece que está a punto del soponcio. Soy muy bruta, lo sé. No sé por qué de pronto me he tomado estas confianzas con él—. Me refiero a Saulo, que lo veremos de nuevo el miércoles.

—¿Te gusta Saulo? —me cuestiona con ojos rasgados.

Ángel debe de tener una pedazo de polla descomunal, tan bestia que toda la sangre de su torrente se encuentra en la zona sur levantando el mástil, porque no entiendo nada de lo que habla.

—Claro que me gusta, ¿te crees que soy imbécil? Pero al que le tiene que gustar es a ti, que serás el que le coma el rabo, porque a mí no me va a dejar.

He vuelto a subir el tono de voz, la pareja de al lado se descojona, en serio. La tipa llora de la risa, no sé qué le hace tanta gracia. Yo estaría preocupada si un sábado por la mañana mi mejor entretenimiento fuera escuchar a una pareja de amigos hablando de masturbación y ligues.

—Pero ¿qué dices? —murmura.

—Vamos a pagar, anda, que estos de aquí me están poniendo de una mala leche que flipas. —Me levanto y me adelanto hasta la barra para pagar la cuenta. Salimos del local y ahora sí decido cambiar de tema completamente, me ha dejado de hacer gracia—. Me marcas una tabla suavecita hoy, ¿vale? Todavía me noto débil.

«Y necesito recuperar cinco kilos antes de la próxima reunión con mi jefa o será mi muerte laboral», obviamente eso solo retumba en mi cerebro, pero no lo suelto.

—¿Podemos pasar primero por mi casa? Necesito una ducha.

—Fría —contesto entre risas.

—Flipo —murmura más para sí mismo que para mí.

26

¡CREE QUE SOY GAY!

ÁNGEL

Me pego todo el camino de su casa a la cafetería en silencio, camino por inercia porque mi mente está divagando, está en otro lugar; está en Martina en su ducha, desnuda, con sus curvas al aire, con el agua caliente cayéndole en cascada, con los pezones erizados, con sus piernas abiertas y sus dedos acariciándose, gimiendo, ronroneando, pellizcándose los pezones con la mano libre. Me imagino que se pone cachonda pensando que yo estoy fuera, en su salón, y las ganas que tiene de que me cuele en el baño, me desnude despacio mientras la observo masturbarse y que, desde esa distancia, agarre mi polla y la mueva de arriba abajo, dura como una piedra —tal como está ahora, hasta vergüenza me da, imposible de disimular—, entonces, cuando escuchase sus jadeos, sabría que quiere que me deslice dentro de su plato de ducha y la gire de espaldas para embestirla con mi polla.

Hemos llegado a la cafetería, me encuentro hasta mal. Martina me mira extrañada. Está incómoda, lo sé.

Me pregunta por Saulo, y juro que me cuesta prestarle atención. «¿Saulo? ¿Quién cojones es ese?». Total, que la cosa no se pone mucho mejor, hemos entrado en un tema tan íntimo y descriptivo que no me esperaba. No te creas que soy retrógrado, como ella dice. A mí me encanta que sea directa, sincera, que me hable así me está poniendo aún peor, preferiría que estuviésemos en la intimidad de mi casa. «¿Seguro que quieres saber cómo lo hago, Martina?», le preguntaría, y cuando ella asintiera mordiéndose el labio inferior, sacaría mi polla y se lo demostraría, hasta que cayera de rodillas al suelo, desesperada por comérmela. Escucho sus palabras: «gordo, grande, silencioso, potente...» y la miro, interactúo con ella, pero solo la visualizo de rodillas frente a mí pasando la lengua por toda mi polla, besando el capullo, para luego metérsela entera en la boca, dejándome arremeter una y otra vez hasta provocarle arcadas.

De repente me habla de su amigo otra vez, supongo que quiere cambiar de tema porque me he puesto raro en modo intenso, lo sé. Pero lo cierto es que no le presto demasiada atención y se da cuenta.

—Deberías dejar que vuelva el riego arriba, al cerebro y eso.

Noto cómo se encienden mis mejillas y mi polla da un brinco, quiere tema, quiere tema con Martina, quiere follarse a Martina..., que yo también quiero, pero soy más consciente de que eso no va a ocurrir.

Intento concentrarme en lo que me dice hasta que caigo en la cuenta. Lo más probable es que el Saulo ese le guste y, no puedo negarlo, de repente me siento celoso. Para alguien que conozco fuera de los entrenamientos que me cae bien y resulta que le voy a coger tirria.

—¿Te gusta Saulo? —le pregunto al final con miedo, pero prefiero saberlo.

—Claro que me gusta, ¿te crees que soy imbécil? Pero al que le tiene que gustar es a ti, que serás el que le coma el rabo, porque a mí no me va a dejar.

Muerto, ahora sí que me he quedado muerto. ¿Que le coma el rabo? ¿Yo? Mí no entender.

¡La madre que me trajo! Esta mujer se cree que soy gay, estoy flipando —y empalmado, eso también, no sé si te lo he dicho ya—. Pero ¿qué le ha dado hoy?

Capaz que se drogó anoche o esta mañana, y yo no me he enterado, porque es la primera vez que me habla de esa forma.

Vamos, ya que me soltara lo de que «cada uno se corre como quiere» me dejó fuera de juego, pero toda esta conversación de después. «A ver —me replanteo—, nosotros hemos bromeado y me he llevado patadas por ello, pero de ahí a que me pregunte cómo me masturbo. ¡Madre mía!», pienso. Ella me mira con una sonrisa disimulada, no sé si se está descojonando de mí o sonríe porque sabe que me ha dejado KO.

No soy capaz de abrir la boca, ella paga la cuenta y cambia de nuevo de tema. Me habla del entrenamiento del día. La verdad, con tanto calentamiento, ni me acordaba de que Martina tiene que entrenar hoy. Ella entrena seis días a la semana, tal como me pagaron sus amigas. Lo habitual es que trabaje con mis clientes dos, tres, incluso cinco días. Ella es la única a la que veo prácticamente toda la semana.

Pero soy hombre, lo admito, soy culpable. Soy incapaz de pensar en ningún tipo de ejercicio que no tenga que ver con poca o nada de ropa y nosotros dos jadeando y sudando como cerdos mientras nos corremos una y otra vez.

Lo dicho.

Incapaz de entrenarla como es debido hoy.

¡Ya está! ¡Se acabó! A esta le demuestro yo que de gay no tengo nada, que yo estoy a favor del amor en todas sus formas, géneros y lo que sea, pero que a mí el Saulo ese plín, a mí me la pone dura ella.

Así que no me paro a pensar que es una clienta, que pueden pasar muchas cosas que serían perjudiciales, como que nos liemos y luego no salga bien, que me arree una patada, que me denuncie por acoso o que le dé la excusa definitiva para dejar los entrenamientos. No, no me paro a reflexionarlo. En mi cabeza solo retumba: «¿Cómo hago para llevármela a mi terreno? ¿Qué puedo hacer?». De momento le propongo que pasemos por mi casa primero, ya luego a ver cómo consigo dar el siguiente paso.

27

CALOR

Martina

Hemos ido dando un paseo hasta casa de Ángel, por fin hemos logrado cambiar de tema, ahora le ha dado por preguntarme cosas de mi trabajo, todavía no le he dicho que he visto que ha localizado mis fotos en Instagram y que me ha dejado algunos mensajes y cientos de *likes*. Pero, como él tampoco dice nada, paso el tema por alto.

Le hablo de Luka, le explico la parte de las fotos, del blog, de la web e hilamos el tema con mi profesión anterior, como periodista en la sección de sociedad de un modesto periódico provincial. Sé que no se explica cómo pude dejar un trabajo de periodista por lo que hago ahora, pero no abre la boca y se lo agradezco. Estoy un pelín harta de que la gente me juzgue e intente dirigir mi vida. Ahora que nos hemos hecho más amigos, parece que se interesa un poco más por mis aspiraciones.

Llegamos al portal de su edificio y huele que alimenta, vive cerca de la pizzería americana y calculo mentalmente cuánto tardarían en servirme algo grasiento y engullirlo y si me daría tiempo antes de que Ángel bajase de su casa. Supongo que sí y siempre puedo pedir una botella de agua —lo que me daría una excusa para estar dentro del local— y engullir tragando largos sorbos detrás para ayudarme a bajarlo. Me parece una idea fantástica.

—Bueno, te espero por aquí y aprovecho para hacer algunas llamadas y eso.

—No, no. Sube. Arriba tendrás más tranquilidad para hablar por teléfono y aquí, con el calor… —Calor el que tiene entre sus piernas, yo me acabo de poner una chaqueta porque se me estaban congelando los brazos.

Asiento, porque no se me ocurre ninguna buena excusa para no hacerlo.

Paso al salón y me dan taquicardias, la casa parece limpia, pero tiene ropa por todas partes tirada, algo que no soporto. ¿Para qué narices un señor muy simpático e inteligente inventó el armario? ¡Para guardar la ropa dentro!

—Disculpa el desorden —asiento sin decir nada, pero esto es una prueba de fuego para mí, me queman las yemas de los dedos, necesito empezar a doblar todo cuanto antes—. Voy a la ducha. ¿Quieres algo? Estás en tu casa, sírvete lo que quieras.

—Ya… Lo que quieras, dice. Paso de comer alfalfa, que seguro que es lo único que tienes en tu despensa.

Ángel sonríe mientras comienza a desabrocharse los botones de la camisa. La imagen seguro que mola, seguro que mola muchísimo y seguro también que voy a tener muy pocas oportunidades para ver algo igual en la vida. ¿Te he dicho ya que Ángel está muy bueno? Pues eso…, pero es que no puedo apartar la vista de todo ese desorden, me he quedado clavada en el sitio y muevo un pie de forma nerviosa.

Ángel se ríe de nuevo y chista, antes de dar una vuelta por el salón recogiendo todas las prendas que hay tiradas por ahí. Ahora que la estancia está más decente ya puedo centrar la vista y lo miro, está cargado de ropa hasta arriba, pero tiene la camisa abierta y puedo ver ese pecho desnudo y ¡abdominales! ¡Joder con las abdominales!

—Siéntate y ponte cómoda. Vuelvo en un rato. —Se gira para dirigirse a su habitación, me supongo. Le hago caso y me coloco en el sofá.

—¡Ángel! —lo llamo, y vuelve al salón sin la pila de ropa con la que desapareció hace diez segundos, que a saber dónde la ha soltado, en su sitio no creo que esté y tampoco lleva puesta la camisa. Trago con fuerza—. Esto…, que, si te vas a masturbar, avísame, que quiero escuchar los ruiditos que haces tú —bromeo.

Ángel suelta una carcajada, parece mucho más cómodo y tranquilo que en la cafetería, claro, el factor público seguro que influyó en su timidez.

—Soy muy silencioso —me guiña un ojo—. Nunca lo sabrás.

¡La madre que lo parió! Se va y ahí me deja apretando los muslos para calmar el ardor, con los pezones duros como piedras y el labio inferior hinchado de tanto mordérmelo.

Miro mi móvil, por hacer algo, y veo que tengo varios wasaps, algunos de las chicas preguntando si ya me encuentro mejor, a las que contesto rápidamente que sí y que luego les cuento con más detalle, cuando acabe el entrenamiento. Acto seguido han insultado a Ángel por obligarme a entrenar. Como si ellas no fueran las que le pagaron para que lo hiciera.

Tengo varios wasaps de Diego, pero paso, no estoy humor para leerlos, cada vez me cae peor ese hombre, la verdad.

Y el último es de mi mejor amigo:

> JULIÁN:
> Estás como una puñetera regadera. ¿Cómo que «y a ti»? Tengo ganas de verte, te echo de menos.

Me doy cuenta de que me ha adjuntado una foto y es la última en lencería que subimos a Instagram. Pongo los ojos en blanco.

> JULIÁN:
> Uf, le voy a sacar mucho partido a esta foto.

Suelto una carcajada, está como una cabra. ¡Capullo! Se va durante meses a Madrid, me deja a dos velas, se echa una medio novia y encima me suelta estas perlas. Es para darle.

—¿De qué te ríes? —Aparece Ángel en el salón con un pantalón corto deportivo, descalzo y sin camiseta.

Muero. Muero. Muero.

Me he quedado sin palabras y eso es difícil, que a mí me encanta hablar, hablo hasta por los codos, hablo hasta cuando estoy sola. Una pena que con toda probabilidad le guste tanto Momoa como a mí.

Carraspeo.

—Mi mejor amigo, que es muy simpático, me ha mandado una foto que le gusta mucho.

—¿Qué foto?

Ángel se acerca al sofá y se sienta a mi lado con las piernas cruzadas con la clara intención de que le muestre la imagen de la que hablo. Me deleito con su olor. Me tiemblan las manos. ¿Por qué me provoca así? ¡Maldito!

—Esa que tanto te gustó ayer de mi Instagram —suelto sin más.

A Ángel se le tiñen las mejillas de rojo.

Giro el móvil para que quede cara a él.

—¿Qué quiere decir con que le va a sacar mucho partido a la foto? —pregunta elevando las cejas de forma divertida.

—¿Tú qué crees? —Tonto no es, seguro, uno más uno…—. Él es así, la confianza da asco.

—¿Te quedas con esa ropa con la que posas en las fotografías? —me pregunta y juraría que se le ha secado la boca.

—Maca solo me deja quedarme con algunas prendas con las que salgo de fiesta y accesorios y piezas que nos dan a modo de patrocinio. Las demás las devuelvo o, si me gustan mucho, me las compro. Si no en el momento en el que sale a la venta, me suelo adelantar en las rebajas, también se lo digo a Maca, si me interesa y si quedan el día antes del comienzo de los descuentos, me las aparta para mí. Sabe cómo tenerme contenta.

—Ya. —Algo en su mirada no me gusta, me está volviendo a juzgar, y eso me mosquea.

—Bueno, creo que dentro de tus labores como entrenador personal no están contempladas las de comprender las decisiones que toman tus clientes, su forma de vida y sus puestos de trabajo —zanjo de forma radical, como me vuelva a tocar el temita de que tengo que dejar el trabajo, lo rajo.

—¿Qué hiciste con esta prenda?

—Es condenadamente cara y mis posibilidades de utilizarla son prácticamente nulas, así que se la devolví a mi jefa. Que, con toda esa ropa que ya hemos usado para fotos, salir de fiesta o lo que sea… y que no puede vender como de primera mano; la utiliza bien para decorar los maniquís de la tienda, para alguna exposición de moda que concierta o, incluso, tiene apalabrado un servicio de préstamo para teatro y cine con una productora. En Belle Extreme se le saca rendimiento a todo.

—¿Te gusta tu trabajo?

—¿Qué pasa? ¿Que también estás pensando en cambiar tu negocio en el que haces sufrir a la gente por el de periodista? ¿A qué vienen tantas preguntas? ¿Entrenamos o me voy a almorzar?, porque tengo un hambre de muerte. —Cambio de tema deliberadamente, no le concierne saber más de lo que le he contado.

—Valeeee. —Pone las manos en alto protegiéndose de mi ataque—. Bueno, ¿estás mejor? —Asiento—. ¿Te parece bien si hoy practicamos un poco de yoga para hacer la clase más suave?

¡La madre del cordero! Yoga, dice, si yo no he hecho eso en mi vida. Sin embargo, entre hacer el pato mareado en la intimidad de su casa, que será lo que consiga, e irme a correr una maratón a la calle, pues yoga se ha dicho.

No estaba preparada para todo lo que nos íbamos a reír esa tarde. Dios mío, tengo menos equilibrio que un elefante en la cuerda floja.

28

YOGA

ÁNGEL

—Vamos, Martina, ¿me estás vacilando? ¡Deja de moverte!

Martina se parte de risa, en serio, se parte. Intento que haga la postura del árbol, la más básica y tras largo rato logro que ponga la pierna derecha levantada, flexionada, apoyando la planta en la pantorrilla izquierda y las manos en el pecho como si estuviera rezando una plegaria, pero es incapaz de mantenerse quieta, parece que está bailando.

—Es que esto es muy difícil —protesta.

—Deja de reírte —la amonesto serio a ver si me hace caso de una vez.

Me coloco a su espalda y presiono su abdomen. Martina se queda inmóvil y en silencio sobre la marcha, y yo trago con fuerza. Noto el calor de su espalda en mi pecho y de sus nalgas en mi pelvis y solo me apetece presionar. Me acerco más, hasta que logro que se apoye en mí.

—Vale, dejo de reírme —masculla—. Jodido demonio —escupe aún más bajo, como si yo no pudiera oírla.

—¿Y qué he hecho yo ahora? ¿No quieres que te enseñe la postura? —pregunto y en mi mente retumba: «otra postura quiero enseñarte yo», pero intento ser profesional, lo juro. Cierro los ojos, pretendiendo concentrarme, pero solo capto su olor, ese maravilloso olor a la ducha que se ha dado antes de salir de casa. Por un momento ha dejado de dar brinquitos y, cuando intento apartarme un poco, pierde el equilibrio y su culo impacta con mi polla, que ha dado un respingo de felicidad—. ¡Madre de Dios! —protesto—. Mejor cambiamos.

Intento que haga bien el guerrero o el perro boca abajo, que no son complicadas, pero sin demasiado éxito, y ya cuando le muestro cómo debe hacer el plano lateral inclinado me mira como si estuviera loco, abre los ojos como platos, traga con fuerza y clava la vista en mi abdomen.

—Tú flipas, demonio. Bah, me voy a casa. Paso de tu rollo *hippie*.

—¡Qué *hippie* ni qué ocho cuartos! *Hippie* tú, que menudo temita de conversación has sacado en medio de la cafetería esta mañana. —Río y me siento en el suelo con las piernas cruzadas. Me rindo, no voy a lograr que haga yoga, a ver si logro que haga otra cosa…

—Momoa, delicioso. ¿Te lo presto? —Martina se tira en el suelo delante de mí de forma descuidada, con las piernas algo abiertas, y de pronto estoy sudando, me la imagino mojada, empapada, paseando al tal Momoa ese por sus pliegues hasta que se penetra con él—. ¡Ángel! ¿Dónde estás, chico? ¿Te apetece ver Aquaman y nos hacemos unas pajillas… sin mariconeos?

Martina se tira para atrás en el suelo y se carcajea. No para de reírse.

—Muy graciosa, pero… yo… En realidad…

—¡Si me dices que prefieres a Chris me corro ahora mismo! —suelta.

—¿Has bebido a escondidas, Marti? ¿Quién cojones es Chris?

—Hemsworth.

—Ah, el superhéroe.

—El del martillo; sí, señor.

Vuelve a tirarse para atrás y se ríe. El pecho le sube y le baja con las convulsiones, y me tengo que contener mucho para no tumbarme encima de ella y mostrarle que, para martillo, el mío.

Estoy empalmado de nuevo, me pongo de pie e intento disimularlo, paso de que me suelte otra de sus magníficas perlas.

—¿Te quedas a comer? —le pregunto, mientras cojo una camiseta que he dejado tirada en el sofá y me la coloco. Me mira con cara de decepción, tiene un puchero incluso—. ¿Qué? Prometo no darte alfalfa.

—Ya, sí… ¿A quién pretendes engañar?

—Te prometo que estará rico.

—Bueno, vale —dice al fin encogiéndose de hombros.

Se piensa que soy tonto, que ya vi que le ponía ojitos a la pizzería de debajo de mi casa. No, no, no. De eso nada. De pizza nada, hoy come sano como que me llamo Ángel.

—¿Sales con alguien? —le pregunto por romper el hielo.

Se ha sentado en la mesa de la cocina, me ve trastear con el horno y está muy callada, demasiado. Resopla.

—No, hace tiempo que no salgo con nadie, de hecho. Prefiero no complicarme la vida, no sé si me entiendes.

—Aquí te pillo, aquí te mato.

—Algo así.

Normal, obvio. Es preciosa, se puede llevar al que quiera. ¿Por qué no va a hacerlo? Trabaja de noche, en un ambiente distendido, cuya labor principal consiste en ser simpática, sonreír, bailar, estar guapa, dar conversación a las personas a su alrededor. Me la imagino yéndose cada fin de semana con uno diferente y no me gusta, pero tampoco soy quién para juzgarla. Igual yo debería hacer lo mismo, quizás así otro gallo cantaría.

Comemos tranquilos, hablando de todo y nada y, cuando me levanto para preparar el café, suelta:

—¿Y tú? ¿Sales con alguien?

Bien, ¡por fin! Mi oportunidad para decirle que no soy gay ha llegado.

—No, hace un año rompimos. Fue bastante jodido y me he quedado muy tocado con el tema. No es que me apetezca volver a colgarme por…

—¿Un año ya? ¡Pensé que hacía menos! —me interrumpe. Niego confundido, por qué lo piensa, no lo entiendo.

—Martina, yo…

Me quedo en silencio. ¿Y si me lo callo un poco más? Está muy abierta y receptiva conmigo, y me encanta que sea así. En algún momento debería decírselo, pero igual este no es el adecuado.

—¡Venga! Se acabó el tema, te has puesto demasiado serio, y yo me tengo que ir a casa a prepararme para trabajar.

Me cuenta sus planes para esta noche, y se me enciende una bombilla.

29

NO ES MI TIPO.

Martina

Después de almorzar juntos una lasaña vegetal que saca del congelador y que jura y perjura que la ha preparado él con sus dos manitas a base de verduras e ingredientes bajos en grasas, que he de reconocer que está para chuparse los dedos, y alargar la tarde un poco más tomándonos un café, le cuento mi *planning* para esta noche.

Me toca visitar una zona de ambiente lésbico que casualmente se encuentra a una calle de la casa de Ángel, me gusta el sitio, ponen buena música y el personal es súper simpático. Jaime, uno de los camareros, prepara unos cócteles que quitan el sentido, aunque mi cuerpo no está preparado todavía para meterle alcohol a tropel, alguno caerá, seguro.

Cuando apenas me quedan unas horas de esparcimiento me retiro a casa, necesito echarme una siesta de una horita antes de empezar con la chapa y pintura, en caso contrario, no aguantaré el ritmo de la noche.

Ángel me acompaña a la puerta.

—Bueno, nos vemos el lunes —me despido.

Mañana es domingo, lo que quiere decir, básicamente, que me libro del entrenamiento y me pasaré el día durmiendo, viendo a Momoa —el actor—, satisfaciendo mis necesidades con Momoa —mi vibrador— y comiendo mil mierdas a domicilio que pienso comprar.

—Hasta el lunes. Pásalo bien esta noche —me dice apoyado en el quicio de la puerta con los brazos cruzados.

Intento no bizquear porque la imagen bien lo merece. Esos bíceps, por Dios.

—Gracias. —respondo escuetamente.

Se queda en la puerta esperando a que llegue el ascensor al que acabo de llamar y transcurren unos segundos de silencio, en los que él me observa con una sonrisa traviesa, y yo le miro pensando en que lo violaría, pero, más allá de ello, recapacitando sobre que parece que hemos enterrado el hacha de guerra. Después del día que hemos pasado juraría incluso que le caigo bien, que nos hemos divertido. Creo que mi demonio particular, en el fondo, me tiene un poco menos de asco que hace un par de días.

—Oye, Marti. —Me llama justo cuando me meto dentro, asomo la cabecita y me quedo obnubilada viendo cómo se le marcan los hoyuelos. Sonríe con gesto descarado—. ¿No me has dicho si pudiste escuchar mis ruiditos? —bromea levantando las cejas de forma divertida.

No puedo hacer otra cosa que soltar una carcajada y, sin decir nada, vuelvo al interior del ascensor. Madre del amor hermoso, ¡cómo me gusta este hombre! ¡Qué repaso le daba!

«En fin…, probabilidades de ligar esta noche: cero. Al menos con un hombre. Así que más me vale satisfacer mis necesidades antes de meterme en la ducha también», pienso antes de que el ascensor suelte el pitido característico que anuncia que he llegado a mi planta.

No tardo en llegar a casa y necesito, antes que nada, cumplir otra de mis necesidades fisiológicas. Necesito comer. Comer algo contundente, a poder ser. Más, si tengo intención de beber alcohol esta noche, que la tengo.

Ni corta ni perezosa llamo a la pizzería vecina de mi entrenador personal, y me traen una pizza, patatas, alitas de pollo, refresco y helado de postre. Hasta el mismísimo culo me pongo y me sienta de vicio, ha vuelto el color a mis mejillas, para que luego digan que las grasas son malas. Después de descansar un poco empieza mi rutina laboral.

Mi jefa ha elegido para esta noche un mono con un escote espectacular, no puedo ponerme sujetador con esto, madre mía, es precioso. Me lo enfundo con cierta reticencia, porque no sé si me quedará bien, pero Maca tenía razón cuando me pidió que confiara en ella, puesto es más bonito aún que en la percha.

Me recojo el cabello en un moño alto y como maquillaje, sobre todo, rímel y labios rojos, como me recalcó mi jefa, y cumplo su orden con exactitud. Manicura a conjunto y *¡voilá!* Lista para triunfar. Elijo unos zapatos de tacón rojos de mi zapatero que le vienen que ni pintados y agarro mi móvil.

MARTINA:
Luka, ¿puedes pasarte esta noche por Planet? El modelito de hoy es espectacular, deberíamos sacar algunas fotos para la web y las redes sociales.

LUKA:
Hecho, llegaré temprano.

Me hago una foto delante del espejo de mi dormitorio y se la mando a Julián, para que tenga material nuevo con el que cascársela y básicamente porque me queda tan bien que tengo ganas de enseñarlo. Se lo mando a las chicas en el grupo, las cuales me piropean de mil formas diferentes.

A veces, aunque diga que odio mi trabajo, tengo la certeza de que es el oficio de mi vida.

Cuando voy a coger el bolso para salir con destino a mi noche, me paro de nuevo y hago una nueva foto, pero esta vez sacando la lengua. Se la mando a Ángel, porque me he acordado de él, en realidad, no he dejado de pensar en él en todo el día.

Lo hemos pasado bien, he sentido una complicidad y una confianza que hasta ahora no habíamos tenido. Cada vez me siento más cómoda cuando estamos juntos, y nos hemos hecho amigos, supongo que es normal, porque lo veo mucho y también supongo que le pasa lo mismo con todos sus clientes, es parte de su trabajo. Necesita tener algo de *feeling* con ellos porque imagino que es probable que, si no cae bien, cancelarán sus servicios, aunque sabe que en mi caso eso no va a suceder.

Y no porque él me lo haya prohibido, evidentemente, sino porque en el fondo sé que esto es bueno para mí, tengo que intentar equilibrarlo y compaginarlo con mi trabajo y es algo que tengo que hablar seriamente con él, porque Belle Extreme es mi presente y mi futuro, y eso no va a cambiar de momento, así que él debería ayudarme a encontrar ese equilibrio.

Vale, me has pillado, esto no es más que una excusa barata, lo cierto es que es probable que tampoco deje los entrenamientos porque me encanta estar con él. Ea, ya lo he dicho…, como si no lo supieras. Me gusta. Me gusta mucho. Suspiro justo antes de subirme en el taxi que ha llegado a recogerme. Porque soy todo contradicciones en este momento. Intuyo que este hombre me va a hacer sufrir mucho durante los próximos meses.

Llego pronto al bar, aún está medio vacío. Me acerco a la barra y saludo a Jaime.

—¡Hola, preciosura! ¡Vaya! ¡Estás espectacular!

Sale de detrás de la barra y me abraza. Hemos pasado muchas horas de cháchara en los últimos meses, me cae súper bien. Es un tío muy divertido, un poco loca, ya me entendéis, suelta pluma por todos lados y a él le encanta, y a mí me parece estupendo.

—¡Hola! ¿Qué tal mi camarero favorito de toda Valencia? —respondo a su achuchón de forma sincera.

—¡Ay, nena! Pues de bajón, chica. —Pone un mohín y me da dos besos.

—¿Sigue Eduardo sin asumir la ruptura?

He estado al tanto de los últimos meses de relación de Jaime con su ex, Eduardo, la verdad es que en este local siempre me quedo más de la cuenta y a veces le hago compañía a Jaime en lo que recoge mientras charlamos de todo y de nada. No es que seamos amigos, porque en realidad no lo somos, pero nos caemos bien, charlamos, brindamos y pasamos un rato fantástico.

Jaime rompió con Eduardo hace unas dos semanas, después de darle muchas vueltas al asunto, porque los celos cada vez eran más agobiantes, estaban siempre enfadados, discutiendo. Eduardo, que es arquitecto de prestigio en Valencia, estaba empeñado en que debía dejar ese trabajo nocturno para formar parte de su empresa como secretario en el estudio. Según me contó, es un tipo muy serio que está acostumbrado a moverse por otro tipo de ambiente. Le decía constantemente que tenía que controlarse a la hora de hablar y gesticular porque parecía una «loca», que, vamos a ver, mentira no es y Jaime es consciente; pero a él le gusta ser así, no hay nada de malo en ello, y su ex lo decía de forma despectiva. Como si quisiera quedarse con su físico y, al mismo tiempo, transformarlo completamente por dentro. Jaime, sin embargo, lo último que quería era trabajar con él, necesitaba espacio, vivir a su aire, siempre le ha gustado trabajar en este bar. Y, lo de cambiar su forma de ser, pues menos aún. Total, que cientos de discusiones le hicieron reflexionar sobre que ese hombre no le hacía feliz hacía demasiado tiempo y, tras mucho meditarlo, rompieron. Aun así, por lo que me ha contado las veces que nos hemos visto, el acoso no cesa.

—Diez wasaps me ha mandado hoy, diez. Kilométricos. Ya ni los leo, cari, porque, como tú comprenderás, ya estoy hasta el mismísimo toto de él. —Me río por la forma en que lo suelta y porque, básicamente, no tiene toto.

—Tú lo que necesitas es un guaperas que te quite las penas.

—Ay, no, no, no… A mí déjame tranquilito que yo ahora estoy muy bien solo. Necesito espacio y tiempo. Vamos, que ni un revolcón quiero, ya me apaño yo con estas manitas. —Me enseña las palmas y hace bailar sus dedos frente a mis ojos. Nos reímos a carcajadas—. Ven, anda, siéntate, que te voy a preparar un mojito, ¿te apetece?

—Venga, vale. En lo que espero que esto se llene un poco me tomaré una copa.

Jaime me deja el mojito delante y se dirige a uno de los reservados cercanos donde acaba de llegar un grupo de chicas. Una pelirroja que viene con ellas se ha quedado rezagada mirándome, se han sentado todas, que ya están de risas y fiestas, pero ella sigue clavando sus ojos en los míos; le sonrío, y agacha la mirada. Se pone roja y pasa un mechón de cabello por detrás de la oreja. Pues, mira por dónde, he ligado.

Jaime, que ya vuelve a la barra, se da cuenta y le da un golpecito en el brazo.

—Uy, cariño, no… Mal vas. A esta le gusta más un rabo que a mí —le suelta el muy bestia. La pelirroja abre los ojos de forma desmesurada y me vuelve a mirar.

—Sabrás tú lo que me gusta a mí, bonito.

Bromeo y le guiño un ojo a la pelirroja, a ver si ahora resulta que se me va a joder el negocio. En el reservado hay varias chicas que puede que se interesen por la *boutique*, me vendría bien poder acércame a ellas esta noche.

Ella ríe, porque Jaime no deja de decir burradas.

—Que sí, tú hazme caso a mí, cari, que tengo ojo clínico para esto. A esta le van los rabos como brazos de gordos.

Explotamos en carcajadas.

—¿Te apetece una copa? —le pregunto, porque sigue ahí, de pie, supongo que duda de si hacerle caso al camarero chiflado o si probar suerte.

Ella mira al grupo y se acerca para decirle algo a las chicas, que asienten, tras lo cual se aproxima a la barra con una sonrisa preciosa.

Tiene las mejillas llenas de pecas y los ojos de un tono claro, no distingo el color. Lleva el cabello algo rebelde, rizado y largo y tiene un cuerpo bonito. Va vestida de forma sencilla con un top blanco de topos negros, vaqueros y manoletinas, pero está guapísima. Si me gustaran las chicas, ella sería mi tipo, sin duda.

—Hola, me llamo Daenerys. —Abro los ojos de forma desmesurada—. Sí, como la de *Juego de Tronos*. Igual, pero en pelirroja. —Me guiña un ojo, se ve que se lo suelen decir mucho.

—Yo soy Martina. Encantada. —Se acerca y me da dos besos. Pienso en algo original que decirle, en plan alguna frase de la serie, pero de pronto parece que tengo serrín en el cerebro, no se me ocurre nada. Así que al final voy al lío—. ¿Qué te apetece beber, Daenerys?

—Mojito. Mojito está bien —dice mirando mi vaso y luego mis labios. Voy a empezar a plantearme abrir la mente porque esta de aquí necesita un revolcón, y con «esta de aquí» me refiero a mí, obviamente, y parece que esta muchacha está muy dispuesta a dar placer. «¿Cómo será…?», desvarío, desvarío mucho—. ¡Mojito! —repite un poco más alto, y salgo de mis cavilaciones.

—Sí, perdona —mascullo—. ¡Jaime! ¡Un mojito!

—¿Me disculpas? Enseguida vuelvo —me dice la pelirroja y se dirige adonde están sus amigas.

La observo hablar con una de las chicas y, cuando noto el móvil vibrar en mi cartera de mano, lo saco, compruebo que tengo varios wasaps, pero solo abro el de Ángel.

ÁNGEL:
Cosa más fea, guarda esa lengua, que se te cae. Pásalo muy bien esta noche.

MARTINA:
Creía que me habías visto muchísimo más fea que en esa foto.

Escribo, porque veo que está en línea.

ÁNGEL:
En realidad, lo he dicho solo por molestar, estás preciosa.

MARTINA:
Ya. Preciosa.

Que un chico gay te diga que estás preciosa, es un poco como si te lo dice tu mejor amiga o tu madre, no cuenta, ¿no? Pongo un mohín. Mierda. Quiero que él me vea preciosa de verdad y es una putada muy grande estar tan colgada de un tipo que sabes que jamás de los jamases se fijará en ti.

Mi nivel de necesidad aumenta por días y, sinceramente, Diego ha dejado de ser una opción. Me ha seguido escribiendo, pero, cuanto más me habla, menos ganas tengo de verlo, automático. Si hay algo que tengo claro es que no haré una cosa que no me apetece hacer, por mucho que los demás lo esperen de mí, y él estoy segura de que espera que caiga a sus pies.

Vuelve a vibrar mi móvil.

> ÁNGEL:
> ¿Y ese puchero?

Abro los ojos de forma desmesurada y levanto la cabeza, recorro con la vista el local, y ahí está, frente a mí. ¡Madre mía! Se me seca la garganta, va vestido muy sencillo, con una camiseta negra ajustada, vaqueros y zapatillas negras, lleva una cazadora vaquera enganchada en el brazo. Por Dios, puedo contar los cuadritos de sus abdominales desde aquí. Levanta la mano y me saluda, porque yo me he quedado alelada y con la boca abierta. Ni me he dado cuenta de que Daenerys ha vuelto a mi lado, coge el mojito y empieza a dar pequeños sorbitos.

—Te están saludando, ¿lo conoces? —me pregunta la pelirroja.

—¿Eh? Sí, es mi entrenador personal —balbuceo y me guardo para mí que es mi demonio particular, porque igual lo suelto, y no lo entiende.

Ángel se acerca a nosotras y me da dos besos, dado que aún no he sido capaz de levantar la mano para responder a su saludo.

—Preciosa, sí —repite, esta vez cara a cara—. Estás increíble —me suelta.

Me ruborizo, miro a Daenerys, que parece sorprendida por ese saludo tan extraño.

—Hola, ¿qué haces por aquí? —logro decir al final, porque parezco estúpida y necesito reaccionar para que Ángel no sospeche lo noqueada que me acabo de quedar.

—Vivo en la calle de atrás, ¿recuerdas? Es sábado y no tenía planes. Se me ocurrió que igual era buena idea hacerte compañía. —No contesto, simplemente trato de enfocar la vista para comprobar que es real que tiene las pupilas dilatadas, ¿se habrá drogado? A ver si ahora resulta que se me va a caer un mito con él—. ¿Es buena idea, Marti? —me pregunta directamente, y yo simplemente asiento y me obligo a sonreír.

Lo estoy viendo venir, la noche a tomar por saco. Me he quedado tonta del todo, no sé si el motivo es que todo mi riego sanguíneo ha ido a parar a mis zonas nobles o qué, pero en estos momentos no carburo bien.

—¡Madre del cordero! Martina, querida mía, ¿qué le pongo a tu amiguito? —me pregunta Jaime revoloteando a nuestro alrededor, los ojos le hacen chiribitas, si cuando yo le digo que está necesitado, es que está necesitado, y no me hace ni caso. Dos semanas lleva sin echar un polvo, cuando lleve más de dos meses, como yo, se hace el haraquiri.

Miro a Ángel, que ríe de buena gana. Uy, a lo mejor le gustan los rubios, como el camarero, que en realidad es muy guapo, delgado, rubio, ojos claros… Es un poco como la versión afeminada de mi demonio particular.

—Cerveza —me dice Ángel, porque Jaime se ha alejado para coger unos vasos y servir unas copas a los de al lado.

Corre a donde estamos en cuanto entrega la comanda y sonríe descaradamente, parpadea tanto que parece que se le ha metido una pestaña en el ojo.

—Pues, mira, ponle una cerveza y tu número de teléfono —suelto de forma descarada y le guiño un ojo al camarero.

Ángel y Daenerys ríen, yo sonrío, y Jaime se ha quedado blanco. Tarda tres segundos en reaccionar y coger un trozo de papel de la caja y apuntarle el número a mi demonio. No me extraña esa reacción. Miro a Ángel. No. No me extraña. Es que deja sin aliento a cualquiera.

Ángel sonríe a Jaime y le guiña un ojo también, se guarda su número en el bolsillo trasero del pantalón y coge la cerveza que le tiende. Hasta a mí se me han calcinado las bragas, así que entiendo esa erección que se le puede entrever a Jaime, porque esa manía de vestir tan apretado es lo que tiene, que se marca todo. ¿Terminarán follando en el baño estos dos? Agrio el gesto, porque sí, porque sé que Ángel es gay y porque me gusta mucho.

Como estoy en mi mundo, observando a mi alrededor, dándole vueltas a la cabeza a lo que pasará entre ellos dos, no me doy cuenta de que Ángel y Daenerys llevan un rato hablando, él le da su número de teléfono. Ella le está preguntando por los entrenamientos. Joder, pues al final en quince minutos que lleva en el local me ha dado veinte vueltas. Se lleva un ligue y un cliente. Toma que toma.

—Oye, cariño, ¿a mí no me dejas tu número? —pregunta descaradamente Jaime, que no tiene ganas de cortarse un pelo y parece que ha olvidado que hace media hora me decía que no quería saber nada de ligues.

—Claro. —Ángel saca de la parte trasera del pantalón el número del camarero y tras trastear un rato con el móvil vuelve a guardarlo—. Ya está, te he mandado un wasap. ¿Buscas entrenador personal? —pregunta, aunque no es tonto, sabe lo que quiere Jaime, lo sabe bien, además.

—Ya te cuento en privado el tipo de ejercicio que estaba pensando hacer. —Jaime sonríe y se va a atender a unas chicas que acaban de llegar.

Ángel suelta una carcajada y mueve la cabeza de un lado a otro.

Sin darme cuenta se ha llenado el local, pero estoy como fuera de juego. No puedo evitar que me desagrade pensar que lo más probable es que Jaime termine esta noche entre las sábanas de mi demonio. Con lo bien que me caía. ¡Joder! ¡No quiero odiar a Jaime! ¡Hace unos cócteles de vicio y es muy divertido!

—De nuevo ese mohín —me susurra Ángel al oído—. ¿Me lo explicas?

El pelo de la nuca se me eriza, el vello de los brazos se me eriza, mis pezones se erizan y prefiero no mirar hacia abajo, solo rezo interiormente para que no se percate de ello, porque te recuerdo que con este mono no pude ponerme sujetador y debe de notarse desde el fondo del local.

—¿Eh? ¿Qué mohín? ¿Qué dices? —Sonrío y de forma instintiva muerdo mi labio inferior. Cuando Ángel se aparta, compruebo que está haciendo lo mismo que yo, ¡maldito! Desvío la vista hasta Daenerys que está frente a mí terminando su copa y sonríe también; miro para un lado, y Jaime, apostado en la barra, sonríe como un bobo… Pues ya está, como la canción que está sonando, *Felices los cuatro*[6]—. ¿Te apetece bailar, pelirroja? —le pregunto a ella que afirma.

Necesito empezar a trabajar, porque si no esta noche se me va a hacer eterna.

---

[6] Canción, mejor dicho, odiosa y pegadiza canción de Maluma.

Ángel se apoya en la barra y se gira para observarnos. No deja de sonreírme de forma canalla, mostrándome sus hoyuelos, trago con fuerza, me guiña un ojo. ¡Jodido demonio!

A Daenerys se le están subiendo los cócteles a la cabeza, lo noto cuando a mitad de la segunda canción ya está demasiado pegada a mi cuerpo. No es que me incomode, es agradable, pero aquí no tiene nada que rascar. Durante la pausa de la siguiente canción se acerca a mi oído.

—Essstássss preciossssa —suelta alargando las «s», se aparta un poco y mira mis labios.

—Gracias, guapa —le respondo, pero no le doy pie a más. Intento separarme un poco para que note que esta noche lo único que va a comer conmigo son calabazas.

Se acercan un par de amigas suyas que están bailando en la pista también, se estaban besando hace dos segundos, dándolo todo y mi pepitilla no deja de brincar. Ufff. ¡Qué mal llevo la sequía! Daenerys me las presenta y terminamos acercándonos a su reservado. De vez en cuando miro a Ángel para comprobar que sigue ahí, no se ha movido, me contempla todo el tiempo. Habla con Jaime y con alguna chica que se acerca. Lo he visto charlar con otro chico que hay por ahí, que lo cierto es que muchos no abundan en este bar.

Esta noche me ha costado más que de costumbre que las chicas me pregunten por mi indumentaria, no sé por qué, porque el mono que llevo es explosivo, quizás por eso, porque es demasiado. Pero, bueno, al final logro que me pregunte una amiga de Daenerys y les hablo de Belle Extreme, les doy una tarjeta y les digo que le digan a Maca que van de mi parte, que les hará un descuento del veinte por ciento. Esa estrategia la dejo solo para noches como esta en la que no logro llegar al objetivo que me he marcado, por una cosa o por otra, y casi siempre funciona.

Las demás amigas sacan el móvil y le hacen fotos a la tarjeta, así que por fin puedo irme tranquila. El problema es que Daenerys no se separa de mi lado, y me da un poco de corte pirarme sin más.

Miro para Ángel y frunzo el ceño cuando veo que Jaime le está dorando la píldora, oigo sus risas desde el reservado, pongo un mohín de nuevo, y él sonríe. Le hago un gesto uniendo mis manos en señal de súplica, ahora que la pelirroja se ha despistado un momento, como queriendo decirle que quiero escapar de ahí.

Parece que él lo entiende y, cuando Jaime se aleja para atender a un cliente, comienza a acercarse a mí.

—Oye, Marti. Me voy a casa. Mañana trabajas, deberías ir recogiéndote que luego te pegas todo el santo día lloriqueando. ¿Te llevo?

—¡Sí! Creo que ya es hora de irme.

—Oh, ¿ya te vas? —Daenerys también pone un mohín—. Si quieres te llevo yo o, si te apetece, podemos ir a mi casa, tengo una cama muy cómoda —insinúa.

—Otro día. —Le guiño un ojo y le planto un beso en la mejilla—. Tengo que irme.

La pelirroja se da por vencida, en realidad, supongo que ha estado toda la noche dudando de si lo que Jaime decía era cierto o no, que yo no se lo he desmentido, pero tampoco lo he admitido.

Ángel se despide de Jaime levantando la mano en su dirección, y yo hago lo mismo, el camarero me fulmina con la mirada y pone un mohín peor que los míos. Río. Suelto una carcajada.

—¿Seguro que quieres irte? Creo que Jaime está loquito por ti.

—Seguro —responde sin volver a mirarlo.

Vamos dando un paseo hasta su casa, que está a unos cinco minutos caminando. Está contándome la vida y obra de Jaime, que se ha desahogado por completo con él.

—Pues bonita forma de ligar. —Suelto una carcajada—. Hablándote de su ex no creo que consiga mucho.

—No conseguiría mucho de todas formas. —Lo miro sorprendida, porque en realidad le ha dado su número de teléfono y parecía feliz de hacerlo—. Digamos que… no es mi tipo.

30

NO ME CUENTES MILONGAS

ÁNGEL

Estoy como atontado mirando a Martina cómo se mueve con la pelirroja esa. Las dos son preciosas y me pregunto si a Martina le gusta. Lo cierto es que no lo sé. Después de nuestra conversación tan íntima en medio de la cafetería y la naturalidad con la que me habló de ciertos temas, creo que tiene la mente bastante abierta, así que… la verdad es que no tengo ni puñetera idea de si ella sería capaz de marcharse a su casa con Daenerys. Lo cierto es que ambas son guapísimas y las veo moverse así y restregarse… Uno no es de piedra, me da hasta vergüenza admitirlo.

No sé qué me dio para venir hasta aquí esta noche. No tengo ni idea. Estaba en casa, tirado en el sofá sin hacer nada en concreto y en lo único que pensaba era en que Martina estaba a una calle y en que era sábado y la noche era joven. Vamos, que busqué excusas y las encontré entre las dos mil quinientas películas de Netflix que no me apetecía ver.

Y aquí estoy. Intentando tener el valor suficiente de decirle a Martina que me gusta y que me muero por llevarla a mi casa, quitarle toda esa ropa… y, bueno, quizás no le diría tanto, porque miedo me da esta mujer. Pero, dado que ya parece que no puedo cambiar lo que siento, prefiero lanzarme al abismo y que sea lo que tenga que ser.

Pensarás que igual estoy aquí solo, en este bar, sentado en la barra mientras ella trabaja —aunque creo que ahora mismo no está trabajando mucho, porque la chica esa con la que baila no parece una cliente potencial de su *boutique*— y que igual me estoy aburriendo como una ostra. Pero estoy a gusto, feliz, mejor que nunca. Me gusta verla reír y bailar, por no hablar de esa ropa que lleva puesta que mucho no deja a la imaginación. Se nota que está relajada, en su ambiente.

Menudo movimiento de caderas que se pega con la canción que ha empezado a sonar. Me doy cuenta de que tengo hasta la boca abierta mientras la observo y la cierro de repente cuando escucho a alguien hablar a mi lado.

—No sé por qué me da a mí que a ti los rabos no te ponen, ¿verdad? —Jaime se ha colocado a mi lado, me ha dado un par de codazos mientras me tiende otra cerveza, y suelto una carcajada. Muy avispado, sí—. Invita la casa.

—No mucho. —Cojo la cerveza que aún tiene sujeta entre sus manos—. Gracias.

—¡Ahhh! ¡Perra maldita! Me ha engañado. —La escruta con ojos de odio, aunque sé que está de coña. Se nota que entre ellos hay muy buen rollo.

—No, no te ha engañado —balbuceo, porque estoy concentrado en lo que veo.

—¿Te gustan o no te gustan? Tampoco hay que generalizar, a mí con que te guste el mío ya estoy feliz. Pero te veo yo muy atento a dos pares de tetas ahora mismo.

—Sí... Digo, no. No soy gay. Pero Martina está empeñada en que sí, no sé por qué —le explico.

—Será porque estás muy bueno, cariño. —Río—. ¿No te apetece probar algo diferente? —Dirijo mi mirada hacia la suya para que vea en mis ojos que no me interesa en absoluto—. Valeee, valeee. Tenía que intentarlo. Cacho perra esta. Tú, aquí, babeando por ella, y ni siquiera se da cuenta. Porque babeas por ella, no lo niegues.

—No lo niego, no. Martina me gusta.

Jaime empieza a aplaudir contento, da saltitos, ríe. Hace tanto escándalo que Martina dirige la mirada hacia nosotros y pone otro de esos pucheros tan simpáticos que me desarman completamente.

En momentos como este, tengo la sensación de que ella siente lo mismo que yo, que le gustaría ir a más, pero que algo la frena. ¿Será solo por el hecho de que piensa que soy gay? Pero ¿por qué no me pregunta?

¿Por qué lo ha asumido sin más? Resoplo, no lo entiendo. Quizás debería decirle de una vez la verdad como Carol me ha recomendado cincuenta veces en los últimos días.

Y, te vas a reír de mí, pero me da miedo. Porque desde que piensa que soy gay nos llevamos muchísimo mejor y no quiero que se rompa esa magia que se ha creado a nuestro alrededor. Esa confianza. La forma en la que hemos intimado hablando. Las bromas, la picaresca. La confianza entre nosotros ha ido creciendo de manera espectacular por días.

—Deja de pensar y lánzate. ¿No ves cómo te mira? —me apremia Jaime que se había ausentado un momento para servir unas copas, pero ha vuelto a mi lado.

—Martina es una chica un poco difícil. Las veces que he intentado acercarme a ella, he salido bastante mal parado. Las cosas con ella hay que hacerlas con delicadeza y tiento. Sin movimientos bruscos.

—No entiendo nada de lo que dices. No me cuentes milongas. Estás acojonado.

—Estoy, estoy.

—No lo estés. Martina es buena tía.

Y sé que todo el mundo me dice lo mismo, pero yo no estoy tan convencido. Que es buena tía sí, tanto como que está loca, a partes iguales, por compensar, me imagino. Pero no creo que me vaya a recibir con los brazos abiertos si me lanzo.

Me gusta la complicidad con la que me mira cada pocos segundos, que esté pendiente de mí, si sigo aquí, si la estoy mirando, si me he ido con Jaime a follar al baño. ¡Ja! Se cree que no lo sé, pero la muy cotilla lo vigila a él también. Quiere saber si al final hay tema o no.

Cuando la veo hacerme un gesto de ruego, entiendo que se quiere ir a casa, que se ha metido en camisa de once varas con la pelirroja y que no sabe cómo salir airosa de ahí. Así que me acerco a ayudarla, ¿cómo lo hubiera hecho si yo no hubiera estado aquí? Prefiero no darle muchas vueltas, porque la imagen de ellas dos, desnudas y retozando, no me ayuda mucho a pensar con claridad.

«¡Venga, Ángel! Empieza por decirle que no eres gay».

Salimos del local, uno junto a otro, y comenzamos a caminar. No sé a dónde quiere ir, pero yo me dirijo hacia mi casa, a ver si con suerte sube y podemos hablar un rato y tengo oportunidad de aclarar las cosas con ella.

31

COSAS QUE PASAN

Martina

Me sorprende, me sorprende mucho, porque Jaime es guapo, súper guapo y muy gracioso, está todo el rato soltando perlas y con él no te aburres nunca, te ríes sí o sí. Igual es que le gustan más discretitos. Pienso. Y al final me atrevo a preguntarle.

—¿Y cuál es tu tipo?

—¡A ti te lo voy a contar! —suelta y da una carcajada.

—¿Por qué? —Me enfurruño y cruzo los brazos bajo el pecho.

—Cuidado, que se te sale —me dice señalando lo que viene a ser mi megaescote kilométrico que llega casi hasta el ombligo que, vamos a ver, yo las tengo muy bien puestas, pero sí, uno de mis pezones está a punto de desbordarse. Descruzo los brazos completamente abochornada y coloco la tela en su sitio.

Hemos llegado a su portal. Saco el móvil de la cartera de mano y me dispongo a pedir un taxi.

—Bueno, cielo, me voy, que es tarde, y mañana…, mañana tengo muchos capítulos de *Juego de Tronos* que ver —comento porque no se me ocurre otra forma de despedirme.

—¿Te apetece subir?

Lo miro desconfiada. ¿Subir? ¿A las tres de la mañana? ¿Para qué?

—¿Me vas a poner a hacer yoga, estiramientos o cosas extrañas?

Ángel suelta una carcajada, me supongo que eso es un no. Saca las llaves del portal y abre.

—Vamos, sube. Te invito a tomar algo.

Le hago caso, total, no tengo que madrugar para nada. Mañana es mi último día de jornada laboral, pero saldré un poco más temprano y volveré pronto a casa. Iré a una zona de terrazas muy turística, a ver si le endoso una tarjeta a alguna guiri con pasta, esas, cuando pisan la tienda, se dejan un buen dineral.

Lo sigo hasta su casa y me siento en el sofá.

—Espera, voy a preparar algo de beber.

Se pierde por la puerta de la cocina. Me sorprende que mi demonio tenga bebidas alcohólicas en su casa. Me ha sorprendido hasta que se bebiese la cerveza y que no gritase improperios cuando vio que me pedía el segundo mojito. Solo he tomado dos, eso sí, porque si no igual perdía los papeles y no es noche para eso hoy.

—¿Quieres ducharte? —me pregunta.

Se me levantan las cejas solas.

—¿Por qué? ¿Huelo mal?

Levanto los brazos de forma disimulada y me huelo los sobaquillos. No. No huelo mal o no lo detecto al menos.

Escucho las carcajadas de Ángel desde la cocina, el cual aparece unos segundos después con dos tazas humeantes. ¿Humeantes?

Coloca en la mesa de centro las dos tazas.

—He preparado unas infusiones que están muy ricas. De Jengibre con naranja, seguro que te sienta bien.

—¿Una infusión? ¿En serio? —Miro el reloj. Son más de las tres de la madrugada de un sábado—. Eres el alma de la fiesta.

—¿Qué fiesta ni qué ocho cuartos? Anda, si quieres te dejo algo cómodo y te cambias. ¿Te apetece dormir hoy en casa?

Si le contesto a eso igual me echa a patadas. Me apetece pasar la noche en su casa, pero dormir, lo que se dice dormir, no. Que mi cuerpo lleva pidiendo a gritos alegría desde hace días.

—Aaah. Vale, pensé que me habías pedido subir, no sé, para tomarnos la última.

Ángel se ríe y niega con la cabeza, así que lo primero que hago es descalzarme los taconazos.

—Oye, pues ducharme no sé, pero al baño tengo que ir porque me estoy reventando. Llevo toda la noche aguantando porque esto muy cómodo no es para eso —digo señalando mi indumentaria.

Me pongo de pie, frente a Ángel, sonríe de una forma extraña, no sé qué piensa, no sé qué es lo que veo en su mirada, no entiendo por qué está tan enigmático esta noche y por qué mi sexo está bailando flamenco.

—Estás preciosa, te queda de muerte esa ropa. —Me agarra por el brazo y me gira hasta quedar de espaldas a él.

Se me eriza toda la piel cuando aparta con suavidad el cabello que se ha escapado de mi moño y desabrocha el enganche de detrás de mi cuello, las dos tiras que esconden mi pecho bajan, pero las agarro a tiempo antes de quedarme con el tetamen al aire, que no es plan, por muy gay que sea Ángel. Bastante tengo con que me haya visto el culo y le haya dado asco, gracias.

Las yemas de sus dedos resbalan con suavidad hasta donde comienza la cremallera y la desliza con cuidado. Se acerca hasta que su pecho queda pegado a mi espalda y murmura en mi oído.

—Preciosa. Estás preciosa.

—Gracias —logro balbucear. Puñetero demonio, ¿por qué le gusta tanto jugar a ponerme cardíaca?

—Ve a mi cuarto, es la última habitación del pasillo, dentro hay un baño, haz lo que necesites en lo que se enfría la infusión y ahora te pongo encima de la cama alguna camiseta que puedas usar para dormir.

Al final decido que una ducha rápida no me puede sentar mal y contengo las ganas que tengo de masturbarme porque no creo que dado mi nivel de necesidad pueda ser muy discreta y una cosa es fingir que me he corrido, y él se lo crea, y otra hacerlo de verdad, y que me escuche, con lo cual podría morir de vergüenza.

Cuando salgo del cuarto de baño envuelta en una toalla hay una camiseta en la cama, me coloco las mismas braguitas que llevaba. No llevar no es una opción, desde luego, y me pongo la camiseta, que sí, me sirve, es suave y cómoda, pero demasiado ajustada. Me quito el moño frente al espejo y siento un placer incalculable cuando al fin me desprendo de todas las trabas y horquillas de mi pelo.

Salgo del dormitorio intentando ignorar que tengo los pezones como piedras, que obviamente se ven y que mis muslos llenos de grasa también están al aire. Me resigno y voy descalza hasta el salón, donde nos tomamos a sorbos la infusión. Me siento cómoda porque Ángel solo me mira a los ojos, no se le ha desviado la vista ni una vez a mis tetas ni a mis piernas desnudas. Hablamos de anécdotas, de las salidas nocturnas, de la universidad, le cuento cosas de mis chicas, le hablo de

Carol y su historia. Él también me cuenta alguna curiosidad divertida del trabajo, pero no habla mucho más. Cada vez que intento preguntarle algo de su vida en Tortosa cambia de tema. Así que decido ser directa.

—Oye, Ángel, ¿puedo preguntarte quién es Víctor?

La verdad es que lo cuestiono con ciertas reticencias, porque evidentemente nunca me ha hablado de él. Me mira, supongo que pensando en lo que me va a decir.

—Puedes —contesta al fin—. Pero las cinco de la mañana no es buena hora para hablar de eso. Estoy cansado.

—Vale. —Obviamente no voy a insistir. Ya me lo contará si le apetece. Yo no le he hablado de Nico y tampoco ha llegado el momento para hacerlo.

Ángel se levanta y tira de mi mano, yo me pongo de pie y le sigo sin preguntarle a dónde vamos.

—Elige lado —me pide cuando llegamos a su cama.

Vale..., no puedo creer que vaya a meterme en la cama de Ángel, el demonio más sexi que he conocido en mi vida. No me lo puedo creer y menos aún que sea solo para dormir. En fin..., cosas que pasan.

Ángel me abraza por la espalda. Ooh, qué ternura, qué emoción, qué puta mierda de asco, estoy más caliente que un volcán en erupción. Masturbarme ahora mismo está descartado, demasiado descarado, echo de menos a mi Momoa. Mañana le daré caña rememorando este momento.

Ángel sube un poco mi camiseta y acaricia mi abdomen con suavidad.

Inspira, espira... ¡hija mía! Da gracias a que las bragas no se han calcinado. Por un momento tengo el impulso de apartarle la mano, darle un manotazo o algo, pero ¿por qué? A mí me gusta, ¿qué culpa tengo yo de que a él le gusten tanto los rabos como a mí? Es que hay muchos, todos diferentes, todos especiales. Lo entiendo. En realidad lo entiendo, pero me jode reconocer que a mí el único rabo que me apetece ahora mismo está pegado a mi culo y, cosas de la vida, más lejos en posibilidades no podría estar.

Se me empiezan a cerrar los ojos solos.

—Marti —me llama con suavidad.

—¿Mmm? —soy capaz de murmurar, mi respiración se ha hecho más pausada, el calorcito bajo el edredón nórdico está haciendo su efecto, el estar acurrucada a él también. Mis ojos están cerrados, estoy a punto de dormirme.

—Quería confesarte una cosa.

No puedo, no puedo ni contestar, en el quinto sueño ando ya. Hasta ahí llega mi cerebro antes de caer en un profundo sueño.

32

EL PUTO NIRVANA

ÁNGEL

¡Se ha quedado frita! En serio, pensé que me estaba vacilando, porque estábamos hablando y en cuestión de segundos ronca... ¡¡ronca como un cerdo!!

Estoy frustrado —y cachondo, eso también—, joder. Tenía el momento oportuno para explicarle a Marti que está como una puta regadera y que no sé de dónde narices ha sacado que soy gay. Bueno, sí lo sé, porque Carol y yo nos estuvimos riendo un buen rato con el tema. Víctor. Víctor y su puta manía de tocarme las pelotas. Resoplo.

—Marti —murmuro. Nada, ni se inmuta—. Marti, necesito hablar contigo, ¿podrías despertarte un ratito? —le digo un poco más alto zarandeándola.

Misión imposible.

Está como un tronco. Y yo, yo estoy deseando decirle que me gusta, que me encanta, que quiero arrancarle esas bragas que lleva, negras, de encaje... Joder, cómo me ha costado que me quitara la vista de encima un momento para poder llevar mis ojos hasta la zona descaradamente. Y ella estaba allí, tan a gusto, en mi sofá, repanchingada, que ni cuenta se ha dado de que se le ha subido la camiseta. Soy un caballero y yo tampoco lo he notado —casi—.

Acaricio su pelo, recorro su brazo con la yema de mis dedos, sus caderas, sus nalgas, sus muslos... hasta donde mi brazo llega sin tener que incorporarme. Y, tengo que confesarlo, estoy loco por ella. No puedo evitar llevarla hasta su abdomen, es suave, me muero por subir… y por bajar también, pero obviamente no estando ella dormida. La primera vez que lo haga será consciente de cada movimiento, porque lo haré… o al menos lo intentaré. ¿Cómo ha pasado esto? ¡No tengo la menor idea! Si es que a mí esta mujer me tiene más de los nervios que tranquilo, no sé… Siempre me enfada, me exaspera, me lleva hasta el límite. Pero me hace reír a carcajadas con sus locuras, me hace desearla con el rubor de sus mejillas, me hace querer follármela cada vez que se muerde el puñetero labio inferior. Estoy jodido.

Agarro el móvil y tecleo, es tarde, es súper tarde, es tan tarde que casi se puede decir que es temprano… porque realmente lo es. Van a dar las seis y media en menos de nada.

Le mando un wasap a Carol.

ÁNGEL:
La tengo en mi cama, conmigo.

No tarda ni cinco minutos en responder, mi móvil vibra en la mesa de noche y me sorprendo, no esperaba una respuesta ahora mismo.

CAROL:
¡Ostras! ¡Ostras! ¡Ha caído! Ainsss, ¡cuando se enteren las chicas!

ÁNGEL:
¿De qué se van a enterar, muchacha? ¿De que ronca como un cerdo? Porque otra cosa no ha pasado aquí.

Me río, pero Marti no se inmuta, y le mando un audio a Carol de tres segundos para que escuche el sonido angelical que sale de los labios de la morena.

CAROL:
Ja, ja, ja… No entiendo nada.

ÁNGEL:
¿Y tú qué haces despierta a estas horas?

CAROL:
He quedado con Adrián a las ocho. Vamos a preparar un juicio que tenemos el lunes y tengo que llevar a los niños a casa de mis

padres, así que no me queda otra que pegarme tremendo madrugón.

ÁNGEL:

Ya. Un juicio. Ahora lo llaman así. ¿En dónde dices que vas a prepararlo?

CAROL:

En una casa preciosa que tiene en la playa, con piscina y *jacuzzi*.

ÁNGEL:

Por un momento casi me ha dado pena de que tuvieras que madrugar un domingo para ir a trabajar.

CAROL:

Ja, ja, ja. Bueno, ¿se lo dijiste o no?

ÁNGEL:

No. Cuando me atreví a abrir la boca, se quedó dormida. Intenté despertarla, que conste en acta.

CAROL:

Cobarde.

ÁNGEL:

Es que… me da miedo.

CAROL:

Cobarde.

ÁNGEL: 

Sé que me voy a envalentonar y ya le voy a soltar todo, que yo el único rabo que toco es el mío y que la única que me desquicia es ella, pero también es a la única que me apetece… bueno, esas cosas, que no es plan de poner aquí una confesión por escrito que pueda ser utilizada en mi contra.

CAROL:

Yo nunca me inmiscuiría. Es asunto vuestro.

ÁNGEL:

Me va a dar calabazas. Con suerte no me meterá otra patada en la canilla, o en los huevos, vete a saber.

CAROL:

Le gustas.

ÁNGEL: 

No sé, no lo parece. Bueno, me caigo de sueño, voy a dormir un rato. Hasta mañana. Que lo pases bien en tu día de «trabajo».

Me despido y dejo el teléfono en la mesilla, me acurruco contra Martina y me quedo dormido deleitándome en su olor…, el puto nirvana.

33

FUEGO

Martina

Me despierto temprano, apenas son las nueve de la mañana, según marca mi móvil. Ángel duerme boca abajo, y no quiero despertarlo, pero lo cierto es que voy necesitando ya mi cama, mi sofá, mi tele, mi ropa de indigente y comida. Mucha comida.

Me doy cuenta de que tengo un wasap de Carol pasadas las seis y media de la mañana, pero esta mujer qué fuma para estar despierta a esas horas un domingo. ¿Estaría de fiesta?

Leo el mensaje.

> CAROL:
> No te enteras de nada, Martina, cariño.

¿Eh? Se ha drogado, mi amiga se ha drogado. Porque es obvio que no, que no me entero de nada. ¿De nada de qué?

Le respondo en su línea.

> MARTINA:
> Cucaracha cuando te drogas.

Me río, porque sé la cara que va a poner.

En fin…, que ya es hora de pirarme, ¿no? Miro a Ángel por un momento. Se ha quitado la camiseta antes de quedarse dormido y,

¡madre de Dios! ¡Qué espalda! ¡Qué músculos! Evito tocarlo, porque me apetece un montón, pero tampoco quiero hacer el ridículo. Mejor me marcho. Sí, será lo mejor. ¿Será lo mejor? Lo de revolcarse y eso está descartado, ¿verdad? Suspiro, resoplo, me siento un poco imbécil por pensarlo si quiera. Si Ángel hubiera querido…, pues lo hubiera hecho anoche, que estaba allí, en su cama, tan a gusto.

Ahora que me acuerdo…, ¿me dijo que quería confesarme algo o lo soñé? Seguramente lo soñaría, ¿qué me iba a confesar? ¿Que en vez de pan de centeno come pan blanco con mantequilla para desayunar? Puff.

Me decido de una vez a hacer lo que tengo que hacer; irme, por si no lo has pillado.

Le dejo una nota con un simple «gracias», me enfundo de nuevo el mono seductor y pido un taxi con la aplicación de mi móvil. Unos minutos después me voy de su casa sin hacer ruido.

Llego a mi piso y me enfrento a la báscula. Apenas he dormido, pero necesito hacer esto.

Me subo y suelto un suspiro de alivio. Noventa kilos con novecientos gramos. ¡Venga, Marti! Solo tienes que subir dos o tres más.

Me tomo un vaso de cacao y un sándwich, antes de ponerme el pijama y meterme en mi cama calentita.

Me despierto pasado el mediodía.

Miro mi móvil y tengo un wasap de Luka. Ostras, Luka, ni me acordaba de él. ¡Leche! ¡Que anoche iba a pasarse por el local para el tema de las fotos! Pues allí no me encontró, a saber a qué hora fue.

Leo el mensaje.

LUKA:
Hola, bonita, necesito que veamos unas cosillas juntos. Avísame cuando estés despierta y me paso por tu casa, si no estás muy ocupada.

MARTINA:
Te dejo pasar en una hora si me traes una hamburguesa para almorzar.

LUKA:
¡Hecho! Nos vemos en una hora.

Me meto dentro de la ducha, lo necesito para espabilarme. Me lavo el cabello que dejo que se seque al aire y me enfundo un top sin mangas y unos vaqueros cortos. Paso de ponerme zapatos, estoy a gusto descalza.

Estoy terminando de recoger la cocina cuando llaman al timbre.

—Hola, Luka, pasa. —Lo miro con carita de cordero degollado una vez estamos acoplados en mi salón—. Siento mucho haberme olvidado de ti anoche, me fui temprano, una vez alcancé el objetivo, porque estaba cansada. Tendremos que quedar otro día para hacer fotos con ese mono, es espectacular.

—Lo sé, te vi y te hice fotos.

—Anda… ¿Y no me saludaste?

—Anoche quería probar otra cosa. Ayer nos llamaron de Planet, porque Maca es amiga del dueño, ya sabes, y le pidió si podíamos hacer un pequeño artículo para el blog y subir algunas fotos del local a las redes sociales.

—¿Sí? Maca no me había dicho nada.

—Le pedí yo que no te avisara, quería tomarte fotos naturales en las que no prestaras atención a la cámara.

—¡Ostras! Pues no te vi en ningún momento.

—Ya… ya sé para quién tenías ojitos tú anoche. —Luka sonríe, y yo me sonrojo. ¿Tanto se nota?—. Bueno, el caso es que he traído las fotos porque quiero que me ayudes a elegirlas y…

—¿Y?

—Vamos a verlas, ¿traes el portátil?

Asiento y me levanto en busca del ordenador. Lo llevo hasta la mesa comedor, pues es más cómodo manejarlo allí, y Luka se sienta a mi lado. Enchufa un *pen drive* y unos segundos después abre una carpeta.

Alucino, alucino en colores. Luka es un pedazo de artista con la cámara. Las fotos son espectaculares, no sé cómo me ha podido coger con esos planos, cómo se ve tanta luz. Las fotos son preciosas.

Hay muchas mías bailando con Daenerys, en algunas logró pillarme sola y en otras salgo en el taburete, junto a Ángel, mientras me susurra al oído.

Se me pone la piel de gallina.

—Son preciosas, Luka, me encantan todas. Supongo que lo ideal es alguna en la que se me vea de cuerpo entero, tanto de frente como de espaldas, para que se aprecie bien el mono. Alguna en la que se vea un amplio espacio del bar. Ahora miramos qué podemos redactar, cómo lo enfoco, pero me gusta mucho el sitio, así que no tengo problema.

—¿Te gustan? Son bonitas, sí. Creo que han quedado bien. ¿Te has fijado en los detalles? Deberías mirarlas de nuevo con detenimiento.

Las veo todas de nuevo y me parecen igual de preciosas. Hay una en la que Daenerys mira a mis labios, y yo sonrío, que es muy bonita, muy sensual, creo que podríamos colgarla en las redes sociales, porque al final es un bar de ambiente lésbico y me parece una foto perfecta para promocionarlo.

Se la señalo a Luka.

—Mira, me encanta. Fíjate, vaya caras. Parezco enamorada y todo. Daenerys es muy simpática. Tendría que hablar con ella para pedirle permiso para colgarla en la web, pero puedo conseguir su número. —Recuerdo que Ángel lo apuntó.

Luka agarra mi dedo que señala la sonrisa de Daenerys y lo desliza por la pantalla, llevándolo hasta una zona detrás nuestra, donde está Ángel mirándonos y mordiéndose el labio.

Suelto una carcajada. Al final el mito ese de que a los tíos les pone *perracos* vernos con una tía retozar va a ser cierto, porque tiene cara de que le gusta mucho lo que ve.

Luka pasa la foto a la siguiente y esta vez con su propio dedo me señala a Ángel, que me mira mientras sonríe. En la siguiente me observa también, y en la siguiente. Luka trae muchas fotos, muchísimas, más de cincuenta y en casi todas en algún ángulo se puede ver a Ángel observándome.

—Para esto he venido hasta aquí hoy, Marti. Ese hombre sigue hasta las trancas por ti.

Suelto una carcajada, río, río mucho. Este Luka, ¡qué cosas tiene! Me parto, en serio, me parto.

—¡Qué dices! —Me río.

—Que sí, yo sé de esto. No sé el motivo que os llevó a cortar vuestra relación, pero ahí percibo algo, se nota a la legua que a ti te encanta él.

—Pufffffff. Estás como una jodida regadera. —No puedo parar de reír.

Luka comienza a pasar fotos y se para en una en la que se me ve sentada en el reservado mirando para Ángel, sonrío de manera estúpida, lo confieso, y Ángel, Ángel tiene una pose de lo más sensual. Acabo de caer en la cuenta de que vamos a tener que recortar las fotos o pedirle permiso a él para colgarlas, y con lo poco que le gusta mi trabajo dudo que acepte.

—Aquí queda fuego. Solo digo eso.

—Es una foto muy bonita, me encanta. —Me sonrojo—. Ángel no es mi ex, Luka, es solo un amigo.

—Sea lo que sea, es algo más.

Pues ya me está tocando las pelotas el muchacho raro este de las narices. ¿Qué ha venido? ¿A joderme el domingo?

No le presto atención, copio las imágenes en una carpeta de mi ordenador.

—Bueno, gracias, en un rato subo las fotos a las redes sociales y mañana redacto el artículo para el blog y te lo paso para que le eches un vistazo con Maca. Se acabó el tema.

Luka decide respetar mi decisión y me señala la bolsa de papel cargada de comida basura que pasamos a devorar en un santiamén.

34

NO SOY GAY

ÁNGEL

Pues se ha ido, y a la francesa, yo pensaba que esas cosas solo pasaban cuando follabas con alguien a quien no querías volver a ver… Digo yo, porque la verdad es que no tengo ni idea de cómo van esas situaciones, no tuve una soltería normal, por decirlo de alguna manera. Me pegué media vida con Natalia, me vino como de serie…

Lo importante es que ya no lo está, y que soy un cobarde, ese es el resumen. ¿Demasiado esquemático? Es que soy de letras —psicólogo, sin ir más lejos—.

Miro el móvil y veo un mensaje de Carol del que no me percaté antes de quedarme dormido.

> CAROL:
> Déjate de tonterías y lánzate de una vez.

Recapacito, porque yo soy mucho de eso, de darle vueltas a la cabeza. ¿Ha llegado el momento?

Después de una ducha, me preparo un café y un par de tostadas y me siento a comer delante del teléfono móvil. No son horas de desayunar, la verdad, porque es tarde, cerca de la una del mediodía. Pero recién levantado es lo único que me apetece masticar.

Miro el Tinder ese de las narices. Esto no es para mí, no sé por qué diantres me empeñé en que era buena idea, por qué me dejé convencer por Juanjo. Si él no ha usado el Tinder en su puñetera vida.

Abro la aplicación, la cierro y, después de pensarlo un instante, la desinstalo. «*Bye, bye*». Con una experiencia mala me basta y me sobra.

¿Cómo será eso de follar? Yo es que ya ni me acuerdo… ¿Seré virgen de nuevo? Vale, lo sé, estoy exagerando; pero lo cierto es que me siento necesitado, pero no por cualquiera. Podría llevarme a una del Tinder ese de las narices a la cama. O a Montse, a esa también, que sí, que tiene novio o marido y tal, pero que al final no es mi problema —esa es la teoría, que me la sé, pero en la práctica sé que no podría—. Pero no, ni una ni otra, me tuve que colgar de una clienta. ¡Tócate los pies! Y no una clienta cualquiera, sino de una que tiene entrenamientos pagados por un año y que está loca, como una regadera.

Lavo los platos sucios y pongo una lavadora, por un momento he pensado en cambiar las sábanas, pero es que Martina ha dormido ahí, y no quiero que se vaya su olor, al menos por el momento. Déjate de pensar en pajadas románticas, porque a lo que voy es a eso mismo, a las pajas. Ya me entiendes.

Abro Instagram y, para mi sorpresa, hay fotos nuevas de hace unas horas. Pero ¿esta mujer no duerme o qué? Joder, que sí, que tendrá curvas, que no será la típica de medidas esculturales, pero a mí me parece que es la tía más sexi que he conocido en mi puta vida. Es que es verla y empalmarme, no lo puedo evitar —tampoco sé si quiero eso, precisamente—.

Me visto y decido ir a verla, me apetece.

Doy un paseo con parsimonia y me lo pienso mucho, igual se ha levantado a colgar las fotos y se ha vuelto a dormir. Y, ahora que lo pienso, ¿quién sacó las fotos y cuándo? Porque yo no me enteré.

Cuando llego al portal, sale un señor que me agarra la puerta para que pase. «¿Subo? Sí, subo», me digo.

Estoy nervioso.

Recuerdo el mensaje de CAROL: «déjate de tonterías y lánzate de una vez».

El ascensor llega a su piso y me sudan las manos, como si fuera la primera vez que la veo —sin previo aviso, me refiero—. Toco el timbre.

—¿¡Qué te has dejado, Luka!? —Oigo que grita—. Un segundo, ¡ya voy!

Y abre de par en par, supongo que no ha comprobado por la mirilla que era Luka —el cual no es, obviamente— porque se ha quedado sorprendida. ¿Y qué hacía Luka en su casa tan temprano? Si no hubiera pasado la noche conmigo, hubiera pensado que se lo había traído a dormir —y lo que no es dormir—.

Abre la boca.

La cierra.

Mira su reloj y levanta la cabeza de nuevo.

Se lleva una mano a la barbilla y yo pongo mi mejor sonrisa.

—¿Desde cuándo tenemos entrenamiento los domingos? —me pregunta suspicaz y sé que lo hace porque es una forma de preguntarme qué cojones hago allí, pero con más tacto.

—Tengo que confesarte una cosa. —Entro sin que me dé permiso, pero tampoco me lo impide. Me mira extrañada, como si de pronto estuviese pensando en algo o recordando algo. Cierro la puerta y la observo… En ese instante me acuerdo de lo violenta que es cuando algo la sorprende y me enfurruño—. Prométeme que no me darás una patada.

Ella asiente, pero no dice nada.

La cojo por los hombros y la apoyo sobre la puerta mirándola a los ojos, me haría gracia en otro momento ver lo desconcertada que está, pero ahora no, ahora no me hace ni puñetera gracia, estoy cagado, para ser más exactos.

—Lo prometo… De hecho…, siento mucho haberlo hecho con anterioridad —masculla al fin y me sigue mirando raro.

Actúo rápido y sin pensar —la sangre está lejos de mi cerebro ahora mismo, de nada me sirve querer recapacitar primero—, le cojo las manos, entrelazo sus dedos con los míos y se las coloco por encima de la cabeza, agarrándoselas pegadas a la puerta. Me tomo una milésima de segundo para medir su reacción y, madre mía, ha gemido… ¡Joder! ¡Ha gemido! «Contente, Ángel, no le arranques la ropa».

Acerco mi boca a la suya, a un palmo, menos… Ella entreabre los labios, lo está aceptando o eso parece. No hay patadas a la vista, de momento.

—Marti —murmuro.

—Dime…, Ángel —titubea.

—No soy gay.

No sé qué cara pone, no sé si le sorprende o no, no sé si le molesta o no, no sé nada, no le he dado tiempo, porque me he abalanzado a besarla.

La tiento despacio primero, amoldándome a ella, al calor que desprende, a la suavidad, al sabor. Y, cuando compruebo que a pesar de tener las manos inmovilizadas tampoco ofrece ningún tipo de resistencia, me atrevo a buscar su lengua con la mía.

La beso.

La beso de verdad.

La beso como deseaba hacer desde hace semanas.

La beso como mi cuerpo me pide a gritos que haga y me dejo el aliento, la saliva y la razón.

Suelto sus manos, porque necesito tocarla, necesito sentirla pegada a mí y la abrazo, y ella entrelaza sus dedos en mi pelo y se deja hacer.

Me separo un palmo, para valorar la situación… ¡Una mierda! Me separo porque quiero arrancarle la ropa. Pero pienso que me vendrá bien ser más sutil —por eso de evitar sus ataques de defensa personal y tal—.

Agarro su camiseta por el borde y tiro hacia arriba, deslizándola lentamente, debo de ser masoquista porque estoy disfrutando de la tardanza, no acelero, aunque la escucho gemir de nuevo, muy suave, como si le faltara el aliento y le diera vergüenza reconocerlo.

—Preciosa, sí. Antes de ayer, ayer y hoy. Preciosa.

Ella no habla, lo cual es raro, pero tampoco me entretengo en pensar el porqué.

35

PERO ¿YO NO LE DABA ASCO?

Martina

A ver, estoy despierta, de eso estoy segura, porque si no este es el sueño más largo de la historia. Repaso mentalmente lo que he hecho durante el día, porque hay muchas cosas, salvo dormir…, dormir no, ¿me habré quedado sobada y por eso estoy soñando con la erección de mi demonio clavándose en mi abdomen mientras me besa?

Gimo.

Gimo mucho cuando sus dientes se acercan a mis pezones, primero con sutileza y luego un poco más fuerte. ¡Joder! ¡Qué ha sido eso! Ah, sí, creo que lo recuerdo; se le llama placer por cuenta ajena.

Pues no…, estoy despierta. Eso creo. Eso espero… Por favor, dime que estoy despierta y deja de descojonarte de mí.

No puedo pensar con mucha claridad, pero recuerdo a Luka, las fotos, la mirada de Ángel en aquellas fotografías. Tengo un batiburrillo de esas frases del primer hombre celestino que conozco, Luka, insinuando que veía deseo, admiración, ¿amor?… Anda que hay que ver cómo lo flipa el italiano ese.

Su sonrisa.

«Preciosa».

Pero ¿yo no le daba asco?

Pero ¿este tío no es gay?

No, gay no es, comprobado.

Bah, que paso de pensar más… porque estoy como una moto.

Ángel se dirige al otro pezón, lo muerde, lo chupa, lo sopla.

Desabrocha mis vaqueros cortos, joder, qué puta vergüenza; la grasa, la celulitis, las estrías… Mierda, hace muchísimo tiempo que no me sentía insegura porque un día me prometí que eso no volvería a ocurrir, que aceptaba mi cuerpo, que me gustaba y, a partir de ese día, he sido feliz con lo que reflejaba el espejo, pero no estoy acostumbrada a acostarme con tíos que intentan por todos los medios que adelgace. Él sabe cuánto peso o cuánto pesaba en el control que me hizo al conocernos. Sabe que devoro como una cerda —a escondidas suyas, es consciente, porque no es tonto, lo sabe— y ha visto la celulitis de mi culo… sí, ese día en el cual le di asco, pero debe de haberlo olvidado. Sin embargo, yo me siento incómoda y agarro sus manos para que vaya más despacio, para trasladarnos a mi habitación y poder apagar la luz y sentirme más tranquila, más segura. Sí, creo que es la mejor opción.

—Espera… —mascullo. Ángel jadea, y estoy a punto de perder el sentido.

—Por favor, dime que no te apetece arrearme patadas de ningún tipo en ninguna parte de mi cuerpo —bromea y sonríe.

El hoyuelo, el puto hoyuelo… Hoyuelo selectivo le llamo yo a eso. KO, me ha dejado KO.

Niego con la cabeza. Ángel asiente y se acerca a mi cuello, lo besa, lo muerde. De un movimiento enreda mi cabello en su mano derecha y tira, para que le dé mayor acceso a la zona y lo hago. Me tiemblan las piernas.

Ángel me gira de espaldas a él, con mi pecho pegado a la puerta, el frío de la superficie no me calma, te lo puedo asegurar. Gimo de nuevo cuando vuelve a intentar desabrochar el pantalón.

—Es… pe… ra —titubeo, porque me está mordiendo en los hombros mientras roza su polla contra mi culo y no veo, te juro que no veo ya. Tomo aire para soltarlo de sopetón—. ¿Vamos a mi cuarto?

—Estoy bien aquí, me gusta tu puerta —murmura sobre mi oído, al fin logra deshacerse del botón y cuela sus manos por dentro, bajándolo.

—Dentro… hay menos luz —digo entre jadeos. Sus labios recorren mi espalda en un movimiento descendente, se agacha para continuar su camino, hasta llegar a mis nalgas. Cierro los ojos con miedo a que se fije en todo eso que ahora mismo no quiero que vea.

—Me gusta la luz, es buena —añade antes de clavar sus dientes con suavidad en mi piel. Repasa con la yema de sus dedos el contorno de mis braguitas a través de mis nalgas. Gimo, me aferro a la puerta o me voy a caer, tiemblo condenadamente. Mi cuerpo me pide a gritos que me arranque la ropa interior y que me folle como llevo deseando desde que lo conocí; mi puto ángel, mi puto demonio, mi puto hombre perfecto. Se cerciora de mi humedad colando un dedo por dentro de la prenda y, sin verlo, sé que se lo ha chupado—. Joder, estás deliciosa, me muero por probarte.

Se incorpora y agarra las braguitas con la intención de librarse de ellas.

—Ángel, yo… —De pronto no me siento bien. No puedo seguir, no con él, no ahora… ¿por qué? ¡No lo entiendo ni yo! Me gusta, me gusta mucho, eso es lo único que sé—. No quiero darte asco. —Es el mejor resumen que se me ocurre porque me falta el aire, no puedo pensar bien y menos hablar.

—¿Qué dices? —me gira, quedo de nuevo frente a él.

Me levanta la barbilla y clava sus ojos en los míos antes de besarme. Agarra mi mano y la lleva hasta su polla. ¡Madre de Dios! ¡Madre del amor hermoso! ¿Eso es su polla? ¡Joder! ¡Es descomunal! Ni Momoa… —me refiero a mi vibrador, que no he tenido el placer de comprobar la del Momoa de verdad—.

—Eh… eh… yo… yo… —Vale, no carburo, me he quedado tonta, no puedo formular ni una palabra. Se me ha secado la boca.

Ángel vuelve a besarme y no deja que separe mi mano de la pollabrazo, vale, no, estoy exagerando. Pero ¿eso me entrará? Igual es momento de parar, a ver si luego no voy a poder caminar y tengo que ir a trabajar. ¿Paro? ¿Paro ahora que puedo? ¡Debería parar!

—¿Cómo eres capaz de pensar que puedes darme asco, Marti? Yo… ¡Joder! ¿Has notado cómo me pones? —pregunta serio sin apartar sus ojos de los míos, asiento, como para no notarlo, y me pierdo en su mirada y en todo eso que me trasmite—. Ha sido así desde el primer día, joder, no quería, no puedo, no debería… ¡Trabajo para ti! Eres mi clienta y te convertiste en mi reto…, ya sabes, por lo de tus ganas de huir de los entrenamientos. Pero, cuanto más cerca estoy de ti, cuanto más tiempo paso a tu lado…, más me gustas, Martina. Quería evitarlo, pero no he podido, ni siquiera cuando dejé que pensaras que era gay.

—¿Víctor? —pregunté. Ya, pocas palabras en respuesta a su retahíla, pero mi sangre sigue en mi clítoris y alrededores..., no me juzgues.

—Ya te contaré lo de Víctor, ahora no es el momento. Martina...

—Dime..., Ángel.

Él acaricia mi mejilla con el dorso de su mano, pasa la yema de su dedo índice por mis labios y de forma automática los abro, para chuparlo, para saborearlo, para mostrarle lo que me apetece hacer.

Jadea y, tras escucharlo, lo hago yo también.

—Martina, eres imperfecta —me dice sacando su dedo de mi boca, yo asiento con gesto de tristeza, porque es así, me da miedo darle asco, mucho miedo. Estoy segura de que si estuviera con el policía ese cenutrio ni me lo plantearía, me daría absolutamente igual, mientras me follase e hiciera que me corriese, por mí podría pensar que tengo el culo del tamaño del continente asiático. Me la pelaría. Pero no es él, no es el poli. Es Ángel y, mierda, Ángel me gusta mucho—. Yo también lo soy —prosigue, apartando el cabello de mi cara.

—Tú..., imperfecto.

—Sí, yo, imperfecto. Ambos, imperfectos... Totalmente imperfectos.

—Totalmente imperfectos.

Te juro que no me he drogado ni he bebido alcohol. De hecho, he comido con una Coca-Cola sin azúcar. No sé por qué parezco tonta de remate repitiendo sus frases.

—Sí..., así es. Ahora te voy a decir lo que va a pasar, ¿vale? —asiento y me muerdo el labio inferior. Ángel sonríe—. Te voy a girar contra esta puerta (me gusta tu puerta), vas a dejar que te quite las bragas y te voy a follar, Marti. —Trago con fuerza—. Te voy a follar tan fuerte y tan duro que probablemente te oigan gemir en todo el edificio. Te voy a follar mucho, me voy a clavar dentro de ti resbalando, porque estás empapada, lo sé, acabo de comprobarlo. Te voy a follar mientras te pellizco los pezones, mientras clavo los dedos en tus caderas, mientras muerdo tu cuello y voy a hacer que te corras, que te corras mucho, como hace siglos que no lo haces. ¿Lo entiendes, Marti?

Afirmo, aprieto los muslos para calmar el calor, las contracciones, mi clítoris bailando la *Lambada* y mi vagina contrayéndose al ritmo de *Bommmbaaaaa* —no es momento para repetiros que soy de los ochenta, ¿verdad? Y que no se me ha ocurrido ningún símil más actualizado en este momento, la falta de oxígeno en mi cerebro también influye—.

El caso es que a mí me ha convencido, desde luego, si voy a darle asco en algún momento no creo que sea ahora. Me gira. Gimo. Me baja las bragas, dejo que salgan por mis pies y las aparto a un lado. Gimo. Agarra mis manos y las levanta, haciéndome apoyar los codos y los brazos en la puerta. Me besa el cuello. Lo muerde. Lo chupa. Restriega su polla contra mi culo. Gimo. Gimo. Gimo. Gimo. Abre mis piernas de un movimiento de rodillas —como se equivoque de agujero con esa tranca no lo cuento, perdón, perdón…, es que mi cabeza va sola, no puedo dejar de pensar estupideces ni con mi demonio ahí—. Suelta mi mano instándome a poner el culo en pompa, me da una nalgada suave y no llega… el aire no llega a mis pulmones. No sé si sobreviviré o moriré antes de poder correrme. Acerca su polla a mi hendidura, la coloca en la entrada.

—¿Estás…

—Joder, fóllame ya —suplico interrumpiéndolo. No sé qué me quiere preguntar, quizás, ¿estás segura? O, tal vez, ¿estás preparada? O, puede ser, ¿estás… tomando la píldora? Y, como la respuesta a las tres preguntas que se me ocurren es sí, sí, sí; lo apresuro. Necesito sentirlo ya.

Y lo hace, joder si lo hace, y yo grito y gimo, se clava hasta lo más adentro de mi interior y noto mi carne tensa, me llena, me llena por completo. Se desliza de nuevo hacia afuera y vuelve a entrar despacio, absorbo cada centímetro duro, caliente, mojado. Aferra los dedos en mis caderas y me folla, me folla como me ha dicho; fuerte, contundente, rápido. Gimo. Joder, gimo, porque no puedo hacer otra cosa. Echo la cabeza hacia atrás, buscándolo, apoyándola en su hombro, y él sube una mano hasta mi pecho izquierdo sin dejar de moverse, me pellizca un pezón con fuerza, duele, pero un latigazo de placer recorre mi sexo, vuelve a repetir, y grito.

—Ángel.

Yo no sé si tengo eyaculación precoz en femenino o qué, pero ten en cuenta que hace más de dos meses que no follo, que hace años que no pruebo carne nueva, y que Ángel…, joder, Ángel es mi jodido demonio, mi jodida fantasía hecha realidad.

Vuelve a bajar la mano, pero esta vez la cuela entre mis pliegues en busca de mi clítoris, hinchado y deseoso de atención. Abultado, a punto de estallar. No me muevo porque siento un calambre que recorre toda mi piel, porque aparece ese pellizco característico en el estómago que se extiende por todas partes, porque noto tensarse mis piernas, mis brazos. Jadeo. Pronuncio su nombre y me dejo ir… Me corro, las embestidas se hacen más potentes, más rápidas y certeras, haciendo palpitar todo mi cuerpo. Me corro tanto que noto mi propio fluido bajar por mis piernas, pero Ángel no cesa. Se aferra a mis caderas, porque me tiemblan las piernas mucho, si no lo hace, me caeré.

Unos instantes después, Ángel saca su polla y se corre contra mis nalgas, rozando la entrada de mi culo. Sobre la marcha me enciendo de nuevo, mi respiración se acelera, se entrecorta. Acabo de correrme, pero estoy jodidamente cachonda.

Ángel lo nota, abre mis piernas, vuelve a buscar mi clítoris que acaricia con suavidad y rapidez y sigue rozando con su polla mi culo. No pregunta. No tantea. Simplemente, cuela la punta dentro y estallo, estallo en un orgasmo devastador, en un orgasmo que me deja sin sentido, se me contraen partes del cuerpo que no sabía que se podían contraer.

—Martina —susurra, no puedo responderle, estoy aferrada a la puerta intentando mantener el equilibrio, intentando no irme al suelo, disfrutando de los espasmos y mi nombre en su boca es un puñetero pecado que me enciende de nuevo—. Martina…, yo… quiero correrme en tus tetas —dice tímidamente.

Reacciono, me pongo de rodillas, pienso en masturbarlo, pienso en colarla en medio de mis pechos y bambolearlos hasta que note cómo me baña, pero no es necesario, según me arrodillo frente a él y lo miro; con los labios semiabiertos, con la respiración entrecortada, con mi vista fija en su polla reluciente, mojada y totalmente dura… Se corre, se corre sin más restregándose contra mis pezones… He muerto, creo que he muerto.

36

MI LUGAR

ÁNGEL

La veo dormir, desnuda, bocabajo en la cama. Y me parece mentira que lo haya conseguido, que esté aquí con ella y que esté tan perdido. «¿Ahora qué?», retumba en mi cabeza. Porque yo no quiero que esto sea un lío en plan sofocar fuego, liquidar la tensión sexual que se ha ido creando entre nosotros desde el primer día, ¿o sí? No, seguro que no, seguro que quiero que sea más, mucho más.

Después del asalto en la puerta, nos hemos trasladado hasta la ducha, pero creo que la he dejado fuera de juego por un buen rato. Adoro tanto ver y sentir cómo se corre, cómo se deshace para mí, cómo se entrega sin medida, que no he podido evitar que lo haga una y otra vez.

La observo, no tengo sueño, si fuera por mí le abría las piernas y colaba mi boca entre ellas, me la almorzaría entera.

Pienso en pasar mi lengua por sus pliegues y mi polla reacciona. Pero la dejo tranquila, necesita descansar porque sé que en un rato se tiene que ir a trabajar. No quiero despegarme de ella, quiero follármela toda la noche hasta caer exhaustos. Pero, obviamente, no puede ser.

La observo y pienso en cómo es posible que se le haya pasado por la cabeza que me podía dar asco, si es que es preciosa. Su piel es suave y morena, tiene curvas, pero son perfectas. Su cabello es sedoso. Acaricio su espalda a la altura de la columna, suave, con la yema de mis dedos. No quiero despertarla, pero no puedo aguantar sin tocarla por más tiempo.

Su piel se eriza al contacto y ronronea.

—Lo siento, no quería despertarte.

—Mmmm.

No dice nada más, sigo acariciándola, porque sé que le gusta y pronto sustituyo los dedos por mis labios. Suave, despacio, lento..., quiero aprenderme cada rincón de su cuerpo. La acaricio con mi boca, beso, lamo y muerdo cada espacio por el que paso.

—Martina.

—¿Mmmm? —Río. Está cansada, lo sé, pero yo no me puedo resistir.

—Martina, por favor, gírate. Necesito devorarte.

Sé que contiene el aliento y me hace caso, se voltea. Se muerde el labio inferior mientras me mira, y la beso, la beso como si me fuera la vida en ello y luego bajo, recorriendo sus hombros, sus pechos, deleitándome en sus pezones, en su abdomen, en sus muslos. La abro para mí. Huele de vicio y tiene un aspecto delicioso. Necesito..., necesito comérmela entera. Su clítoris me reclama hinchado, sé que ha tenido mucho movimiento y que probablemente esté algo dolorida, así que comienzo despacio, torturándola lentamente con mi lengua por sus labios, por cada recoveco, pero cuando llego a su clítoris me vuelvo loco, chupo, muerdo y clavo un dedo en su interior, dos, devorándola al mismo tiempo sin miramientos. Me llama, se tensa, me pide más, más. Me pasaría la vida comiendo de Martina, bebiendo de ella, saboreándola y provocándole orgasmos tan devastadores como el de este momento, en el cual se agarra a la almohada y grita mientras llega al clímax.

No la dejo respirar ni recobrar el aliento, porque no puedo parar, ahora ya no. Me incorporo de rodillas y le clavo mi polla, está más dura que nunca.

—No puedo, Ángel, no puedo más.

—Claro que sí, claro que puedes, porque yo quiero más.

Las embestidas cada vez son más fuertes y rápidas, más certeras... y lo percibo, percibo de nuevo cómo se tensa, cómo se le corta la respiración, cómo estalla una vez más, y me dejo ir, me corro dentro de ella y solo tengo claro que yo nací para esto, para deshacer a Martina en orgasmos.

37

ES DOMINGO Y TE HE HECHO HACER EJERCICIO

Martina

Ángel se ha dormido, por fin. Me tiemblan las piernas, hace casi media hora que me tenía que haber levantado de la cama para darme una ducha —otra— y para empezar a arreglarme, pero soy incapaz de moverme. Cada vez que hago algún movimiento advierto un roce en mi sexo que me hace gemir.

Finalmente me levanto, no he llegado nunca tarde al trabajo, y no va a ser hoy el primer día.

—¿Adónde vas? —murmulla cuando siente que me incorporo.

—Me tengo que ir a trabajar.

Gruñe, y yo me río. Lo dejo descansar un poco más, huyo valientemente porque su polla reacciona tan solo con el sonido de mi voz poniéndose tiesa y juro que, si me vuelve a follar de nuevo, se me cae el toto al suelo. Sí, tú ríete, pero esto no está acostumbrado a tanto uso.

Ángel me deja ir, no hace amago de querer agarrarme, que querer no sé si quiere, pero sabe que tiene que dejar que me vista.

Me voy a la ducha y estoy cagada, estoy acojonada. ¿Y ahora qué? ¿Cómo tengo que reaccionar? ¿Qué tengo que decirle? Tiemblo cuando salgo del agua y voy hasta mi dormitorio. Ángel se ha levantado, lo escucho trastear en la cocina y aprovecho para vestirme con calma.

El *look* de hoy es muy cómodo: un top en palabra de honor de color negro que llega hasta medio muslo, ajustado por arriba y suelto por abajo; un pantalón vaquero pitillo lleno de rotos y descosidos y unos tacones sencillos, no tan altos como los de días anteriores. Me recojo el pelo en una cola de caballo, no me da tiempo a planchármelo, pero me gusta el efecto que obtengo con mis hombros despejados.

A través del espejo veo a Ángel en el quicio de la puerta sonriendo de medio lado, se acerca a mí por detrás.

—¡Aléjate de mí, Satán! —exijo.

Se ríe.

—Tranquila, te dejo en paz… por hoy. —¿Eso quiere decir que habrá más?—. Me voy a casa para que puedas terminar de arreglarte. —Asiento, me quedo pensativa, no quiero que se vaya sin saber más, no quiero pegarme la noche pensando en si mañana seguiremos como si nada o si… hay algo más, aunque, en realidad, tampoco he decidido si yo quiero que haya más o no. Me abraza por la espalda y besa mi cuello. Sigue empalmado el jodido, se está rozando contra mi culo. Suelto una carcajada, parece que tiene muchas ganas acumuladas y eso que la que lleva sin follar más de dos meses soy yo—. Marti… —Levanta la cabeza de mi cuello, y lo miro a través del espejo—. ¿Qué ha sido esto?

¡Mierda! Debí preguntar yo primero.

—Eee… esto…, yooo… —Es que, ¡joder!, soy incapaz de pensar con su roce, me estoy encendiendo y sé que soy físicamente incapaz de otro asalto más, pero estoy por girarme y devorar su boca, desnudarme, dejar que me arranque la ropa y que me folle, todo con tal de no tener que responderle a esa pregunta de la cual, por el momento, no tengo respuesta—. Tengo que irme a trabajar —digo tras respirar profundamente, girando mi cabeza a un lado y dándole permiso, al tiempo que le ruego, para que sus labios recorran mi cuello, tal como hace.

—Entiendo. —No sé qué piensa, no sé qué siente, ¿qué quiere él? Es que no lo sé, hasta hace unas horas ni siquiera intuía que esto podía ocurrir. Me besa de nuevo, esta vez en mi mejilla, y suelta el abrazo—. Me voy a casa, espero que te sea leve la jornada y que lo pases muy bien. Cuidado con las pelirrojas llenas de pecas y sonrisas sensuales —bromea, y sigo sin saber a qué atenerme.

Me giro y agarro su mano antes de que salga por la puerta.

—No lo sé. —Mi corazón late desbocado. Tengo miedo. Tengo un pánico atroz, aunque no pienso reconocerlo nunca, bueno, quizás algún día, pero este no es el momento—. Me da miedo que estemos en puntos diferentes, no sé qué decirte —¡Bravo, Martina! ¿Qué quedó del «no pienso reconocerlo nunca»?

Ángel sonríe.

Yo sonrío.

—Hasta mañana —pronuncia.

—Hasta mañana —respondo y entiendo que es mejor dejar pasar el tiempo, pues tenemos prisa; tengo prisa, mejor dicho. Igual él se lo tiene que pensar, igual es probable que esté tan perdido como yo.

No lo acompaño hasta la puerta, básicamente, porque me tiemblan las piernas y no quiero que se dé cuenta.

Rocío un poco de mi perfume favorito, ese que me infunde seguridad, ese que hace días utilicé con intención de llevarme al policía a la cama y que hoy, simplemente, actúa como poción mágica para difuminar mis fantasmas.

Escucho la puerta de casa abrirse, ya se va, estoy conteniendo el aire, porque lo necesito, porque estoy nerviosa, porque no sé nada de lo que pasa, espero que no tarde mucho, no quiero morir asfixiada.

—¡Marti!

—Dime —respiro, porque soy incapaz de hablar y contener el aliento al mismo tiempo y asomo la cabeza por la puerta de mi dormitorio.

—¿Te has dado cuenta?

Mmmm…, ¿me he dado cuenta? ¿De qué? ¿De cómo me deshago en sus dedos con unas pocas caricias? ¿De cómo se agita mi corazón cada vez que se acerca? ¿De cómo quema mi piel al contacto con la suya? ¿De cómo ese brillo en su mirada me hace sonreír? ¿De cómo ese hoyuelo me corta la respiración? Ni puñetera idea de a qué se refiere, porque tengo un montón de cuestiones más al respecto.

—¿De qué, exactamente?

—De que es domingo y te he hecho hacer ejercicio.

Una carcajada suya retumba en mi salón, me acerco despacio, unos pasos apenas y le lanzo lo que tengo más cerca, mi bolso de mano. Si Maca se entera me voy de patitas a la calle, ese bolso cuesta más que la mitad de mi armario. Pero es rápido el capullo y cierra antes de que llegue hasta él, también puede ser que me queden pocas fuerzas y haya ido a cámara lenta. Escucho su risa desde dentro y me río yo también.

—Ay, madre —mascullo—. No debería reírme tanto. Debo de haber quemado más calorías hoy que en el último mes.

Lo cierto es que no es momento de pasar por la báscula, tengo prisa, mucha prisa.

38

ES UNA LARGA HISTORIA

ÁNGEL

Pensaba que Marti iba a abrir la puerta de casa y me iba a ir a buscar con un hacha o algo por el estilo, pero no sale. Me río, me río un montón, me gusta molestarla.

Cuando me doy cuenta de que no va a salir, supongo que porque tiene mucha prisa y no es momento para jugar, llamo al ascensor.

Se abre la puerta de al lado de Martina, y Carol, enfundada con un delantal mientras se seca las manos con un trapo de cocina, me escruta. Me mira con ojos traviesillos y sonríe.

—¡Ostras! —exclama en voz baja.

—Hola —murmullo.

—¡No! —sigue hablando en un susurro, pero abre los ojos como platos y ríe, aplaude sin hacer ruido, y salta…, todo a la vez, y yo río de nuevo y asiento.

—Te he hecho caso.

—¡Todo! ¡Con pelos y señales! —El ascensor ha llegado y asiento de nuevo, estoy demasiado cansado para expresar con palabras todo esto que siento—. Y vete ya, que si sale y nos ve aquí cuchicheando nos echará un maleficio o algo peor.

No tardo demasiado en llegar a casa, me ducho, me cambio. Miro mi móvil. No hay mensajes. ¿Debería escribirle? Lo suelto, no lo hago, no quiero agobiarla.

Veo un capítulo de *Juego de Tronos*, pero uno repetido, porque mi cabeza no está al cien por cien, es más por no sentirme solo en casa que por ver la tele. Y pienso, recapacito en lo que quiero y en lo que no, estoy hecho un jodido lío, porque lo he pasado muy mal. Natalia… lo de Natalia fue demasiado. Ella era mi vida, mi todo… No sé si estoy dispuesto a darle mi confianza a ciegas a otra persona.

¿En qué momento esto pasó de ser una tensión sexual no resuelta —evidentemente, solucionada al fin— a ser un mar de inseguridad? Espero no haberme equivocado.

En cuanto veo aparecer en el televisor los créditos que anuncian el final del capítulo, vuelvo a mirar mi móvil.

Nada.

«¿Debería ir hasta la zona donde trabaja hoy?», me pregunto. Pero no quiero que Martina piense que la estoy controlando, que la estoy presionando. No, mejor no.

Ceno.

A las dos horas me suenan las tripas. No recordaba el hambre que da el sexo. Me como una manzana y me viene a la cabeza la pizzería que hay junto a mi portal y lo que a Martina le encantaría comer un trozo de pizza, sobre todo, porque la he retrasado tanto que no ha tenido tiempo de cenar antes de ir al trabajo.

Luego pienso en que si bebe alcohol le va a sentar muy mal y me preocupo —puede que solo me esté poniendo excusas, déjame con mi autoengaño que yo soy feliz así—.

Miro el móvil.

Soy estúpido, lo sé, ni que ella no supiera cuidarse sola, pero me enfundo una camiseta, vaqueros y deportivas, compro una pizza —la que tiene más verduras y menos grasas o eso quiero pensar— y me encamino a la zona de las terrazas donde me había comentado que estaría.

No suelo conducir, pero no quiero que se enfríe su cena, así que lo hago hasta allí. Es tarde, muy tarde, cerca de las once de un domingo noche, no hay tráfico. Llego y aparco a la primera, cosa extraña, y me bajo, me aferro a la caja que contiene la pizza y camino, avergonzado por la estúpida excusa que he ideado para venir a verla, encima con una pizza, mi lado de entrenador personal no está muy contento ahora mismo. ¿Me apalearán las chicas si se enteran de esto? Probablemente sí, y no podré culparlas por ello.

Me cuesta un rato dar con ella porque, a pesar de que la ciudad parece dormir, las terrazas cercanas a la playa están abarrotadas de gente. Pero allí la encuentro al fin; preciosa, sonriente, hablando con una chica que está de espaldas a mí.

Tiene un cerco negro bajo los ojos que no ha podido disimular bien con el maquillaje, sonrío orgulloso al percatarme, la he dejado agotada, lo sé, pero volvería a hacerlo, y ella está más guapa que nunca, sus ojos brillan más, su sonrisa resplandece más, esa sonrisa que justamente asoma en su rostro cuando me ve aparecer entre la gente, amplia, muy amplia. No deja de hablar, desvía la mirada un par de veces en mi dirección, y la chica con la que charla se gira y me mira, y no me hubiera percatado, no me hubiera fijado nunca en ella, si no llega a tener los ojos a punto de salirse de las órbitas.

—¿Ángel? —pronuncia la morena.

—Eli... —Su nombre viene a mi cabeza y no sé ni cómo es posible que me acuerde.

—¿Os conocéis? —pregunta Marti, asiento tímidamente. Eli mueve la cabeza de forma exagerada, la mira a ella y me mira a mí y, más, cuando Marti se acerca y me besa con suavidad en los labios.

—Te he... traído algo de comer... porque, ya sabes, no te dejé cenar antes y... seguro que tienes hambre. —Parezco estúpido tartamudeando y titubeando de esta forma.

—¿Me has traído pizza o eso esconde zanahoria y brócoli en cantidades ingentes? —pregunta escrutándome desconfiada.

Río.

—¿Tú eres Carol? —le pregunta Eli a Marti. «¡Joder, menuda memoria! Pero ¿por qué sigue aquí todavía? Flus, flussss..., fuera, bicho. ¡Mierda! La vamos a liar parda».

—¿Cómo? —Martina reacciona raro. La mira, me mira, pero no entiende, imagino. «Mejor que no entiendas, mejor»—. No, soy Marti.

—¿Marti? —La mira con gesto extrañado.

—Sí, Marti. Bueno, si Ángel te ha hablado alguna vez de Carol, es mi mejor amiga —suelta, y yo me tapo los ojos por la que se me viene encima.

—No tienes vergüenza —masculla—. ¡Joder! ¡Qué asco me dais! ¿Cómo está tu hija, Ángel? Supongo que ya está mejor, para que te hayas escapado de tu casa para venir a sobarte con esta.

Se da la vuelta con un giro dramático, su cola de caballo vuela como en un anuncio de Pantene.

Marti abre la boca.

Marti cierra la boca.

Marti me mira alucinada.

—¿Tienes una hija? —masculla.

—Es una larga historia. Anda, vamos a cenar.

Trago con fuerza, por un momento pienso que Martina se va a girar y me va a dejar colgado ahí, porque hija o no de por medio, esa tía ha dado claras señales de que me conoce. Está un poco descolocada, y lo entiendo.

—Yo… es que… estoy trabajando.

Desvía la mirada hacia la caja de la pizza y luego hacia atrás, Eli ya ha desaparecido. No sé si me perdonará el pequeño desliz que tuve en el baño —tampoco es que me lo tenga que perdonar porque en ese momento no éramos nada, ¿y ahora? Ahora tampoco sé si somos algo—, pero lo que no me va a perdonar jamás en la vida es que le haya espantado a una clienta.

—Te mueres de hambre.

—Me muero, me muero… —Sonríe al fin y me sigue.

39

TE ESTÁ BIEN EMPLEADO

Martina

—¿En serio? —Abro la boca, mucho, hasta el suelo y, de pronto, estallo en carcajadas. Me río tanto, tanto, que me tengo que echar hacia atrás en la arena de la playa donde nos hemos sentado a dar cuenta de esa pizza que me ha traído—. ¡¡Dios!! No me lo puedo creer.

—Pues créetelo, créetelo.

Ángel está rojo, y puedo advertirlo a pesar de la oscuridad de la noche. No puedo creer que me haya contado esto tan abiertamente y, sí, sé que somos amigos y que he sido yo desde un principio quien ha dado pie a este tipo de confidencias —tras confesarle que los improperios que escuchaba tras la puerta de mi baño eran gemidos orgásmicos, básicamente—, pero, llegados a este punto, me da más que pensar. Por una parte, me gusta, me gusta esa confianza en mí, pero, por otra parte, pues… me da a entender que él es de líos de cama —o de baño— de una noche —o una mañana, en este caso—. Sin embargo, evito pensar en todo esto que me palpita por dentro, ese pequeño… malestar, podría llamarlo, y solo me digo: «Marti, cielo, de verdad pensabas que podía ser de otra forma con ese pedazo de cuerpo».

—Ay, madre. Pero ¿de verdad? ¿Estabas con ella, y te llamó Carol? —continúo porque esto es bastante surrealista y también porque no quiero demostrarle que me fastidia y prefiero tratar el tema con naturalidad.

Ángel asiente. Siento una nueva punzada de celos, porque sí, mejor llamar a las cosas por su nombre, estoy celosa y tengo que reconocerlo, pero es que la situación es muy cómica, mucho, demasiado. Y al menos ha sido sincero, que me podría haber soltado cualquier trola, pero se ha tragado la vergüenza y me ha explicado… esto.

—Sí, me llamó Carol. Estábamos tratando el tema de la borracha abrazaváteres, y ella pensó que era mi mujer y que estábamos hablando de mi hija moribunda.

—¿Esa soy yo? —Asiente—. Capullo, te libras de que no tengo fuerzas, si no te arreaba una patada.

—Eres demasiado violenta. Igual necesitas un psicólogo. A ver si ahora resulta que también le voy a tener que pasar la factura a tus amigas por la terapia antigolpes.

—¿Eres psicólogo? —le pregunto con la boca abierta, este hombre es una caja de sorpresas. Asiente, ¿en serio?—. ¿Y por qué eres entrenador personal? Siempre te estás metiendo conmigo porque soy periodista y me dedico a… me dedico a esto que me dedico yo, y tú eres psicólogo y haces… haces… ¡esto!

—¿Entrenarte y motivarte para que tengas unos hábitos de vida más saludables, te mires en el espejo y te sientas más guapa y, en definitiva, estés más feliz y sana?

—No, a dar por saco. —Me descojono cuando él frunce el ceño y decido volver al tema en cuestión que nos atañe y que no es otro que él, el demonio más sexi que he conocido nunca, medio en bolas en un baño de una cafetería pública—. Pero ¿qué pasó después? —pregunto, porque igual intenta desviar el tema, pero yo no estoy dispuesta.

—Que tuve un gatillazo.

Rompo a reír a carcajadas de nuevo.

—Te está bien empleado —le suelto y lo hago sin pensar, porque evidentemente con esto que acabo de decir le doy pie a pensar que me ha jodido. Y, sí, lo ha hecho, pero no quiero que lo sepa, porque… porque… porque así de complicadas somos las tías, yo qué sé.

—¿Por qué? Solo…, Martina, solo quería sacarte de mi puta cabeza —confiesa, así, sin anestesia ni nada. Abro la boca, mucho. ¿En serio acaba de decir eso? Pues, los celos pican, pero esto…, esto no sé cómo tomármelo—. Oye, Marti, ¿has entregado muchas tarjetas hoy? —Cambia de tema porque se ha percatado de mi expresión patidifusa.

Niego.

—Ni una, me espantaste a la única clienta potencial. Menos mal que no llegué a darle la tarjeta de Belle Extreme, si no capaz que le prende fuego a la *boutique* de Maca y eso es despido asegurado.

—Lo siento. Por todo…, por el espectáculo que te acabas de gozar y por… haberla utilizado para olvidarme de las ganas que tenía de hacértelo a ti. —Sí, ha obviado la palabra follar, estamos en la calle e intuyo que no quiere tener una erección ahora mismo. Supongo que ese es el motivo por el que cada vez lo noto más alejado de mí, por el que ni me roza ni me besa ni me mira a los ojos…, supongo.

—No te fustigues, Ángel. Tú y yo… no…

—Ya, ya —continúa algo apurado cuando ve que no sigo la frase, porque tampoco sé exactamente qué decirle.

—Yo pretendía acostarme con el policía —le confieso, para hacerle sentir algo mejor.

—¿El policía? ¿Qué policía?

—Con Diego. El amigo del que *zumbeaba*, y yo pensaba que te querías tragar su polla.

—¡Con Diego! —me mira completamente descolocado—. Mira que eres bruta —suelta por mi pulla-polla, supongo—, pero si Diego, si es que ese tío…

—Da asco, sí, lo sé.

Reímos los dos. Ángel se pone de pie y me tiende las manos para que me incorpore.

—Es tarde. Debería irme para dejarte trabajar.

—Debería trabajar, ¿verdad? —Me mira levantando las cejas, como si no supiera qué responder a eso—. Estoy cansada, muy cansada. ¿Puedo irme contigo?

Ángel sonríe y asiente.

Una sensación extraña me recorre cuando une sus dedos a los míos y caminamos juntos hasta su coche cogidos de la mano. Clavo los ojos en el suelo por el que piso intentando concentrarme para que no note todo eso que siento ahora mismo y que yo tampoco sé exactamente qué es.

Durante el trayecto en coche permanecemos en silencio, me quedo rumiando todo lo que me ha dicho; lo de esa chica, lo de que Carol lo llamó, cuando yo ni sabía que tenían tanta confianza, lo de que se había preocupado por mí hasta el punto de tener un gatillazo. Sonrío y disimulo para que no lo note, pero Ángel está concentrado en la carretera y no me presta mucha atención. ¿Es psicólogo? Debo reconocer que es el primer tío que me tiene completamente enganchada del que no conozco absolutamente nada de su vida.

Cuando subimos al ascensor de su piso se acerca a mí, mucho, me mira a los ojos, hay tantas cosas que quiero descubrir en esos profundos ojos azules, hay tanto encerrado en ellos que me pone la piel de gallina. Sus pupilas están dilatadas, y quema, su contacto quema, porque el beso que me proporciona no tiene nada de suave ni de tierno, es arrollador.

Jadeo cuando entramos por la puerta de su casa y desabrocha mis vaqueros y tira de mi top hacia arriba para librarse de él. Lo ayudo a deshacerse de mi ropa, aunque no puedo, mi cuerpo responde, estoy mojada, caliente, pero agotada.

Cuando apenas me quedan las braguitas, y a él sus *boxers,* me lleva de la mano hasta su dormitorio, ese donde dormí unas horas la noche anterior y me parece que han pasado días, semanas incluso.

Cuando estoy tumbada en su cama, se acerca al borde de mis braguitas y las desliza hacia abajo justo antes de deshacerse de su propia ropa interior. Se coloca encima de mí y me besa. Su erección roza mi sexo; sensible, abultado, dolorido. Se contrae solo, no soy capaz de controlarlo.

Sus labios acarician con suavidad la piel de los míos, su lengua busca con timidez la mía, como si no nos hubiéramos batido en una lucha incesante con ellas unas horas antes. El beso se vuelve más profundo, pero sigue siendo suave, delicioso, caliente, húmedo, perfecto... Y, cuando logro separarme para recuperar el aliento, se me escapa un jadeo, y Ángel aprovecha para introducirse dentro de mí, despacio, suave. Duele, pero me gusta. Se mueve lentamente, me tortura, ha dejado de besarme, solo me mira, y yo me dejo llevar. Me muerdo el labio cuando noto un cosquilleo que comienza en mi abdomen y se extiende por todo mi cuerpo haciendo que arquee mi espalda y me aferre con fuerzas clavando las uñas en las sábanas que están debajo de nosotros. Ángel jadea, y yo lo hago también, pero no acelera, como si supiera que me duele todo, que estoy sensible, que si me embiste con fuerza me voy a romper, y me deshago, me deshago en sus brazos en un clímax tan, tan intenso que me cuesta recuperarme.

40

NO ME LLAMES

ÁNGEL

Abro los ojos y la veo, desnuda, dormida, aún tiene los labios hinchados. Estamos frente a frente, y está abrazada a mí. No quiero despertarla, pero necesito llevar mis dedos hasta la piel de su mejilla, palparla, acariciarla con suavidad, tersa, caliente, suave.

Abre los ojos.

Sonríe, yo hago lo mismo, y nos quedamos un rato así, embebiéndonos uno del otro sin pronunciar palabra, en su gesto veo mil preguntas que se acumulan, pero que no sé si sabré responder.

—Oye, Ángel. —Aquí viene la primera, lo sé—. ¿Quién es Víctor?

—Mi hermano —contesto. Intento no extenderme, pero sé que ella quiere saber más—. Mi hermano del que me gustaría no volver a saber nada nunca más —aclaro.

—¿Tienes más hermanos? —me pregunta, porque sabe que de pronto me he puesto serio y se nota que estoy incómodo. No quiero hablar de él, porque hacerlo me llevará a hablar de mi familia, de todo el desastre ocurrido hace un año, de cómo mi vida se derrumbó poco a poco.

—No, Víctor es mi hermano mayor, nos llevamos diez años, estábamos muy unidos a pesar de la diferencia de edad. Yo lo admiraba, siempre pensé que quería ser como él cuando fuese mayor. Lo quería mucho, hasta que… —Paro, no me apetece, no quiero hablar de ello ahora mismo, todavía duele—. ¿Y tú? ¿Tienes hermanos?

—No. Soy hija única. Cuando mis padres se jubilaron se fueron a vivir a Gran Canaria, era un sueño que habían tenido toda la vida, desde que se fueron de luna de miel cuando apenas contaban con dieciocho años. Los echo de menos, no puedo verlos demasiado, pero hablo con ellos por teléfono continuamente.

»Precisamente, en la última conversación que mantuvimos, le hablé a mi madre de la que liaste en mi despensa y se rio mucho de mí. Siempre le estoy contando nuestras pullas y dice que le caes bien, la tía, se nota que no te conoce, con lo demonio que eres… —Sonrío—. ¿Tú de dónde eres? Porque de Valencia no, se nota en tu acento.

—De Tortosa, ¿has ido alguna vez?

—No —niega.

—Un día te llevaré a verlo, Tortosa tiene una magia especial. —Ella asiente—. Deberíamos levantarnos, tenemos que entrenar.

Martina se quita la almohada de debajo de la cabeza y se tapa la cara con ella.

—Olvídate de mí —refunfuña.

Y le hago cosquillas. Ríe a carcajadas, patalea y me siento feliz, pleno, tiene la risa más bonita que haya escuchado nunca, y me gusta saber que soy yo el que la provoca.

Mi móvil comienza a sonar y lo cojo rápidamente de mi mesa de noche, por si es alguno de mis clientes de la mañana cancelando un entrenamiento, porque entonces no pienso levantarme de la cama y le voy a dar a Martina entrenamiento, pero del bueno.

Sin embargo, cuando miro la pantalla compruebo que es Víctor.

—Joder, ¡hablando del puto rey de Roma! —mascullo y descuelgo. No me preguntes por qué aún no lo he bloqueado, no lo sé; supongo que es porque al fin y al cabo es mi hermano, porque mis padres están mayores y puede suceder algo y me gustaría enterarme. Por eso o por lo que sea, tampoco quiero darle más vueltas—. ¿Qué quieres? ¡Mira que eres cansino!

—Ángel, tenemos que hablar.

La misma frase de siempre, la misma tortura una y otra vez. Y, en ocasiones como esta, pienso que me tenía que haber ido a vivir a México o a Nueva York, al menos que las llamadas le hubieran costado un dineral y las espaciara más en el tiempo, porque si de algo estoy seguro es de que ya me podía haber ido a la Patagonia, al Triángulo de las

Bermudas o a Marte... Da igual, me hubiera seguido amargando la existencia al igual que ha hecho aquí, en Valencia.

—Estoy ocupado —contesto secamente.

—Espera un momento, por favor, no cuelgues... —me pide y por una vez en la vida le hago caso.

Miro a Martina y me viene a la cabeza todo lo ocurrido, aún duele, es la realidad, pero no sé si por los sentimientos que albergaba en el momento en el que todo ocurrió o simplemente por la traición y de quién vino.

Me levanto de la cama y activo el altavoz en lo que me pongo la ropa con la intención de salir a la terraza lo antes posible y zanjar de una vez por todas esta absurda conversación pendiente, hacerlo en bolas no me parece buena opción.

Quizás si le dejo hablar, si lo escucho, podré pasar página y centrarme en mi presente, en mi ahora, en las cosas que me hacen feliz; en mi actual trabajo, en mis nuevas amistades..., en Martina.

Me pongo la ropa interior. Me coloco los pantalones, se escucha un ruido extraño y, cuando me estoy colocando la camiseta..., escucho su voz. Esto no lo esperaba, no esperaba volver a escucharla nunca más en la vida.

—¿Ángel?

—Nati... —pronuncio. Duele, esas cuatro letras pronunciadas duelen—, ¿qué quieres de mí?

El tono de mi voz se suaviza, porque sí, porque es ella; es Natalia, mi Nati, la que me daba besos robados en el colegio y con la que me escabullía del instituto para colarnos en casa de mis padres a magrearnos. Ella, con la que compartí todo; mis alegrías, mis penas, mis miedos, tardes de risas, bocadillos de Nocilla y batidos —que con los años se convirtieron en palomitas y refrescos o copas de vino y algo de picoteo— sentados con las piernas cruzadas en el suelo mientras veíamos una película, la que fuera, todas, ninguna... Porque pasar tiempo a su lado era lo que me hacía sonreír cada día. Ella, por la que dejé todos mis sueños para trabajar en el gabinete de Servando, su padre. Ella..., que me dio tanto y que un día, simplemente, me traicionó.

Martina me escruta de forma extraña, pero ahora no puedo mirarla, ahora no puedo hacer otra cosa que quedarme parado en mitad de la habitación y llevar los dedos a mi cara, a mi frente, a mi pelo, de forma nerviosa.

Se levanta, comienza a recoger la ropa esparcida por todas partes con intención de vestirse y darme un poco de intimidad, tal vez.

Entonces reacciono, más vale que desactive el altavoz ahora que no ha dicho nada aún que pueda comprometerme. Camino hasta la mesa de noche donde lo he dejado, lo alcanzo, desbloqueo la pantalla y pincho el botón para cambiar de nuevo al auricular, pero no me da tiempo a hacerlo.

—Soy tu mujer —suelta y juraría que hay un deje de emoción en su voz, ha transcurrido mucho tiempo desde la última vez que hablamos. Nunca nos habíamos separado más de veinticuatro horas y han pasado muchos días, muchos meses desde entonces. Por fin le doy al botón y desactivo el altavoz—. Aún lo soy y tenemos que hablar —continúa.

Martina sale de la habitación y resoplo.

—Joder, Nati, lo que tienes que hacer es firmar los putos papeles del divorcio y devolvérselos a mi abogado…, por favor. —Mi tono es de ruego, de desesperación, de querer acabar con todo de una vez por todas.

—No quería que las cosas ocurrieran así —masculla, como si con esas palabras aplacara en algo el ardor de todos los recuerdos que se agolpan, un año después, recordándome todo lo que tuve y perdí.

—Ya…, pero sucedieron.

—Sí, sucedieron.

—Y yo tengo derecho a acabar con todo, a empezar de nuevo, a tener una vida plena y feliz —y digo esto mirando hacia la puerta, aunque no vislumbro a Martina ahora mismo pienso en ella, hasta hace unos minutos me sentía pletórico entre sus brazos. Tengo derecho. Tengo derecho a esto y a dejar mi pasado atrás.

—A mi padre le dio un infarto cuando te marchaste. Se recuperó, pero le ha dado otro hace un par de semanas y está de baja médica. Fue todo muy repentino, Ángel, no le diste tiempo a cubrir tu cartera de clientes, lo dejaste colgado con el culo al aire.

—Vaya, como tú a mí —le recrimino y no es que no me importe lo que le pase a Servando, porque siempre fue como un segundo padre para mí, pero no puedo… no puedo volver—. Por favor, Nati, por favor…, firma los dichosos papeles y sé feliz. —Y es triste, pero cierto, lo que más deseo en el mundo es que ella sea feliz, que llene la estancia donde se encuentre con el sonido de sus carcajadas, que sonría con esos dientes perfectos después de años de ortodoncia, como hacía todo el tiempo, que disfrute de cada cosa, de cada momento, de cada experiencia, de cada sabor, de cada olor… Que lo disfrute, pero que lo haga lejos de mí.

—Cielo, yo… te entiendo, entiendo que estés enfadado con el mundo.

—No estoy enfadado con el mundo, solo contigo y con…

—Ya… Pero tienes que volver, necesito que vuelvas y te hagas cargo del gabinete de mi padre, está muy mal. Hemos intentado buscar a algún sustituto, pero por el momento el personal que hemos contratado nos ha salido rana y no ha funcionado. Necesito que te vea bien, que vea que lo has superado, que estás de acuerdo en cómo ha sucedido todo, que sepa que puede contar contigo como ha hecho siempre, porque se va a pique, el gabinete sin ti se va a pique, y él también.

—No puedes ponerme en este compromiso, yo tengo mi propio negocio.

—¿Como entrenador personal? Vamos, Ángel, no me hagas reír. ¿Qué clase de vida es esa? ¿Qué se te ha perdido a ti en Valencia? Vuelve a casa, tus padres están muy tristes, se están medicando y están mayores… Tienes que estar con ellos, y Víctor, Víctor te echa de menos. Nada de lo que ocurrió fue premeditado, no lo buscamos, simplemente ocurrió.

—Tengo que estar lejos de ahí —reitero.

—Este es tu lugar. Siempre lo has sabido. Siempre has tenido tus sueños; una pequeña casita con vistas al río, en la que entrase mucha luz con una gran chimenea en el salón, con una terraza en la que pasar las tardes al sol en verano y al abrigo de una manta en invierno… ¿Lo recuerdas, Ángel? ¿Lo recuerdas?

—Claro que lo recuerdo. Todo esto es lo que imaginaba a tu lado mientras me cogías de la mano en nuestra cama, Nati. Si tú no estás en la ecuación, ese sueño no tiene sentido. Esto es sucio y rastrero. Yo, Nati…, yo no puedo estar cerca de ti, yo… te quiero.

Lo digo y, en ese mismo momento —como si me hubiera trasladado en el tiempo y en el espacio y estuviera en un sitio muy lejos de allí—; vuelvo a mi casa, pongo los pies sobre la tierra y miro a mi alrededor. No sé cuál ha sido el detonante para hacerme regresar, no me doy cuenta de ello hasta unos segundos después, cuando sé que lo ha sido la puerta de la calle al cerrarse. Martina se ha marchado, probablemente me ha escuchado, porque no estaba siendo demasiado discreto. Olvidé salir a la terraza, olvidé cerrar la puerta, olvidé que existía alguien más en mi vida que ella, que Nati, que la mujer que me partió en mil pedazos.

—Lo siento, Ángel, lo siento.

Y es la primera vez que se disculpa después de la hecatombe, también es cierto que es la primera vez que hablamos después de todo lo sucedido, y me jode, me duele que mi corazón lata con fuerza, que mis manos tiemblen, que las ganas de llorar vuelvan. Estoy jodido..., estoy tremendamente jodido.

—No puedo —pronuncio tras unos segundos en silencio.

—Ángel, te prometo que, si vienes y me ayudas con mi padre, te firmaré los dichosos papeles del divorcio y serás libre de mí para el resto de tu vida. Piénsalo, ¿vale? Yo... te querré siempre, pero...

Cuelgo, porque ya no puedo más. Estoy enfadado, lanzo el teléfono sobre la cama como si me quemara. ¿Qué ha sido esto? ¿Qué mierda ha sido esto?

Voy al salón para corroborar que Martina no está.

Me asomo a la terraza, desde donde se ve la calle, pero no puedo otearla por ningún lado.

Se ha marchado.

Se ha marchado después de escuchar a Nati decir «soy tu mujer» y de escucharme a mí, entre otras cosas, ese patético y desesperado «te quiero» que no comprendo cómo pude dejar que saliera de mi boca. ¿La quiero a ella o a la seguridad que tenía en mi vida cuando estábamos juntos? ¿Sigo queriéndola o solo estoy enamorado de una imagen difusa de una niña de ocho años que me miraba con adoración, de una niña de trece que me besaba como si le fuera la vida en ello y de una chica de veinte que dijo que sí, que se quería casar conmigo para el resto de su vida y que compartiríamos juntos los momentos buenos y los malos, la salud y la enfermedad... todas esas gilipolleces que sueltan los curas cuando pronuncian los votos matrimoniales?

Vuelvo dentro, sintiéndome más derrotado que nunca, pero con la certeza de que no es momento para ir tras ella, aunque lo merezca, no merece que sea yo el que lo haga. Ha pasado mucho tiempo, pero sigo lleno de mierda... y lo último que quiero es que todo este montón de mierda le salpique a ella.

Hay una nota en mi mesa.

Necesito un descanso de los entrenamientos. No me llames, por favor.

Un beso.

Marti

La he cagado.

41

NO QUIERO VOLVER A DARME ASCO

Martina

Me he ido.

Sí, me he ido. Porque no sé qué ha pasado en su vida, no sé quién es esa chica a la cual aún quiere, pero es mejor que me aleje, ahora que aún estoy «a salvo».

Ángel, en apenas unas semanas, ha hecho que cambie mi vida; que la reconduzca; que deje de beber noche y día hasta vomitar y vomitar como una loca; que deje de comer mierdas y más mierdas y lo siga haciendo no solo por hambre, sino por frustración, cansancio, malhumor, alegría..., por lo que fuera. He logrado volver a ver la luz del sol, sonreír y plantearme cosas que nunca llegué a hacer.

Sí, tengo que reconocer que he pasado unas semanas increíbles desde que conocí a Ángel, llegó como un terremoto y lo puso todo patas arriba, con su hoyuelo —su puto hoyuelo—, su sonrisa, su mirada pícara, sus bromas, su confianza, su amistad... Ángel es más, mucho más de lo que he tenido en años.

Hace mucho, demasiado, que me cerré en banda a los hombres, porque una vez me enamoré de uno, lo quise con todo mi corazón, con toda mi alma y un día, simplemente, dejó de besarme, rehuía mis abrazos, cada vez hacíamos menos el amor... No quise darle demasiada importancia, yo estaba mal en la empresa, no estaba a gusto con mi vida, quería cambiar, necesitaba un gran cambio. ¡Y vaya si lo tuve! Comencé a engordar por los nervios, el estrés, las horas y horas trabajadas de más, exigidas, sin remunerar, lo poco integrada que me sentía con mis compañeros de trabajo, el ambiente que se vivía en el periódico, en el que unos se pisoteaban a otros y era una carrera a fondo por ver quién ascendía más rápido se hundiera quien se hundiese... No tenía tiempo para pensar que Nico estaba raro, porque más rara estaba yo y lo único que venía a mi cabeza es que él me respetaba, que sabía que yo estaba pasando un mal momento y que me apoyaba.

Sin embargo, las semanas se fueron sucediendo, tras ellas, los meses y yo cada vez me sentía peor en el periódico, de mal humor, llegaba a casa y me aislaba en mi mundo, frente a la tele o wasapeando con mis amigas, y Nico y yo nos fuimos alejando.

Un día me dije a mí misma que debía frenar todo aquello, que nos estábamos enfriando demasiado, que hacía días, semanas, tal vez, que no le abrazaba o no charlábamos animadamente, demasiado que no salíamos a cenar o a hacer algo juntos, por no hablar de sexo..., eso había desaparecido por completo; pero, como no era algo que me apeteciera dado mi estado de ánimo, tampoco le di mayor importancia ni busqué lo contrario.

Ese día, en ese momento, me pegué tres horas caminando de tienda en tienda, probándome ropa bonita para sustituirla por esos vaqueros desgastados que lavaba y me volvía a poner porque eran los únicos que me entraban, por esas camisetas estirajadas, esos suéteres llenos de pelotillas, más viejos aún que yo, pero cedidos por el paso del tiempo y que se habían ido amoldando a mi figura de aquel momento.

Por más que caminé, no encontré ninguna tienda donde la ropa me sirviera, donde me quedara bien, así que me paré a tomar un café —mentira, me pedí un batido extragrande de helado de chocolate con los gofres más pringosos de todo el menú— y, móvil en mano, busqué tiendas de tallas grandes por mi zona, hasta que di con aquella, Belle Extreme..., esa que cambiaría mi vida para siempre.

Di un paseo hasta allí sin demasiadas esperanzas, con la certeza de que iba a encontrar ropa holgada, fea, de señora mayor, oscura, sin forma..., pero ¡estaba completamente equivocada! Entré en Belle Extreme, y Maca, que en ese momento estaba detrás del mostrador y que su pequeña *boutique* apenas estaba comenzando a despegar, me miró de tal manera que pensé que era lesbiana y quería tirarme los trastos. Entonces, se acercó a mí.

—¡Joder, chica! ¡Tienes un puto cuerpo perfecto!

La miré con odio, deseando patearle el culo, porque no entendía la crueldad de sus palabras, la ironía… Estaba gorda, lo sabía, había engordado casi treinta kilos en un año, era consciente. Me miraba en el espejo cada mañana, aquello estaba de más.

—¿Cómo? —pregunté enfadada.

—¡Por favor! Dime que estás buscando trabajo.

—No, estaba buscando pantalones, básicamente.

Maca soltó una carcajada que me hizo sonreír de forma algo desconfiada.

—¡Qué pantalones ni qué ocho cuartos! ¡Ven aquí!

Maca me hizo probar algunos vestidos, tacones, ropa interior sexi, tops con escotes y transparencias y me empecé a sentir segura, me veía en el espejo y, sí, había engordado mucho, pero estaba preciosa o yo me veía así.

Me fui a casa cargada de bolsas y con una tarjeta de su *boutique*, con la promesa de llamarla si me pensaba escuchar su oferta de trabajo.

Al llegar a casa, Nico aún no había regresado de la oficina. Así que me di una ducha rápida, me enfundé uno de los conjuntos de ropa interior que acababa de comprarme y descorché una botella de vino a la hora a la que solía llegar él, llenando dos copas. Unos instantes después, escuché la puerta abrirse y sonreí. Cogí ambas copas y me dirigí hacia la entrada. Nico me miró boquiabierto y en lugar de sonreír, como yo esperaba, se enfurruñó. Su gesto me dio a entender que algo no iba bien, me miré de soslayo en el espejo de la entrada, pensando por un momento que esa mujer que me había atendido en la tienda era la mejor comercial del universo y estaba horrible, pero lo cierto es que yo me encontraba guapa. Así que volví a mirarlo y sonreí, tendí una copa en su dirección, a ver si así se acercaba y, sí, lo hizo.

Cogió la copa y la depositó en el aparador, junto a nosotros, un nudo se instaló en mi estómago, porque él estaba serio, pero por un momento lo que imaginé fue que me iba a devorar, que me iba a besar como hacía meses que no lo hacía, que iba a acariciarme y arrancarme aquel conjunto que me había costado un ojo de la cara, pero que ese dinero estaría bien invertido, si hacía que la pasión volviera a mi vida, a nuestras vidas.

—Martina… —Y supe que algo no iba bien por la forma en la que pronunció mi nombre—. Tenemos que hablar.

Y lo de «tenemos» era un decir, porque el que habló fue él, y tampoco demasiado, no te creas, solo me dijo un puñado de palabras, las suficientes, las imprescindibles. Nunca fue hombre de hablar por hablar y en ese momento no iba a ser menos.

—¿Qué ocurre? —solté yo también la copa junto a la suya.

—Martina, lo siento, pero es que… no puedo.

—¿Qué es lo que no puedes? —pregunté sin entender.

—Esto… Lo siento, Martina, pero me… das asco.

Dicen que cuando tocas fondo ya solo queda subir y ese fue mi momento, después de aquello ya no podía caer más bajo y me costó mucho, muchísimo, volver a ver la superficie. Supongo que en algún momento me volví a perder en el camino, y mis amigas, esas que habían vivido junto a mí no solo la ruptura, sino todo lo que vino después: mi cambio de vida; se dieron cuenta de que necesitaba ayuda y ahí apareció Ángel en la ecuación.

Cuando Ángel pronunció aquellas palabras; aquellas que yo había relegado al olvido, aquellas que yo no quería volver a oír nunca más, aquellas que tuve que decirme una y otra vez que no eran ciertas, que estaban equivocadas, que yo era bonita, por fuera y por dentro y que no merecía aquello, cuando no pensé que volvería a escucharlas, entonces Ángel las pronunció: «asco», quizás por eso se quedaron grabadas en mi cabeza y por fin había derribado las barreras, por fin permití que un chico que no me conocía de nada —y que no era Julián— se acercara a mí y, si cuando lo conocí pensaba que Ángel era un tipo de un polvo y adiós, un hombre perfecto que no se conformaría con una única mujer; nunca imaginé que arrastrara una losa de tal calibre; que quisiera a otra, que tuviera cosas que solucionar en su vida y quizás al principio no me hubiera importado; pero, visto lo visto y llegados a donde hemos llegado, debo reconocer que él me importa, que siento algo más que no puedo controlar y que no quiero que vaya a más y vuelva a llevarme un palo, una decepción. No puedo, no estoy preparada para darme asco de nuevo.

42

YO ELEGÍ VIVIR

ÁNGEL

Debo reconocer que después de esto no tengo muy claro cuál es el siguiente paso a dar. Me propuse, desde que la conocí, que Martina iba a ser mi reto personal, que no la dejaría a sol ni a sombra, que no iba a desfallecer si estaba en mi mano. Lo prometí, porque vi en la cara de aquellas tres chicas sentadas en el Sturbucks que querían a su amiga y que estaban preocupadas y sabía que necesitaba ayuda y que yo era la persona idónea para dársela.

No quiero volver a Tortosa, pero quizás es hora de regresar y enfrentarme a mis fantasmas, enfrentarme a mi familia y plantarles cara, ponerme delante de Víctor y decirle que me traicionó y que no puedo sentir otra cosa por él que no sea odio, y Natalia, con Natalia no sé qué quiero, solo que deje de hacerme daño.

Me hago una infusión y doy vueltas con la cuchara al mejunje mientras recapacito. Servando viene a mi cabeza y me siento responsable de lo que pasó ese pobre hombre que solo intentaba proteger su negocio y a su hija, aunque me cueste perdonarle lo que hizo.

Tengo que volver.

Es el momento de volver.

Pienso en Martina y una sensación desagradable presiona mi estómago, desde que ella apareció en mi vida todo ha cambiado, he sonreído mucho más en estas semanas que en el último año —o más— . Y Martina me gusta, lo he reconocido ya desde hace mucho, pero no sé si estoy preparado para algo más y tampoco si ella quiere, y menos después de todo lo que escuchó. Pero ahora no puedo, no tengo fuerzas para ello.

Escribo un wasap a mis clientes y les cuento que tengo que ausentarme unos días de la ciudad, que no tengo claro cuándo volveré, pero que tengo que solucionar asuntos personales. Les escribo a todos, menos a ella, claro.

Y acto seguido busco el número de Carol en la agenda.

Al segundo tono, descuelga.

—¡Eeeehhh! ¡Ya era hora! Mucho has tardado en llamarme. Quiero saberlo todo, todo, todo. Y no me valen las excusas. —Se carcajea, y yo sonrío con tristeza.

—¿Puedes venir a mi casa ahora?

—¿Ahora? Ostras, espera… —Tarda unos segundos en continuar hablando—. Vale, tengo un cliente a última hora de la mañana y, en teoría, debería repasar su caso antes de la reunión, pero igual me da tiempo luego. En cinco minutos estoy ahí.

Preparo la cafetera, porque sé que Carol es de café, cargado y fuerte, que le encanta con leche entera —se tendrá que conformar con la de almendras que guardo en mi frigorífico— y sin azúcar.

Cuando toca el timbre el café apenas acaba de salir.

Me abraza y me sorprendo, no por el abrazo en sí, porque a mí también me apetece dárselo, sino de la confianza y el cariño que podemos depositar en las personas, aunque las conozcamos de poco tiempo, y Carol y yo sin duda hemos conectado. No recuerdo una amistad así desde Juanjo y María José, incluso desde Nati, con otras connotaciones, claro está.

Me siento frente a ella y lo suelto todo. Todo. Todo lo que tenía guardado desde el primer momento en el que vi a Martina y me volví loco por ella, hasta la llamada de hace unas horas. Le hablo de Nati, de Víctor, de lo ocurrido, de lo cual ella algo ya sabía, pero no a tal nivel de profundidad.

—¿Vas a irte? —Su mirada ha cambiado, soy consciente de que está cargada de decepción.

—Tengo que hacerlo. Nati…, Servando me necesita.

—No puedo creerlo.

—Mi sitio está en Tortosa… Yo tenía sueños, ¿sabes? Y cuando pasó todo hui. Huir nunca está bien. Huir no es la solución, Carol, tú lo sabes tan bien como yo. —Y me quedo callado porque he tocado un tema que sé que le afecta y que no soy nadie para juzgar, hemos hablado muchas veces de cuando ella pasó su propio infierno, cuando lo dejó todo atrás para venirse a Valencia porque no soportaba enfrentarse a la familia de Dani, eso es cierto, pero menos soportaba enfrentarse a cada rincón de su hogar sin él.

Carol se levanta y recoge sus cosas, hace rato que mira la hora, se le hace tarde para su reunión.

—Eres imbécil, Ángel. Nadie allí te necesita, ellos decidieron que tú no eras importante en sus vidas y no huiste, Ángel, no lo hiciste, solo buscaste un camino nuevo que te proporcionara algo de felicidad. Y luchaste, luchaste por montar tu propio negocio, por hacerte con tu clientela y luchaste también contra todo lo que sentiste por Martina desde el primer momento, yo lo sabía, todas lo sabíamos. Veíamos las chispas saltar.

»Te puedes engañar a ti mismo y decidir marcharte ahora, volver allí y revivir el puto infierno que pasaste hace un año, alejarte de tu trabajo, tus amigos, de Martina, de mí… Puedes hacer todo eso que quieras, pero jamás cuestiones el hecho de que yo decidí vivir.

»Dani se murió, yo lo quería hasta con la última célula de mi cuerpo y me dejó sola con dos críos y llena de un amor que ya no le podría dar. Natalia sigue vivita y coleando, al igual que Víctor. Ambos decidieron que tú sobrabas, y tu familia y la suya prefirieron no intervenir y mantenerlo en silencio, ocultártelo… Y tú piensas que lo mejor que puedes hacer ahora que has encontrado un motivo para sonreír cada día es volver allí. Pero ¿sabes qué, Ángel? Que eres un puto cobarde y espero que nunca más en la vida te vuelvas a comparar conmigo. Porque yo, Ángel, yo… decidí vivir.

Carol se marcha y cierra la puerta sin decirme adiós. Sus palabras se reproducen una y otra vez en mi cabeza y leo por última vez esa nota de hace tan solo unas horas. No estoy listo, no estoy preparado para tener que luchar por otra mujer.

Sin pensarlo más, preparo mis maletas y me voy.

43

ODIO LOS PUTOS LUNES

Martina

Odio los lunes.

Odio los putos lunes con cada célula de mi piel.

Odio los putos lunes, aunque no tenga que ir a trabajar, porque la resaca y el cansancio por tantas noches en vela normalmente me pasan factura.

Pero hoy, hoy no es el alcohol consumido durante mis días laborales, no es solo el cansancio de las noches sin dormir… Es todo, el puto vértigo que me da lo que ha ocurrido desde hace una semana, una sola semana en la que mi vida se ha vuelto del revés y he pasado de renacer a la tristeza absoluta.

No puedo dar un solo paso sin que cada partícula de mi sexo se contraiga y me acuerde de él, las agujetas ya empiezan a asomar. Jodido demonio, al final tenía razón, he hecho más ejercicio en un día que en toda la semana junta.

Recapacito sobre la nota que dejé en su mesa. Entré en pánico al escuchar aquella conversación, porque si hay algo que no quiero, aparte obviamente de darle asco, es estar en medio de una relación, en un extraño triángulo o cuarteto amoroso del que puedo salir perjudicada, porque puedo deducir qué fue lo que ocurrió allí. Ángel tiene que enfrentarse a sus propios fantasmas, y yo no puedo ayudarlo, bastante jodida estoy con los míos.

Lo peor es que pasan las horas y, aunque llevo aferrada al móvil desde primera hora de la mañana, no ha sonado ni una sola vez, el timbre tampoco; así que es obvio que me ha hecho caso, no va a venir, no va a llamar. Es lo mejor, lo sé, pero pica.

Me pego el día a duermevela en el sofá, he pedido pizza para almorzar, hamburguesas para merendar y chino para cenar, me he puesto hasta el culo y más sin apenas levantarme del sofá.

A las nueve de la noche llaman al timbre y me arrastro hasta la puerta para abrir.

Carol está al otro lado con cara de cordero degollado y me mira con un gesto que no soy capaz de deducir.

—Si vienes para pedirme que cuide de nuevo a tus hijos, he de decirte que te quiero, Carol, te quiero mucho, pero no pienso quedarme con ellos hasta dentro de al menos dos años.

—Exagerada. ¿Ya has terminado de autocompadecerte? —me suelta con rudeza, y la miro con los ojos como platos, no entiendo por qué me habla así, a no ser que…

—Vale, olvidaba que tú y tu amiguito Ángel os contáis todo.

—Bueno, al menos Ángel me cuenta más que tú. ¿Cuándo pensabas decirme que estabas colada por él? —me echa en cara.

—¿Nunca? —espeto—. No estoy colada por él. Solo hemos follado como cosacos durante unas horas.

—Ya. Estás cagada.

No le respondo, no tengo necesidad de responder a eso, me parece una absurdez tan absoluta como esta tontería tan grande de no decir la palabra odio.

—Odio cuando te pones gilipollas.

—Martina, me lo prometiste. Por tu vida, no vuelvas a entrar en ese bucle, ya sabes todo lo que pasó la última vez.

—No estoy cagada —suelto y me arrepiento un poco de haber roto mi promesa, porque sé que tiene razón.

—Pues lo parece, porque apestas, chica. Vete a la ducha, yo recojo este desastre —me pide y ha suavizado el tono de su voz, porque sabe que de otra forma no va a conseguir nada bueno de mí.

Resoplo y le hago caso.

—¡Ponte cómoda! Nos vamos a correr —grita cuando entro en mi dormitorio a coger algo de ropa.

—¡Ya me he corrido bastante por hoy! —refunfuño. Correr, dice, si mi cuerpo es capaz de dar más de diez pasos seguidos después de toda la comida que he ingerido en unas horas será un milagro.

Sin embargo, le hago caso; me ducho y me enfundo una camiseta, unos *leggins* y deportivas, me hago una cola de caballo y pienso, recapacito, lo sé, soy imbécil. Hace poco más de un mes no conocía a ese tío y, sí, me gusta, está bueno, es simpático, me toca los ovarios como nadie y otras cosas, otras cosas también me las toca como nadie.

«Has follado, nena, así que date con un canto en el pecho y a seguir, porque tú lo mereces», retumba en mi cabeza mientras miro mi reflejo en el espejo y no lo digo en alto porque sé que resulta algo ridículo y no quiero que Carol me escuche.

Ya te lo he explicado, me costó mucho afrontar que yo no daba asco, que yo era buena, bonita, guapa, que yo me merecía más, mucho más, y también me merezco más que un tío que me busca y me folla, pero está enamorado de otra.

Salgo al salón, y Carol lo ha dejado todo recogido y limpio en un momento, si es que la tengo que querer, aunque a veces sea un poco…, cómo decirlo…, ¿cucarachosa? No encuentro otro símil sin pronunciar la palabra prohibida, lo siento.

—Pareces otra —masculla.

Me lanza las llaves de casa y salimos.

—No pienso correr —refunfuño.

—Con todo lo que supongo que has comido por la cantidad de basura que había en tu salón, me conformo con que camines al lado mío.

44

TORTOSA

ÁNGEL

Tortosa no está lejos de Valencia y, aunque en otras ocasiones ese camino se me podía haber hecho interminable, hoy se me ha pasado rápido.

Voy directo a casa de mi madre y me conciencio durante el trayecto de que debo tener paciencia, respirar hondo y no enfadarme más, no merece la pena.

Cuando llamo al timbre, abre mi padre. Me mira, sé qué está sorprendido, pero no dice ni «mu», se gira y entra dentro de casa.

Mi madre se asoma extrañada al no escuchar voces, porque yo tampoco he dicho nada, me he quedado de piedra, al menos me esperaba un saludo.

Mi padre no me habla desde la hecatombe.

Cuando me doy cuenta, mi madre me está abrazando y besando, y yo hago lo propio. A pesar de todo, la quiero. Ha pasado tanto tiempo…

—Ven, cariño, entra. —La sigo hasta la cocina y observo cómo prepara la cafetera.

No ha salido el café cuando escucho el timbre y sé que ese que viene es él, Víctor, y que es probable que haya sido mi padre quien le ha avisado de que estoy aquí.

Entra en la cocina, pero no le dejo hablar, ni acercarse, pongo la mano en alto para que pare, para que no dé un paso más.

—He vuelto, al menos por un tiempo. Mañana a primera hora estaré en el gabinete y me haré cargo de poner las cosas al día y buscar a alguien que pueda trabajar para Servando; pero, Víctor, no quiero verte más, para mí estás muerto.

Mi madre se lleva la mano a la boca ahogando un grito por lo que acabo de soltar.

Mi hermano se queda de piedra, porque jamás en la vida, en todos los años que compartimos juntos, le he hablado así, porque yo lo quería, lo respetaba, lo admiraba…, pero ya no.

Y quizás es momento de contarte, para que puedas entenderlo mejor, que un día, un día hace ya un año, mi hermano y yo nos fuimos a cenar y de copas, solíamos hacerlo muy de vez en cuando para compartir nuestros éxitos, nuestros fracasos, nuestras preocupaciones, para simplemente charlar y reírnos. Esa noche lo notaba tenso, pero me imaginé que tendría alguna operación importante al día siguiente y por eso estaba más nervioso de lo habitual.

Descarté la idea cuando las horas pasaban y Víctor y yo sustituimos el restaurante y las risas por un bar cercano, me pedí una cerveza y esperé, porque sabía que quería contarme algo y supe que era algo grande cuando mi hermano pidió el quinto *whisky* con hielo y todavía no había abierto la boca. No hacía falta ser psicólogo para percibir que estaba de los nervios.

—¿Lo vas a soltar ya? ¿Qué pasa, hermanito? ¿De qué me quieres hablar? —lo pinché.

—Estoy enamorado —me confesó cuando ya casi había vaciado el vaso y le pedía al camarero que lo rellenara de nuevo.

—¡Guau! ¡Ha llegado por fin la mujer capaz de romper los moldes para que flaquees! Pero eso es bueno, cuéntame más. ¿Ella lo sabe?

—Sí, lo sabe. —Sonrió y se rascó la cabeza nervioso—. De hecho, llevamos un tiempo… viéndonos.

—¿Y te lo tenías callado? —le pregunté muerto de la risa, ver a mi hermano así, tan encoñado y hasta asustado, era nuevo.

—Nuestra situación es un poco complicada, pero sí, me lo he callado hasta ahora.

—¿Cuánto tiempo lleváis juntos?

—Más de un año.

—¡¡Joder!! ¡Tú eres un capullo! ¿Llevas más de un año saliendo con una tía y no me has contado nada? —protesté sorprendido.

—Ya. Me ha costado decidirme. Al principio solo nos estábamos conociendo, pero…

—¡Un año! Eres un capullo. —Solté una carcajada y le palmeé en la espalda—. Ostras, hermano, te veo así como un poco encoñado. Me alegro un montón. ¿Y por qué la situación es complicada?

—Digamos que teníamos algunas diferencias y temíamos que la familia no nos apoyara —me explicó.

—Víctor. —Me puse serio—. ¿Eres gay? —pregunté sorprendido porque lo había visto con mil mujeres diferentes, igual no era gay, era bisexual o se había enamorado de un tío, que también podía pasar, ¿por qué el amor tenía que ir clasificado como si fueran productos del supermercado? Heteros por aquí, homosexuales por allí… No, no era así, podías enamorarte de alguien por el simple hecho de ser esa persona independientemente de su sexo y a mí me daba exactamente igual, nunca lo desaprobaría. A mis padres igual sí que les costaba asimilarlo, pero ellos lo querían, nos querían, y yo estaba seguro de que lo terminarían aceptando.

—No, no es eso. —Rio y se le formaron esas arruguillas junto a sus ojos que empezaban a marcarse más una vez pasó los cuarenta—. Lo cierto es que hemos ido tanteando y parece que todos lo han aceptado, por fin.

—¿Todos? ¿Cómo que todos? —Lo miré extrañado, era la primera noticia que tenía al respecto y yo formaba parte de ese «todos», ¿por qué no me había enterado entonces?

—Bueno, su familia se sorprendió y, en un primer momento, pusieron el grito en el cielo, pero digamos que… me quieren como a un hijo y, dentro de lo malo, pues me han acogido con cariño y con los brazos abiertos.

—¿Estás borracho, Víctor? Pensaba que tenías más aguante, no entiendo un carajo. ¿Estás enamorado de un hombre? —reformulé la pregunta, por si mi teoría del amor al ser no al sexo era cierta.

—Hace unos meses se lo conté a papá y a mamá. —Me quedé en silencio sin entender absolutamente nada porque él tampoco me lo aclaraba, básicamente—. Fue duro, Ángel, fue mi duro porque yo estoy enamorado, enamorado hasta las trancas, pero la situación es… complicada, y les di un gran disgusto. He llorado con mamá muchas noches, pero he logrado que lo entienda, que lo entiendan, ambos.

—Claro que sí, hermano, no te avergüences. —Le pasé el brazo por el hombro—. Mírame. Víctor, mírame. —Clavó sus ojos en los míos y estaban brillantes, las lágrimas se acumulaban en ellos y ya había dejado de pensar que aquello era una broma. Mi hermano estaba enamorado, enamorado de verdad y nada podía ser tan malo—. Te quiero, yo te apoyo, no sé por qué soy el último en enterarme, pero el amor siempre vale la pena, siempre merece las guerras que tengamos que luchar y lo veo, veo en tus ojos amor, estás jodidamente enamorado, hermano. —Sonreí—. Y no sabes cuánto me alegro. Da igual que lo estés de un hombre, de una mujer o de la mismísima mujer barbuda, yo te apoyaré siempre —pronuncié completamente ignorante de lo que me esperaba.

—Sus padres han aceptado todo esto, pero con una sola condición. —Lo miré expectante, porque seguía sin entender de qué iba aquello—. Que solucionemos todas las barreras que lo impiden, que lo hagamos bien y cuanto antes, pero yo necesitaba tiempo, Ángel, necesitaba tiempo para saber si me estaba equivocando o no.

Se quedó en silencio, y yo no podía pronunciar palabra. Mi hermano estaba llorando, las lágrimas caían sin control, y yo empecé a temblar sin saber aún por qué, temblé. Mi corazón empezó a acelerarse y noté mareo, apenas había tomado una cerveza, no era el alcohol lo que me estaba sentando mal; era aquella mirada, aquel gesto, aquellas manos nerviosas, aquella pierna que traqueteaba sin parar.

—¿Qué pasa, Víctor? Cuéntame qué ocurre.

—Ángel. Yo… intenté evitarlo, te lo juro. Me marché unos meses incluso, ¿sabes? Me fui… Intenté hacer mi vida fuera, en Madrid; lo sabes, ¿verdad? —Asentí, mi hermano había aceptado una oportunidad laboral en un hospital privado de Madrid con gran prestigio, siempre me dijo que no había sido feliz allí; que el trabajo estaba bien, que sus compañeros eran geniales, que la clínica era increíble, pero que no era feliz, que necesitaba volver, que necesitaba estar en casa y ahí también lo apoyé. Si era lo que él necesitaba, quiénes éramos los demás para discutírselo. Asentí de nuevo para que continuase—. Lo intenté —repitió. El camarero rellenó su copa y le dio un largo trago antes de continuar—. Pero no pude hacer nada, ya estaba enamorado, y ella…, ella también.

—Ella… —Toda mi teoría se vino abajo entonces y aún entendía menos.

—Sí. Ella. Ángel, ella también intentó evitarlo, pero no pudo. No puedo atrasar más este momento, estamos seguros, completamente seguros de que nos queremos.

—Eso está bien —mascullé.

—No, no lo está, Ángel. Yo… y Nati…

—¿Nati? —pregunté sin entender qué tenía que ver Nati en todo aquello.

—Nati y yo nos queremos, Ángel. —El mundo se me vino encima, me quedé pálido, sin entender, sin comprender qué era eso que me estaba contando. Víctor hablaba y hablaba sin mirarme a los ojos, dejando que sus lágrimas cayeran una tras otra—. Cuando nos empezamos a sentir atraídos nos evitamos, te juro por mi vida que lo hicimos; pero, una vez nos besamos, yo estaba ya convencido de que no había vuelta atrás. No queríamos hacerte daño, siempre has estado tan unido a ella, Ángel; pero ella…, ella solo te quiere como a un amigo, como a su mejor amigo, como a ese amigo que ha compartido con ella toda su vida, casi como a un hermano y no quería hacerte daño.

—¿Nati? —repetí la pregunta—. ¿Mi Nati? —Mi hermano asintió.

Me levanté, me temblaban las piernas pensando que todo aquello era una broma macabra que no tenía ni puta gracia y que había llegado demasiado lejos.

—Lo siento. Ángel, yo…, yo te quiero, eres mi hermano, pero… no puedo evitarlo. Estoy jodidamente enamorado de ella, y ella lo está de mí. Hemos acordado que sea yo el que te lo cuente, hemos buscado la forma de que esto te hiciera el menor daño posible y somos conscientes de que… es complicado.

Caminé de espaldas negando con la cabeza, totalmente incrédulo. ¿Había vivido en una puta farsa durante más de un año? ¿Toda mi familia, toda su familia, mi hermano y Nati se habían confabulado para que yo no me enterase de lo que ocurría? ¿Todos habían aprobado aquello?

Me marché, me marché y dejé a Víctor allí.

Esa noche cogí un taxi que me llevó hasta mi casa, y la única razón por la que decidí ir allí fue porque Nati me había comentado esa tarde que dormiría en casa de sus padres. No me extrañó, a veces solía hacerlo, me decía que su madre no se encontraba bien y que no quería dejarla sola porque su padre dormía como un tronco y no se enteraba de nada… Ya, el que no me enteraba de nada era yo, supuse que todas esas noches mi hermano durmió a su lado, no sabía con certeza si en casa de sus padres o en un hotel, pero juntos, seguro.

Me volví loco, me volví completamente loco. No estoy orgulloso de la forma en la que me comporté. Tiré media casa abajo, rompí marcos, fotos, rajé los sofás, lancé plato a plato toda la puta vajilla, tiré abajo muebles, ropa, recuerdos... Todo, rompí todo lo que mis fuerzas me permitieron.

El móvil sonaba sin parar, pero yo no podía escucharlo, tenía un pitido metido en mi cabeza, un pitido y una frase: «Nati y yo nos queremos» y no me lo podía creer. Llené una maleta, cogí mi portátil, el cargador del móvil y poco más con la idea de conducir hasta que encontrara un lugar donde dormir, hasta que dejara pasar unas horas y pudiera pensar con claridad qué hacer o despertara de aquella puta pesadilla.

Me di cuenta de que llamaban al timbre hacía rato, aporreaban la puerta, yo no quería ver a nadie, suponía que era Víctor, Nati no era posible, ella tenía llaves. No quería verlo, no podía verlo. Pero entonces escuché su voz, a Juanjo, y fui corriendo hasta la entrada pensando que él también me había traicionado y conocía la historia, rogando porque no fuera así, porque nunca podría perdonárselo y no podía perderlo a él también, pero mi amigo estaba allí en pijama, con cara de llevar varias horas durmiendo y parecía realmente asustado.

—¿Qué pasa, tío? ¿Qué ha ocurrido? Víctor me ha llamado y me ha dicho que me necesitabas.

Y, entonces..., entonces lloré.

Lloré como no lo había hecho en toda mi puta vida.

Lloré tan desconsolado, tan perdido como estaba, tan descolocado... que dejé de sentir, dejé de pensar, por un momento hasta dejé de existir.

Y Juanjo me abrazó sin saber qué ocurría, lloró conmigo, se aferró a mí durante mucho tiempo, me sujetó para que no cayera y no solo en ese instante, sino en muchos durante algunos días después. Juanjo había sido mi tabla de salvación.

45

ICEBERG A LA VISTA

Martina

A la mañana siguiente tengo la esperanza de que él aparezca. Me levanto temprano, me tomo un café y cereales con leche, me doy una ducha y obvio pasar por mi báscula, no tengo la cabeza yo para pensar en ese otro problema.

Una vez frente a mi armario, elijo el conjunto deportivo nuevo; me sienta bien, me gusta el color fosforito y… ¡Joder! Estoy guapa y quiero que me vea así. Me recojo el cabello y hasta me pinto los labios, sonrío al imaginar que al llegar me va a soltar alguna de sus bromas.

No estoy segura de que hoy vuelva, pero sí que apuesto a que Ángel no se rendirá, ya no me refiero a este embrollo en el que nos hemos metido para solucionar el calentón que llevábamos acumulando demasiados días, sino eso por lo que mis amigas le han pagado un año completo y por lo que él prometió que lucharía; él me lo dijo: soy su reto.

Sonrío. Vendrá, llevará a cabo alguna de sus estratagemas para convencerme de que debemos seguir entrenando —cosa que obviamente no necesito porque es lo que más quiero ahora mismo— y seguiremos como hasta el momento o al menos como antes de que me empotrara contra mi puerta.

A las diez me doy cuenta de que no va a aparecer, lo cual me decepciona y, hasta cierto punto, me entristece; pero, como no quiero pensar en ello, lo único que se me ocurre es salir a entrenar yo sola y, con suerte, me lo encontraré con alguno de sus otros clientes.

Aunque dudo unos instantes, lo llamo por teléfono, pero no contesta. Igual está trabajando, no quiero pensar que no quiere hablar conmigo, al fin y al cabo, no le he hecho nada —si obviamos ese pequeño detalle en forma de nota escrita de mi puño y letra pidiéndole que no me llamase—. No hace falta que me digas que soy un poco —muy— estúpida, gracias.

Corro durante unos minutos hasta que llego a la puerta de su casa y llamo al timbre. Al final creo que las cosas es mejor hablarlas de cara y que aún no habíamos definido con exactitud qué era eso que estaba pasando entre nosotros —que duró apenas unas horas—. Lo cierto es que Ángel no me debe ninguna explicación y me cae bien; es mi entrenador, es mi amigo, es mi puñetero demonio y supongo que me toca disculparme por esa escenita de celos.

Si me paro a pensar, ni siquiera me había planteado qué ocurriría si todo esto pasaba, básicamente, porque desde que pensé que era gay lo descarté por completo y, antes…, pues antes solo pensaba en sexo, para ser sincera. No sé en qué punto, en tan pocos días, he pasado de querer escaquearme de él y sus tablas de ejercicios, a este nivel de desesperación porque no coge mis llamadas.

Lo único que espero es que podamos volver a la normalidad y todo esto da vueltas en mi cabeza mientras toco un par de veces más en el portero automático, por si lo he cogido cagando o pajeándose o vete a saber qué… Pero no me abre, así que no me queda más remedio que irme por donde he venido, refunfuñando y maldiciéndolo, eso sí.

Una hora después, estoy en casa y remuevo de forma constante una taza de café, debe de estar frío ya de tantas vueltas que ha dado el pobre; frío o mareado. Sin embargo, no lo reflexiono, no me importa, ni siquiera puedo decirte si voy a tomarlo o no, solo necesito hacer algo que me mantenga cuerda.

El móvil suena y doy un respingo pensando que es él, que Ángel por fin ha visto mis llamadas, pero el nombre de mi jefa aparece en pantalla. Carraspeo, necesito parecer feliz, necesito parecer sonriente, en realidad, necesito que parezca lo que sea menos que estoy hecha un asco en este momento.

—¡Buenos días, Maca! —canturreo.

—Marti, ¿qué tal?

—¡Ya casi tengo el artículo que me pediste sobre Planet! —Mentira. Burda mentira, en realidad ni me acordaba, me ha venido como una luz al escucharla—. Adoro ese bar, ¿te lo he dicho alguna vez? —continúo—. Además, las fotos de Luka... Uf, esas fotos quitan el sentido, me encantan.

—Sí, la verdad es que hizo un gran trabajo. Ambos lo hicisteis, saliste preciosa. —Sonrío satisfecha—. Oye, Martina, no te llamaba para preguntarte por el artículo, ya suponía que lo subirías en estos días, es que... —Se queda callada y flipo, flipo en colores, mi jefa, desde que la conozco, jamás, jamás de los jamases, se ha quedado en silencio.

—¿Ocurre algo, Maca? ¿Estás bien? —Mi sonrisa vuela.

—Sí, sí... Estoy súper bien. Lo cierto es que..., ¿podrías acercarte un momento por Belle Extreme? —me pide.

—Sí, claro. En un rato estoy por ahí.

El pulso se me acelera y pienso en posibles cosas que haya hecho mal por las que deba llevarme un tirón de orejas y lo primero que me viene a la cabeza es Eli, aquella mujer que puso el grito en el cielo cuando reconoció a Ángel. ¿Habrá dado con la *boutique*? ¿Habrá intentando prenderle fuego como vaticiné? No soy capaz de deducirlo. Maca no parecía demasiado alterada, así que la tienda debe de seguir en su sitio.

¿Se habrá enterado de que el domingo hice pellas?

No sé...

No sé absolutamente nada, pero es todo extraño. Ese tono, ese titubeo, ese silencio incómodo... Nada de eso es normal. ¿Me habrá visto entrenando?

Agito la cabeza. «¿De verdad sirve de algo seguir atosigándome a preguntas? Eso es una pregunta en sí, Martina, cariño —me digo a mí misma—. Ya sé que es una pregunta, solo necesito saber qué pasa. Pues conduce más deprisa y deja de pensar». Así soy yo..., no es normal, lo sé, ¿te crees que no? Ves, otra pregunta. Mi vida es una pura incógnita.

Unos minutos después logro aparcar, no me ha costado demasiado, cosa bastante milagrosa. Camino deprisa y entro a la *boutique*.

—Hola. —Maca me sonríe, está junto a Luka mirando algo en el ordenador de la recepción.

—Hola, Marti. —Luka repite el gesto de mi jefa, pero hay algo extraño en su tono, aún no sé el qué.

—Hola, caracolas —respondo simulando no estar histérica—. ¿Qué hacéis pegados al ordenador trabajando en vez de estar fornicando en la trastienda? —suelto y menos mal que ambos me conocen y saben que cuando me pongo nerviosa digo estupideces. Ríen, pero es una risa rara, no es la de siempre—. ¿Qué sucede?

—Marti, Luka y yo queremos contarte algo —comienza mi jefa y de pronto me enseña un pedrusco que lleva en un anillo de su mano—. Nos vamos a casar.

—Ostras —mascullo—. ¡¡Ostras!! —suelto esta vez con total alegría, como quitándome un peso de encima. ¿Era eso? ¿Era eso lo que los tenía tan extraños?—. ¡Enhorabuena, Maca, Luka! ¡Qué alegría!

Ambos sonríen.

—Gracias, Marti. Estamos… felices. Pero tengo que comunicarte algo más.

Ay, Dios, que esta mujer ahora mismo me suelta que va a tener Lukitas y Macarenitas pequeñitos corriendo por doquier. Decido no abrir la boca, porque no quiero decir ninguna estupidez más.

—Venga…, suéltalo ya.

—Hemos recapacitado mucho en las opciones y, bueno, finalmente hemos decidido que nos vamos a ir a vivir a Milán.

—¿En serio? —pregunto sorprendida. No imaginé nunca que se lo estuvieran planteando, ni siquiera creí que fueran tan en serio.

—Sí, le han ofrecido a Luka trabajar como fotógrafo para una de las revistas de moda más importantes de Milán, le pagarán mucho, le pagarán muchísimo más de lo que yo puedo pagarle aquí.

—Ya, entiendo.

—Sí, es una oportunidad única y nos va tan bien…, somos tan felices juntos, Martina. Tú lo sabes, me conocías antes de que él y yo comenzáramos esta relación que todo el mundo se empeñaba en juzgar. —Asiento—. El caso es que… lo hemos recapacitado mucho y, tras barajar todas las opciones disponibles, vamos a dejar Belle Extreme. El mundo de la moda en talla XXL está en auge a nivel mundial y podemos aprovechar el tirón y los contactos de la revista de moda y, no sé…, hacer algo grande.

—¿Vas a cerrar la tienda? —pregunto atónita, es con lo que me he quedado de toda esa verborrea.

Maca asiente, y Luka desvía la mirada.

—Sí. Tengo mucho que agradecerte, Martina, mucho. Creo que sin ti no hubiéramos crecido ni una décima parte de lo que lo hemos conseguido, has sido muy importante para nosotros, para Belle Extreme, para mí.

—Vale…, yo… —No sé qué decir, no tengo nada malo que soltar porque, por mucho que diga que odio mi trabajo, en realidad no. La verdad es que en los dos últimos años he sido más yo que nunca, me he encontrado y he sido feliz. Pero lo entiendo, entiendo lo que ocurre y también comprendo que me acabo de quedar en el paro. Resoplo—. Lo entiendo —verbalizo al fin lo que ronda por mi cabeza.

Me quedo como en trance mientras firmamos los documentos oportunos de finiquito. Me abrazan, correspondo al cariño que me trasmiten y los felicito de nuevo.

«Pues, mira por dónde, ya no tengo excusa para no hacer deporte. Espíritu de Carol, positivismo a tope de *power*, sal de mi cuerpo».

Iceberg a la vista, tocada y hundida…

46

NATI

ángel

Los días transcurren mientras me hago cargo del gabinete, parece como si no hubiera pasado el tiempo. Tras la sorpresa inicial, los saludos pertinentes, los cuchicheos del resto del personal; las aguas se calman y yo con ellas.

Servando no se ha incorporado, y yo trato a sus clientes, muchos de los cuales eran míos hace tan solo un año. Me disculpo con ellos por la desorganización de las consultas y pronto todo se pone en funcionamiento como antes.

Los mismos trajes y corbatas.

El mismo café cada mañana.

Los mismos saludos de cada día durante tantos años.

El mismo despacho, la misma mesa, el mismo diván…

Todo es igual, pero, al mismo tiempo, nada lo es.

Me reúno con las empresas con las que trabajábamos, con los centros escolares, con la asesoría. Valoro la situación y pongo al día toda la documentación que está atrasada. Las cuentas han mermado; evalúo los ingresos del último año, los casos tratados, los pacientes… y ha sido todo un poco caótico, pero nada que no tenga solución.

Unos días más tarde, comienzo a recibir llamadas de mis clientes en Valencia y uno a uno tengo que ir informando de que no sé cuándo volveré, cuándo podré incorporarme de nuevo al trabajo. Algunos han decidido apuntarse al gimnasio; otros me han pedido que les mande una tabla de ejercicios básica por correo electrónico con la cual poder seguir unas pautas para no perder la forma física hasta que yo vuelva; otros, simplemente, han decidido prescindir de mis servicios; y luego está ella, Martina, con la que no he hablado más después de lo ocurrido. Intentó llamarme, pero yo no estaba, ni para ella ni para nadie, y ahora me arrepiento, tendría que haberle cogido el teléfono, tendría que haberle explicado, tendría que haberle contado que no desaparecía por su culpa, ni siquiera por la mía..., pero no lo hice y ahora, un puñado de días después, ya me parece demasiado tarde.

Con el devenir de los días la situación se ha ido normalizando. Hablo por teléfono con Servando, que sigue de baja, y no quiero añadirle más drama al asunto. Tratamos estrictamente el tema profesional que nos atañe y ya lo noto más tranquilo, más sereno. Le comento que tengo varias citas para entrevistas mañana con la intención de buscar un compañero que le ayude a llevar todo el negocio, y no se lo toma mal, lo acepta y me lo agradece.

Llevo quince días en Tortosa y prácticamente a los únicos que he visto tras el encontronazo en casa de mis padres, aparte de a la secretaria y a los pacientes, son a Juanjo y a María José, que nuevamente me han acogido en su casa. Nunca había tenido tanta necesidad de abrazar a un amigo como me ocurre ahora; por gratitud, por felicidad, por lo bien que lo han hecho ambos, por todo lo que me dan.

Cuando ya no queda nadie en el gabinete y estoy recogiendo todas mis cosas, escucho que la puerta se abre. Me acerco hasta la entrada para avisar de que ya hemos cerrado, pero me quedo completamente paralizado cuando veo a Nati allí, parada frente a mí, con las llaves en la mano y una carpeta en la otra.

—Hola —masculla.

Se ha cambiado el color del cabello y el corte de pelo, está rara, está distinta con ese rubio tan corto. No le queda mal, para ser honesto, pero... no parece ella.

—Hola.

Me guardo para mí todo el rencor que de pronto me asola, todas esas palabras que he querido decirle desde que pasó lo que pasó, todas esas lágrimas que amenazan con querer volver, todas esas preguntas que no he logrado responder tras un año separados.

—¿Puedes concederme unos minutos en la sala de reuniones? —me pregunta. Asiento y la sigo. Pasamos dentro y, tras encender todas las luces, nos sentamos; ella frente a mí—. Antes que nada, quiero agradecerte el esfuerzo que has hecho al volver, porque sé que no querías, que pensabas que no podías, aunque yo sabía que sí serías capaz. Has ayudado mucho a mi padre, está más tranquilo, mucho más tranquilo desde que ha logrado hablar contigo.

—Sí, las cuentas ya están al día y los pacientes atendidos. Mañana tengo algunas entrevistas…

—No, Ángel. No es solo por eso —me interrumpe—. El Gabinete es la vida de mi padre, sí, lo es, y no era lo mismo sin ti. Pero mi padre necesitaba más, se moría de puros remordimientos, Ángel, y él no tiene la culpa, de nada… La culpa es solo… de las circunstancias —continúa.

—Y un poco tuya también —suelto, pero no lo digo con odio ni con resquemor, solo como una declaración, para que no se le olvide.

—Sí, y mía, por enamorarme. —Me tenso, porque no quiero hablar de eso—. No te preocupes, no vengo a hurgar más en las heridas —añade al contemplar mi gesto—. Solo he venido a traerte esto. —Me tiende la carpeta.

Por fin. Por fin después de un año en el que mi abogado me decía que Nati se negaba en rotundo a firmar la sentencia de divorcio hasta que regresara a Tortosa, al fin tengo los papeles frente a mí con ese garabato que tanto reconozco como rúbrica al final del documento. Sonrío un poco, solo un poco, al saber que soy libre, que ya nada me ata a ella ni a Tortosa —y, sí, he preferido obviar que ahora es mi cuñada y que no se irá de mi familia nunca jamás—. Lo cierto es que me he quitado un peso de encima. El peso de un matrimonio. De una farsa.

—Gracias.

Sabe que no voy a decir nada más, porque realmente siento que no hay nada que pueda decir que no le haga daño, que no me haga más daño a mí mismo, así que es mejor callar. Se pone de pie y coloca su mano en mi hombro, no esperaba el contacto, pero no la aparto tampoco.

—Ángel, yo sé que todo esto te duele, porque teníamos una vida tranquila, una rutina, teníamos objetivos, seguridad… y nada de eso existe ya. Pero, cielo, piénsalo. Quizás aún no lo sepas, quizás no ha llegado a tu vida la mujer capaz de hacerte entender la verdad. Que tú y yo no nos amábamos.

»Fuimos grandes amigos, los mejores, Ángel. Cada vez que miro hacia atrás, a mi infancia o a mi juventud, recuerdo con cariño, con ternura e incluso con añoranza mil momentos a tu lado. Pero no me producen nada más. No había chispas, no había deseo, más que el de satisfacer una mera necesidad. Había cariño, sí, pero no amor. Y eso, Ángel, eso algún día lo entenderás; cuando conozcas a la persona que, sin tú querer, venga a tu cabeza constantemente, con la que sonrías sin darte cuenta al pensar en ella, con la que ni siquiera entiendas por qué está ahí, en tu mente, continuamente. Un día, Ángel, aparecerá esa persona que tambaleará toda tu vida, que provocará en tu estómago un cosquilleo cada vez que la veas y sientas que lo que más te apetece en el mundo es besarla, besarla y hacerla sonreír, que acelere tu pulso, que te haga temblar. Un día, Ángel, un día te darás cuenta de que la sensación será incontrolable y puede que intentes evitarlo, como lo hice yo; porque te lo juro, lo intenté; pero no habrá forma de sortearlo, estará ahí cada mañana en tu pensamiento, a cada momento de tu vida cada cosa te recordará a ella y te sentirás morir, poco a poco, si te niegas a verlo, si te niegas a aceptarlo... Por mucho que reniegues de eso, por mucho que huyas, nada funcionará, porque, Ángel, cielo, eso... eso es amor, y no lo que tú y yo sentimos.

»Quiero pensar que no nos equivocamos, que hubo una parte del camino que estábamos destinados a recorrer juntos, fuimos felices a nuestra manera sin todas esas chispas, sin toda la química, sin toda la pasión que el amor aporta a una relación. Solo espero, Ángel, ojalá y te lo digo de todo corazón, que nunca tengas que enfrentarte a ese sentimiento sabiendo que al tomar el camino que te corresponde herirás a la persona más importante de tu vida. Para mí lo eras, Ángel, lo eres..., y para Víctor también. No pudimos controlarlo y no fuimos capaces de hacerlo mejor. Ojalá algún día puedas entenderlo.

Nati habla con dulzura y cariño, escucho sus palabras, me sumerjo en ellas y no tengo ni puta idea de por qué un jodido nombre retumba una y otra vez en mi cabeza: Martina.

47

¿CÓMO ME HA LLAMADO LA SO CERDA ESTA?

Martina

Debo reconocer que las cosas no están yendo demasiado bien, que igual estoy haciendo un esfuerzo titánico para no mandarlo todo a la mierda. Pero, por una vez en mi vida, he decidido que la autocompasión la voy a dejar en la puerta de casa y, aunque ahora mismo estoy un poco perdida y no sé qué voy a hacer con mi vida, pues me he prometido a mí misma —vale, un poquito a Carol también— que no me voy a meter en una de esas espirales de autodestrucción que tan bien me conozco.

Llevo unos días estableciendo una nueva rutina, después de intentar poner el máximo orden posible a mi alrededor; mi casa está como los chorros del oro. He decidido que, ahora que estoy en desempleo, no puedo derrochar nada de nada, así que he empezado a comer las decenas de productos que me obligó a comprar Ángel, a mí todo me sabe igual; a paja o a nada, que es, básicamente, lo mismo.

Estoy desayunando los copos de avena con yogur y un puñado de frutos secos y luego, cada día, salgo a hacer ejercicio, sí, sola, sin que nadie me obligue. Hay que ver, con lo que yo he sido…

Después de estar unos días sin hacer absolutamente nada con la cabeza dando vueltas, pensando constantemente en lo que ocurrió en casa de Ángel, en mis celos plasmados en un trozo de papel que han provocado que no vuelva a saber de él, solo me queda claro que la sensación de ahogo que me produce no me gusta, porque me doy cuenta de lo que ocurre. No he querido verlo, no he querido asimilarlo, pero está claro, estoy encoñada de Ángel y jode, duele, me exaspera… Como todo con él desde que lo conozco, por lo que no se me ocurre otra cosa que tomar una rutina deportiva que me ayude a no pensar tanto. Me he propuesto salir a correr cada mañana, como hoy, con mi ropa y zapatos deportivos, mis auriculares y kilos de optimismo, me pongo en marcha.

Me paro en el parque donde solía entrenar en ocasiones con Ángel y hago alguno de los ejercicios que él me mandaba, y lo primero que pienso es que en algún momento se le pasará el enfado y va a estar orgulloso de mí —mentira, lo primero que pienso es que estoy deseando encontrármelo por aquí con alguno de sus clientes para poder acercarme a él sin tener que llamarlo más, rebajarme ni hacer el ridículo del siglo y darle una patada o dos, eso también—.

Me tumbo en el césped, está algo húmedo, pero casi se agradece porque el sol, a pesar de ser las diez de la mañana, pega con fuerza.

«¡Venga, Marti, que tú puedes!», me animo.

Música a tope de *power*.

Ganas a *full*.

«Y… uno, dos, tres… Qué azul está el cielo —cavilo, cualquier cosa con tal de no pensar en demonios de pacotilla que desaparecen del mapa—. Diez, once, doce… Coño, esto duele. —Paro, tomo aire. Otra serie más…—. Tú puedes, chica, menea ese cucu», me digo moviendo la cabeza al ritmo de la canción que suena a través de mis auriculares. Parece que estoy loca —sí, he dicho parece, no me discutas—, pero me da igual todo, me la pela, vamos.

Acabo la serie, aunque he de admitir que me he saltado números al contar. Bah, nadie se va a dar cuenta. Tocan sentadillas, odi… cucaracha las sentadillas, sí, eso mejor.

Sentadilla uno. Cierro los ojos, muevo la cabeza, muevo los hombros, me gusta esta canción… ¿Os he dicho ya que la música de Juan Magán me da ganas de pedirme una cerveza, subirme a unos tacones y menear las caderas hasta el amanecer?

Otra sentadilla, y otra y otra… «¡Una más! ¡Vamos, Marti, tú puedes!».

—Schss, schss. —Escucho un ruido molesto, pero no le hago caso. Yo a lo mío, será una libélula o algo tocando la moral—. Eeeh, oyeeee. —Alguien me toca en el brazo.

Abro los ojos y veo a una chica menudita a mi lado que vuelve a tocarme en el brazo, instándome a que me quite los auriculares.

—Hola —la saludo. ¿Estará perdida?

—Ay, hola. ¡Menos mal que te veo! Porque, chica, llevo un montón de días paseándome por aquí y no hay forma de encontraros, ¿eh?

—¿Eh? —Pues no, perdida estoy yo.

La chica suelta una carcajada y mueve la cabeza hacia atrás.

—¿No te ha hablado Ángel de mí? —Me guiña un ojo. ¿Me ha mandado a una sustituta? La escruto con desconfianza, si hay algo peor que un entrenador personal en forma de demonio *buenorro*, es una entrenadora personal de cuerpo escultural y mirada arrogante. Lo que me faltaba.

—¿Tú eres…? —pregunto y me quito el otro auricular para poder escucharla bien.

—Susi, soy Susi. Salimos juntos…, creo, porque es muy escurridizo, el jodido.

Abro la boca. Mucho.

La cierro.

¿En serio?

—Ya, me lo vas a decir a mí —mascullo, tampoco sé qué otra cosa contestar.

—Necesito ver a Ángel, cielito, porque papi lleva muchos días de pesado porque dice que tiene cositas que hablar con él, cositas de hombre. Vete a saber qué es. Mi padre es mucho, es un cachondo, pero cuando se pone serio y en plan paternal…, ¡puf! Ya me entiendes, no te puedes ni imaginar. Como cuando se enteró de que mi primo y…

—Eh, eh… —La freno, ¿esto qué es ahora? ¿Nos vamos a hacer amiguitas?—. Al grano, chica, que tengo lío.

—Ay, perdona, claro… Tú sigue haciendo… eso que estabas haciendo, gordi. —«¿Cómo me ha llamado la so cerda esta?». Abro los ojos como platos, la sangre me sube a la cabeza y juro que la estampo, la estampo—. Gordi de cariñito, ¿eeeeh?, no te me vayas a ofender. —Paso, mejor paso de ella. De hecho, me pongo los auriculares, pero la tía habla más alto y sigo escuchándola, aunque he subido el volumen y lo único que quiero es que se marche y me deje en paz—. La cuestión es que estoy completamente enamorada de él y yo creo que papi quiere hablar de boda o algo y, claro, lo quiero advertir, porque igual se me asusta un pelín.

—¿Boda? ¡Madre de Dios! Pues no, no tengo ni idea de quién eres, chata.

—¡Susi! Te lo acabo de decir. —Me da un golpe en el brazo y suelta una carcajada echando la cabeza hacia atrás de forma exagerada. Pues, si este es el tipo de mujer con el que Ángel se casaría, ya veo que yo no tengo nada que hacer—. Como te iba diciendo…

—Susi, Susi, cariñito mío —ironizo—. No me interesa un carajo, ¿vale, amor? No tengo ni idea de dónde está Ángel, hace días que no lo veo. Vete a su casa, llama al portero y vuelve loco a otro.

—Es que…, es que… —titubea. De pronto empieza a sollozar, y me quito de nuevo uno de los auriculares. No sé si reír, llorar con ella o echarme a correr, porque esto no es normal—. Resulta que no me ha querido decir dónde vive, yo creo que se avergüenza o algo, porque como mi familia es de dinerito, ya sabes; pero es que el dinero no lo es todo, ¿de qué te sirve un chalet con jardín y piscina si no tienes al amor de tu vida en él? ¡Y yo lo quiero a él dentro de mi chalet, dentro de mi piscina, dentro de mi corazón y hasta dentro mi conchita, ahí también!

No entiendo nada, de nada.

Me vuelvo a colocar el auricular y, mira por dónde, me han entrado otra vez ganas de correr y simplemente lo hago, dejo a la loca esa del demonio —nunca mejor dicho— ahí y corro como no he hecho en mi vida para perderla de vista.

Y sé que no he vuelto a saber de él desde ese día, que me ha podido el orgullo y no lo he llamado más, con que no me cogiera el teléfono las diez primeras veces tuve suficiente, gracias. Pero, aun así, este es el momento.

Sin parar el trote busco en la agenda su número y marco.

Me salta el buzón sin siquiera dar la señal y no cuelgo, como he hecho siempre hasta ahora, me dispongo a dejarle un mensaje. Cojo aire, porque estoy asfixiada, que esto de correr todavía no lo controlo mucho.

—Esto sí que no te lo perdono, Ángel. Te cucaracha, te cucaracha mucho. —Y, sí, sé que la palabra pierde todo su efecto cuando uso la sustituta, pero una promesa es una promesa—. Puñetero demonio —mascullo y cuelgo, ¿qué le voy a explicar, si es que no lo entiendo ni yo?

Cuando estoy llegando a mi piso dejo de correr, porque estoy ahogada total. Me suena el móvil, es Maca. Miro la pantalla con cierta tristeza, porque no es que fuésemos almas gemelas ni amigas íntimas, pero ya la empiezo a echar de menos, aunque solo han pasado quince días.

Descuelgo.

—¿Ya te has casado y vas camino de Milán a recaudar fama y dinero a raudales? —pregunto jocosa, obligándome a sonar animada.

—¡Qué dices! Si apenas me han tomado medidas para el vestido de novia. ¡Vas a flipar! ¡Te lo digo en serio! ¡Vas a flipar! Porque vas a venir a mi boda, ¿verdad?

—Ummm, pues no sé, lo dudo, porque resulta que la arpía de mi jefa ha cerrado el negocio y me he quedado en paro y no voy a tener pasta ni para comprar el arroz que se supone que hay que lanzaros.

—Anda, anda..., ¡exagerada! A ver, que te llamo porque quiero hacerte una propuesta.

—¿Sexual? Si es con Luka de por medio, me lo pienso —suelto.

—No hagas que me arrepienta de esta llamada, Martina, Luka es intocable, inmirable, in... in... ¡Que es mío, vaya!

Río. Joder con la posesiva.

—Entendido —respondo jocosa—. A ver, cuéntame.

—¿Por qué no te vienes a Milán con nosotros?

—¡Hostias! Si al final no iba desencaminada.

—¡Que no te estoy hablando de sexo! Oye, ¿qué te pasa a ti? Desde cuando estás tú tan desesperada por mojar.

—Si yo te contara... —mascullo.

—Digo a trabajar. Luka y yo le hemos hablado de ti a un amigo suyo con el que hemos decidido asociarnos, con más dinero llegaremos a más gente y este señor tiene muchos contactos en la pasarela y mucho dinero, eso también. Le hemos enseñado tus fotos de Instagram y está loco por conocerte.

—¿Está bueno?

—¿Te lo estás tomando a coña, Martina? —responde seria Maca y sé que es mejor que me calle y la deje hablar—. Y, sí, está bueno, pero está pillado.

—Vaya por Dios —protesto y decido no alargar más la conversación—. La verdad, Maca, es que yo no pinto nada en Italia, que tú tienes a Luka y muchas aspiraciones por cumplir, pero es que yo soy feliz en Valencia, con mi piso, con mis amigas, con mi vida tranquila.

—Sin trabajo... —continúa por mí. Anda, mira, si se quiere hacer la graciosa y todo—. Piénsatelo, ¿vale? No me des un no aún, solo piénsatelo. Puedes ganar mucha pasta y, al fin y al cabo, ahora mismo estás en el paro, no tienes muchas opciones laborales que no sean volver a tu aburrida vida de periodista.

—Gracias por recordármelo —ironizo—. Vale, gracias de nuevo, me lo pienso. Hala, tengo que colgar. Hasta luego.

Y cuelgo porque me ha tocado los cojones. Hoy no es mi día. «No importa, Marti, cariño, tú puedes con todo. Vete a casa y haz... haz algo productivo hasta mañana», me digo.

Cuando estoy subiendo las escaleras para cumplir otro de mis estúpidos propósitos —evitar coger el ascensor—, me encuentro en el rellano de acceso a nuestra planta a Óliver sentado con la cabeza enterrada entre las piernas y abrazado a sí mismo.

—¿Qué haces aquí? —Me preocupo—. ¿Tú no deberías estar en el colegio? —Le obligo a levantar la cabeza, no tiene aruñones, tomo un brazo y lo levanto, el otro, le paso las manos por toda la cara, por la frente, por el pelo... No, no hay heridas a la vista ni fiebre.

—Quita, jolín. —Me aparta las manos de él—. Hoy no he ido, le he dicho a mamá que me encontraba mal. Ha tenido que salir un momento a entregar una documentación al juzgado y me ha dicho que en un rato viene a recogerme para llevarme al médico, estoy esperando a que me llame para bajar... y estaba aquí, recapacitando, y he tomado una decisión. Yo... no quiero ir nunca más al colegio —refunfuña y entierra de nuevo la cabeza entre sus piernas—. ¿Y tú? ¿No deberías estar trabajando como las personas normales?

—Óliver, cielo, ¿de cuándo a dónde la tía Marti es normal, cariño? Anda, vamos.

Levanta la cabeza y, aunque está enfurruñado, se le escapa una sonrisa.

—Oye, Marti. ¿Ángel está en tu casa?

—¿Cómo va a estar Ángel en mi casa? —vocifero.

—Vale, vale... Yo qué sé, pensaba que salíais juntos.

—No, no salimos —suelto de mal humor.

—Necesito un consejo..., de chicas.

Me giro para encararlo y por segunda vez en el día me quedo boqueando como un pez sin saber exactamente qué decir. Pero si a este renacuajo estaban cambiándole pañales hace nada, ¿no?

—A ver, cuenta.

—Marti, no te ofendas, pero tú no tienes ni pajolera idea.

—Pues, Óliver, cielo. Si yo, que soy una mujer, no tengo idea de mujeres, apaga y vámonos.

—¿A dónde?

Mira que lo quiero, lo quiero mucho, pero le daba, le daba una somanta de palos hasta que se me quitara toda la mala leche que me han ido generando hoy. ¿Te he dicho alguna vez que cucaracha a los niños en general y a los de Carol en particular? Pues eso.

48

COSAS QUE SOLUCIONAR

ÁNGEL

Es fin de semana y Juanjo y yo estamos intentando montar una cuna, tras lo cual, nos espera una cómoda infantil.

—Oye, pss, Juanjo —murmuro para que no nos escuche María José que está tirada en el sofá con las piernas en alto porque tiene calambres en los tobillos, alega, pero si no tiene ni barriga. No voy a ser yo el que se lo diga, también te digo.

—Dime.

—¿Por qué hay que montar la cuna y estas cosas ya si aún queda un montón para que nazca el bebé?

—Porque lo dice María José —sentencia mi amigo, que es muy listo y sabe que es mejor no llevarle la contraria a su mujer.

—¡Y punto! —chilla esta desde el sofá, y ambos soltamos una carcajada.

—Por lo menos nos podrías preparar un café, ¡que tienes más cuento…! —Me meto con ella—. Tienes que salir a caminar, no puedes estar todo el santo día tirada en el sofá con las piernas en alto, si no te vas a poner redonda como una pelota.

—Calla, insensato —me reprende mi amigo.

Escucho un lamento y aguanto la risa. Me asomo al salón para comprobar que María José se tapa los ojos mientras llora.

—Tú no tienes ni puta idea de lo que es esto.

—Se llama embarazo —bromeo.

Un cojín vuela por el salón a la velocidad de la luz y da de lleno en mi frente con la cremallera clavándose sin piedad en la piel.

—¡Au! ¡Violenta! ¡Arpía! —protesto pasándome la mano por el golpe e inevitablemente me vuelvo a acordar de Marti y sus patadas, oye, pues hasta las echo de menos. Sonrío.

—¿Y esa sonrisa? —me pregunta María José dejando de llorar de forma instantánea y sentándose en el sofá.

Levanto una ceja, sonrío de nuevo y sé, sin necesidad de mirarme a un espejo, que mi hoyuelo ha asomado y recuerdo de nuevo a Marti, a la cual dejaba atontada cada vez que sonreía así, si lo sabré yo. Recapacito un segundo.

—Te lo cuento si vienes a caminar conmigo, necesitas hacer ejercicio, y necesito hacer ejercicio.

—¡Capullo! ¡Tú lo que necesitas es escaquearte de montar muebles! —grita mi amigo desde el cuarto del bebé, tras lo cual se escucha un estruendo de maderas, tornillos y no sé qué más y Juanjo blasfema.

—¿Nos vamos? —me pregunta María José.

—¡La madre que te parió! Te has puesto los zapatos en tres segundos, para que luego digas que tienes calambres en los pies.

—Odio montar muebles —masculla.

—Y yo, y yo…

Reímos y me acerco en busca de mi amigo, le digo que la entretendré durante una hora, que puede echarse una cerveza o dos mientras y tirarse en el sofá a no hacer nada.

—¿Cómo es ella? —me pregunta María José cuando ya hemos andado unos minutos y estamos lejos de su edificio.

—Pues, ahora que lo pienso, es un poco así, como tú —suelto sin mirarla.

—Ooh, ¿sí? ¿Guapa y simpática?

—No, una jodida psicópata. —Suelto una carcajada y me llevo una colleja, pero una de las que duelen—. En eso también se parece a ti, joder, qué violencia.

—Creo que me va a caer bien esa chica.

—Seguro.

Sonrío y, mientras caminamos, me abro a mi amiga como no lo he hecho con nadie hasta ahora. Desde que ocurrió aquella extraña conversación con Víctor hace más de un año, me había ofuscado de tal forma que era incapaz de mencionar el tema. Pero ahora lo suelto;

suelto el dolor, los miedos, el pánico, la traición, la confabulación… Y me doy cuenta de que soy capaz de hablar de ello sin sentir ese resquemor que tanto me ha asolado durante los últimos meses de mi vida y sé cuál es el motivo; es ella, Martina.

Pienso en todo lo que me dijo Nati y no sé si creerla o no, no sé si tiene la verdad absoluta en materia del amor, de la química, de la pasión…, no tengo ni puta idea, pero todo eso… todo eso que me soltó en el gabinete yo lo siento desde hace semanas, y es Martina la protagonista siempre, aunque intente evitarlo, viene inevitablemente a mi cabeza a cada minuto.

María José se percata de que me he quedado absorto en mis pensamientos y, tras darme unos minutos de reflexión, me pide que le cuente más, pero que lo hagamos en la heladería porque necesita comerse un gofre, con helado y chocolate derretido por encima. Evito soltarle la bomba que eso sería para ella, para su cuerpo y para el bebé, porque temo llevarme otra hostia, le hago caso y nos dirigimos a la heladería al final de la calle.

Con mi café delante y, mientras ella devora cerrando los ojos deleitándose en el sabor del chocolate, le hablo de Marti y de todo lo que ha pasado desde el principio con ella. Se ríe, se ríe mucho, porque Marti está loca, todo hay que reconocerlo, y es divertida, guapa, sexi… ¡Joder! ¡La echo de menos! ¿Cómo puedo haberla cagado tanto con ella?

—Ángel, pues, ¿qué quieres que te diga?, es hora de pasar página. Has venido, y no me parece mal, tenías muchas cosas que solucionar y no me refiero a trabajo. Me refiero a que te llevaste un palo muy grande, pero… tus padres te quieren, Víctor te quiere y Nati…, yo sé que Nati también te quiere; pero, tal como te dijo ella, no como una mujer debe querer a su marido. Estuvo mal, lo hicieron mal, pero ¿cómo podían controlar eso que sentían?

—No lo sé, María José, no lo sé…, pero dolió tanto.

Pone su mano encima de la mía.

—Pero ya pasó y ahora ha entrado Martina en la ecuación.

—Martina no va a querer volver a verme en la vida. Después de la conversación que escuchó por teléfono, después de no contestar a sus llamadas ni devolverle ninguna, después de desaparecer del mapa… Martina no va a querer volver a saber de mí en la puñetera vida.

—Tendrás que convencerla de lo contrario. —María José se pone de pie y mira el reloj, hemos pasado más de tres horas fuera de casa hablando sin parar—. Anda, vamos, que yo creo que Juanjo debe de estar ya en el quinto sueño y es hora de despertar de la siesta.

Río y la sigo.

—Ya, mi pobre amigo. —María José levanta la mano para arrearme una leche, y me cubro la cara muerto de la risa, baja la mano sin darme y ríe también.

—Capullo, esto lo metió aquí él —dice señalándose la barriga.

—Ya, seguro que no protestaste mucho por ello cuando lo hizo.

Caminamos hasta casa y, según llego, decido encender el móvil que lleva varios días apagado —desde que me quedé sin clientes, básicamente, por evitarme una nueva llamada de Víctor, de Nati, de mis padres o de quien fuera—, es hora de dejar marchar a los fantasmas, de enfrentarme a las cosas.

Lo primero que pienso es que quiero llamar a Martina, pero estoy acojonado y desecho la idea por el momento.

Me salta un mensaje en el buzón de voz y lo escucho.

> Esto sí que no te lo perdono, Ángel. Te cucaracha, te cucaracha mucho.
> Puñetero demonio.

Me río, ahí está ella, es única. No entiendo un carajo lo que quiere decir, pero me río por el tono de su voz y por la forma en la que suelta el comentario. ¿Esto da pie a una llamada? No estoy seguro.

No pienso.

Solo actúo.

Le doy a la tecla de llamar y espero.

Escucho su voz al otro lado, contesta como si llevara esperando por mi llamada días, horas…, quizás un año. Sí, no he llamado a Martina, he llamado a mi hermano.

Antes de volver, tengo cosas que solucionar.

49

TEMA QUE TEMA

Martina

—¿Alguna quiere otra cerveza?

Sí, he salido.

No, no estoy trabajando, obvio, si lo has pensado es que no te has enterado un carajo de todo lo que ha pasado en mi vida últimamente.

—¡Yo! —gritan todas al unísono.

Me acerco a la barra.

—Hola —le digo al camarero mojabragas, como lo hemos bautizado las chicas y yo hace un rato—, ¿me pones cuatro cervezas y algo de picar?

—Claro, y lo que quieras, morena.

A cuadros. Me quedo a cuadros. Sonrío, pero no digo nada, no es por estúpida ni por hacerme la dura. Es que me ha dejado sin palabras el armario de cuatro puertas que tengo frente a mí, que tiene músculos en los músculos, piel morena con menos vello que yo, ojos verdes y sonrisa de anuncio.

Cuando vuelvo a la mesa, las arpías que tengo por amigas están descojonadas, porque lo han oído a él, y no me han oído a mí. Me conocen lo suficiente para saber que me he quedado traspuesta.

—¡¡Uuuuuhhhhhh!! ¡¡Aquí hay temaaaa!! —grita Eve y de pronto canturrea como una loca—. ¡¡Tema que tema, que tema tema, que tema!!

—entona a voz en grito, y la voy a perdonar, porque lleva como cuatro cervezas y cuatro chupitos de tequila.

El resto se ríe a carcajadas, y a mí se me suben los colores.

Emma le sigue el rollo a Eve y mira que mi Emma es muy timidilla, pero se une con esta y no tiene remedio.

—¡¡Tema que tema, que tema tema, que tema, que tema tema, que tema…!!

El camarero se acerca y deja las cervezas y una nueva ronda de chupitos de tequila.

—A esta invito yo, chicas —dice poniendo la bandeja de tequilas que obviamente no he pedido en la mesa.

Ellas siguen a lo suyo, cantando y palmeando. Carol me mira. Yo miro a Carol y no sé qué otra cosa hacer que hundir mi cara entre las manos.

—¡¡Gracias, moreeenoooo!! —grita Eve— Chicaaaaaas, chupitoooooo. ¡Vamos, Marti, que este es para ti!

—No, gracias, yo paso de tequila. —Después de mi momento abrazaváter intento controlarme, por no volver a perder los papeles y eso.

Me destapo la cara, pensando que el camarero se ha marchado, pero sigue aquí, a nuestro lado, muerto de la risa con las cosas de mis amigas.

Miro a Carol y la he perdido, está partida de risa, viendo cómo el camarero toma su mano, pasa una rodaja de limón sobre ella y luego espolvorea sal. Le tiende el vaso que ella coge con la otra mano y nos espera al resto, para poder brindar.

Emma le tiende su mano incluso antes de que termine con Carol, poco más y se la envuelve para regalo. Se mea, se mea de risa, y el camarero sonríe divertido. Hace lo mismo con ella.

Eve sigue tarareando, pero en voz más baja el *Tema que tema* al ritmo de *Toma que toma*, por si no lo habías pillado. Yo niego con la cabeza, pero me río también. El camarero me mira a los ojos mientras repite el proceso con Eve y me enseña el limón que tiene en la mano a modo de pregunta.

Yo niego.

Tequila, no.

Que me toque un maromo quemabragas de dos metros que me va a derretir *ipsofacto*, mejor que tampoco.

—¡¡Anda que no!! —grita Eve—. ¡Trae aquí eso! —Mi amiga le arrebata el limón al maromo y, cuando pienso que va a coger mi mano, me va a untar sí o sí del mejunje sal y limón y me va a obligar a beber. Coge la mano del camarero y hace lo propio, pero con él—. Es que mi amiga es muy tiquismiquis y a ella eso de ensuciarse…, pues depende de para qué. ¿Verdad, Marti? —Abro los ojos como platos porque la veo venir—. A ti no te importa que mi amiga te chupe un poco, ¿verdad que no? —El camarero suelta una carcajada y niega con la cabeza—. Y ya te digo yo que Martina necesita el tequila, la sal, el limón y esas manos tuyas morenas.

«Que acabe ya este momento. Que me parta un rayo o que me trague la tierra», pienso. Pero no, ni el momento pasa desapercibido ni me parte un rayo ni nada. El camarero me coge de la mano, hace que me levante, se coloca en mi sitio y me sienta encima de él, en sus rodillas. «¡Ay, Dios! ¡Ay, Dios!».

Emma me tiende el vaso y me guiña un ojo.

Mira la Emmita, que las mata callando, si parece mojigata y me da veinte vueltas. He de reconocer que echaba de menos esto, no al hombre de dos metros que está justo debajo de mi culo, obviamente, porque a él no lo conocía hasta hoy. Pero sí el poder salir con mis amigas, con todas ellas, sin trabajo de por medio y sin hombres a la vista que nos amarguen la noche, salvo el que quiere que le chupe un poco, pero ese no cuenta.

Al final, claudico, porque a nadie le amarga un dulce y porque, llegados a este punto, ¿por qué no lo voy a disfrutar sin más?

—¡Venga, chicas! Arribaaa, abajoooo, al centroooo y paaara dentrooooo.

Esa que grita como una jodida loca sigue siendo Evelyn.

Todas se chupan el dorso de la mano, y yo observo al hombre bajo mis posaderas que me está devorando con la mirada. Le tomo la mano y paso la lengua, limpiando todo rastro de sal de su piel y bebo el tequila de una vez. Me tiende el limón cuando he tragado y, según lo saco de mi boca, lo escucho hablar.

—Joder, me encanta el tequila.

Masculla y, sin más, agarra mi cara con las dos manos y me planta un morreo, un morreo de película, con lengua y todo, joder, que hasta ahí parece tener músculos. ¡¡Madre de Dios!!

Me dejo llevar, porque sí, porque necesito divertirme, porque Ángel viene a mi cabeza, pero también pienso en que hace dos semanas que desapareció de mi vida y no he vuelto a tener noticias suyas y, básicamente, porque mi cuerpo pide salsa.

El beso se alarga, mucho, demasiado. Noto la presión en los pantalones de este hombre y me pongo mala, me pongo muy mala.

Se aparta, y respiro. Cojo aire, boqueo, muero calcinada.

—Tengo que volver al trabajo, nena; pero, si me esperas, luego te empotro contra la puerta del almacén.

Y ha dicho «puerta» y toda mi libido se ha venido abajo. Ángel, el puto demonio, vuelve a mi cabeza. ¡Me cago en todo! ¡Qué puta tortura de hombre! Asiento y me levanto para que vuelva a la barra ese dios griego.

El tío ni disimula la erección, trago con fuerza, y mis amigas rompen en un aplauso atronador que hace que todo el bar mire en nuestra dirección o igual ya miraban antes, no lo sé.

—Esta noche, mojas —me codea Emma.

—Ya…, sí…, no sé.

Miro a Carol y no dice nada, pero me sonríe de esa forma en la que solo ella sabe decirme que está completamente segura de lo que pasa por mi cabeza; me lee, te juro que la tía me lee. Creo que es un superpoder que dan cuando te haces madre.

—¿Ángel? —vocaliza sin pronunciar, pero lo he entendido a la perfección.

Asiento, ¿qué otra cosa voy a hacer? ¿Mentirle? ¿Que si me gustaría que el adonis de dos metros me follara encajando mi cuerpo entre la pared y su polla? Pues sí, para qué engañarte, ¿lo haré? Pues probablemente no, porque soy así de tonta.

50

QUEMA, DUELE, PERO TAMBIÉN CURA

ÁNGEL

Víctor y yo estamos en la misma barra del mismo bar que hace un año. Me ha costado llegar hasta aquí, me ha costado tomar esta decisión, pero tengo que pasar página y esta es la mejor forma. Se ha mantenido en silencio, no ha dicho nada, simplemente lo cité a una hora y aquí estaba como un reloj.

Cuando el camarero nos tiende la cerveza y se marcha, me decido a hablar.

—He visto a Nati —comienzo, y él asiente—. Ya tengo los papeles del divorcio.

—Lo sé, me lo dijo.

—¿Os vais a… casar? —Me viene de pronto a la cabeza. Mi hermano suspira, resopla y se pasa ambas manos por la cara.

—No lo sé, Ángel, no lo sé. Yo solo sé que la quiero.

—Yo también la quiero, a pesar de todo —formulo y el gesto de Víctor se vuelve más triste aún de lo que ya era—, pero llevo un par de días reflexionando sobre algo que ella me dijo. —Paro, intentando poner en orden mis ideas. Mi hermano no dice nada, no sabe a qué atenerse conmigo, lo sé, porque nunca habíamos peleado, nunca habíamos discutido, nunca nos habíamos dejado de hablar…, pero es que nunca me había traicionado, y para mí también es nuevo todo esto—. Me habló de algo que nunca había tenido presente: me habló de chispas, de amor, de pasión, de sonrisas furtivas, de ganas de besar..., y yo pensé..., Víctor, te lo juro que siempre había pensado que Nati era el amor de mi vida. Nos criamos juntos, me vino como de serie, esa es la realidad, y yo no concebía la vida de otra forma que junto a ella, porque siempre estuvo conmigo. Nos sentábamos juntos en el colegio, hacíamos los deberes juntos, merendábamos juntos y descubrimos juntos el mundo. Crecimos juntos. Fue así, Víctor. Nunca me paré a reflexionar sobre qué era eso que sentía, hasta dónde llegaba. Yo solo sabía que me gustaba verla feliz y, de hecho, me sigue gustando ver que lo es.

»Un día decidimos casarnos, ni siquiera recuerdo exactamente cómo empezó la conversación, quizás como una broma, no lo sé. Y, para cuando nos dimos cuenta, estábamos pasando por la iglesia a firmar los papeles que aseguraban que, aunque llevábamos toda la vida juntos, pasaríamos el resto que nos quedara igual. Y yo me aferré a esa promesa, a esa tranquilidad de saber que siempre la iba a tener a ella, porque tenía la sensación de que sin ella no sabría ser yo, porque éramos uña y carne, porque nunca nos habíamos separado más de un día y creí que yo no sabría estar con nadie que no fuese ella, porque era lo obvio, porque era lo lógico. Como si ella me hubiera sido asignada al nacer o algo así, no lo sé.

»Fue un golpe, fue un batacazo. ¿Un año juntos a mis espaldas? Eso es traición, Víctor, aquí y donde sea. No sé cómo lo hubiera hecho yo, quiero pensar que jamás me hubiera enamorado de tu mujer, que nunca la hubiera mirado con lascivia, que nunca la hubiera percibido como una opción. Pero lo cierto es que no me puedo poner en tu lugar, porque no lo sé. Supongo que esperasteis el tiempo oportuno para saber que lo vuestro era fuerte y grande, irrompible... y solo entonces decidisteis que era yo el que sobraba en la ecuación.

»Ahora que lo pienso, tanto tiempo después, no te voy a decir que no duele, porque sí que lo hace, pero también te puedo decir que he visto que Nati tenía razón. No era amor. Lo nuestro no era amor, solo una amistad llevada al extremo.

Mi hermano sonríe en un gesto lleno de añoranza, lleno de dolor, lleno de muchas cosas que ganó y otras tantas que perdió. Y es jodido, sé que es jodido, que para ser feliz en su vida con la persona que amaba tuviera que pasar todo lo que pasó, lo es.

Víctor agarra mi mano con fuerza, y solo recuerdo esos cientos de veces que me caí haciéndome daño, y él hacía lo mismo; se sentaba a mi lado, me ayudaba a curar mis heridas y me consolaba con ese simple gesto. Siempre estuvo para mí. Duele que no sea capaz de perdonarlo.

—Te quiero, Ángel —pronuncia y está llorando.

Me levanto y lo abrazo, porque ahora él también tiene heridas, porque no sé qué se supone que debo hacer y decido actuar con el corazón, y mi corazón me pide que me deje llevar.

—Te quiero, Víctor. No puedo perdonarte ahora, todavía no, pero lo entiendo, al menos ya lo entiendo. Dame tiempo.

—Todo el del mundo.

Y al oír esas palabras sonrío y las recuerdo; cuando era pequeño y yo lo abrazaba al curarme las heridas y le decía: «gracias, Víctor, gracias por quedarte conmigo tanto tiempo hasta que me he sentido mejor», y él siempre me respondía: «me quedaré a tu lado todo el tiempo del mundo, Ángel».

Lo vuelvo a abrazar. Quema, duele, pero también cura.

Las sensaciones me sobrepasan y sé que ha llegado el momento, ha llegado la hora de volver a casa. No de huir, ahora no, ahora ya no se trata de eso. Ahora, como decía Carol, se trata simplemente de encontrar mi camino.

—Sé feliz, Víctor.

Me levanto y me encamino a casa.

51

LOCAS DE ATAR

Martina

¿Te estarás preguntando qué fue lo que hice en ese bar, después de ese morreo que me dejó temblando y tras dar con la dura realidad de que no era ese tipo quien yo quería que me empotrase contra una puerta? ¡¡Cotilla!! Ya sé que te lo estás preguntando, en fin, que salí por piernas.

Literalmente. En serio, cogí el bolso, tras escuchar cómo Eve y Emma entonaban el *Tema que tema* de nuevo prácticamente a voz en grito… —¡¡manada de borrachas!!—, miré a Carol, que reía a carcajadas, la cual asintió en cuanto averiguó mis intenciones, y salí huyendo del bar como alma que lleva al diablo sin mirar a los lados por si de pronto veía al maromo y me arrepentía —no sabía ni su nombre—.

Y, ahora, aquí estoy, volviendo a mi piso en un taxi como hice tantas y tantas noches durante el tiempo que trabajé en Belle Extreme. Caliente. Tan caliente que estoy pensando en Momoa y la caña que pienso darle esta noche, que lleva muchos, muchos días relegado al olvido en mi cajón.

Sabía que no tenía que ponerme este mono, si ya cuando me lo puse para ir a Planet fue la rehostia, que ligué con una chica y, sin yo saberlo, con mi demonio… —voy a obviar que he pensado eso—. Pero me lo puse, porque me siento súper guapa con él y esta noche quería sentirme segura y, la verdad…, ¡no ha estado mal!

Me río sola por el camino con las cosas de Eve, mi Eve, hacía mucho que no nos cuadraba vernos, la muy so puerca, solo hace fornicar y fornicar con Nataniel y nos tiene abandonadas. Pero me alegro de haber quedado con ellas hoy, me siento bien, me siento muy bien después de las risas que nos hemos echado.

Llego al portal de mi casa y, antes de meter las llaves en la cerradura, las chicas se bajan de otro taxi justo detrás de mí. Pongo los ojos en blanco y río. No me he podido librar de ellas, pero al menos no han secuestrado al camarero.

—¡¡Martiiiii!! —canturrea Eve—. Martiiii, estás fatallll. Si llego a ser yo… —Sé perfectamente de lo que habla, como todas.

—Ya, si llegas a ser tú, te lo follas en el archivo. ¡Ah, no, perdona! ¡Que eso ya se lo haces a Nataniel! —me burlo—. Anda, subid.

Carol y yo las chistamos porque Emma y ella están que se salen, se ríen mucho, cuchichean a voz en grito —lo juro, se puede, ellas lo hacen—. Por una vez hago una excepción y llamo al ascensor, porque si no el presidente de la comunidad llama a la policía para que me echen del edificio.

—¿Por qué te fuiste, chica? —me pregunta Emma una vez ya hemos entrado en casa y nos apostamos en el sofá.

Y yo me encojo de hombros porque no me apetece que se burlen de mí.

—Porque es tonnntaaaa de remateee. —Eve alarga las palabras al hablar, está borracha.

Es lo que pasa cuando tu cuerpo ha perdido la costumbre de salir y beber que, por poco que tomes, te pones como una cuba.

—Dejadla en paz, no seáis pesadas —suelta Carol entre risas.

—¡Yo sé! ¡Yo sé por qué! —grita Eve.

Me echan. Al final me echan del edificio, ya verás qué risas cuando me tenga que acoplar en su piso/picadero. De pronto veo que se acerca de nuevo a la puerta de salida y pienso que se ha vuelto tarumba y que se va en busca del maromo. Esta lo trae a mi casa, lo veo venir.

—¿A dónde vas, so loca? —mascullo.

Pero en lugar de abrir y salir, que es lo que creía que iba a hacer, se pone a morrearse con mi puerta, sobándose toda de arriba abajo con ella.

—¡Oh! ¡Sí! ¡Sí! —gime a voz en grito, Emma se parte el culo, y Carol y yo abrimos la boca hasta el piso—. ¡Dámelo, dámelo todo! ¡Mi Ángel!

¡Tómame en mi puerta para que no pueda evitar ponerme cachonda cada vez que entre o salga de mi casa!

Rompo a reír a carcajadas, ¿qué otra cosa puedo hacer? La culpa es mía por habérselo contado.

—Dios mío —masculla Carol, porque Eve sigue gimiendo como si estuviera fingiendo el mejor orgasmo del mundo.

—¡Jolines! Pues yo me estoy poniendo mucho al imaginarte, Marti —dice Emma completamente colorada.

—¡Ay, Dios! —protesto y me quedo en silencio, esperando a que Eve deje de hacer el gilipollas, básicamente.

Eve se carcajea y viene hasta donde estoy, se sienta a mi lado, y me da dos golpecitos en la pierna.

—Andaaaa…, ponme algo de beber —me pide la muy petarda. Me quedo mirándola sin responder, ¿y qué le voy a poner si por no tener no tengo ni refrescos?—. ¿¡Qué!? ¿Era en esa puerta o no? —Asiento sonriendo—. Lo sabía, se nota, se respira el sexo ahí.

—Estás bonita. Ahí no se respira nada que lo he limpiado todo con lejía. —Río.

—El aura, amiga mía, el aura mágica que deja un buen polvo no se quita con eso.

Reímos.

Emma y ella van hasta mi cocina. Carol se queda conmigo porque es mi vecina, sabe que ahí, básicamente, solo quedan productos dietéticos.

—¡Joder! —grita Eve.

—Ostras, tía, ni una cerveza —delira la otra.

—Ni una cerveza, ¡ni una puñetera Coca-Cola! Joder, Marti, ¿estás en la ruina? —Eve y Emma vuelven al salón con las manos vacías y un mohín en la cara. Yo niego con la cabeza, pero no respondo—. Chica, si no tienes dinero para cosas básicas, nos lo tienes que pedir.

—¿Qué cosas básicas? —pregunto riendo.

—¡Cerveza!

—Jolines. —Emma se tapa los ojos, fingiendo que llora—. Ni una cerveza.

—Anda, so petardas, id a mi nevera, algo hay por ahí.

Carol le lanza las llaves de su piso a Eve que las pilla por el aire.

—¡Oh, Dios! ¡Sííííí! —Eve grita y salta de felicidad.

—¿Qué has hecho, amiga? ¿Qué has hecho? —mascullo.

Nos reímos.

Dos minutos después aparecen cargadas con todas las cervezas que había en la nevera de mi amiga, con la Coca-Cola y hasta con el zumo de melocotón de los niños. Lo peor, estas tías son lo peor. Emma trae, además, un par de bolsas de patatas.

—Me habéis desvalijado, eso es delito —protesta Carol, y las otras la ignoran.

—Bueno, nena, ¿y cuándo piensas volver a llamarlo? —me pregunta Emma tendiéndome una cerveza que acaba de abrir. Mejor unirme, porque esta guerra la tengo perdida. Agarro la lata y doy un buen trago antes de que continúe hablando—. Tienes que seguir con los entrenamientos que ya están pagados.

—Ya, chicas, pero es que… no me cogió el teléfono y tampoco me abrió su puerta. Os devolveré el dinero —murmuro con tristeza.

—¡Qué nos vas a devolver! Si no tienes ni para cervezas —refunfuña Eve.

Las dos borrachas rompen a reír, y Carol sonríe mirándome. Tengo que reírme, no me queda más remedio que hacerlo.

—Pues tienes que intentarlo de nuevo —insiste Emma.

—Ya, sí… —De pronto me viene un *flash* de la petarda esa psicópata del parque—. No, la verdad es que paso.

Si algo tengo claro es que no me voy a arrastrar más —si obviamos que hace nada lo llamé para dejarle un recado en el contestador que volvió a ignorar—.

—Por mucho que vayas hasta su casa no te va a abrir —suelta Carol y luego bebe, bebe media lata de una vez como para evitar seguir hablando.

—¿Cómo? —pregunto mirándola—. ¿Qué sabes tú que yo no sé?

Carol suspira, y Eve, Emma y yo nos quedamos en silencio escrutándola, esperando a que se arranque a hablar.

—Está en Tortosa.

—¡Hostias! —mascullo.

—Me cago en la puta. —Eve, sin duda.

—Jolines. —La princesita Emma.

Nos quedamos en silencio.

¿Se ha ido? ¿Se ha marchado a Tortosa de nuevo y no se ha despedido de mí? ¿Y su novia, la loca esa del parque? No entiendo nada. Nada de nada.

Lo cierto es que con Ángel no dejo de sorprenderme, no es nada de lo que pensaba que era. No sé si estoy decepcionada o enfadada. Pero al menos decirme «me voy», un mensaje, algo... Y, por supuesto, devolver el dinero a mis amigas.

Me enfado. Sin remedio me enfado y tengo claro que mañana lo voy a llamar hasta que se caiga la línea abajo. Este me coge el teléfono sí o sí, como que me llamo Martina, porque estoy en el paro, no tengo nada mejor que hacer y, como lo apague, juro que pillo el primer tren con destino a Tortosa y lo encuentro, yo a ese lo encuentro y se va a enterar.

Mi móvil, que está frente a mí en la mesa del salón, suena con un mensaje. Me extraña porque es muy, pero que muy tarde, y tiemblo. ¿A que las hijas de perra estas le han dado mi número de teléfono al maromo del bar?

—¡Ay, Dios! ¿Qué habéis hecho? —les pregunto antes de coger el aparato.

Emma y Eve se miran y niegan con la cabeza.

Emma levanta una mano y coloca la otra a la altura de su corazón, como en un juramento.

—Nada de nada —dice.

Miro a Carol. Y ella niega con la cabeza.

—A mí no me mires —reitera.

—Bueeeno... —continúa Eve—. Ay, nena, no te enfades, pero igual sí que le he dado tu número y no me acuerdo con exactitud.

—¿¡Cómo!? Ay, Eve, yo te mato. Si no sé ni cómo se llama.

—Ojitos verdeeeees, ojitos verdeees y polla gordaaa se llama.

Me llevo una mano a la frente, se me ha secado la garganta, porque no hay descripción más acertada que esa. Me río a carcajadas cuando me tiende un trozo de servilleta donde hay escrito un número de teléfono y reconozco perfectamente la letra de mi amiga donde pone precisamente eso: «ojitos verdes y polla gorda».

—Ay, ay... —titubeo, básicamente porque me he quedado sin palabras.

Saco el móvil del bolso y lo desbloqueo.

Tengo un wasap nuevo.

Flipo.

Flipo mucho.

ÁNGEL:
Cada vez estás más loca.

Seguido de un guiño.

¿Esto qué es? ¿Esto qué cojones es?

Levanto la cabeza y, antes de que pueda decir nada, suena otro wasap en el móvil de Carol, que lo tiene en la mano. Siempre que está lejos de los niños lo lleva así, como un complemento más. Lo desbloquea y lee. Levanta la cabeza y me mira.

—Es Ángel —decimos las dos al mismo tiempo.

52

IMPERFECTO

ÁNGEL

Pues sí, soy imbécil. ¿Qué demonios pensaba que me iba a contestar? Algún rollo de esos de los de ella en plan: «y tú eres un demonio y me derrito con tu calor» o alguna pollada de esas —igual no es del todo acertado, pero, bueno, os hacéis una idea—.

Releo su respuesta una vez más.

> MARTINA:
> Ángel, me alegro de que te hayas pirado a Tortosa, porque eso quiere decir que no volveré a verte el pelo jamás en la puñetera vida. Y espero que le devuelvas el dinero a las chicas.

Muy sutil no ha sido.

Está enfadada. Enfadada de verdad.

Me llega la respuesta de Carol en ese preciso momento.

> CAROL:
> Madre mía, qué oportuno eres, chico. Le vienes a mandar un mensaje dos minutos después de yo decirle que te habías ido a Tortosa. Lo siento. Tenía derecho a saberlo. Te estaba esperando y no es justo. No tiene que esperarte y hoy menos que nunca.

Leo.

Releo.

¿Qué querrá decir «hoy menos que nunca»? He bebido algo y estoy agotado como para pensar en todo esto. Lo mejor es que me acueste y me lo explique en otro momento de mayor lucidez.

Me quito la ropa y me quedo en *boxers* antes de tumbarme en la cama. Evidentemente no he vuelto a casa de Juanjo y María José, básicamente, porque quiero demasiado a mi cuello y ella es capaz de rajármelo si aparezco a estas horas por ahí, son casi las tres de la madrugada.

He venido con Víctor hasta casa de mis padres. Supongo que para él también es tarde para volver a casa, porque se ha acostado a dormir en su antigua habitación, ¿dónde vivirán estos dos? Por mi mente pasa la idea de que lo hacen en la casa donde Nati y yo vivíamos juntos, que duermen en la misma cama, bajo las mismas sábanas…, pero sé que no es así, al menos eso me dijo mi abogado.

Doy vueltas en mi antigua cama, mirando al techo y dándole vueltas a la cabeza. Me siento más tranquilo después de haber hablado con Nati y también con Víctor, después de ayudar a Servando con el gabinete, es como si me hubiera quitado un peso de encima. Sin embargo, las palabras de Natalia retumban en mi cabeza y pienso de nuevo en Martina y en lo mucho que la he jodido al desaparecer sin contarle primero lo que sucedía.

Como no me puedo quedar dormido, decido contestarle a Carol, por si tengo suerte y sigue despierta.

ÁNGEL: 

¿Qué quiere decir eso de «hoy menos que nunca»?

CAROL:

Que se ha dado el lote con uno que te da mil vueltas y ha salido huyendo… por ti.

Pues sí, sigue despierta y parece que estaba deseando soltarlo porque ha tardado cinco segundos en enviarme su respuesta.

Tengo muchas dudas, ¿qué quiere decir exactamente que se ha dado el lote? Y, lo que es más importante, ¿qué quiere decir que me da mil vueltas? ¿Y que salió huyendo? ¿Y por mí?

ÁNGEL:

No entiendo nada de nada.

Básicamente, ese es el resumen.

CAROL:
Ni yo, Ángel, ni yo.

No escribe nada más, se desconecta, y yo hago lo propio. ¿Me estaba esperando? ¿Después de tantos días? Pero se ha dado el lote con uno, con uno que me da mil vueltas —intuyo que esto va a doler mucho y durante mucho tiempo—. En fin…, resoplo. No me debe ninguna explicación ni tampoco tenía por qué guardar celibato, es la realidad, aunque duela, aunque joda, aunque a mí no se me podría pasar por la cabeza meterme entre las piernas de otra que no fuese ella.

Estoy a punto de poner el aparato en silencio cuando suena otro wasap.

CAROL:
Siento haberte presionado. Siento haberte juzgado. Siento todo lo que ha pasado. Te echo de menos. Espero que al menos ahí seas feliz. Buenas noches.

Leo sus palabras y duelen, duelen porque percibo la decepción en cada una de sus letras. Carol y yo nos hicimos muy amigos, y durante este tiempo no le he escrito ni una sola vez hasta que he pensado que necesitaba su ayuda. Me siento mal. Me siento muy mal.

ÁNGEL:
No te disculpes por nada. A ti no te faltaba razón, pero yo necesitaba de esto. ¿Te parece bien si mañana hablamos? Buenas noches.

En cuanto coloco el teléfono móvil en la mesa de noche me quedo dormido para despertar apenas unas pocas horas después.

Llaman a la puerta de mi habitación y hago el esfuerzo de abrir los ojos. Prácticamente no bebí más que unas pocas cervezas anoche, pero muchas otras cosas me han provocado un tremendo dolor de cabeza.

Me levanto, me coloco una camiseta y abro la puerta del dormitorio. Es mi padre, viene con un par de tazas de café. Me tiende una sin decir nada, y yo la cojo y me aparto a un lado para que entre.

Me siento en la cama, y él lo hace frente a mí, en la silla en la que pasé tantas horas estudiando cuando era más joven. No entenderé nunca por qué mis padres conservaron la habitación prácticamente tal cual la dejamos mi hermano y yo al marcharnos de casa.

Espero a que él rompa el silencio que se ha autoimpuesto, ese silencio que ha durado más de un año. Toma un par de sorbos de su café y comienza.

—Fue duro, Ángel, fue difícil para todos. No eres nadie para juzgar que los apoyásemos, tú ni siquiera llegaste a ver lo que vimos nosotros. Ese dolor que partía a Víctor por dentro porque no quería hacerte daño, ese amor que sentía hacia ella. Y, sí, yo sé que era tu mujer y que te jodió la vida, pero nunca os vi como los he visto a ellos.

»No lo justifico, simplemente digo que no fuiste el único que sufriste. El amor es así, Ángel, un hijo de la gran puta que entra donde quiere, como quiere y lo arrasa todo. No hay forma de controlarlo.

»Nadie sabía cómo ibas a reaccionar, unos días atrás ellos habían estado en casa y nos habían dicho que no tenían ni idea de cómo decirte esto. Víctor lloró muchísimo, Nati aún más, y tu madre y yo nos desmoronamos sin saber cómo ayudaros a ambos. Porque te queremos, Ángel, te queremos con toda el alma, pero también queremos a Víctor y él, él sentía algo que tú jamás comprenderías, porque no lo has sentido en tu puñetera vida, hijo.

»Por eso puedo comprender que te enfadaras tanto con él, es lícito, nadie lo hubiera concebido de otra forma. Pero, no solo te enfadaste con tu hermano, Ángel, te enfadaste con el mundo.

»Dejaste tus responsabilidades a un lado. Hiciste cosas que un hombre no hace: abandonaste el trabajo con una llamada de tu abogado, destrozaste tu casa, vuestra casa. Obviamente no tenías trabajo y dejaste de pagar tu parte de la hipoteca, tuvimos que hacernos cargo de tu parte tu madre y yo, hasta que el abogado de Nati y el tuyo se pusieran de acuerdo en cómo reconducir esa separación. Servando estuvo a punto de morir, dos veces, no podía con el dolor de que te hubieras enfadado con él, eres como su hijo, te quiere como tal. Nosotros no podíamos hacer nada, Ángel, pasó, era inevitable, y lo único con lo que podíamos ayudarte era tendiéndote los brazos para consolarte y echarte una mano para que pudieras ver esa verdad que te ha costado un año asimilar. Que vosotros no estabais enamorados.

»Y, lo peor de todo, es que te enfadaste con nosotros. Con tu madre y conmigo. Nunca había visto llorar tanto a tu madre. Te fuiste, Ángel. Desapareciste. No es justo.

—¿Y acaso fue justo lo que me pasó a mí? —Es mi turno, no me puedo quedar en silencio por más tiempo—. ¿Cómo crees que me sentí cuando mi hermano, mi único hermano, me dijo que estaba enamorado y que llevaba un año saliendo con mi mujer? ¡Un año! Un año de embustes, no solo de Nati, eso lo podría haber superado de forma más sencilla. Toda mi familia, toda su familia, todo el mundo se confabuló para engañarme. ¿Cómo crees que eso me hizo sentir? Lo aceptasteis, lo hablasteis a mis espaldas, permitisteis que me siguieran engañando los dos.

»El tema, papá, el tema no es si se enamoraron o no, el tema fue la traición. No debió ocurrir así. Nada debió ocurrir así.

—Pero ahora tú sabes que tenía que ser, ¿verdad?

Y me rompo un poco más por dentro, porque me duelen sus palabras, me duelen sus reproches, pero más me duele la certeza de que soy transparente, de que hasta mi padre, con el que no me hablo desde hace un año, es capaz de verlo. Estoy enamorado, jodidamente enamorado y no sé cómo voy a arreglar todo este puto desastre, cómo voy a volver, llamar a su puerta y decirle: Martina, cielo, ¿recuerdas cuando te dije que yo también era imperfecto? Pues me refería a esto, básicamente, a que soy gilipollas.

53

ÁNGEL SÍ, ÁNGEL NO

Martina

¿Qué quieres que te diga? A mí se me quitaron todas las ganas de fiesta.

No sé qué ponía en el wasap de Carol, no lo sé y tampoco lo quiero saber. Me importa un bledo.

Recapacito en el motivo real por el que estoy tan enfadada, pero es todo, es que es… todo. Que desapareciera de repente, haciéndome sentir mal por esa nota que sé que no debí dejar, pero que no era para tanto. Que me engañara, ¿tenía novia? ¡¡Boda!! Esa chica habló de boda… Que se fuera a Tortosa. Y que me mandara un jodido mensaje como si nos hubiésemos visto el día anterior y cupieran bromas entre nosotros.

Si por separado esas cosas no las puedo entender, juntas, menos.

Las chicas comprendieron que me apetecía irme a dormir y se marcharon todas, intuyo que se quedaron cerca, en casa de Carol, para poder seguir con las cervezas y el debate: Ángel sí, Ángel no.

Yo solo tengo una frase en la cabeza: «Si me hace daño, no es bueno para mí». Y punto. Nada más que añadir.

Me preparo mentalmente para el asalto que imagino que voy a sufrir mañana, al menos por parte de Carol, que es la que vive más cerca. Pero nada más lejos de la realidad. Carol no se asoma, ni al día siguiente ni ningún otro de los posteriores. Ni siquiera la escucho cuando entra o sale al trabajo ni he oído a esos pequeños demonios que viven con ella que por norma general son más escandalosos que un elefante en una cacharrería. Y por un momento temo, temo que ella también haya desaparecido. Lloro incluso. Porque el orgullo me puede y no soy capaz de coger el teléfono y llamarla para ver qué le ocurre para estar tan ausente, pero no me atrevo, porque prácticamente las eché de mi casa y le exigí que se callara lo que ponía aquel mensaje, que no quería saber nada de él.

He dejado de entrenar.

He dejado de comer sano, más que nada, porque acabé con la despensa y me dediqué a comprar todas las mierdas que encontré en el supermercado.

Me estoy poniendo fina filipina a chocolate, patatas, helado y mierdas varias.

No sé por qué la comida basura consuela, pero lo hace. No es un mito, es real. O al menos yo lo siento así.

54

REGRESO

ÁNGEL

Pues he vuelto, apenas han pasado algunas semanas, pero tengo la sensación de estar empezando de cero de nuevo. He llamado a mis clientes y muchos me han esperado, lo cual agradezco. Preparo mi agenda para la rutina de cada día, como hubiera hecho hace un mes y lo único que obvio, lo único que no he recuperado es a ella; a Martina.

Desde que he vuelto, hace tres días, paso muchas veces por el portal de su casa, no sé si con intención de llamar o queriendo provocar un encuentro casual, pero allí no se asoma nadie.

Mi móvil suena en el bolsillo por tercera vez en una hora. Es el grupo «Regalo Martina».

> CAROL:
> Ángel, no puedo seguir en casa de mis padres, o te atreves ya a hablar con ella, o paso de ti. Estoy preocupada por ella, todas lo estamos, no podemos esperar eternamente a que te decidas.

Pensé que era una buena estrategia pedirle a Carol que le dieran espacio a Martina, no sé qué quería conseguir exactamente con eso, pero supongo que me entró miedo porque no es que conozca demasiado a Emma y a Eve, solo de las kilométricas conversaciones mantenidas por wasap y de lo que Nataniel y Carol me han contado, pero me da miedo que se unan y formen una guerra en mi contra. Es absurdo, quizás, no lo sé, pero me parece un buen comienzo que ellas aceptaran al menos unos días.

El grupo echa humo, pero ya no son las chicas divertidas que me gastaban bromas y me hacían reír. Ahora son un pelotón que quiere fusilarme.

EMMA:
No sé ni por qué le hacemos caso a este hombre, si se ha marchado y la ha dejado colgada.

EVE:
A mí no me parece mala idea, démosle espacio a Martina, igual así se tira antes al camarero *buenorro* de dos metros y con la polla más grande que mi muslo. MÁS GRANDE QUE MI MUSLO, por si no lo has entendido, Ángel.

CAROL:
Ay, madre mía, qué bestia eres, Eve. Ángel tenía cosas que solucionar.

EMMA:
Sí, ya. Lo de meterla en mitad de un triángulo amoroso mejor lo obviamos, ¿no?

Hasta ese momento no había intervenido demasiado por miedo a que me apedrearan, ¿se puede apedrear por wasap? No lo sé, pero tampoco lo quiero descubrir. Pero leo lo que dice Emma y necesito defenderme. ¿Qué triángulo ni qué ocho cuartos? Si el que estaba en medio de un triángulo era yo.

ÁNGEL:
No tienes ni idea de lo que dices, Emma.

EVE:
Porque haces que mi marido tenga el cuerpo perfecto para cogerme en peso, nene, porque si no te rajaba.

Suelto una carcajada, me ha hecho gracia, hasta para soltar una amenaza esta mujer piensa siempre en lo mismo, pero no se lo digo, que no está el horno para bollos.

CAROL:
Chicas, no os metáis en esto, es cosa de ellos dos.

EVE:

Y de mis puños, de esos también. Con lo bueno que estás y lo capullo que eres.

EMMA:

Como todos.

EVE:

Todos los tíos son unos putos cerdos. Menos mi Nataniel, ese no. Bueno, un poco cerdo sí, pero solo en la cama, y en el archivo, y en la mesa del comedor, y… Ya me entendéis.

CAROL:

Eve, cariño, no tienes remedio.

EVE:

Sí, sí que tengo, el antídoto está entre las piernas de mi hombre.

Río de nuevo, ¿estos chascarrillos significan que me perdonan un poco? Me encojo de hombros.

EMMA:

Puestos a ser cerdos y a joderla, pero bien jodida, que lo haga el guaperas de los ojos claros.

Pero ¿esta mujer no era la que no decía palabrotas?

ÁNGEL:

¿Te refieres a mí?

Tengo los ojos azules, por eso pregunto.

EVE:

Se refiere al pollagorda.

¡La madre que la parió!

EMMA:

Tú ponte las pilas ya y reza para que Martina quiera seguir entrenando si no nos tendrás que devolver once meses de entrenamiento.

CAROL:
Tú hazlo ya, porque esta misma tarde la llamo para ver cómo está.

EVE:
Y te juro por lo más sagrado que si esta noche no te has atrevido a llamarla o ir a verla, secuestro al camarero de atributos perfectos y lo arrastro hasta allí.

Siguen escribiendo, una tras otra, amenaza tras amenaza, sueltan chistes, luego se ponen más serias, luego me presionan. Lo mejor que puedo hacer es pasar de ellas.

Me sudan las manos, me tiembla el pulso y, no me preguntes por qué, pero no me atrevo a llamar. En lugar de eso, voy dando un paseo, camino sin rumbo, casi... porque mi subconsciente me dice que igual puedo encontrármela cerca del trabajo, así que me acerco a Belle Extreme.

Me quedo clavado en el sitio cuando llego.

El escaparate está empapelado.

Cuelga un cartel que pone: «Se traspasa».

La puerta está abierta y veo gente dentro.

¿Qué ha pasado aquí?

Me quedo un rato allí delante de la puerta como un idiota sin saber qué hacer hasta que noto que alguien me mira demasiado, allí veo al italiano ese que le hizo las fotos a Martina para las redes sociales de la tienda que me mira con el ceño fruncido. ¿Le habrá contado Marti lo ocurrido? Capaz que me manda a sus primos de la mafia o algo.

Se acerca a mí, supongo que porque me he quedado atontado mirando para él y no lo saludo ni me voy ni me acerco... Como un pasmarote, me he quedado como un pasmarote.

—Hola, Ángel, ¿verdad? —Me tiende la mano.

—Sí —correspondo al saludo—. Disculpa, no recuerdo tu nombre.

—Luka. ¿Buscas algo por aquí?

—Esperaba encontrarme con Martina. —Decido ser sincero, porque no se me ocurre ninguna excusa creíble.

—No trabaja aquí desde hace un par de semanas. Bueno, de hecho..., estamos cerrando. —Me escruta con mirada felina, y no logro captar por qué—. ¿Quieres pasar? —No sé para qué demonios querría yo entrar en una *boutique* de ropa talla XXL que está a medio cerrar y sin Martina dentro, que es lo que me interesa, pero Luka insiste con su gesto, y al final asiento, tampoco tengo nada mejor que hacer; como tener, tener, sí, pero no me atrevo, así que me dejo llevar—. Maca, este es el amigo de Marti, el chico del que te hablé.

¿Y por qué este hombre le ha hablado de mí a esta tía que no conozco de nada?

—Ay, hola. —Se acerca y me da dos besos—. Yo era la jefa de Marti.

—¿Por qué ya no trabaja aquí? —Me mira como si fuera tonto—. Bueno, mejor dicho, ¿cómo es que cerráis el negocio? —reformulo la pregunta.

Luka y ella me cuentan los planes que tienen y que han decidido posponer la mudanza algunas semanas hasta que logren traspasar el negocio, hay varias personas interesadas con las que se han entrevistado, han ido tanteando precios y demás.

—¿Ya tenéis toda la mercancía empaquetada? —pregunto cambiado de tema porque me satura un poco el mundo de la moda en Italia, vamos, que me importa un carajo.

—No, qué va, el almacén no hemos podido tocarlo, a la espera del inminente traspaso y si están interesados o no en quedarse con nuestra mercancía, si no, nos la llevaremos.

Cuando les cuento lo que quiero se parten de risa en mi cara porque saben que es para Martina. Pero a mí no me importa que se rían, recuperarla es importante y haré lo que esté en mi mano para ello. Después de mucho rato, al fin, parece que he conseguido mi objetivo, he necesitado tirar un poco de pena y les he contado todo lo que ha pasado… Sí, hasta ahí he llegado.

—¡Lo sabía! Se lo dije, y no me hizo ni puñetero caso, Maca, se lo dije.

—Ya, amor, ya… Es que por norma general los tíos no tenéis ni puñetera idea de nada, así que no la culpes por no hacerte caso.

—Yo sí tengo idea, yo sé de esto, se me da bien —protesta ofendido. Y yo espero a que terminen de desvariar.

El caso es que he conseguido lo que quería.

Le escribo a Carol, esta vez por privado, paso del grupo de locas ese que me satura.

ÁNGEL: 

Carol, ¿no se te olvidó contarme que Marti se había quedado sin curro?

CAROL:
¡Has hablado con ella, por fin!

ÁNGEL:

No, en realidad no. Volved a lo vuestro, pero mantén a Eve a raya, que esa la obliga a fornicar con el tipo ese del bar. Necesito un par de días más.

CAROL:
Uf, la has cagado. Te digo yo que Eve se lo lleva.

55

SI ESTO NO ES AMOR, NADA LO ES

Martina

Cuando llevo unos días enclaustrada en mi casa y pienso que estoy a punto de volverme loca y que si vuelvo a pasarle lejía a alguna parte de mi hogar directamente se va a caer, llaman al timbre. Debo admitir que voy corriendo hasta la puerta, quizás porque espero verla a ella, incluso ver a alguno de los niños o puede que verlo a él. Todo, menos encontrarme con un mensajero con un paquete para mí.

Viene sin nota ni remitente. No sé quién lo envía.

Cuando lo abro me encuentro con el picardías de Belle Extreme que subimos a Instagram empaquetado en una caja preciosa. ¿Y esto? Esto es chantaje de Maca para que acepte la oferta de empleo. Pero ¿esta mujer se piensa que yo me vendo por un picardías? Por muy caro y bonito que sea… Vamos, que es un camisón para follar, no es más.

Niego con la cabeza y tecleo un mensaje.

MARTINA: 

Muchísimas gracias, me encantó este camisón. Me podrías haber llamado y nos hubiéramos tomado la última para brindar antes de tu despedida.

MACA:

¿Eh?

Pues sí, cuando quiere es de pocas palabras la mujer. Intuyo que no es cosa suya. ¿Me lo habrá mandado Luka? ¡Joder! ¿Y si me lo ha mandado Luka? Se puso palote con esto. Me tapo la cara, porque Luka está bueno, pero ahora es un hombre prometido. No estaría bien.

Se me enciende una bombillita y escribo.

MARTINA:

Juliááááan, Julianín... No me habías dicho nada de que habías roto con tu chica. ¿Buscando tema?

No pasa ni un minuto cuando suena mi móvil.

JULIÁN:

¡Joder! ¿Cómo sabes que... hemos roto? Si no se lo he dicho ni a mi madre.

MARTINA: 

Astuta que es una. Anda, no te hagas el tonto. Cuando quieras lo estrenamos.

JULIÁN:

¿Estrenamos? ¿El qué? ¿Me has mandado alguna foto que no me llega? Sigo en Madrid, a palo seco, podrías venirte unos días a verme (y a chupármela, eso también), ya me dijo mi madre que te has quedado sin curro.

¡Joder! ¡Cómo vuelan las noticias! ¿No sabe de qué le hablo?

Llamo a Carol, pero no contesta, es una buena ocasión para preguntarle si es cosa de ella y aclarar por qué lleva tantos días desaparecida.

Emma no coge el móvil ni el teléfono de casa, en el restaurante de sus suegros me dicen que no está tampoco.

Y Eve, ella tampoco contesta, pero eso no es raro, con la puntería que tengo la he pillado fornicando las cinco veces diferentes que la he llamado durante la tarde. Ella es así, todo amor para dar.

Les escribo mensajes y les digo que me gustaría hablar con ellas, que necesito localizarlas y nadie contesta. ¿Estarán enfadadas?

Me quito la ropa de indigente y me visto normal, normal con unos vaqueros y un suéter que ni siquiera conjuntan, no te pienses que me he vuelto loca. No me he puesto sujetador. Por no ponerme, no me he puesto ni zapatos. Salgo descalza al rellano de la escalera y toco en casa de Carol, insisto mucho, a punto de echar la puerta abajo. ¿Habrá pasado algo y yo no me he enterado? Lo de abrir con mi llave para emergencias casi que lo descarto, porque igual está dentro con Adrián y no es plan.

Suena el móvil y corro hasta casa.

EVE:
Prepárate, nena, porque voy para tu casa y llevo visita.

MARTINA:
¿Dónde estabais metidas? ¿Por qué habéis desaparecido?

EVE:
¿Qué dices? ¡Qué desaparecida! Nena, algunas tenemos que trabajar y no te estoy echando en cara que estés en el paro, pero ya sabes que tengo una vida muy ajetreada.

MARTINA:
¿Viene Emma contigo?

EVE:
No, ponte sexi. Ojitos verdes y pollagorda me acompaña. Ups, me quedo sin batería, *bye, bye*… Apago el móvil, nos vemos en treinta minutos.

Me quedo con la boca abierta.

«No puede ser»; negación.

«No sería capaz, la mato, yo a esta tía la mato, pero ¿quién cojones se cree que es para darle a un desconocido mi dirección? ¡Qué digo darle mi dirección! Es que lo va a traer de la mano»; ira.

«Seguro que es coña», intento tranquilizarme y marco su número en el móvil, pero obviamente me sale apagado; negociación.

«Vale, no lo es. Dios, muero»; depresión.

«Mierda, será mejor que me cambie»; aceptación.

Y así es como funcionan las cosas en la vida, no solo en la mía, en la de todo el mundo. En este justo momento entiendo que el paquete que he recibido hace unas horas me lo han mandado ellas y que es una invitación a que pase página, que lo entiendo, si yo misma les dije que no quería saber nada de Ángel.

No tengo mucho tiempo para pensar qué quiero hacer, cómo quiero actuar. Me voy a la ducha y agradezco que exista la depilación láser y que no tenga que medio matarme con una hojilla. Obviamente, no pienso ponerme el camisón ese ni loca. Me lo quedo, eso sí, porque me encanta.

Llaman al timbre y sé que son ellos, agarro mi móvil y escribo un mensaje a Carol.

MARTINA:

SOS, por Dios, Carol, necesito tu ayuda. ¡Ya! ¡Te necesito en mi casa!

No me he puesto nada que sea demasiado sexi; unos vaqueros cortos y una camiseta limpia, hace un montón de calor, o eso me parece, sobre todo desde que sé que viene ese hombre en dirección a mi casa. Me he recogido el pelo en una cola de caballo y me he maquillado, eso sí. Que no necesite que sea una opción en este momento no quiere decir que no quiera que nunca lo sea.

Cuando abro la puerta vuelvo a pasar por las cinco fases antes incluso de abrir la boca: negación, ira, negociación, depresión y aceptación.

—Hola —me saluda el camarero. Eve no está, obviamente. Es guapo, no puedo negarlo, pero para mí que, con cervezas, tequila y menos luz; daba más morbo.

—Hola —contesto y me aparto a un lado—. Anda, pasa. No sé tu nombre.

—Ni yo el tuyo, cuando la amiga esa loca que tienes me pidió mi número y me dio el tuyo, me dijo que estaba prohibido dar nombres, que yo soy ojitos verdes, y que tú eres..., prefiero no decir lo que me ha dicho.

—Algo de mis tetas, seguro.

—Seguro —afirma. Al menos no le ha dicho su «apellido» postizo.

—¿Quieres café?

¿Qué otra cosa voy a contestar a eso? El maromo sin nombre acepta. Preparo un par de tazas, y nos acomodamos en el sofá.

—Bueno, cuéntame por qué tienes unas amigas que están empeñadas en que hagas nuevos... amigos.

Pues ha sido elegante, nunca lo hubiera dicho, porque me estoy imaginando a Eve hablando con él y lo que menos se me pasa por la cabeza es que le dijera eso exactamente.

—Ya, sí, amigos...

Le cuento de forma esquemática lo que ha ocurrido porque mi intención es que se vaya cuanto antes de mi casa. Es guapo, es sexi, está bueno…, pero no estoy de humor, no me apetece, no lo conozco de nada. Y, ahora que le hablo de Ángel, me apetece aún menos.

—Vaya, lo siento, chica sin nombre. —Sonrío—. Y, dime, ¿te apetece olvidarte del hombre ese durante un rato?

El maromo coge mi mano, y yo tiemblo. Me noto arder las mejillas.

—No sé qué responder a eso.

Me sincero, porque es la verdad. Una parte de mí me dice que le dé alegría al cuerpo y la otra que para qué cojones me voy a follar a este tío si en realidad no me apetece.

—Vale, yo te ayudo a decidir.

Tira de mi mano para que me incorpore y me insta a sentarme sobre él a horcajadas. Está duro, como una piedra. Me observa, y yo a él, pero por el momento no da un paso más, y yo…, yo me conformo con respirar sin morir calcinada.

El chico sin nombre acaricia desde mis rodillas a mis muslos, rodea mis caderas y llega a mi culo, aferrándose a él y presionándome contra su erección. Trago con fuerza. Sube por la espalda, colando los dedos por dentro de mi camiseta, hasta llegar a mis hombros, donde se vuelve a aferrar presionando nuevamente. Acaricia mis pómulos, mis labios, mi cuello, tira de mi coletero hasta dejar mi cabello suelto y mete los dedos entre la maraña que aún se encuentra húmeda por la ducha acariciando de forma que logra que ronronee. Se acerca a mis labios y justo en ese instante suena el timbre.

—Joder, me cago en todo —mascullo.

—Ignóralo —me pide y me come la boca tal y como hizo en el bar.

Tengo que reconocer que no hay chispas como con Ángel, pero es una solución a mi problema más inmediato, no veo un motivo para negarme. Se desprende de mi camiseta y en un segundo me ha quitado el sostén. Clava los dientes en mis pezones, me ha dolido y me dan ganas de arrearle una hostia, protesto.

—¡Coño! ¡Cuidado, joder, me haces daño!

—Lo siento —masculla—. Joder, necesito enterrarme dentro de ti.

Esas cinco palabras que forman una frase que con Ángel me hubiera derretido, con este tío me pone cardíaca y me produce sentimientos contradictorios de ganas de continuar y rechazo al mismo tiempo.

El timbre vuelve a sonar, se quita su propia camiseta y agarrándome con fuerza se incorpora y hace que me tumbe en el sofá, dándome sin querer con la cabeza en la madera del brazo.

—¡Au! ¡Joder! ¡Ten más cuidado! Tengo que abrir —digo, pero no me muevo porque tengo su boca camino a mi ombligo y he perdido la razón, gimo, gimo sin control.

Cierro los ojos. El timbre vuelve a sonar y desabrocha mis pantalones cortos, tirando de ellos hacia abajo y dejándome solo con las braguitas, que rueda a un lado, cuela un par de dedos y me los clava, pero no me los clava en plan se desliza en mi interior suavemente mientras siento las contracciones de mi sexo alrededor de ellos, no, me los clava como si fuera el ginecólogo comprobando cuántos centímetros he dilatado antes de dar a luz, que yo no he dado a luz ni nada, pero Carol lo explica todo muy bien. Vamos, que me ha dolido, pero soy incapaz de protestar cuando escucho una voz al otro lado de la puerta.

—¡Marti! ¡Joder, Marti, soy yo! Voy a abrir con mi llave porque estoy preocupada, ¿vale?

—¡Hostias! —suelto. La lengua del moreno juega con mi clítoris durante escasos segundos. ¡Dios! ¡Dios!

Se oye la cerradura, la puerta abrirse y cerrarse.

—Me la suda, que nos vea follar, igual se quiere unir a la fiesta.

Se está sacando la polla, juro por Dios que se está sacando la polla. Me cago en Eve y en toda su estirpe, se me seca la boca al ver esa tranca y lo empujo, me incorporo y me pongo la camiseta.

El sinnombre, al ver que ya no tiene nada que hacer, guarda todo lo que tiene que guardar, coge su camiseta y se la pone, agarra el sujetador del suelo y se levanta, se acerca a Carol que está parada frente a nosotros con la boca abierta, y se lo da antes de marcharse.

—¿Ha dicho lo que creo que ha dicho?

—Lo ha dicho —contesto—, lo ha dicho —reitero cuando el camarero sexi ha cerrado la puerta. Agarro los pantalones cortos y me los pongo.

—¿Te he jodido el polvo?

—Para eso te pedí ayuda, ¿no? —La pregunta creo que es para mí, no para ella. Pero en realidad sé la respuesta, me hubiera arrepentido, lo sé.

—Necesitas a Momoa —se burla Carol.

—Necesito, necesito. —Mi amiga se acerca y me abraza muerta de la risa—. No tienes polla, Carol, no me vales. ¿Cómo cojones se os ocurrió lo de ese puto camisón? ¿Y cómo dejáis a Eve que me traiga a ese tío a mi casa? ¿Y si es un psicópata que me quiere violar?

—Perdona, nena, yo no sé si era su intención violarte o no, pero, por lo poco que vi, tú no estabas poniendo mucha resistencia. ¿Qué camisón?

Hostias, ¿cómo que qué camisón? ¿No han sido ellas? Un nombre viene a mi cabeza, retumba, resuena, hay letreros luminosos que forman un nombre, pero ignoro todo eso.

—Ya. ¿Y los demonios? —Cambio de tema.

—Tía, te he dicho que no los llames así. Con los abuelos, salí por piernas cuando vi tu mensaje.

La miro de arriba abajo y me doy cuenta de que va más arreglada de lo habitual, está incluso maquillada.

—Oh, mierda —suelto. Se ha planchado el pelo. Me fijo en que tiene los labios como hinchados y sin mediar palabra le subo la camiseta hasta ver sus tetas—. ¿No llevas sujetador? —Niega y ríe—. Apuesto a que bragas tampoco. —Mi amiga repite el gesto—. Vale, yo también te he jodido el polvo a ti.

Rompe a reír a carcajadas mientras asiente.

—Si esto no es amor, Marti, nada lo es.

56

¿Y AHORA QUÉ?

ÁNGEL

CAROL:
Mierda, Ángel, te lo dije, la has cagado.

Trago, trago con fuerza.
Un sudor frío inunda la palma de mis manos.

ÁNGEL:
¿Eve y el camarero *buenorro*?

CAROL:
Casi.

Suelto el aire que contenía, aliviado, jodidamente aliviado.

ÁNGEL:
Bien.

CAROL:
Solo el camarero, Eve lo llevó hasta su portal, pero no subió.

¡¡Me cago en todo!! Joder, joder, joder. Puñeteras mujeres vengativas. ¿En serio le llevó al tío ese que no conoce de nada? Ni siquiera sé su nombre. ¿Lo sabrá ella? Pica, duele, jode. Pero me lo merezco, porque soy gilipollas, lo sé. ¿Si llamo a Nataniel para rogarle que deje a Eve amarrada a la pata de la cama en los próximos dos o tres meses perderé a otro cliente?

La tenía que haber llamado antes, mucho antes, pero así han salido las cosas y poco más puedo hacer más que intentar solucionarlo.

Pienso en Martina.

Pienso en los ojos de Martina, en sus labios, en su sonrisa, en su manera de besarme, de tocarme, de entregarse a mí. En su forma de gemir, de arquear la espalda de puro placer, de pedirme más, de deshacerse, de gritar mi nombre.

CAROL:
Te lo advirtió, Ángel.

ÁNGEL:
Joder, pero necesito tiempo.

CAROL:
Cada minuto que pasa es un minuto que pierdes.

ÁNGEL:
Qué audaz, ¿eso te lo enseñaron en primero de primaria?

Una peineta.

La tía me ha enviado una peineta y se queda tan pancha.

ÁNGEL:
Vale, me lo merezco, por gilipollas.

CAROL:
Cierto.

ÁNGEL:
La he cagado. La he cagado mucho. Joder, Carol.

Pues sí, he metido la pata hasta el fondo, es lo que hay. Tampoco puedo reprocharle nada a Martina, ni se me ocurriría, me puedo imaginar la patada voladora que me llevaría si osara echarle en cara que se ha liado con uno..., ¿cómo dijo Carol? ¿Que me daba mil vueltas? ¡Aaaaggg!

No puedo dormir, me está costando lo de pegar ojo, me he tomado ya tres infusiones, he leído tres párrafos de uno de los libros que estaban en mi mesa de noche y los he releído de nuevo como quince veces porque no me estaba enterando de nada, he pasado pantallas y pantallas del Netflix sin decidirme. Apago la tele. La enciendo. Busco algo de música. La quito.

Voy hasta el móvil y sin pensarlo mucho pincho en el icono de Instagram, sé lo que busco, creo que me he vuelto loco, me he vuelto completamente loco, esto va incluso en contra de mis propios principios, ¿no? No lo tengo muy claro.

Las últimas fotos que hay en la cuenta de Martina son las del club Planet, me encantan esas fotografías, me acuerdo de Daenerys y le mandó un wasap para preguntarle si se ha pensando lo de los entrenamientos y rememoro su tez llena de pecas, sus labios carnosos sonriendo y sus ojos devorando a Martina, como me apetecía hacer a mí. Lo pasé bien ese día, muy bien. Sonrío.

Es tarde, es condenadamente tarde, pero ¿sirve de algo retrasar más este momento? Necesito intentarlo. Me va a soltar alguna perla de las suyas, lo sé, pero al menos no me podrá pegar una hostia telefónica. Aunque nada le impedirá venir hasta mi casa para dármela en vivo y en directo.

Busco su número y marco. El tono suena muchas veces y me permito el lujo de reírme pensando en la barbaridad que me va a soltar por la boca, aunque se me pasa rápido, trago con fuerza y pienso que está mosqueada, muy mosqueada conmigo. Parece que estoy loco, lo sé, pero son los nervios que se me acumulan y de alguna forma tienen que salir.

El teléfono da la señal muchísimas veces antes de cortarse y lo intento dos veces más sin éxito.

«No va a contestar. Asúmelo», me digo.

Vale.

¿Y ahora qué?

¿Me habré equivocado? Más, quiero decir.

Me levanto y voy hasta el ordenador, necesito ocupar mi mente con algo y me centro en las cuentas. La del banco tiembla, mucho. Necesito recuperar algo de capital lo más rápido posible.

¿Y si me he equivocado? ¿Y si he metido la pata? Resoplo. No tengo ni idea de qué va a ocurrir.

Tengo la agenda a medio rendimiento, así que este mes no voy a ingresar demasiado. Trago con fuerza al recordar que tengo que devolverle el dinero de los entrenamientos a Carol, Emma y Eve. Es lo justo. Pase lo que pase, debería ser así. Es mucho dinero.

Aprovecho un par de horas para investigar formas de publicitarme, tanto a través de las redes sociales, como por otros medios. No sé cómo lo voy a hacer, no tengo ni la más remota idea, pero tengo que remontar. No pienso volver a Tortosa.

Entra un wasap en mi móvil y doy un respingo. Es tardísimo, cerca de la una de la madrugada. ¿Habrá visto mi llamada?

Es Carol, de nuevo, como si no me hubiera amargado suficiente la existencia.

CAROL:
Como soy una buena persona te diré que llegué a su casa antes de que pasara algo. Buenas noches.

Se me ha despertado el instinto asesino y tengo ganas de matar a Carol, a Eve, a Martina, incluso a Nataniel, por meterme en este berenjenal.

57

HABLANDO DEL REY DE ROMA

MARTINA

No sé qué hora es, me he despertado un par de veces, pero me he dado la vuelta y he seguido durmiendo, a pesar de que los rayos de sol están empeñados en colarse por las rendijas de mi persiana. No me importa. No tengo nada mejor que hacer y decido descansar. Estaré como esté, pero ojeras no voy a tener.

Mi teléfono vibra sobre la mesa de noche, le desactivé el sonido antes de meterme en la cama, como suelo hacer cada noche. Miro la pantalla y es Maca, esta mujer no me deja en paz ni aunque haya dejado de trabajar para ella hace semanas.

Descuelgo.

—Buenos días, Maca —suelto sin más, sin chascarrillos, sin hacerme la graciosa, sin hacerme la simpática. Paso.

—Martiiii, Marti, cielo. ¿Estabas durmiendo?

—No, qué va, qué voy a estar durmiendo a... estas horas —digo, porque no tengo ni idea de qué hora es—. Estaba poniendo una lavadora.

—Ah. Pues tienes voz de dormida. —¿Y esta mujer para qué ha llamado?, ¿para tocarme la moral?—. Oye, Martina, ¿podemos vernos?

—¿Es para intentar convencerme de que me vaya contigo y Luka a Italia a entregarnos al fornicio en forma de triángulo?

—¡No! —Maca suelta una carcajada, y yo sonrío un poquito—. Las ganas tuyas, chavala, porque si tú supieras lo que esconde este hombre bajo esa sonrisa inocente.

—Ya, bajo su sonrisa, dice… Más abajo, diría yo. —Suelto sin pensar. Escucho una risilla de fondo e imagino que Luka está cerca. Me pongo la mano en la frente, espero que no me haya escuchado—. Saluda a Luka de mi parte.

—Hola, Marti —suelta el susodicho.

Mierda, Maca tiene el altavoz puesto, me ha escuchado.

—Bueno, ¿puedes estar en la tienda en media hora? Necesito hablar contigo —reitera Maca sin hacer mención a lo que acaba de ocurrir, pero conteniendo la risa burlona, si la conoceré yo.

—Vale, en un rato estoy ahí.

Cuelgo la llamada, en mi teléfono aparecen varias notificaciones, pero no tengo tiempo de mirarlas. Corro hasta la ducha. Media hora, dice, esta flipa. Intento no parecer una indigente, porque no quiero que Maca piense que me ha hecho polvo cerrando la tienda. Cojo uno de mis vestidos favoritos, tacones, me recojo el pelo y me maquillo lo más rápido que puedo antes de salir por piernas.

Cuando llego al portal y busco el móvil para llamar a un taxi que me recoja, me doy cuenta de que me lo he dejado en casa, pero en ese momento pasa uno por delante y lo paro. No creo que tarde demasiado, no voy a morir por separarme del móvil un par de horas.

Llego a la tienda. No media hora después, obvio, sino bastante más tarde.

Me entristece mucho ver el escaparate empapelado, es como el ataúd de los negocios y es deprimente. Me gustaba mucho Belle Extreme, es la verdad. Lo sentí desde el primer momento como parte de mí, porque Maca era mi jefa y desde que la conozco siempre ha sido un poco huevona, pero me dejó involucrarme mucho.

No sé qué querrá de mí, pero tampoco tengo demasiado que hacer, así que no pierdo nada por escucharla.

Maca y Luka me saludan en cuanto entro, están hablando apoyados en el mostrador, que sigue tal como siempre, la verdad es que me esperaba verlo todo desvalijado y me trasmite cierta tranquilidad ver que por dentro sigue más o menos igual.

Luka me tiende un café en un vaso de poliestireno cerrado con una tapa de plástico.

—Dios, Luka, te quiero. ¿Te quieres casar conmigo? —bromeo.

—De eso nada, monada —interviene Maca—. Este macho es solo mío.

Luka sonríe y se ruboriza.

—Bueno, yo os dejo solas un rato, tengo gestiones que hacer.

—Y, bien, ¿de qué se trata esta vez? ¿Qué ha pasado por tu loca cabecita? —le pregunto una vez Luka le ha dado un besazo de esos con lengua que quitan el sentido.

Maca se encoje de hombros y sonríe.

—¿Estás buscando trabajo?

—Estoy.

Mentira, obvio. Ni siquiera he encendido el ordenador para actualizar mi currículum. Estoy en fase de estudiar mis próximos movimientos… Bueno, igual eso también es un poco mentira. Que he pasado de todo, vaya.

—¿Cuántos currículums has entregado?

Perra. Perra. Perra. Sonrío.

—No sé decirte ahora mismo.

—¿Lo has actualizado más que sea?

—A ti te ha llamado mi madre y te ha pagado para que investigues, ¿verdad? Dile que puede estar tranquila, que aún no rozo la indigencia ni nada por el estilo. —Maca ríe—. ¿A dónde quieres llegar, Maca? No pienso irme a Italia, ya te lo dije. No se me ha perdido nada allí. Ahora mismo me siento un poco perdida, es verdad. Porque…, no sé, porque siempre me estaba quejando del trabajo, pero en realidad me gustaba. Me gustaba mucho; no solo mis funciones en sí: el salir por las noches, el ser simpática, conocer a un montón de gente y hablar de un producto. No es eso. Es que creía en Belle Extreme. Sigo creyendo en esto, a pesar de estar… así, medio muerto que da pena. A mí me cambió, Maca. Este trabajo a mí me ayudó a liberarme de mis piedras. El único secreto para el éxito del trabajo comercial que hemos obtenido durante todo este tiempo es que yo creía mucho en lo que vendía.

—Lo sé. No quiero que te vengas a Italia.

—¿No? —pregunto extrañada, porque ya me veía venir una charla de media hora sobre oportunidades de negocio y salir de la zona de confort.

—No, que tú estás frita por hincarle el diente a mi Luka. Paso.

Suelto una carcajada. Egoísta, la tía.

—Entonces, ¿qué necesitas de mí?

—A ver… Hemos traspasado la tienda, al fin. Teníamos varias ofertas, porque como bien dices este es un buen negocio, contamos con el respaldo de grandes marcas que nos patrocinan, las ventas han sido increíblemente buenas en los últimos meses. Yo no quería cerrar la tienda porque fuese mal, yo solo quiero seguir a mi instinto y a mi corazón, y este me dice que mi tiempo en Belle Extreme terminó.

Sonrío con tristeza.

—Si tu corazón así lo piensa, es que así es. Tu tiempo en Belle Extreme terminó —reitero.

—Pero el tuyo no —me dice.

—¿Cómo? —Un pequeño rayo de esperanza me invade.

—Contábamos con unas cuantas ofertas. Buf, estas semanas han sido una locura impresionante; de comparar precios, de hacer cálculos, de reuniones. Una jodida locura. Pero ¿sabes qué, Marti? Una vez más…, una vez más me he dejado llevar por mi corazón. Igual no le saco todo el rendimiento que hubiera podido, teníamos a empresas muy grandes detrás del negocio, pero me he decidido a apostar por alguien que cree en esto.

—Bien, me alegro, son buenas noticias.

No sé qué pinto yo en esto, pero sinceramente dudo de que cualquier otra persona pueda llevar esta *boutique* con la pasión y la entrega con la que ella lo hacía, porque era su idea, su negocio, su inversión, su bebé, como ella muchas veces lo llamaba.

Tiene un comprador para el negocio. Me alegro. Me alegro de verdad. Aunque me entristece pensar que será alguien dispuesto a cambiarle el nombre, la imagen, que hará las cosas de otra forma. No me extrañaría incluso que dejara de ofertar ropa talla XXL y se convirtiera en una tienda más de ropa bonita. No sé si quiero formar parte de eso, la verdad, porque ya sé por dónde van los tiros.

—Sí, lo son. He estado hablando largo y tendido con el comprador, y le gustaría contar contigo —me explica lo que ya imaginaba.

—No sé, Maca… Es que… no sé si estoy preparada para ver cómo cambian esto. Yo lo siento parte de mí, lo vi crecer, me involucré, porque tú me dejaste. Apareciste como salida de una lámpara mágica cuando necesitaba un cambio en mi vida, y he sido muy feliz aquí, contigo, pero igual… Maca, igual ha llegado la hora de volver a dedicarme a lo mío.

—¿A escribir artículos sobre malversación económica?

Arrugo el gesto, qué aburrimiento, por Dios. Qué puñetero asco, no quiero volver a escribir sobre política en la vida, no al menos ese tipo de noticias.

—¿Crees que alguna revista me dará un par de páginas completas para una sección sexual? Podría llamarse… «Momoa: la solución a todos tus problemas». Igual puedo conseguir que me patrocine un *sex shop*.

—No quiero saber qué es Momoa.

—Créeme, tú no lo necesitas —respondo con la clara imagen de Luka empalmado en mi casa mientras me hacía fotos ligeras de ropa, prefiero no decírselo abiertamente tampoco, que no tenemos tanta confianza.

—Dale una oportunidad, Marti —me pide—. En principio te contrataría para llevar la tienda, porque le he dicho que no hay nadie en Valencia, ni en el resto de España, que conozca Belle Extreme mejor que tú, pero yo te recomendaría seguir con las redes sociales, la web, el blog. La parte comercial es importante, ya lo sabes, tener a los patrocinadores contentos. Y tú lo has hecho muy bien por las noches y estoy segura de que lo puedes hacer incluso mejor de día, sin ginebra de por medio.

—No sé qué insinúas. —La miro con ojos rasgados, pero sonriendo, sonriendo mucho, porque me gusta lo que me cuenta. Maca suelta una carcajada—. Pero me gusta —verbalizo lo que ronda mi cabeza—. Me gusta mucho, Maca. —¿Qué pierdo por probar? Podría intentarlo y, si no congenio con el nuevo dueño, pues *bye bye* y a otra cosa, mariposa—. Acepto.

Aplaude feliz y la veo sacar de una carpeta una documentación que parece un contrato con un montón de páginas y muchas copias.

—Además, yo puedo seguir apoyándoos desde Italia, puedo buscaros nuevos conciertos, nuevas firmas que apuesten por esto. Le he planteado al nuevo dueño incluso la posibilidad de lanzar Belle Extreme al mercado internacional. Hoy en día es tan sencillo vender por Internet. Luka y yo ya habíamos estudiado esa opción antes de decidir mudarnos y lo tenemos muy controlado, yo puedo llevar esa parte desde Italia, Luka me ayudaría, seguro. Así no me desvincularía del todo de la *boutique*, conseguiría unos ingresos extras y, al mismo tiempo, os ayudaría a crecer.

—Es buena idea. —Maca toma un bolígrafo y me lo tiende, lo cojo.

—Belle Extreme puede seguir siendo así, tal como es: con el mismo nombre, la misma imagen, el mismo objetivo… Dependería de ti, básicamente. —Lee por encima la página que tiene delante y me lo pone delante, señalando dónde tengo que firmar.

—Bueno, más bien del comprador, ¿no?

—Digamos que... Sé que lo va a dejar en tus manos.

La miro extrañada sin entender exactamente lo que quiere decir, insiste dando pequeños golpecitos en el área destinada a la firma. Leo muy por encima lo que veo a primera vista, la palabra «indefinido» parece que da una tranquilidad considerable.

Es un contrato de trabajo, para un sitio que me encanta, no tendría que trabajar de noche, en contra, tendría que volver a madrugar los lunes, pero me ilusiona la idea de poder llevar la batuta de todo esto.

No me lo pienso mucho y firmo. Maca me va señalando todas las páginas en donde tengo que hacerlo y lo hago, sin más, dándole vueltas a su última frase.

—¿Quién sería el jodido loco de comprar un negocio y dejarlo en manos de una persona que ni siquiera conoce?

—Alguien que confía en que llevas mucho tiempo aquí y que esto ha ido bien —pronuncia Maca fijando la mirada a mi espalda—. Hablando del rey de Roma...

Me vuelvo y mi corazón da un vuelco.

—¿Cómo que rey? ¿Qué rey ni qué ocho cuartos? —Estoy demasiado flipada incluso para enfadarme, en *shock*, básicamente—. ¿Es una broma? —pregunto mirando para Maca, que niega con la cabeza—. ¿Tú no estabas en Tortosa? —Ángel repite el mismo gesto.

Bajo la cabeza mirando los papeles que acabo de firmar, ni siquiera me molesté en leer los datos de los contratantes. Maca los coge rápidamente, antes de que pueda hacerlo yo y romperlos o prenderles fuego o vete a saber qué otro arrebato espera que tenga.

Ángel pasa hasta donde estamos nosotras y le tiende la mano a Maca.

—Oficialmente, Belle Extreme ya es tuyo —declara mi exjefa. Que le tiende mi contrato a Ángel, un bolígrafo, y él lo firma.

—No..., no... —No carburo, permitidme este momento de tartamudeo.

Luka me coge de la mano. Ni siquiera me había dado cuenta de que había entrado detrás de Ángel. Esto es una emboscada en toda regla y me sorprende y me cabrea a partes iguales. «Pero ¿desde cuándo estos dos se ponen de acuerdo para manejarme a su antojo?», he pensado esta pregunta y automáticamente me he imaginado en la cama con los dos.

Estoy enferma, lo sé. Me paso las manos por la cara, frotándome los ojos. Esto debe de ser un sueño, una coña, lo que sea, menos lo que parece que es en realidad.

¿Ángel es mi nuevo jefe?

A ver, a ver, a ver… Piensa, Martina, piensa. Obviamente estás soñado, chica.

Ángel, el mismo que me dijo que debería cambiar de trabajo, que era una locura que siendo periodista me dedicase a…, a esto que no sé definir, ¿ha comprado Belle Extreme?

¿Qué pinta Ángel, un entrenador personal cuyo objetivo en la vida es conseguir cuerpos esculturales, como dueño en una tienda de talla XXL?

No entiendo nada.

—No… entiendo nada —verbalizo.

Maca y Ángel están hablando, han pasado de mi culo, de mi reacción, de mi opinión y están hablando de contactos. Mi exjefa le tiende una agenda a mi exentrenador personal y nuevo jefe.

Muero.

En serio, yo muero.

—No pasa nada, Marti. Todo va a salir bien. —Ese que habla es Luka, obvio, porque los otros dos no me prestan atención.

—Tengo miedo. —Suelta Ángel y mira en mi dirección, sigo con la boca abierta, soy lenta en reflejos, estoy perdiendo facultades. Carraspea y continúa—. Yo no tengo ni idea de todo esto, pero sé que Martina lo sacará adelante y que podré contar con vosotros, aunque estéis lejos.

—Mucha suerte, Ángel. —Maca vuelve a tenderle la mano y se pone de pie, la veo recoger sus cosas.

No, no, no puede irse.

—No puedes irte —mascullo.

No estoy preparada para esto.

Luka me da un beso en la mejilla y me abraza.

—Te llamaremos y trabajaremos mucho en equipo. Ya he hablado con los directivos de la revista en la que comienzo a principios del próximo mes, tienen contactos en España y vendrán a hacer un reportaje del local cuando ya lo tengáis en funcionamiento.

Maca se acerca y me abraza.

Me dice algo, pero debo admitir que no la escucho, tengo la vista clavada en Ángel, que me mira con cara de cordero degollado, y yo estoy cada vez más enfadada.

Nos quedamos solos, y Maca cierra la puerta al salir.

—¿Y tú eres psicólogo? —pregunto. Ángel asiente—. ¿Eres psicólogo y cambiaste el gabinete por los entrenamientos personales y ahora cambias los entrenamientos personales por una *boutique* de ropa talla XXL?

—Algo así.

—Pues háztelo mirar. No cuentes conmigo, Ángel. Sé que acabo de firmar, pero no es justo, me has engañado.

—Yo nunca te he engañado.

—¿Nunca? —pregunto alterada—. ¿¡Nunca, Ángel!?

Ángel se queda en silencio pensativo.

—¿Recuerdas cuando entraste en el ascensor de mi piso y te pregunté si habías escuchado mis ruiditos pajilleros? —me pregunta. ¿Se lo está tomando a coña? En serio, este tío me toma por gilipollas o algo. No respondo. No río. Ni sonrío como hace él, porque no me hace puta gracia. Carraspea y se pone serio de nuevo—. Pues ni ahí te engañé.

—Tan solo se te olvidó mencionarme que estabas casado, prometido, que te ibas a pirar de la ciudad durante semanas y que no me ibas a volver a llamar más después de pasar por mi cama.

—Tú me pediste que no te llamase. —Vuelve a sonreír.

—¡Deja de tomártelo a broma porque lo estás empeorando, Ángel! ¿Tienes idea de cómo me siento?

—Frustrada.

—¡Sí! ¡Joder, sí, frustrada! Te acuestas conmigo, acto seguido le dices a tu mujer que la quieres, desapareces del mapa, y luego me cruzo con esa… esa loca de las narices que dice que se va a casar contigo. Puñetera psicópata esa. Joder, Ángel, ¿por qué me preguntaste qué había sido aquello si no tenías intención de nada más? Si vas follándote a todo lo que se pone por delante, si estás casado, prometido, te lías con unas en el baño y con otras…

—Martina, yo no… —me interrumpe.

—¿Y ahora esto? ¡Ángel! Estoy frustrada, sí, pero es que me doy asco de nuevo. Asco. He querido negármelo desde hace unas semanas, pero es así justamente como me siento. Asco, ¿sabes lo que supone eso para mí? ¡No! No tienes ni puta idea…

—Martina —me vuelve a interrumpir—. Joder, Martina, escúchame.

—Escúchame tú a mí, Ángel, porque quiero que entiendas lo que no va a pasar. No va a pasar que yo trabaje para ti, no puedo, Ángel, no puedo porque… ¡joder! No puedo.

—¿Quieres tranquilizarte? —me pregunta con voz suave mientras me limpio las lágrimas a manotazos.

—Ya me di asco una vez, hace mucho, me hicieron sentir igual. Como si yo no importase, como si todo valiese. Lo siento, no vale todo. Igual quieres que ahora quedemos como amiguitos guais, para no tener que devolver a las chicas once meses de entrenamiento, pero ¿sabes qué, Ángel? No hace falta, yo se los pagaré, buscaré la manera de hacerlo, pero no te quiero cerca de mí, porque me haces daño. Yo solo quiero irme a casa.

Lloro, lloro a mares y me odio y me doy un poco más de asco por no poder controlarlo. Porque me duela tanto que este hombre que creí que era diferente, especial, sea un puñetero picaflor, igual pensó: «¿cómo será follar con una gorda?» y de pronto vio los cielos abiertos, porque sí, porque soy gilipollas y se notaba que se me carbonizaban las bragas con tan solo una mirada suya. Por mi cabeza pasan mil cosas y todas, absolutamente todas, me decepcionan.

Ángel me agarra por el brazo antes de que pueda salir.

—¡Joder! ¡Calla de una vez! ¡No callas, no callas nunca! —grita. Dejo de llorar y lo miro con la boca abierta. ¿En serio me ha chillado?—. No quiero que te vayas de aquí hasta que me escuches, Martina, porque está bien que te hagas la mártir y todo eso, pero no tienes puta idea de nada.

—¿La mártir, Ángel? ¿En serio me hago la mártir? Por favor, déjame en paz.

Me acerco a la puerta y, cuando tengo el pomo en la mano, Ángel habla, y me detengo, no sé ni por qué, pero lo hago y escucho lo que tiene que decirme.

—Yo no soy Nico, Martina. —Abro la boca y me siento más decepcionada aún. ¿Carol? ¿Carol le ha hablado de Nico? Me tiembla el pulso y giro el pomo—. No sé cómo ha pasado, creo que somos las dos personas más incompatibles del universo, que poco tenemos que ver tú y yo, pero pasó. Me prendé de ti antes incluso de verte, cuando tus amigas me hablaban de ti contándome cómo eras. Quise negarlo, obvio. ¿Quién demonios cree en los flechazos? Pues yo no sé si fue un flechazo o no, Martina, pero te vi y me colgué, me colgué hasta las trancas.

»No soy quien crees. Al menos quien crees ahora que soy. No soy un picaflor. No me voy liando con unas y con otras. Y estaba casado, sí, y por eso volví a Tortosa, porque necesitaba solucionarlo antes de involucrarme contigo, eso pensé entonces, menuda estupidez, ¿antes de involucrarme? ¿Más? ¡Joder, Martina! —Agacho la cabeza porque sus palabras no me reconfortan, me están haciendo más daño. Estoy llena de dudas. No sé si me las dice de verdad o porque sin mí está perdido en Belle Extreme y habrá comprado un negocio que no tiene ni pajolera idea de administrar—. He logrado que Nati me firme los papeles del divorcio y hablando con ella he entendido muchas cosas, sobre todo que no la quiero, no a ella, no con ese tipo de amor.

—Necesito irme y pensar —mascullo, tranquila, pero más confundida que nunca.

—¿Sabes por qué es imposible que quiera a Nati? ¿Tienes idea de por qué? —Niego con la cabeza sin girarme—. Porque te quiero a ti, Martina. Te quiero.

Estoy llorando de nuevo y me limpio las lágrimas con las manos.

—No puedo.

Y me voy. No puedo. No estoy preparada. No me creo nada de esto. Me siento igual…, igual que cuando me daba asco.

58

PREPARADO PARA EL LINCHAMIENTO

ÁNGEL

Se ha ido.

Me he abierto en canal y se ha marchado.

Rememoro todo lo que me ha dicho, lo que me ha soltado sin más. Se piensa que he ido follando de flor en flor y que estoy prometido, pero ¿de dónde habrá sacado tremenda estupidez?

Resoplo.

Estoy preparado para el linchamiento, a peor no puede ir esto.

Abro el grupo de wasap donde están las chicas.

ÁNGEL:
A las seis, en el Sturbucks de la primera vez. Con las tres, por favor.

CAROL:
Vale.

EMMA:
Vale.

EVE:
Vale.

Me sorprende que Eve no suelte alguna de las suyas, eso es que están más enfadadas de lo que pienso.

Las horas se me hacen interminables hasta las seis. Por el momento no he sido capaz de hacer mucho más que encender el ordenador de la tienda, hacer un cartel cuyo texto reza: «Cerrado por reformas» y me he ido a casa.

Hoy no tengo entrenamientos, había despejado la agenda para poder programar el trabajo de la *boutique* y para hacer las paces con Martina, para eso también. Me arruino, de esta me arruino. Ni gabinete ni entrenamientos ni tienda de moda femenina talla XXL, que digo yo, ¿por qué femenina solo? Si Martina me llega a perdonar y no tengo que cerrar el negocio y traspasarlo le propondré hacer una línea para hombre.

Pero los balones mejor pararlos de uno en uno.

Suena el timbre.

Tiemblo. No espero a nadie. ¿Será Martina? O, peor, ¿será Carol? ¿Eve con un cuchillo jamonero? Nadie más sabe dónde vivo.

Abro la puerta y me quedo boquiabierto cuando veo a Juanjo al otro lado, a mi Juanjo.

—¡Eh! ¿Qué haces tú aquí? —Me asusto. Me asusto mucho. ¿Habrá pasado algo con María José o con el bebé?

Se lanza a mis brazos.

—¡Finde de solteros! —grita.

—Pero ¿qué solteros ni qué ocho cuartos? Si tú llevas casado con María José desde hace años. ¿Y qué finde si hoy es miércoles?

Juanjo suelta una carcajada, al menos eso es señal de que no ha ocurrido nada malo. Respiro más tranquilo y respondo al segundo abrazo.

—Reconozco que hay algunos flecos en mi plan. Tenía que verte.

—¿Tenías que verme? —Lo escruto—. ¿O tenías que huir de tu mujer encinta?

—Dejémoslo en tenía…, simplemente tenía.

Reímos los dos.

Juanjo pasa, y le sirvo un café, yo me hago otra infusión, no tengo el cuerpo yo para cosas que me alteren más.

—He hecho una locura, Juanjo, una locura muy grande —le explico una vez me siento a su lado, clavando la vista en las hondas que provoca la cuchara al girar en el líquido ambarino.

—Hostias… —masculla y para la taza de camino a la boca—. ¿Has dejado preñada a la chica esa que te trae de cabeza?

—¿Qué? ¡No! Joder con María José, no se puede estar callada. —Juanjo se ríe—. Peor.

—¿Peor que dejar embarazada a una tía? —¿Y este es el que va a ser padre y debería ver la posibilidad de un embarazado como algo maravilloso? Pongo los ojos en blanco.

—Soy tan subnormal que, por intentar acércame a la chica que me tiene loco, he comprado un negocio que no tengo ni idea de llevar, para ser su jefe y que no le quedase más remedio que hablar conmigo. Y me ha mandado a la mierda, básicamente.

—Ostras, pues sí que eres subnormal, sí, pensé que era algo más retórico.

—Gracias, Juanjo —protesto con ironía.

—De nada, colega, de nada. Para eso están los amigos.

Le hago un resumen de lo ocurrido con Martina antes, durante y después de mi visita a Tortosa.

—Le he dicho que la quiero, ¿sabes lo que me ha costado? —Juanjo me mira con la boca abierta—. Pues entiendo que te quedes así, pero es lo que sentía, estoy harto de guardarme todo por miedo a hacer las cosas mal, si ya las estoy haciendo mal de por sí, al menos quería ir con la verdad por delante. Se le ha metido en la cabeza que me voy a casar… Ahora que lo pienso, me ha dicho que una loca se le acercó en el parque. No sé por qué, pero me huelo yo qué loca puede ser. ¡Ay, madre, Juanjo! Que, como sea la loca del Tinder, Martina no me perdona en la vida.

—No se te puede dejar solo, tío.

—Ya, ¿es lo único que se te ocurre decir para animarme? —Se encoge de hombros—. Bueno, he quedado con sus amigas en un rato en una cafetería, vente conmigo y así serás testigo del linchamiento. Necesito hablar con ellas y devolverles el dinero.

—Eso está hecho, haré de guardaespaldas, cuando vean mis *musculacos* se reprimirán —alega palmeándose la prominente barriga. Me río. Está fatal. Y mi amigo se echa encima de mí y me abraza—. No te preocupes, dale tiempo, la cogiste por sorpresa, su reacción me parece de lo más normal del mundo.

Asiento y enfilamos el camino hasta Sturbucks.

Me siento triste, decepcionado por cómo ha salido todo, por verme hundido. Lo cierto es que me alegro de que Juanjo esté aquí, conmigo, en este momento. Siempre ha estado en los momentos más jodidos y lo sigue haciendo. Tengo mucha suerte.

—Oye, ¿y cómo se ha tomado María José que hayas venido sin ella?

—Muy bien, me ha dicho que le vendría bien no oler mis pedos esta noche. —Niego con la cabeza. Únicos. Mis amigos son únicos—. Además, era necesario que viniera hasta aquí, porque necesito decirte algo.

Me paro en mitad de la acera y mi amigo se gira hacia mí, me da miedo lo que tenga que decirme, espero que no sean noticias que tengan que ver con Víctor y Nati, porque ahora mismo no estoy preparado.

—¿Qué tienes que decirme? —le pregunto porque veo que no arranca.

—María José y yo lo hemos estado hablando mucho y, Ángel, nos gustaría… ¿Querrías ser el padrino de nuestro bebé?

Hostias.

Me quedo a cuadros. No me lo esperaba. Me lanzo a abrazarlo. Me emociono, porque Juanjo es mi familia, no de sangre, pero no es necesario que sea así, ha estado para mí siempre, y yo para él también y ahora lo seguiré estando.

—¡Por supuesto que sí!

Estoy feliz, jodidamente feliz.

Pero sé que se me va a pasar dentro de poco, justamente en diez segundos, los que tardemos en acomodarnos frente a las chicas, que ya nos esperan apostadas en una mesa de la cafetería.

Me miran con cara de odio y al mismo tiempo observan a Juanjo con curiosidad.

—¿Te has traído guardaespaldas para que no te machaquemos? —Eve.

—¿Un abogado? —insinúa Carol.

—¿Un nuevo ligue para quitarle las penas a Martina? —Esa es Emma.

Juanjo levanta las cejas sorprendido.

—Madre mía, te van a hacer polvo. —Se ríe, el muy capullo se ríe—. Yo soy un mero espectador —se defiende levantando las manos y mostrándoles las palmas.

—Es Juanjo, ha venido desde Tortosa para pasar un fin de semana de solteros —explico sin más.

—Pero si hoy es miércoles —suelta Carol.

—Y no estoy soltero. —Mi amigo se encoge de hombros—. Ya le dije a Ángel que mi plan tenía algunos flecos. He venido a ver a mi amigo, porque..., bueno, porque sí.

Pedimos unos cafés y esta vez tiro de cafeína, porque intuyo que Juanjo mucho no me va a dejar dormir esta noche. Y empiezo a hablar. Me abro de nuevo en canal con el miedo pintado en mi cara, lo sé, pero solo espero que ellas puedan entenderme un poco más y que me dejen explicar por qué tenía que irme. Les hablo de lo ocurrido hace un año, de Nati, de Víctor, de Juanjo, de María José, de mi aventura con una moneda y un pedazo de papel viejo de donde surgió mi destino. Se hacen las duras, pero las veo soltar lágrimas cuando les hablo de mi charla con Víctor y con mi padre. Y les explico que me di cuenta de que estoy enamorado de Martina, hasta las trancas, tras la conversación con Nati.

—Pero aquí hay algo que no me cuadra —interviene Emma cuando todos nos quedamos en silencio—. ¿Y tu novia?

—No tengo novia, no he salido con nadie desde que pasó lo de Nati y Víctor, ni siquiera he..., bueno, ya me entendéis.

—¿¡En un año!? ¡Júralo! —Esa es Eve, que los ojos están a punto de salírsele de las órbitas.

—Tuve un pequeño intento en el baño de una cafetería hace algunas semanas, pero ya estaba colgado de Martina y digamos que... tuve un gatillazo y me fui por piernas.

—Pero ¿y esa chica del parque quién es?

—No estoy seguro, pero me hago una idea y esa mujer existe en mi vida por culpa del cenutrio este.

—Eh, eh, eh... Yo solo te recomendé que abrieras un Tinder, no te dije nada de que quedaras con la primera loca que se te cruzara en el camino.

—Ya, si la culpa es mía por hacerte caso, que cuando tú podías ligar ni siquiera se usaba aún el chat de Terra.

—Cierto —dice él.

Carol se echa la mano a la frente, y Emma se tapa la cara.

—Ahora he comprado Belle Extreme. Fue un puñetero impulso, os lo juro. Pasé por allí, vi el cartelito de marras, entré, me contaron lo que ocurría, y pensé en Martina, en cómo le brillaban los ojos el día que me presenté en Planet mientras hablaba de la *boutique*, en cómo defendía a capa y espada su trabajo, en cómo se implicaba, y luego Maca me habló de todo lo demás. De cuando empezó allí, de cómo floreció, me habló de Nico.

—¡Ostras! ¿Te habló de Nico? —Emma se tapa la boca sorprendida.

—Joder, ahora entiendo su mensaje. He intentado llamarla un par de veces y no me ha cogido el móvil y luego me ha mandado un wasap. —Carol saca el móvil y lee—. Cuando no creía que pudiera decepcionarme más, me he dado cuenta de lo equivocada que estaba. Sí, es posible decepcionarse más y lo estoy, mucho, muchísimo. No entiendo por qué lo has hecho, pero no pasa nada. Se me pasará. Necesito estar unos días sola y tranquilidad, sobre todo necesito tranquilidad. Por favor, no me mandéis a más maromos de bar. Al menos por el momento. Te quiero, pero no quiero hablar con nadie ahora mismo.

—Está hecha mierda. —Eve resume la situación.

—Lo está. Piensa que he sido yo la que le ha hablado de Nico, pero nunca se me hubiera ocurrido.

Nos quedamos todos en silencio, ya no queda mucho más que hablar. Yo he metido la pata, y ellas no pueden ayudarme, es algo que tengo que intentar solucionar por mi cuenta.

Le tiendo a Carol un cheque por el valor de los entrenamientos y soy consciente de que mañana tengo que abrir la tienda si no quiero terminar en la más absoluta ruina.

De camino a casa, mientras Juanjo no para de contarme chistes malos, malos, malos de esos que más que ganas de reír me dan ganas de mudarme de país donde nadie me encuentre, sigo reflexionando y se me ocurre una idea, no sé si servirá de algo, no sé si me ayudará, pero es lo único que se me ocurre.

Saco el móvil del bolsillo trasero de mi pantalón y busco su número en la agenda. Al menos tendré que probar suerte.

Dos horas más tarde he bebido muchas más cervezas de las que mi cuerpo está acostumbrado a digerir y he tenido un *deja vù*. Juanjo, una moneda y un trozo de papel viejo. ¿Tendré que empezar de nuevo de cero?

59

SI TE HACE DAÑO NO ES BUENO PARA TI

Martina

¿Soy idiota o estoy haciendo lo correcto? «Si te hace daño no es bueno para ti, si te hace daño no es bueno para ti…», me repito cual mantra. Te quiero. Me ha dicho te quiero y estoy hecha un puto cacao porque no entiendo nada, ¿hasta hace quince días no quería a su mujer? ¿Y la loca del parque? ¿Y por qué Carol le contó lo de Nico? ¡Joder!

Voy hasta el baño con la intención de hacer pis e igual no estaría de más lavarme los dientes, no sé ni cuándo lo hice por última vez, en realidad no sé ni qué día es hoy. En cuanto volví de Belle Extreme, cerré las persianas de mi piso y aquí no ha entrado más luz que la del pasillo del edificio cuando le he abierto al repartidor de pizza, del chino, de la hamburguesería…, solo sé que cada vez me miran más raro. ¿Será porque no me he cambiado el pijama?

Voy hasta el cuarto de baño y por una vez le doy al interruptor, los ojos se me achinan de forma instantánea, parezco un jodido vampiro y me pego un susto de la leche cuando levanto la cabeza y me miro en el espejo. ¡¡Madre de Dios!! ¿Esta soy yo? ¿Debajo de toda esta capa de grasa, kétchup, chocolate, restos de patatas y algo verde bastante sospechoso que prefiero no pararme a pensar qué es estoy yo?

—Pero ¿qué cojones haces, Martina? A ver, tía, que es un puto tío más, un puto demonio y un trabajo…, eso también y una amiga que me ha traicionado…

Mascullo.

Si había algún momento en el que pensaba que me había vuelto a dar asco este sería el instante idóneo porque, la leche, lo que refleja el espejo no es normal. Levanto un brazo, huelo.

—¡Puag! ¡Puag, joder, qué asco! —Repito operación con el otro y me mareo, pero me mareo de verdad, creo que me he quedado un poco amarilla. Me aguanto las ganas de potar—. Se acabó, esto se acabó.

Me despego el pijama podrido que llevaba puesto, esto ni lo lavo, mejor lo quemo. Me meto en la ducha, dejo que el agua caliente corra a cascadas por mi cabeza, cierro los ojos, me deleito con el olor de mi champú y allí me quedo un buen rato, hasta que toda la suciedad se ha ido por el desagüe.

Me seco, miro de reojo a mi báscula y decido pesarme. Noventa y cuatro kilos doscientos, suspiro. Maca estaría contenta, seguro, pero de pronto rompo a reír a carcajadas pensando en si mi actual jefe estaría contento por mantenerme en el peso idóneo para trabajar en la tienda o enfadado por haber subido de peso echando por tierra todo el esfuerzo de los entrenamientos. Loco. Está como una puta cabra. Peor que yo. Bienvenido al club. ¿Esto es lo que le provoco a la gente que se acerca a mí? No puedo parar de reír, en serio, creo que de aquí me mandan al manicomio, fijo.

Me paso el secador un poco y me dejo el cabello suelto y cuando llego a mi dormitorio para vestirme me quedo mirando el cajón donde lo he guardado, en la misma caja en la que me vino hace unos días o quizás hace más tiempo, ¿quién sabe? Hoy estoy más segura que nunca de que esto es un regalo de Ángel, ¿por qué?, ¿para qué?, ¿con qué intención?, ¿en qué momento decidió que era una buena forma de enterrar el hacha de guerra? Pues no sé responder a ninguna de esas preguntas.

Me lo pongo y me coloco unos tacones altísimos de mi cajonera, joder, estoy sexi, estoy guapa, me encanta esta puñetera prenda de ropa, cierro los ojos y recuerdo la boca de Ángel en mi cuello, deslizándose hacia mis pechos, devorando mis pezones, sus manos acariciando cada resquicio de mi piel, arrancándome un gemido tras otro. Y, vale, no quiero pensar en él, en realidad es la última persona del planeta en la que quiero hacerlo, pero es inevitable, porque, contra todo pronóstico, cuando estaba segura de que no era más que el tío que me hacía pegar brincos y me ponía berraca, me colgué, me enamoré de su forma de tomarme el pelo, de su manera de escucharme, de la forma en que me miraba, me enamoré de su sonrisa, de su hoyuelo —el puto hoyuelo—, de sus cejas fruncidas cuando me pillaba saltándome la dieta, de sus celos delante de Luka, de la excitación palpable tras verme con este mismo camisón.

Me maquillo un poco, no mucho, algo sutil, un poco de fondo, rímel, labios rojos y hago el gilipollas delante del espejo de mi cuarto un rato hasta que me siento de mucho mejor humor.

—Deja de pensar estupideces, Marti, cariño, porque estás cañón aun con tus noventa y cuatro kilos.

Me observo fijamente a los ojos. A ver, que sí, mi vida es un caos, se ha venido todo abajo de repente, pero tengo que dejar de ser tan dramática.

Me tiro hacia atrás en la cama y pienso en mi lista de prioridades inmediata para acabar de una vez con esta mierda de autocompasión que no va nada conmigo: cargar el móvil; Momoa, necesito a Momoa; ¿seguiré teniendo trabajo o estaré desempleada o qué será de mi vida laboral? ¿Sí? ¿No? ¿Tendré que hacer el currículum? ¿A qué huelen las nubes? ¿Será momento de comprarme un succionador de clítoris y cinco gatos? Me pierdo, ya sé que me pierdo.

Agito la cabeza y enchufo el móvil que continúa apagado mientras lo cargo, miro golosona a Momoa y mantenemos una pequeña charla de unos minutos, quien dice charla dice correrse como una loca y quien dice minutos dice segundos… en fin, ya me entiendes.

Soy otra. Me siento otra. Me visto, pero en plan conjuntar colores y todo: top color mostaza con hombros al aire, vaqueros ajustadísimos y sandalias de tacón del color del top. Pendientes y bolso a juego.

Seguro que hace una noche perfecta para ir a pasear, pedirme una cerveza, llamar a mis amigas y todo eso.

Lo de limpiar mi piso es urgente también, pero mejor lo dejo para cuando vuelva.

Tacones. Nunca pensé que los iba a echar tanto de menos, lo que dan por saco y la seguridad que proveen los muy hijos de perra. Me sorprendo cuando llego a la calle y veo que es de día y que hace un sol que raja las piedras. Yo que pensaba que eran al menos las diez de la noche. No sé qué hora es porque he dejado el móvil enchufado, pero tampoco necesito saberlo.

Simplemente ando, camino, un pie delante del otro y canto, canto bajito meneando las caderas, a Juan Magán, que siempre me anima. Me siento como la Cenicienta cuando el hada madrina le pasa la varita y sus harapos se convierten en un precioso vestido, pero haciéndolo todo yo sola, ni hada madrina ni varita ni ratones puestos de a saber qué —que saben coser y cantar al mismo tiempo— ni leches… La cruel realidad es que en este mundo si no te transformas tú nadie lo va a hacer por ti.

Camino sin rumbo o al menos eso pensaba, porque cuando levanto la cabeza ahí veo el cartel de Belle Extreme y siento un alivio indescriptible cuando compruebo que ese papel marrón horroroso que cubría el escaparate ya no existe, hay algunas prendas nuevas en los maniquís y la decoración está algo diferente, más primaveral, más alegre. No sé si esto que siento es alivio porque Ángel haya podido apañarse sin mí estos días, pero en el fondo me alegro.

La puerta está abierta. Y a mi cabeza vuelve esa firma que estampé en un contrato, es imprescindible averiguar qué ha pasado con eso para saber si he perdido la opción a cobrar la prestación por desempleo o no. Me sudan las manos, me tiemblan, trago con fuerza, porque mis pies van solos hasta allí, porque en el fondo me muero de ganas por volver a verlo, por hablar con él, por aclarar las cosas, porque me haga correr cuatro manzanas y luego haga que me corra como una loca y, sí, sé que no es lo más adecuado, pero mi mente va por libre, no me pide permiso. Desea lo que le da la puta gana, aunque en el fondo me haga daño… Es como eso de comer chocolate, sé que no está bien hacerlo a todas horas, pero no puedo evitarlo. Solo sé que es momento de afrontar las cosas.

Entro y veo cómo levanta la cabeza, sonríe y me escruta sin decir nada.

60

EL RUMBO ADECUADO

ÁNGEL

—Vamos a ver, tío, ¿me puedes decir qué cojones se te ha perdido a ti en Tenerife? —Me encojo de hombros, no respondo y sigo metiendo mis cosas de forma ordenada en cajas. O lo más ordenada posible teniendo en cuenta que llevo horas bebiendo sin parar.

—La primera vez que hice esto me apoyaste y funcionó, ¿por qué ahora no?

—La primera vez que hiciste esto necesitabas perderte de Tortosa. Es irónico, lo sé, pero necesitabas perderte para volver a encontrarte.

—Necesitabas perderte para volver a encontrarte —le remedo—, no me lo tengas en cuenta, estoy borracho.

—Ángel, joder, quieres estarte quieto, me está dando dolor de cabeza.

—Solo intento tomar el rumbo adecuado.

—No lo vas a hallar en una isla perdida en medio del Atlántico a miles de kilómetros de aquí. Te va a costar una fortuna llevarte todo eso, tendrás que coger uno o varios aviones para ir, y trasladarte a Tortosa cada vez que quieras volver para ver a tu familia va a ser una puñetera odisea.

—Eso es lo de menos, necesito volver a encontrarme.

—Tú ya te has encontrado. —Está serio, muy serio—. ¡Joder! ¡Siéntate ya! —grita y paro lo que estoy haciendo—. Ven aquí, por favor. —Le hago caso y me siento a su lado en el sofá—. Ángel, entiendo que lo has pasado muy mal en los últimos tiempos y que lo de Martina, pues ha sido jodido, ni siquiera creo que la hayas perdido, simplemente la muchacha está tomándose un tiempo para reflexionar porque ella lucha contra sus propios demonios, como todo el puto mundo. Lo que no es lógico, ni medianamente normal, es que cada vez que te encuentres con un inconveniente quieras lanzar una moneda al aire y cambiar tu rumbo.

»Ahora no puedes irte. Has decidido tu nueva vida. Tienes una empresa, en realidad, tienes dos. No sé qué va a pasar con esa tienda, no tengo ni idea. Igual te sale bien la jugada, ¿quién sabe? Pero tienes tus clientes, aquí has encontrado una tranquilidad, una estabilidad, por primera vez en tu vida estás haciendo eso que siempre soñaste hacer.

—¿Poner en forma a la gente?

—Ayudar a la gente, Ángel, ayudar a la gente. Tú sabes, tan bien como yo, que esto que haces va más allá de mandar una tabla de ejercicios.

Asiento y sé que tiene razón. Es verdad que no tengo demasiados amigos y sé que, en parte, es culpa mía, porque me he cerrado en banda y estas chicas llegaron y la complicidad con Carol, la química con Martina, las risas con Eve y Emma me han dado la vida. Pero tengo miedo a cruzármela y ver en sus ojos de nuevo todo ese odio, toda esa decepción, toda esa tristeza, y he fracasado, es lo que más me duele, yo me lo propuse, hice una promesa, firmé un compromiso y no lo cumplí y me temo que ya no tengo ninguna posibilidad. Estoy medio en la ruina y no sé si podré solucionar las cosas con esta idea que se me ha ocurrido, que igual es absurda, muy absurda.

Resoplo.

—¿Me traes otra cerveza? —le pido a Juanjo que se ha levantado y va hacia la cocina.

—Mejor te hago un café, ya es de día.

Miro el reloj, van a dar las ocho de la mañana. Mi corazón se acelera, ¿funcionará mi plan?

En lo que Juanjo prepara el café, me tiro hacia atrás en el sofá, cierro los ojos, tan solo un instante, tan solo un momento. Me despierta un ruido, el salón está a oscuras completamente y tengo una manta por encima. No sé cuánto he dormido y me cuesta unos instantes identificar ese sonido que he escuchado, hasta que vuelve a tronar el timbre de la puerta.

Escucho a Juanjo maldecir, seguramente desde mi dormitorio, apenas son las doce de la mañana, mucho no hemos dormido. Me arrastro hasta la entrada, y Luka está al otro lado, sonriente.

—¡Hola! —le saludo sorprendido—. ¿Qué haces aquí? ¿Cómo has sabido dónde vivo?

—Lo pone el contrato.

—Ah, ya, claro. Esto..., pasa, pasa. Perdona, me quedé traspuesto. —Luka entra detrás de mí y le señalo el sofá para que se siente, estoy nervioso, muy nervioso. Me tiembla el pulso, me sudan las palmas de las manos, pero logro abrir las persianas y un poco las ventanas para que se airee la habitación—. ¿Un... Esto... Te apetece... un... café?

—Ha aceptado. —Me giro y lo miro, siento el tremendo peso que se ha quitado de encima de mis hombros. Sonrío. Sonrío de verdad.

—Joder —mascullo—. ¡Joder! ¿Cómo? ¿Cuándo?

—La verdad es que Maca y yo nos sentimos imbéciles por no haber pensado en esta alternativa antes, no sé cómo no se nos ocurrió. Lo hicimos mal, Ángel, lo hicimos muy mal por querer zanjarlo lo antes posible. Y ahora... ahora todo está en su sitio. —Asiento y me desplomo en el sofá junto a Luka, aliviado, tremendamente aliviado y no puedo más que darle la razón al *italianini* de las narices que me ha salvado la vida: ahora está todo en su lugar—. No tuve que llamarla, no sé si te buscaba a ti o qué hacía allí precisamente esta mañana, pero a la hora de abrir la tienda se presentó. Anoche le dimos muchas vueltas al asunto y me desvelé de madrugada, ya no podía dormir y desde que amaneció fui a la *boutique*. No había hecho mucho, quité el papel marrón del escaparate y, como no me podía estar quieto y aún era demasiado temprano para llamarla, modifiqué la decoración, a los maniquís y todo eso. Acababa de terminar y estaba preparando todo para llamar al asesor cuando apareció por la puerta.

»No esperaba verme allí. Le ofrecí que entrara y le tendí un café, charlamos de cosas banales durante un rato, no me preguntó por ti, la verdad, no me preguntó ni qué hacía yo allí. Solo me preguntó por Maca y cosas de la boda, de mi nuevo trabajo.

»Un rato más tarde apareció mi asesor financiero y cerramos el local para reunirnos. Le hablé de tu propuesta, y mi asesor le explicó que no se había tramitado el contrato, que sabíamos, además, que no había comenzado a cobrar la prestación por desempleo, porque tenía que disfrutar de las vacaciones pendientes primero y, cuando nos confirmó que ni siquiera había tramitado con el servicio de empleo la documentación, él le informó que podía cobrar por anticipado todo el importe de la prestación y que con eso y unos pocos ahorros podría hacerse con el negocio.

»Aceptó, Ángel, y no te puedes imaginar cuál fue su cara de felicidad.

»Tienes que esperar unos días a que pueda gestionar toda la documentación tanto del servicio de empleo como del traspaso, pero mi asesor se hará cargo de todo, se pondrá en contacto contigo para las firmas pertinentes y listo.

—Gracias, Luka. Gracias. —No se me ocurre nada más que decirle. Ella es feliz, y para mí eso es lo más importante. Belle Extreme es su sitio.

—Tengo que irme, he retrasado el pasaje en tres ocasiones y voy a perder mi propio empleo si no me incorporo en unos días. Maca está nerviosa, porque estamos con todo el rollo de la mudanza y la boda y se acumula el trabajo.

—No te molestaremos más.

—Podéis llamarme para cualquier cosa, ¿vale? —Me tiende la mano, y se la estrecho—. Y espero veros en mi boda… juntos.

Sonrío con tristeza y asiento.

Luka se va, y Juanjo viene al salón, tiene unas ojeras marcadas, pero está muy despierto, supongo que ha escuchado todo.

—Tu sitio está aquí, Ángel —me repite.

—Sí, mi sitio está aquí.

Tengo que intentarlo, por última vez, tengo que intentarlo.

61

EL PRIMER DÍA DE MI NUEVA VIDA

Martina

Suena el despertador y lo paro, abro los ojos, miro al techo y sonrío. Tengo que ir a trabajar. Todo esto me parece como un sueño extraño, me siento como si hubiera estado perdida y de pronto hubiese encontrado mi camino. Tengo cita a primera hora en las oficinas de empleo para empezar todos los trámites, pero después tengo que ir a Belle Extreme. La tienda no puede seguir cerrada ni un minuto más, hay muchas cosas que hacer.

Pongo música mientras me ducho, canto, tarareo y me visto. Es muy temprano, no han dado las ocho aún, ni siquiera he tomado café, pero estoy contenta, estoy pletórica. Me enfundo uno de mis mejores vestidos; tacones cómodos, pero bonitos, y me peino y maquillo como se merece este día; el primero de mi nueva vida. Cuando salgo de casa me acuerdo de la conversación con Luka de ayer, miro el reloj, todavía hay tiempo.

Llamo al timbre de Carol, hoy más que nunca necesito ver a mi amiga.

—¡Tía Marti! ¡Tía Marti! ¡Tía Marti! —El pequeño renacuajo se lanza hacia mí y me besuquea por todas partes y correspondo a su abrazo con cariño, solo espero que no tenga las manos pegajosas de nada porque si no me lo cargo. ¿Te he dicho ya que odio a los niños? Bueno, quizás es hora de que me sincere y te confiese que a estos no, que a Óliver y a Ruimán los quiero con toda mi alma, por si no lo habías deducido—. Mami se está vistiendo, pasa.

Saludo al preadolescente también, que apenas levanta la cabeza del móvil, pero sonríe, sonríe mucho. ¿Qué estarán tramando estos? ¿El fin del mundo? Río.

Llamo a la puerta de su dormitorio y paso antes de que me dé permiso y ahí está mi Carol, aunque no parece ella. ¿Cuándo ha dejado de usar la ropa interior de algodón y ha empezado a usar esas cosas llenas de encajes por todas partes? La muy zorrona está en ropa interior y tacones maquillándose en su tocador.

—¡Marti!

Se levanta, se acerca a mí, y me echo a sus brazos.

—Lo siento, Carol, lo siento… Di por hecho… Yo…

—No pasa nada, lo entiendo —me interrumpe correspondiendo a mi abrazo.

—¡Joder! —grito separándome un poco de ella.

—¿Qué pasa? —pregunta asustada.

—¡Que estás buena, leches! Me has puesto cachonda.

—¿Qué es cachonda, tía Marti? —pregunta Ruimán a mi espalda, y doy un brinco.

—Oh, mierda, niño del demonio. Deberías ponerle un cascabel o algo. Vete con tu hermano, bonito, que mami y tía Marti tienen que hablar. —Miro el reloj, Carol ríe y se tapa los ojos. Sé que al renacuajo no se le va a olvidar fácilmente la palabra y va a tener que explicárselo más tarde, cuando yo no esté. ¡Se siente! No haber traído hijos al mundo—. Venga, que solo tengo cinco minutos.

Ruimán me hace caso.

—Estás preciosa —dice Carol, que acaba de colocarse un vestido y se gira para que la ayude a subirse la cremallera.

—Y lo perro que se va a poner Adrián cuando te la vuelva a bajar… —Carol se ríe—. Belle Extreme es mío. Bueno, en realidad aún no, pero lo será, pronto —le explico.

Carol se gira y me sonríe. Ya lo sabía, lo veo en sus ojos.

—Lo sé —confirma mis sospechas—. Me alegro muchísimo.

—¿Cómo está… Ángel? —titubeo, porque es evidente que ellos son amigos y hablan mucho.

—Bien, está bien. Contento por haber solucionado esto. Él, bueno, supongo que lo sabes…, pero él compró Belle Extreme por ti. Entiendo que eres lo suficiente lista como para saber que no se levantó un día y dijo: «el sueño de mi vida es tener una *boutique* de moda, de moda de mujer, de moda de mujer talla XXL». No sé si quieres oírlo o no, pero es mi obligación decírtelo —añade cuando comprueba que mi sonrisa se ha desvanecido—. Y no sé cómo se le ocurrió esto, y por qué a Maca no le vino a la cabeza antes o a nosotras pensar que podías hacerlo, pero…, ahora, ahora simplemente cada cual está donde tiene que estar.

—Asiento, dándole la razón, en eso estamos de acuerdo. No podía volver a Belle Extreme con Ángel como mi jefe, no era buena idea, no iba a salir bien para nada. Ahora todo es diferente—. Solo espero… —continúa sacándome de mis pensamientos—, solo espero que ahora que nada os ata podáis hablar y aclarar las cosas.

—No sé si queda nada que aclarar.

—Por supuesto que sí. —Carol coloca un mechón rebelde de mi cabello y me acaricia la mejilla—. Ángel se equivocó en algunas cosas, no te voy a decir que no. Es buen tío, aunque no es perfecto —masculla y viene a mí su imagen, frente a mi puerta, mirándome con toda esa adoración, ese deseo, esas ganas y recuerdo su frase.

—No. No lo es. Ambos somos… imperfectos.

—Imperfectos —repite mi amiga, asiente y me da un beso—. Venga, se te hace tarde. Tenemos que celebrar esto con las chicas.

—Vale, pero nada de camareros de dos metros con pollabrazo y ganas de empotrarme.

—Prometido —responde levantando la mano.

—Ya, no eres tú la que tiene que darme su palabra. —La abrazo una vez más y salgo de su casa despidiéndome de los niños.

—¡Tía Marti! —Óliver corre hasta el rellano donde ya espero al ascensor.

—¿Qué pasa, cariño?

—Tenías razón…

—Mmmm, ¿podrías repetirlo de nuevo? No estoy acostumbrada a que un preadolescente con las hormonas revolucionadas me diga tal cosa, aunque no tenga ni idea de qué me estás hablando.

Óliver suelta una carcajada.

—A Noelia le encantó mi carta. Es…, es mi novia.

Me abraza.

—Madre mía, qué orgullosa estoy de ti. La tecnología mola, pero lo tradicional siempre funciona para conquistar el corazón, eso y abrirse en canal —le repito lo que le comenté ese día en el que me dijo con toda la cara del mundo que yo no tenía ni idea de mujeres.

—En unos meses vamos a empezar en el mismo instituto y, no sé, estoy contento por saber que inicio una nueva etapa, que me da miedo, pero que lo haré junto a ella y eso hace que me sienta más fuerte, más valiente, más seguro.

Se me escapan las lágrimas.

—Joder, qué mayor te estás haciendo. —Lo achucho. Llega el ascensor—. Tengo que irme. Pórtate bien, ya tendremos una charla sobre métodos anticonceptivos.

—Ostras, tía Marti, ¿no es un poco pronto para eso?

—Anda que no sabes tú ni nada..., pronto, dice. Venga, entra en casa y pórtate bien.

Óliver vuelve a abrazarme, y me voy camino a la oficina de empleo.

Reconozco que me he mantenido en tensión hasta que me han explicado todo, aún estaba en plazo para solicitar el cobro anticipado de la prestación y puedo hacerlo, puedo tener mi negocio, puedo ser dueña de Belle Extreme.

Unos minutos después de hablar con el asesor de Luka para explicarle que tenemos que firmar el traspaso, me informa de que ha quedado un par de horas después en casa de Ángel para que firme los papeles y que luego irá por la tienda para que lo haga yo también.

Sonrío.

Camino en silencio con la cabeza a mil por hora, apenas faltan unas horas para que Belle Extreme sea mío. Necesito reactivar las redes sociales, pensar en alguna forma para atraer de nuevo a nuestra clientela, contratar a alguien que me supla por las noches como comercial, inventario, reactivar los conciertos con las empresas, el blog, tengo pendiente el artículo sobre Planet. Tengo lío, mucho lío. Pero antes... necesito hacer algo.

Me desvío.

El corazón late con fuerza.

No quiero posponerlo más.

Llamo al portero y me abre directamente, no sé si espera a otra persona porque no ha preguntado quién es, y lo agradezco, porque ignoro si voy a ser capaz de hablar y sonar como una persona cuerda y normal.

Está apoyado en el quicio de la puerta, parece que estaba listo para salir, está vestido con su ropa de entrenamiento, pantalones cortos con pantorrillas al aire incluidas. Babeo, está jodidamente sexi.

—Marti —masculla cuando me ve salir del ascensor.

Me paro frente a él, quiero decirle tantas cosas, primero que es un puto capullo por soltarle ese «te quiero» a otra cuando acababa de follar conmigo, joder, le daría una patada en los huevos, ahora que lo tengo delante. También quiero chillarle que es un puto inconsciente por haber comprado Belle Extreme. ¿A quién cojones se le ocurre? ¡Que es entrenador personal! Le diría que me jodió la vida que se marchase y no me llamara ni una sola vez, que no respondiera a mis mensajes, que me ignorase, que se fuera a Tortosa sin decirme ni «mu» y que me hiciera echarlo tanto de menos. Le explicaría que lo odio con todas mis ganas por haber pensado en él cada puñetero día desde aquel en el que me levanté de su cama. Que me hizo sentir aún peor cuando me tendió una emboscada en Belle Extreme y, no sé..., quiero decirle muchas cosas. Sin embargo..., ahora mismo retumba en mi cabeza sus palabras cuando nos vimos la última vez: «te quiero» y me lanzo, me lanzo y lo beso, porque sí. Hoy es el primer día de mi nueva vida, ahora, como me explicó Luka en la *boutique* cuando me contó su plan y acepté, todo está como tiene que estar. Ya nada nos une, no es mi jefe ni tampoco mi entrenador personal, ya nada dice que tenemos que vernos cada día, ahora... ahora simplemente lo haremos si nos apetece y, sí, a mí me apetece.

Ángel responde a mi beso y me estrecha en sus brazos. Se me escapa un jadeo cuando noto su erección. Sin separarnos me atrae hasta el interior de su casa y cierra la puerta, aprisionándome contra ella.

Muerde mi labio y cuela los dedos entre mi cabello. Se dirige a mi cuello y al fin cojo resuello.

—Lo tuyo con las puertas no es normal —murmuro, y reímos.

Ángel se aparta y me mira a los ojos.

—Lo siento, por todo, tenía que haberte explicado la situación desde el principio, no debí apartarte, debí apoyarme en ti. Marti, necesitaba ir a Tortosa, no porque quisiera a Nati, no fue por eso, fue porque tenía mucho que solucionar para poder empezar de cero. Y lo hice todo mal, joder, no lo pude hacer peor, porque..., porque soy un puto gilipollas y porque... porque...

—Porque eres imperfecto —lo interrumpo, abre los ojos, sorprendido por mis palabras y sonríe.

—Sí, lo soy.

—Yo también lo soy.

—Ambos... imperfectos, totalmente imperfectos.

—Totalmente imperfectos.

EPÍLOGO

—Ejem, ejem. —Pego un brinco del carajo cuando escucho una tos detrás de nosotros.

—Joder, ¿no te podías quedar dentro un ratito? —masculla Ángel, con su erección pegada a mi abdomen.

—No, la verdad es que no.

—¡La leche! Menudo susto me ha metido este tío. Por un momento hasta he pensado que era Jaime —espeto, así, sin filtro ni nada, como soy yo.

—¿Jaime? —Ángel suelta una carcajada—. Menuda manía la tuya de pensar que soy gay, ya te vale.

—A ver, a ver… Que corra el aire un poquito, Ángel, colega, porque se está caldeando el ambiente. Soy Juanjo, su mejor amigo.

—O examigo —masculla y se aparta de mí.

—Así que tú eres Martina. —Se acerca a mí y me da dos besos, yo simplemente asiento, porque todavía estoy tratando de recuperar el aliento—. Encantado de conocerte al fin. Oye, Marti, ¿puedo llamarte Marti? —Muevo la cabeza de arriba abajo—. Tengo que hablar contigo.

—¿Con… conmigo? —pregunto flipando.

—¿Qué tienes tú que hablar con Marti?

—Tú a callar, déjame a mí. ¿Pasamos al salón?

—Sí, hombre, tú tranquilo, como en tu casa —ironiza Ángel. Juanjo se ríe y le da un par de golpes en la espalda, empujándolo para moverlo hasta allí. Yo voy tras ellos y me siento en el sofá.

—He conocido a tus amigas. —Lo miro extrañada—. Sí, a Carol, Emma y Evelyn, se llaman así, ¿verdad?

—Ay, madre. —Me tapo la cara con las manos. A ver en qué lío me han metido ahora. Juanjo se ríe.

—Tranquila, me parecieron buenas tías y no te conozco casi, solo lo que me han contado ellas, Ángel y María José.

—¿Quién es María José? —pregunto extrañada.

—Mi mujer.

—Mi mejor amiga —responde Ángel para que pueda entender de lo que habla.

—La madre de tu futuro ahijado o ahijada —suelta Juanjo.

—¿Eh? —No me entero, no me entero de nada. Miro hacia Ángel, pero parece tan perdido como yo.

—Mi mujer me ha pedido que viniera a Valencia para hablar con Ángel y contigo, porque él va a ser el padrino de mi bebé y, como comprenderás, no nos fiamos mucho de él, porque es un poco patoso y está medio ido. Necesita a una mujer cuerda a su lado, con la cabeza bien amueblada, sensata, que lo ayude a llevar a cabo esa labor. —Ambos lo miramos boquiabiertos.

—Lo siento, yo… me temo que no soy esa mujer. Soy la tía menos cuerda que hayas podido conocer nunca —confieso.

—Lo confirmo —suelta Ángel con una sonrisa, menos mal que está lejos, porque si no la patada se la lleva.

—Bah, nos conformamos contigo.

Nos echamos a reír. Está como una jodida regadera, si ni siquiera me conocen, podría ser una asesina en serie, una psicópata…

Pasamos un par de horas riendo, Juanjo me cuenta cosas de Ángel y de su mujer, del bebé que está en camino, de Tortosa y me hace prometer que iremos juntos cuando nazca el pequeño. ¡Menudo panorama!

SEIS MESES DESPUÉS

Hace un frío del carajo, ha nevado y solo me apetece quedarme en el sofá con un chocolate caliente o en la cama, retozando con Ángel, pero no, él tiene otros planes para mí.

—¡Venga, venga! Tenemos que entrenar.

—Ángel, tenemos que salir al aeropuerto dentro de dos horas. ¿No crees que nos podemos saltar el entrenamiento por un día?

—¡De eso nada! Ahora mismo tú y yo vamos a hacer yoga.

Ya, yoga dice, este hombre flipa. Gruño un poco para que me deje tomarme el café tranquila y luego intento hacer esas posturas tan extrañas que provocan que me caiga dos veces de culo y que baile la macarena a la pata coja. Nos reímos un montón, eso sí. Ángel intenta que aguante el equilibrio y acabamos los dos en el suelo. A veces pienso que lo hace aposta, para reírse de mí.

—A mí se me ocurre un entrenamiento mucho mejor, señor entrenador —propongo acercándome a él de rodillas.

—Mmm…, ¿qué sugieres?

Lo empujo para que se coloque boca arriba encima de la alfombra de gomaespuma gigante que compró para hacer ejercicio en mi casa —nuestra, desde hace unos meses— los días de mucho frío o lluvia. Me coloco a horcajadas encima y me quito la camiseta. Bendita calefacción. Creo que lo he convencido, al menos una parte de su cuerpo parece más que decidida.

Me deshago como puedo de nuestra ropa y vuelvo a colocarme en la misma postura, dejando que se deslice dentro de mí, jadeando a cada acometida, me presiona las caderas para clavarse más adentro y estoy en el cielo, en el puto cielo con mi demonio imperfecto y no puedo ser más feliz.

Ángel me ha convencido para que deje la tienda en manos de Claudia, la comercial que he contratado para suplirme por las noches, ella parecía encantada de cambiar unos días su rutina y la entiendo, no sabe cómo la entiendo, porque lo de salir de fiesta está bien, lo de hablar con la gente, lo de las copas y lo de estar guapa también, pero lo de aguantar los tacones y lo de ser siempre simpática, así se te acerque una chica que te salude a un borracho baboso que te suelte alguna gracieta, es agotador. En fin, que nos vamos a Italia, Maca y Luka se casan, y no nos lo podíamos perder.

El vuelo se me hace corto, no entendí cuando Ángel me dijo que mejor me ponía falda para el avión, que iba a estar mucho más cómoda, pero le hice caso. Dos veces. Dos veces me he corrido. He tenido que pedirle un café a la azafata para tener algo hirviendo entre las manos que nos impida seguir, porque estamos a punto de perder el control.

El camino se me hace corto, la verdad y caemos como sacos en nuestra cama del hotel en cuanto llegamos.

Al día siguiente, tras mucha chapa y pintura, retozar apartándonos la ropa sin que se arrugue y muchos cafés, salimos camino a la ceremonia. Maca está preciosa, no se quedó corta cuando me explicó que el vestido que le estaban diseñando era espectacular, lo es, lo está. Y Luka, ¡madre mía!, Luka está muy sexi. Cuando nos ve, entre los asistentes a la boda, sonríe, me guiña un ojo, y se me han mojado las bragas, bueno, vale, igual ya estaban algo húmedas, pero la realidad es que este hombre me pone.

Debo admitir que fui una de esas que los juzgué. ¿Qué hace un chico tan joven, guapo, sexi, italiano con una mujer como Maca, más mayor, con un genio de narices? Pero ese brillo, esa sonrisa, esa magia que desprenden no hay quién los cuestione. Están hechos el uno para el otro, y me hace realmente feliz que haya llegado este momento.

Ahora, aquí, viéndolos unirse, no puedo evitar echar la vista atrás. Llevar Belle Extreme no es pan comido, pero Maca me ha ayudado muchísimo, y Luka ha venido varias veces a España, nos ha contactado con un fotógrafo amigo suyo y la tienda va a pleno rendimiento. Hace dos meses nos lanzamos a la venta online a cualquier parte del mundo y ¡¡menudo éxito!! Puedo decir que la ropa talla XXL está en auge, pero es que en Belle Extreme trabajamos con trapitos geniales, preciosos, ideales, sexis, divertidos, elegantes... Nada que ver con esas blusas y pantalones holgados de señora mayor que antaño era habitual ver en las tiendas. Porque tener kilos de más no impide que seas guapa y que te sientas guapa y eso me lo demostró Belle Extreme a mí hace mucho.

Durante la celebración de la boda hemos conocido a un montón de gente importante, Maca me ha presentado a muchos empresarios que tienen el ojo puesto en España y me han propuesto abrir otra sucursal de la tienda en Madrid, por ahora está en fase de estudio, pero no lo descarto. Con todo el apoyo que estoy recibiendo de gente tan importante la inversión será mínima y el riesgo aún menor, estoy segura de ello. Yo confío en mi tienda, no es solo un negocio, es una forma de vida.

Aprovechamos el viaje para pasar un par de días en Italia, lo cierto es que no salimos mucho del hotel, pero estar así; relajados, felices, sin horarios, es magnífico.

La prueba de fuego la pasamos dos meses después. Ha llegado la hora de viajar a Tortosa y eso me pone de los nervios. Porque sé que allí me encontraré con el pirado de su amigo Juanjo, con su mujer, a la que tengo un montón de ganas de conocer en persona, y a Silvia, ese bebé maravilloso y precioso que nació hace unos días. Sin embargo, también tendré que lidiar con su familia, con sus padres, con su hermano Víctor y con Nati y eso..., eso no sé si seré capaz de soportarlo.

Intento mantenerme en silencio durante el trayecto para disimular el nerviosismo que me invade, porque cuando me pongo así me puede dar, bien por reír a carcajadas e incluso llorar al mismo tiempo, o bien por decir estupideces como, por ejemplo, ¿sabes que una cría de elefante puede pesar más de cien kilos? Ya ves y tú quejándote por mis ochenta y cinco —sí, he bajado de peso, es lo que tiene tener a un entrenador personal en casa, sexi, muy sexi. Hacemos mucho ejercicio, fuera y dentro de la cama—. Así que mejor me estoy callada porque Ángel sí que está histérico, no deja de rascarse la cabeza, igual ha cogido piojos, vete a saber. Está tan metido en su mundo que ni se ha dado cuenta de que no es normal que yo esté en silencio.

Juanjo me da un tremendo abrazo cuando llegamos a su casa, pero lo que me sorprende no es eso, porque en realidad congeniamos muy bien y hemos hablado mucho por teléfono desde que nos conocimos, lo que me alucina es el pedazo de achuchón que me suelta María José, a la que no había visto antes en mi vida y, automáticamente, es como si en sus brazos sintiera, no sé, tranquilidad o algo así.

Con lo que yo odio a los niños y hay que ver cómo se me cae la baba con Silvia, es tan pequeñita, duerme como un angelito, envuelta en mantitas dentro de la cuna-parque del salón. Hablamos en susurros muchísimo rato, nos reímos, tomamos café. Los nervios se van disipando poco a poco y, cuando la pequeña por fin se despierta demandado alimento, María José se la lleva a su dormitorio para poder darle el pecho tranquila, mientras Juanjo, Ángel y yo nos tomamos otro café más, el tercero de la tarde.

Estamos alargando demasiado este momento, lo sé, pero no quiero presionar a Ángel, su teléfono ha sonado varias veces y simplemente lo ha silenciado, sin contestar. Sé que es su madre, para confirmar que asistiremos a la cena de esta noche en su casa, la cual lleva organizando desde hace semanas para que todo esté perfecto. Estoy por dejar el café y pasarme al tequila..., pero es pensar en tequila y acordarme del ropero de cuatro puertas, mi amigo, el pollabrazo... y paso, mejor ahora no pienso en esas cosas, no es el momento de calentar motores.

María José vuelve con la pequeña y me la suelta, la muy insensata, me la suelta en mis brazos, como si yo hubiera leído el manual ese para tener hijos. ¿No hay manual? ¡Ostras! ¿Y entonces cómo lo hace la gente? Bah, paso de averiguarlo.

—Agárrale bien la cabecita. Mira, parece que le gustas —murmura la mamá mientras acaricia la naricita de su pequeña que parece muy a gusto. En su defensa diré que no tiene ni un mes de vida, no tiene ni idea de que yo soy el peligro, Satán, el mal..., lo peor.

Miro a la madre, que sonríe como una tonta, pobre insensata, no sabe la que le espera según vaya creciendo este bicho, que yo he hecho de madre postiza de Óliver y Ruimán varias veces y no me quiero ni acordar, sé de lo que hablo.

Oh, es tan tierna, tan bonita, tan pequeñita... ¡Hostias! ¡Joder! ¿Qué clase de mierda es esta que estoy sintiendo? Me inspira... ternura, emoción, ganas de sonreír, de babear... Me dan ganas... de tener uno. Levanto la cabeza y miro con pánico a Ángel que se parte de risa, como si pudiera leerme la mente. Capullo.

Le devuelvo la criatura a María José, me paso las palmas de las manos de manera nerviosa por los vaqueros, como si así pudiera deshacerme de todas esas sensaciones que acaban de aflorar de repente.

María José se pierde pasillo adentro, dice que tiene que cambiarle el pañal a la nena. Al menos no me ha pedido que la ayude porque muero, te juro que muero si lo hace. Juanjo ve que algo raro pasa, por las miradas que nos echamos Ángel y yo, y las patas le llegan al culo para seguir a su mujer. «¡Insensato! ¡No te vayas ahora!», pienso, pero no soy capaz de vocalizarlo, estoy intentando tragar sin ahogarme, básicamente.

Ángel se levanta del sofá y se acerca a mí. ¿Ese hoyuelo otra vez? Miedo me da.

—¿Qué te pasa? ¿Se te ha despertado el instinto maternal? —suelta, así, sin anestesia ni nada.

—Qué dices, cenutrio, yo no tengo de eso.

Ángel acaricia mi barbilla, se ríe y me da un beso.

—No me importaría…

—¡Qué dices! ¡Calla, joder!

Pánico, me está dando pánico, pelos como escarpias, corazón a tope de *power*, arcadas, tengo hasta arcadas. Ángel vuelve a reír.

—De hecho, me encantaría ser papá de una pequeña guerrera, porque de princesita nada, eso ya lo tengo claro, si sale a la mamá se nos hace futbolista.

Mi cara va perdiendo color, no parece estar de broma. Me habla suave, despacio. Me acaricia la mejilla con una mano y suelto una carcajada cuando me doy cuenta de que se está tapando los huevos con la otra. Me conoce. Cómo me conoce.

—¿Vais a ser padres? ¡Ostras! —grita Juanjo.

—¿¡Qué!? ¡¡No!! ¡Jamás! ¡Nunca! Bueno…, al menos todavía no. No… no… no estoy preparada —tartamudeo— para tener miniangelitos o, visto lo visto, minidemonios.

Juanjo se ríe, y Ángel no dice nada, pero me mira con ese gesto, con ese puto gesto y es que ya nos vamos conociendo y sabe que ese «jamás» es un «mierda, no estoy lista, pero me lo voy a pensar».

Unas horas más tarde, estamos en la puerta de la casa de sus padres, me aprieta la mano, sé que este va a ser un trago difícil. Me espero malas caras, conversaciones extrañas, silencios incómodos. Sin embargo, aún están solo sus padres, que están siendo muy amables, la verdad. Me tienden una copa de vino blanco a los tres segundos de estar dentro de su casa, gente inteligente donde las haya que sabe que si me emborracho la cosa fluirá mejor. Cuando suena el timbre me aferro a la copa, porque no sé qué otra cosa hacer. Miro a Ángel de soslayo y le ofrezco la mejor sonrisa que puedo. Se escuchan voces, saludos efusivos, se intuyen besos y abrazos.

Pasa una pareja al salón, es evidente que son Víctor y Nati. Víctor me deja sin aliento, es una versión de mi demonio un poco más mayor, se intuyen unas pequeñas arruguitas junto a sus ojos, una barba de unos días que es jodidamente sexi, el mentón un poco más cuadrado, el pelo más canoso y esa sonrisa, joder, pedazo de sonrisa. Es guapo. Está nervioso también.

Ángel se acerca y le da un abrazo rápido, hablan algo entre susurros, pero no logro averiguar qué es.

Nati le da dos besos a Ángel y se acerca a mí.

—Tú debes de ser Martina.

—¿Martina? ¿Quién es esa? No, yo soy Sonia.

—¿Cómo? —Blanca, lo pobre se ha quedado blanca, y yo rompo a reír. Ya te lo he dicho, digo muchas gilipolleces cuando estoy nerviosa.

—No, perdona… —Río a carcajadas. Ay, madre, no. Ataque de histeria ahora no es el momento. «Respira hondo, Marti, por Dios, respira hondo». Tomo aire por la nariz, intento que no se note que me tiemblan las manos—. Era broma. Sí, soy Martina.

Nati sonríe y me mira raro, cree que estoy loca, te lo digo yo. Ángel sigue a lo suyo así que parece que no se ha enterado. Ella simplemente me abraza. ¡Qué le pasa a la gente de Tortosa! ¿Son todos tan cariñosos?

—Gracias —masculla.

—¿Por qué me das las gracias? —pregunto flipando.

—Porque has hecho que Ángel entendiera muchas cosas…

—Yo no he hecho nada. Yo solo… me enamoré de él.

Nati vuelve a abrazarme, Víctor viene detrás y no es tan efusivo como su chica, me da dos besos y hace las preguntas de rigor, qué tal el trayecto, cuántos días vamos a quedarnos y esas cosas.

Me sorprende. Me sorprende que el ambiente sea tan tranquilo, que la conversación fluya sola, que me traten con tanto cariño. Soy consciente de que hay cierta tensión entre Nati y Ángel, que se rehúyen las miradas, que apenas se dirigen el uno al otro, que se sonríen de vez en cuando, pero que se sienten un tanto perdidos.

Por eso, cuando Víctor padre y Víctor hijo se van hacia la sala de estar, y Carmen, su madre, comienza a recoger los platos, me levanto como un resorte para ayudarla.

—Por favor, quédate sentada —me pide. Y miro a Ángel y Nati, que están concentrados cada uno en su copa, y ella asiente, no hace falta que le diga que necesitan estar a solas y hablar.

—No te preocupes, yo te ayudo —mascullo.

Los dejamos solos en el comedor, y ayudo a Carmen a lavar los platos. Se nota que está nerviosa, abre y cierra muebles cogiendo cosas, colocándolas, está haciendo tiempo, es evidente. Cuando los platos están limpios y en su sitio, me sirve otra copa de vino. Sonrío y la cojo. Es mejor tener algo entre las manos. Nos sentamos en unos taburetes altos y empezamos a hablar. Carmen me cuenta un montón de cosas de Ángel, me río, me río mucho porque fue muy trasto de pequeño y eso no me lo imaginaba. Hablamos de todo y nada, me hace sentir cómoda, como en casa y se lo agradezco, se lo agradezco mucho. Es en momentos como este que echo más de menos a mi madre. No te he hablado mucho de ella, pero nos llevamos bien. Está lejos. Es feliz y eso me hace feliz a mí también, pero la echo en falta.

—Tenía mucho miedo de esta cena, lo tengo que reconocer —me sincero.

—Y yo, Martina, y yo.

—Pero ha estado bien.

Se escuchan unas carcajadas en el comedor y nos quedamos en silencio. Nati y Ángel están hablando de forma animada, parece que discuten sobre alguna película y ríen quitándole la razón al otro. No distingo bien, pero me tranquiliza escuchar ese sonido; la risa.

—Siempre han sido amigos, desde que nacieron. —No sé si me lo cuenta por miedo a que me ponga celosa y sienta que necesita excusar a su hijo, pero no me hace falta. Entiendo perfectamente la situación.

—Lo sé. Me gusta oírlos reír juntos.

Carmen me sonríe y me da un par de palmadas en el muslo, es hora de volver con ellos.

Hemos pasado unos días increíbles en Tortosa, una ciudad maravillosa, preciosa. He conocido a sus amigos, a su familia, hemos paseado por el Ebro y nos hemos robado besos en esquinas escondidas de cualquier parte. Hemos hablado, sonreído, hemos ido de la mano y al final nos hemos despedido de todos para regresar a Valencia.

De vuelta a casa noto a Ángel mucho más tranquilo, relajado, va charlando todo el rato, me cuenta mil cosas; de Juanjo, de su vida en Tortosa, incluso se ha atrevido a contarme alguna anécdota de Víctor y Nati, y yo sonrío feliz. Sé que para él es importante hacer las paces con esa parte de su vida, perdonar a los demás y a sí mismo por todos los errores cometidos, porque él también los tuvo.

Cuando llegamos a casa, unas horas después, tira todos los bártulos en la entrada, me quita los míos, los lanza por ahí y me apoya en la puerta para besarme.

—Mmmm… Cómo echaba de menos esta puerta —suelta, y yo río y me dejo llevar.

—Oye, Ángel… —comienzo a hablar cuando baja lentamente por mi cuello, recorriéndolo con sus labios, con su lengua, con sus dientes. Trago con fuerza—. Y si…

—Sí —me interrumpe.

—¿Cómo que sí? —Se deshace de mi camiseta y en un segundo ha hecho volar mi sostén. ¿Cómo narices hace para desabrocharlo tan deprisa? Cierro los ojos, me deleito en su boca torturando mis pezones, en los latigazos de placer que provocan sus caricias en mi cuerpo.

—Ya sé lo que me vas a decir. Nos vamos conociendo... —Se aparta para mirarme a los ojos, y me quedo pálida, porque una cosa es plantearlo y otra diferente verlo a él tan seguro y la verdad es que me jode un poco.

—¿Sí?

—Has dicho «Ángel», así, sin más. Sin decirme demonio, sin patadas de por medio, sin gemir primero. Sé que en tu cabecita se está cociendo algo desde hace días y que estabas buscando la forma de soltarlo.

—Vale. ¿Crees que es buen momento?

Ángel asiente y no hablamos más, porque sus dedos ya se han colado dentro de mis braguitas y me hace gemir, gemir como una loca. Que pensándolo fríamente podría ser cualquier cosa: ¿y si te la chupo? ¿Y si cambiamos la puerta? ¿Y si nos mudamos a una casa más grande? Pero no, el muy demonio sabe de lo que hablo y también sabe que necesito ir despacio para no desmayarme por la tensión.

Y tan despacio, dos años hemos tardado en ampliar el negocio y montar una línea premamá. ¿Te pensabas que hablaba de otra cosa? Bueno, vale... Que vuelvo a hacer de modelo/maquiní, que me he quedado embarazada, vamos, pero prefiero no recapacitarlo mucho, porque entro en pánico de pensar en que esta barriguita tan cuqui que me ha salido, que ha provocado que vomite un millón de veces en los últimos tres meses, se convertirá en una criaturita que dependerá de mí. De mí y de Ángel. No puedo prometer que le daré siempre comida sana, que no me quede dormida alguna vez y lo lleve en pijama al colegio, que llore porque no me acuerde de hacer una raíz cuadrada y no pueda ayudarlo a estudiar, que tenga paciencia para cambiar doscientos pañales al día sin querer morirme, no puedo prometer nada de eso..., pero sé que junto a Ángel lo haremos bien, porque a pesar de todos los defectos, juntos somos más, mucho más.

Mis amigas no tardan en enterarse, no porque se los haya contado, sino porque lo han deducido las muy capullas cuando hemos quedado para cenar y celebrar que Emma ha aprobado por fin las tan ansiadas oposiciones —¡Bien por mi Emmita!— y me han visto pedir un agüita mineral embotellada. Con la boca abierta. Me han mirado todas con la boca abierta. Si es que no puede una decidir hacer vida sana.

Yo me hago la loca y clavo la vista en la carta del restaurante.

—Ostras. —La primera en abrir la boca es Carol—. Esperad.

Saca el móvil, ¿qué estará haciendo? ¿Habrán inventado alguna aplicación para comprobar si tu mejor amiga está embarazada? No sé, midiendo el calor corporal, el nivel de arcadas controladas, la mala hostia *in crescendo*...

Activa el altavoz. Ah, no, pues está llamando por teléfono.

—Hola, Carol, ¿qué tal? —¿Ese es mi demonio?

—O has logrado convencer a mi Marti para que haga vida sana... —suelta mi amiga mirándome directamente a los ojos.

—Ay, madre. No puede ser. —Eve se tapa la cara. Emma me mira boquiabierta sin pronunciar palabra.

—Esto..., ¿sabes que Marti ha montado una nueva línea en Belle Extreme? —Mi demonio intenta salvarme, lo compensaré más tarde por ello.

—No, no tenía ni idea. —Carol me escruta con una sonrisa maligna—. ¿Qué línea?

—Una... premamá.

Eve se abanica antes de abrir la boca.

—Oye, pues... —comienza a hablar al altavoz.

—Hola, Eve —dice Ángel.

—Hola, demonio. Como iba diciendo, pues... igual dentro de unos meses tengo que pasarme por tu tienda.

Me dice mirándome con la boca abierta.

—¿Estás embarazada? —pregunto flipando.

—Estamos, amiga... Estamos.

Asiento.

Las locas que nos rodean se ponen a chillar, y Ángel ríe al otro lado del aparato. Me dan las felicidades, me abrazan, abrazamos todas a Eve y la felicitamos también y por último nos achuchamos ella y yo.

Carol quita el altavoz y sigue charlando con Ángel para despedirse de él.

—Oye, Martina, cariño. Tengo una duda —me comenta Eve. Nos despegamos del abrazo para poder mirarla y que me pregunte lo que quiera que me tenga que preguntar, que yo no tengo ni pajolera idea, pero para eso tenemos a Carol, que viene de vuelta en esto de los embarazos y la maternidad—. A ti también te pasa que estás cachonda a todas las puñeteras horas del día y no quieres nada más que fornicar y fornicar con tu maromo. —Ah, pues era bien sencilla la duda. Muevo la cabeza de arriba abajo, Carol suelta una carcajada, y Emma se tapa los ojitos.

Que también te voy a decir una cosa, no sé cómo narices nota la diferencia porque ella ya estaba así todo el día antes de quedarse embarazada, pero no voy a ser yo la que se lo diga que, por poco que sepa de esto, lo de la mala leche que entra lo tengo aprendido al dedillo.

Cuando me quiero dar cuenta tengo a César en mis brazos; tan rubio, tan pequeñito, tan bonito, con esa tez tan blanca. Clavado al padre. El jodido ha salido clavado al padre y lo noto más cuando unos meses después le sale el hoyuelo cuando sonríe después de haberse pegado una buena cagada, por ejemplo, de esas que sabe que me va a tener media hora sacando toallitas del paquete. O, según va creciendo, le aparece cuando sonríe porque sabe que ha hecho alguna trastada —ha tirado una pelota al váter, ha pintarrajeado alguna pared, ha destrozado algo de mi maquillaje...—. Demonio. Es un pequeño demonio. Clavado al padre, te lo he dicho.

Belle Extreme ha crecido mucho. Al final nos decidimos, y Maca y Luka nos ayudaron a montar la sucursal en Madrid y, después de mucho pensarlo, también hemos abierto una en Milán, que van a llevar ellos personalmente desde allí. Tengo personal a mi cargo, lo cual me ha venido de perlas para poder asumir la maternidad sin tener que pensar a todas horas en el trabajo. Cuando un día, en el que me miré al espejo y no me gustó lo que vi, salí en busca de ropa bonita y di con Belle Extreme, no pensé que me cambiaría tanto la vida, que aquella pequeña *boutique* regentada por una mujer con una ambición increíble se iba a convertir en mi propio sueño, que iba a crecer tanto, tantísimo e íbamos a estar respaldados por tal cantidad de empresarios importantes del mundo de la moda y no podría ser más feliz por ello. Fui periodista y quizás fue una locura largarme de aquella oficina que odiaba a muerte y empezar de cero —y tan de cero, después de mi caída en picado tras la ruptura con Nico—, pero aquí estoy hoy. Tuve que pasar el mal trago y aceptar mi camino, que se presentó ante mí sin comérmelo ni bebérmelo y ahora no me planteo una vida diferente a esta.

Marisa, la pequeña de Eve y Nataniel, nació apenas unos días antes que César, y ellos se han dado mucha prisa en ir a por el segundo. Yo me planto, que este ha salido al padre, pero si tengo otro y sale a mí muero, muero de verdad, porque mira que yo era bicho cuando era pequeña —en realidad, lo sigo siendo aún—.

Adrián se ha mudado a casa de Carol, los niños lo han aceptado muy bien. De hecho, han aceptado mejor ellos a Adrián, que Carol el hecho de que Óliver siga saliendo con Noelia y que pasen demasiado tiempo juntos en su habitación «haciendo los deberes». Yo, por si acaso, le he dado una charla sobre prevención del embarazo y enfermedades venéreas y le he hecho cambiarle varios pañales cagados a César, para que tenga la cabeza bien puesta. Él sigue diciendo que es pronto, pero yo no me fío. La información es poder.

Mis padres vienen a pasar unos días a Valencia y por fin tienen la posibilidad de conocer a César, lo que no me esperaba es que me dijeran que sus sueños han cambiado, que Canarias es fantástico, que viven tranquilos, que adoran el buen tiempo todo el año, pero que se mueren por ver crecer a su nieto. Así que unas semanas más tarde están de vuelta y me siento tan plena, tan feliz de tenerlos aquí, a mi lado de nuevo. La familia al completo. Y lo bien que está poder dejarle al pequeño de la casa para que lo disfruten mientras Ángel y yo nos dedicamos a… entrenar, entrenar con intensidad, en todas las posturas habidas y por haber.

Y solo tengo clara una cosa, soy imperfecta, totalmente imperfecta, pero todos lo somos, solo tenemos que aprender a no dejarnos llevar por los miedos y hacer lo que realmente nos haga felices, lo que pida el corazón. Belle Extreme me hace feliz, mis amigas me hacen feliz mis padres me hacen feliz, mi pequeño César me hace feliz y mi demonio me hace feliz. Nada más que añadir.

FIN

AGRADECIMIENTOS

Martina y Ángel me han acompañado durante muchísimos, muchísimos meses desde que empecé a teclear esta historia. Prácticamente durante un año y tengo tantísimo que agradecerles a ellos. Han pasado muchas cosas en mi vida durante los últimos trescientos sesenta y cinco días y, cuando quería evadirme de lo que fuera —bueno, malo o peor—, ellos siempre estaban ahí para mí. Quizás las personas que no escriban no puedan entender lo que se siente, pero es algo así como darle al interruptor que te lleva a otra vida, a otro cuerpo, a otra historia, a las risas, a la emoción, al cariño y al amor en los cuerpos de otras personas. Ellos me han ayudado a superar momentos muy duros y me han acompañado en los buenos, así que, Martina, Ángel, gracias por todo lo que me habéis dado. Ha llegado el momento de dejaros volar. Hasta siempre.

Si reflexiono sobre todas las personas que me han ayudado a que este libro que tienes en tus manos sea real, la primera que me viene a la mente es Yanira, mi Yani, con su «escribe» a todas horas. «¿Qué haces? Ponte a escribir. Deja eso, ponte a escribir. Pasa de todo, ponte a escribir. No duermas, escribe…». Gracias, amiga, no solo por animarme a escribir y empujarme a hacerlo, sino por haber pasado «a mi lado» esos momentos tan difíciles, tan duros, tan dolorosos y haberme arrancado siempre una sonrisa, una risa, una carcajada con nuestros desvaríos. Por apoyarme en mi nuevo negocio, si no fuera por ti me hubiera hundido antes de empezar. Y también por compartir lo bueno. ¿Qué sería de mí sin tus audios de diez minutos cada mañana? ¡Te quiero, Yanira!

Sole. Últimamente casi no nos vemos. Pero ¿qué más da? Nuestra amistad es más fuerte que todo, nuestra confianza, el cariño, el amor… lo siento presente, aunque nos cueste sacar un rato para estar juntas. Tú también siempre me dices lo mismo: «escribe, escribe, escribe». Pensé que no lo conseguiría, pero aquí está, otra historia, otro pedacito de mi alma y me siento tan, tan agradecida porque tú has sido la que ha confiado en mí siempre, desde el primer momento en que me senté delante de un ordenador a escribir y lo sigues haciendo. Siempre. Te quiero.

Bárbara. Todavía me acuerdo de nuestras charlas en la puerta del cole y mi… «He empezado algo, pero no estoy muy segura» y, cómo no, de tus palabras en ese momento, las que necesitaba, justo las que necesitaba para arrancarme a teclear. Gracias.

Mi Patri linda. Te he tenido muy, muy abandonada este año, yo lo sé, tú lo sabes, pero también sabes que te quiero muchísimo. Han pasado muchas cosas que me han absorbido por completo, pero siempre estás ahí, al otro lado del teléfono, con tus «incisos» y tus locuras para arrancarme una sonrisa.

Lorena, mi Lorenita linda. Gracias por todo lo que haces por mí. Por enamorarte de cada nueva historia que escribo. Por recomendarme a todo el mundo. Por mover cielo y tierra para hacer todo lo que está en tu mano para que la gente me lea y disfrute de cada novela. Ojalá esta la disfrutes tanto como las demás. Un día me escribiste como lectora y ¿quién nos iba a decir, tiempo después, que nos íbamos a convertir en tan buenas amigas? ¡Te quiero mucho, nena! ¡Que nada nunca logre apagar tu risa!

Jossy, ¿qué decirte? ¿Qué sería de mi día a día sin escuchar alguno de tus audios locos de alienígena? Gracias por todo tu apoyo y no solo a nivel literario, sino también en los momentos jodidos que he pasado y has estado ahí y también por confiar en mi trabajo como correctora. Gracias.

A mi madre. Mamá, este año me has enseñado muchas cosas. Me has enseñado a ser fuerte, a ser valiente, a luchar, a sonreír pese al miedo. Eres el mejor ejemplo que puedo seguir, eres la tía más fuerte que conozco y te quiero, te quiero tanto que no te puedes hacer una idea, aunque me cueste mucho decírtelo, no puedo imaginar una vida en la que no estés conmigo. Y siempre, siempre, estaré a tu lado para luchar juntas contra cualquier demonio, para reírnos de tonterías, para irnos a desayunar o de compras, para lo que sea.

Germán, Erik, César… Mi vida, mi familia, mi tabla de salvación. Gracias por darme tanto, tanto amor, tanto cariño, risas, fuerza, confianza. Porque sé que siempre encontraré el arrojo que necesito solo con miraros. Os quiero.

A todos los demás miembros de mi familia; que confiáis en mí, que me apoyáis, que siempre estáis esperando algo nuevo, en primera fila, listos para vitorearme. Con mención especial a Dácil, que se apunta a cualquier sarao con tal de echarme una mano.

A Marien, por darle a esta novela la cara que merecía.

A ti, lector, por disfrutarla.

A todos los que comparten mis publicaciones, que me leen, que me recomiendan, que se toman un rato para dejar una reseña o escribirme un mensaje. ¡Gracias por estar ahí! Sin vosotros no sería posible.

¡Gracias!

BIOGRAFÍA

Me llamo Raquel Antúnez, nací en 1981 y vivo en Gran Canaria junto a mi marido y mis dos niños. Soy madre y trabajadora dentro y fuera de casa y, por encima de todo, soy escritora, básicamente porque lo necesito como respirar. Hay quién requiere horas de gimnasio, una tarde de telebasura o una cerveza en una terraza para despejar la mente, yo necesito teclear.

Escribir ha formado parte de mí toda la vida. Cuando intento recordar qué fue lo primero que escribí, soy incapaz, porque siempre, siempre, tengo recuerdos ligados a los libros, los bolis, las libretas, las cartas, los folios garabateados, los archivos de ordenador en los que me explayaba tecleando. Siempre. Es la mejor palabra que se me ocurre relacionada con mi relación con la escritura y literatura en general.

BIBLIOGRAFÍA:

Totalmente imperfectos. Febrero 2020.
No me soples el diente de león. Febrero 2019.
Tus increíbles besos de albaricoque. Septiembre 2018.
Amor, sexo y otras movidas. Junio 2018.
Tropezando en el amor. Diciembre 2017.
Te encontraré. Abril 2017.
Besos sabor a café. Diciembre 2016. Publicada en español, inglés e italiano.
¡A otra con ese cuento! 2014. Publicada en español e italiano.
Redes de Pasión. 2012. Reedición ampliada en septiembre de 2019 como *Redes*.
Las tarántulas venenosas no siempre devoran a los dioses griegos. 2011. Publicada en español y portugués.

Búscame en las redes sociales:

RaquelAntunezC

Rqantunez

Raquel Antúnez

Made in United States
Orlando, FL
05 February 2023